KB070963

푸코의 진자

푸코의 진자 중

Il pendolo di Foucault

움베르토 에코 장편소설 이윤기 옮김

이 책은 실로 꿰매어 제본하는 정통적인 사철 방식으로 만들어졌습니다.
사철 방식으로 제본된 책은 오랫동안 보관해도 손상되지 않습니다.

가르침과 배움에 충실한 이들이여, 우리는 오로지 그대들만을 위하여 이 책을 쓴다. 이 책을 고구(考究)하되 우리가 도처에 뿌려 두고 도처에 거두어 둔 의미를 되새기라. 우리가 한곳에서는 갈무리하고 다른 한곳에서 드러내는 뜻은 오로지 그대들의 지혜로써만 새길 수 있을 것이니.

—하인리히 코르넬리우스 폰 네테스하임,『은비 철학(隱秘哲學)』, 3, 65

미신은 악운을 부르는 법.

—레이먼드 스뮬리얀,『기원전 5000년』, 1.3.8

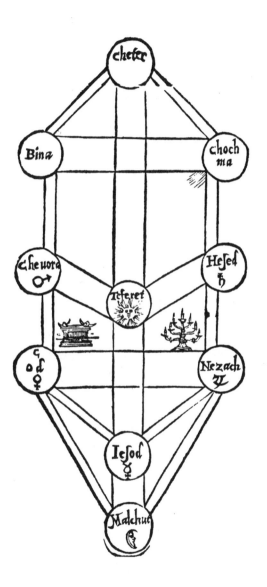

* 앞 페이지의 표는 〈세피로트 나무〉라고 불린다. 〈세피로트〉라는 말 자체는 〈수(數)〉 혹은 〈구체(球體)〉를 뜻한다(단수는 〈세피라〉). 세피로트, 즉 숫자는 하느님이 드러내고자 하는 열 가지 속성을 가리키는데, 각 숫자가 드러내는 속성은 다음과 같다.

1. 케테르……왕관
2. 호흐마……지혜
3. 비나……지성
4. 헤세드……사랑
5. 디인……정의
6. 라하밈……신심
7. 네차흐……영원
8. 호드……위엄
9. 예소드……토대
10. 말후트……왕국

세피로트 나무는 이 소설의 줄거리와 긴밀한 상징적인 관계가 있다. 유대교 신비주의의 전통에 따르면 세상은 지상계(地上界), 즉 지상의 왕국인 〈말후트〉에서 시작되어 거룩한 원리인 〈케테르〉로 회귀한다. 그러나 이 소설은 반대로 〈케테르〉 장(章)에서 시작되어 〈말후트〉 장에서 끝날 뿐만 아니라 제5세피라 〈디인〉과 제6세피라 〈라하밈〉이 각각 〈게부라[罰]〉와 〈티페렛(아름다움과 조화)〉으로 바뀌어 있다.

차례

게부라

티페렛

게부라

34

Beydelus, Demeymes, Adulex, Metucgayn, Atine, Ffex, Uquizuz, Gadix, Sol,
Veni cito cum tuis spiritibus.[1]
— 『피카트릭스』, 슬로언의 필사 원고, 1305, 152, 왼쪽 페이지

〈용기 폭발(容器爆發)〉.[2] 디오탈레비에 따르면 이것은 이
츠하크 루리아가 확립한 후기 카발리즘으로, 질서 정연하던
세피로트 접합의 무너짐이다. 루리아에게 창조라고 하는 것
은 하느님의 신성한 호흡의 들숨과 날숨이었다. 즉 초조한 숨
쉬기, 또는 풀무의 작동과 비슷하다는 것이다.

「하느님의 천식이군.」 벨보가 주석을 달았다.

「무에서 뭘 창조한다고 생각해 봐. 얼마나 어려웠을 거야.
그것도 생애 단 한 번 있는 일이라고. 유리병 만드는 걸 생각
해 봐. 하느님은 유리 방울을 불어 유리병을 만들듯이, 숨을
들이쉬고는 한동안 참고 있다가 빛나는 열 개의 세피로트를
훅 불어 내었을 거라고.」

1 〈베이델루스, 데메이메스, 아둘렉스, 마투크가인, 아티네, 펙스, 우퀴주
스, 가딕스, 솔, 그대들이여, 정령과 함께 속히 오소서.〉
2 〈세피로트 하 케림〉. 16세기의 유대교 신비주의자 이츠하크 루리아에 의
해 확립된 히브리 카발리즘의 한 교리. 이 교리에 따르면 하느님은 빛을 머금
은 한 용기를 폭발시킨다. 용기가 폭발하자 그 안에 있던 빛은 용기로부터 나
와 사물 속으로 들어가 모습을 감춘다. 따라서 사물이나 인간의 속에 들어 있
는 그 빛의 흔적을 추적하고 이를 재구하지 않으면 안 된다.

「혹 부니까 빛이라.」

「하느님이 혹 부시매 거기에 빛이 있었다.」

「멀티미디어가 따로 없군.」

「그러나 세피로트의 빛은 이것을 흩지 않고 온전하게 담을 용기가 필요한데 이 용기는 케테르, 호흐마, 비나까지는 그 섬광과 함께 담을 수 있었어. 그러나 헤세드에서 예소드에 이르는 하급(下級)의 세피로트까지 담기자 용기는 견딜 수 없었지. 그 날숨이 어찌나 강한지 단 한 번에 용기가 부서져 버린 거야. 그 빛의 파편은 우주로 튀었고, 이로써 조악한 것들이 탄생하게 된 거다.」

디오탈레비, 용기의 폭발은 우주의 파국을 뜻하는 것이라고 설명했다. 생각들 해봐. 유산(流産)당한 세계보다 무서운 것이 어디에 있겠는가? 태초부터 이 우주에는 어떤 결함이 있는 것임에 분명했다. 그러나 아무리 박식한 랍비도 그것을 완전하게 해명해 내지는 못한다. 어쩌면 하느님이 날숨을 쉼으로써 속을 비워 내는 그 순간 용기에는 기름 한 방울이, 어떤 물질의 찌꺼기 혹은 〈레쉬무[殘滓]〉 같은 것이 남아 있다가 하느님의 정수에 혼합되면서 그것을 오염시키게 된 것인지도 모른다. 아니면 조가비(켈리포트,[3] 다시 말해서 파국의 시작)가 어딘가에 그 껍데기를 닫고 매복해 있었는지도 모른다.

「켈리포트, 아주 교활한 것들이지. 악마 푸 만추 박사[4]의

---

3 qelippot. 히브리어로 〈조개〉 또는 〈물질〉 또는 〈껍질〉을 뜻한다. Qlipothic tree는 죽음의 나무로서, 10개의 세피로트로 구성된 생명의 나무와 대응한다. qelippot는 악과 고통의 원인.

4 영국의 소설가 A. S. 워드의 소설에 등장하는 중국인 악당. 그의 팔자수

하수인이라니까. 그래서 어떻게 되었는가?」벨보가 물었다.

디오탈레비는 참을성 있게 설명했다.「장님 신학자 이츠하크 루리아의 설명에 따르면, 세피라 중에서도 〈게부라〉 혹은 〈지엄한 심판〉(〈파카트〉 혹은 〈공포〉)의 섬광 안에서 〈악마〉가 처음 등장해. 그리고 조가비(켈리포트)는 그 게부라의 빛 속에서 존재하게 된 것이지.」

「그렇다면 그 조가비는 우리 중에 있는 것이군.」벨보가 말했다.

「주위만 둘러봐도 쉽게 볼 수 있지.」디오탈레비가 대답했다.

「파국을 면하는 방법은 없는 건가?」

「사실은 되돌아갈 방법이 하나 있기는 해. 이 세상 만물은 하느님이 〈심숨simsum〉 안에다 수축시키고 있던 것을 방출시킨 것이지. 그런데 문제는 〈티쿤〉, 즉 〈복구〉를 실현시키는 일, 다시 말해서 최초의 인류 아담 콰드몬을 복원시키는 일이야. 그런 연후에 세피로트를 대신할 〈파르주핌〉(〈얼굴〉 혹은 〈형상〉)의 조화 안에서 모든 것을 복원해야 하지. 영혼의 승천이라는 것은, 어둠 속을 몸부림치는 신심 깊은 사람에게 빛에 이르는 길을 가르치는 비단 끈과도 같은 것이야. 이 세계는 그래서 『토라』의 문자를 조합함으로써, 무서운 혼돈 상태를 벗고 원초적인 형태를 복원하려고 발버둥을 치는 것이네.」

그것은 내가 이 한밤중에 구릉지의 심상치 않은 고요 속에서 하고 있는 짓거리이기도 하다.[5] 그러나 전망경실에 있을

염은 〈푸 만추 수염〉으로 불린다.

5 화자(話者) 카소봉의 회고는 두 갈래로 크게 나뉜다. 첫째는 1984년 6월

당시는 도처가 조가비의 끈적끈적한 수렁, 도처가 고요 속에서 동면 중인 기압계와 녹슨 태엽 장치 틈서리의 박물관 유리 상자에 갇힌 끈적끈적한 괄태충(括胎蟲)의 수렁이었다. 만일에 용기의 폭발이 있었다면, 용기에 금이 가기 시작한 것은 리우에서 움반다 강신제가 열리던 날 밤이고, 본격적인 폭발이 시작된 것은 내 나라로 귀국한 순간일 것이라는 생각이 들었다. 이러한 폭발은 그 과정이 지극히 느리고 또 소리조차 나지 않았다. 바로 이 때문에 우리 셋은 조악한 물질로 가득 찬 저습지, 일순간 동시에 창조된 독충이 우글거리는 곳에 갇히게 된 것이다.

브라질에서 돌아오고 보니 나는 나 자신이 누군지 알 수 없게 되고 만 형국이었다. 서른 살이 내일 모레였다. 내 아버지는 그 나이에 이미 어엿한 아버지였다. 아버지는 그때 이미 자신이 누구인지, 어디에 뿌리박고 살고 있는지 알았을 테지만 내게는 그게 불가능했다.

국내에서 엄청난 일이 꼬리를 물고 벌어지고 있을 동안 나는 내 나라에서 너무 멀리 떨어진 곳에 있었던 것이다. 나는 이탈리아에서 일어난 일들이 전설로 전해지는, 믿어지지 않는 것들이 우글거리는 세계에 살고 있었던 셈이다. 남반구를 떠나기 직전, 나는 브라질 체류가 끝나기 전에 비행기로 아마존 상공이나 날고 싶어서 리우를 떠나 포르탈레자에 잠시 기착했다가 우연히 신문 한 장을 펼쳐 들게 되었다. 맨 앞면에,

23일과 24일에 걸쳐 파리 국립 공예원 박물관 전망경실에서 하는 회고, 둘째는 그로부터 이틀 뒤인 6월 26일, 구릉지에 있는 벨보의 시골집에서 하는 전반적인 회고가 그것이다. 카소봉의 회고는 이 두 시점을 넘나든다.

달려와 안기듯이 눈에 들어오는 사진 한 장이 있었다. 그를 알아볼 수 있었다. 필라데에서 자주 백포도주를 홀짝거리던 사람이었다. 사진의 설명이 놀라웠다. 〈모로 수상 시해범.〉

귀국하고 나서야 나는 그가 물론 모로 수상의 살해범이 아니라는 것을 알게 되었다. 그는 장전된 권총을 넘겨받은 줄도 모르고 작동 여부를 점검하다가 오발로 자기 귀에다 총알을 쏘아 넣을 사람이었다. 진상은 이랬다. 테러 진압 특수 부대가 그의 방을 덮쳐 보니 그는 방 한 칸짜리 아파트의 유일한 가구인 침대에 누워 있고 침대 밑에는 세 정의 권총과 두 다발의 폭약이 있더라는 것이었다. 사실 그 방은 1968년 사건의 잔당들이 육욕을 채우는 장소로 쓰기 위해 세낸 방에 지나지 않았다. 만일에 그 방에 체 게바라의 포스터 한 장만 붙어 있지 않았더라도 여느 독신자가 쓰는 숙소로 여겨졌을 터였다. 이 방의 세입자는 공동 명의로 되어 있었는데 문제의 〈모로 수상 시해범〉을 포함한 세입자들은 그 한방 식구가 무장 집단에 속해 있다는 사실을 모르는 채 그 집단의 안가(安家)에다 돈을 대고 있었던 셈이었다. 이 일로 그 방을 사용하던 이들 모두 1년간 옥살이를 해야 했다.

지난 몇 년 동안 이탈리아에서 일어났던 일에 대해서 내가 아는 것은 거의 없었다. 보복(혁명)의 순간이 코앞에 닥쳤는데 혼자 도망치는 듯한 죄의식을 느끼면서 달아날 당시 이탈리아는 중대한 변화의 국면을 맞고 있었다. 떠나기 전에는 말 몇 마디를 듣고도 그 사람의 이데올로기를 알아낼 수 있었다. 그러나 되돌아왔을 때는 아무리 이야기를 들어도 어느 편에 속하는지조차 짐작할 수 없었다. 혁명에 대해서 말하는 사람은 없었다. 이제 화제의 중심은 무의식으로 옮겨 와 있었다.

좌파 논객을 자처하는 사람도 니체와 셀린[6]을 인용하는가 하면 우파의 잡지들은 제3세계의 혁명에 박수갈채를 보내고 있었다.

술집 필라데로 가 보았지만 낯선 땅에 와 있는 것 같은 기분이었다. 당구대는 여전했다. 화가군(畵家群)은 그대로였지만 청년군은 바뀌어 있었다. 예전의 단골 중에는 초월 명상법을 가르치는 학원이나 건강식품 식당을 연 사람도 있었다. 움반다를 생각해 낸 사람은 아직 없는 것임에 분명했다. 내가 시대를 앞서 가고 있었던 건지도 모르겠다.

필라데 씨는, 술집 필라데 역사의 핵심을 이루던 단골들을 위해, 이제는 골동품 도매 시장에서 헐값에 파는 물건이 된, 리히텐슈타인의 그림을 복사한 듯한 구식 핀볼 기계 하나는 남겨 두고 있었다. 핀볼 기계 옆의 신형 오락 기계 주위에는 젊은 사람들이 북적거리고 있었다. 형광 화면에, 양식화된 유도탄이나 X행성에서 날아온 가미카제 특공대, 아니면 팔짝팔짝 뛰면서 일본어로 개굴거리는 개구리가 무수히 나오는 기계들이었다. 술집 필라데는 음침하게 번쩍거리는 무수한 불빛으로 이루어진 하나의 아케이드였다. 모병(募兵) 임무를 띠고 온 〈붉은 여단〉[7]의 밀사들도 새 오락 기계 앞에서 우주 침략자들을 상대하고 있었을지 모를 터였다. 하지만 적어도 이들은 핀볼 게임을 할 수 없었다. 허리에 권총을 차고 핀볼 게임을 할 수는 없으니.

6 프랑스의 의사이자 소설가. 반체제·반유대의 입장을 취한 것으로 인해 제2차 세계 대전 후에는 전범 작가라는 낙인이 찍혔다. 이 때문에 덴마크로 망명했다.

7 1978년 알도 모로 전 수상을 납치·살해한 이탈리아 극좌파 테러단.

내가 이것을 깨달은 것은 어느 날 밤 벨보의 시선을 쫓아 가다가 핀볼 기계 앞에 선 그의 로렌차 펠레그리니를 보았을 때였을 것이다. 아니다, 어쩌면 훨씬 뒤에 다음과 같은 그의 아불라피아 파일을 열었을 때인지도 모르겠다. 로렌차의 이름은 구체적으로 등장하지 않았지만 이 글이 로렌차를 그리고 있다는 것은 의심할 나위도 없었다. 이 글에 묘사된 대로 핀볼을 하는 사람은 로렌차밖에 없었으므로.

파일명: 핀볼

핀볼은 손으로만 하는 것이 아니라 사타구니로도 하는 것이다. 핀볼에서 중요한 것은 바닥에 뚫린 구멍이 삼키기 전에 공을 멎게 하는 것도 아니고, 미식축구의 하프백처럼 미드필드로 공을 되쳐 올리는 것도 아니다. 핀볼에서 중요한 것은 불이 들어온 표적이 가장 많은 곳 가까이 공을 머물게 하되 그 사이를 되퉁기며 오가게 하는 것이다. 공이 자유 의지로 떠돌고, 우왕좌왕하고, 흥분한 것처럼 보이게 해야 한다. 이것은 강타를 통해서가 아니라, 몸의 떨림을 그 핀볼 상자에, 그 틀에 전달함으로써 이루어져야 한다. 기계가 눈치채면 무효를 선언당하므로 너무 세게 치지 않도록 주의해야 한다. 이것은 사타구니로써만, 혹은 기계와 부딪히기보다는 오르가슴을 조종하듯 기계 위를 미끄러지듯 움직이는 둔부의 놀림을 통해서만 가능하다. 만일에 둔부가 원초적인 본능에 따라 움직인다면 앞으로 미는 힘을 제공하는 것은 엉덩이이다. 엉덩이가 미는 힘은 차차로 약화하는 것이어서 골반에 이를 때는 지극히 부드러워진다. 동종 요법(同種療法)에서 용제를 흔들면 흔들수록 약품은 늘어나는 용매(溶媒)에 그만큼 더 고루 섞이다가 마침내 흔적조차 없어져야 의학적으로 효과가 높아지는 것과 같은 이치다. 따라서 사타구니에서 극미한 파동이 핀볼 기계로 전해지고, 기계가 여기에 복종하고, 공은 본능과 관성과 중력의 법칙과 역학, 그리고 마침내 그 기계가 사람의 의지에 복종하지 않기를 바라던 기계 설계자의 교활한 의지까지도 거스르면서 움직인다. 이렇게 되면 공은 *Vis movendi*(원동력)에 중독된 듯이 시간을 망각하고 바운드를 계속한다. 이때 공에다 원동력을 제공하는 사타구니는 여성의 사타구니여야 한다. 회장(回腸)과 기계 사이에는 해면체 같은 것도 끼지 않아야 한다. 그 사이에 직립체가 있지 않아야 하는 것은 물론이다. 오로지 그 사이에는 살갗과 신경과 바지 천에 가린 뼈, 승화된 에로틱한 격정, 가벼운 새침, 상대의 반응에 대한 무관심한 순응력, 자기의 과잉 욕망은 살짝 숨기고 상대의 욕망에 불을 지르는 취미 같은 것 이외의 어떤 것도 개재해서는 안 된다. 아마존의 전사라면 핀볼 기계를 미치게 만들고 난 뒤, 훌쩍 핀볼 기계를 떠나는 상상을 즐길 것임에 분명하다.

나는 벨보가 이때 로렌차 펠레그리니를 사랑하게 됐다고 생각한다, 로렌차 펠레그리니야말로 그가 결코 손에 넣을 수

없는 행복을 약속하는 여성이라는 것을 그때 알아차린 것이다. 벨보가 자동화한 세계의 에로틱한 본질을 인식하고, 기계를 우주의 몸체를 상징하는 것으로, 기계가 지니고 있는 놀이의 기능을 부적(符籍)을 통한 초혼(招魂)의 의례로 인식하기 시작한 것도 로렌차 펠레그리니를 통해서였다고 믿는다. 그는 이미 아불라피아에 사로잡혀 있었고 〈헤르메스 계획〉의 청사진을 그리기 시작했었는지도 모르겠다. 어쨌든 진자를 보았던 것임에 분명하다. 그 전말을 자세히는 알 수 없으되, 로렌차 펠레그리니가 그에게는 진자가 약속하는 모든 것을 내포한 사람으로 보였던 것이다.

나는 필라데에 재적응하느라고 애를 먹었다. 밤마다 갔던 것은 아니지만 나는 조금씩 조금씩 낯선 얼굴의 숲 속에서 낯익은 얼굴, 격동의 세월에서 잔존한 얼굴을 만날 수 있었다. 그러나 그 얼굴들도 필사적으로 노력한 끝에 알아볼 수 있었다. 이 친구는 광고 대행사의 카피라이터, 이 사람은 세금 상담원, 체 게바라의 책이 초본학(草本學)과 불교와 점성술 책으로 바뀐 것만 다를 뿐 이 친구는 여전히 월부 책 장수. 그동안 몸이 조금 불어나고 흰 머리카락이 늘어난 정도의 변화는 있었지만 손에 들고 서 있는 스카치 온더록 잔은 10년 전의 바로 그 잔이지 싶었다. 아끼느라고 반년에 한 방울씩 마시고 있었던 것 같았다.

「당신 요새 뜸하던데. 자주 와서 우리랑도 좀 어울리지 그래?」 낯익은 얼굴 하나가 말했다.

「요즘은 누가 〈우리〉인데?」

그는 한 세기 만에 만나는 사람 보듯이 나를 보면서 대답했다. 「시 교육 위원회의 관리들이지.」

나는 너무 오래 떠나 있었던 것이었다.

나는 직업을 하나 고안하기로 결심했다. 나는 잡다한 것,
서로 아무 관계도 없는 것들을 많이 알고 있었지만 이 지식
을 도서관에서 몇 시간 틀어박혀 있음으로 해서 서로 관계있
는 것으로 만들고 싶었다. 나는 한때, 사람에게는 모름지기
자기 이론이 있어야 한다고 생각하고는 했다. 그런데 문제는
나에게는 이론이 없다는 것이었다. 그러나 고민할 것은 없었
다. 세월이 바뀌어 사람들이 필요로 하는 것은 이론이 아니라
정보였다. 사람들은 정보, 특히 한물간 정보에 대단히 탐욕스
러웠다. 나는, 혹 내가 끼어들 자리가 있을까 해서 대학도 기
웃거렸다. 강의실은 조용했고, 학생들은 유령의 무리처럼 복
도를 오가면서 조잡하기 짝이 없는 문헌 목록을 서로 주고받
고 있었다. 나는 좋은 문헌 목록 만드는 방법을 알고 있었다.
    어느 날 박사 과정 학생이 내가 교수인 줄 알고(그즈음 들
어 선생은 학생과, 학생은 선생과 나이 차가 별로 없었다), 경
제학 시간에 경제의 주기적인 위기 이야기와 함께 〈로드 찬
도스〉 얘기가 자주 나오던데 그게 누구냐고 물었다. 나는, 찬
도스 경은 경제학자가 아니라 호프만스탈의 작품에 등장하
는 인물이라고 설명해 주었다.
    바로 그날 밤 옛 친구들 파티에 갔다가 출판사에서 일하는
친구 하나를 만났다. 그 친구는 나치 부역 프랑스 작가의 소
설책 대신 알바니아 정치 문헌을 출판하기 시작한 이후에 그
곳에 취직했다. 여전히 정치 서적을 출판하기는 하나 요즘에
는 정부 지원금을 받는다고 했다. 괜찮을 경우 철학 서적의
원고도 거절하지 않는다면서도 그 친구는, 〈고전 철학 계열

이기만 하다면 말이야〉 하고 덧붙였다.

「그런데 자네가 철학자니까 하는 말인데 ㅡ」

「고맙네만 불행히도 나는 철학자가 아닐세.」

「자네는 모르는 게 없는 사람이 아닌가. 아까 마르크스주의의 위기에 관한 책의 번역 원고를 점검하고 있었는데 말이야 〈캔터베리의 안셀름〉으로부터 인용한 구절이 있었네. 이게 도대체 누구야? 『저자 인명사전』에도 이런 이름은 나와 있지 않던데?」 그의 질문에 나는 대답했다. 「〈아오스타의 안셀모〉야. 다른 나라와 고유 명사의 표기가 달라야만 직성이 풀리는 영국인들은 이 사람을 기어이 〈캔터베리의 안셀름〉으로 만들어 놓고 만 것이지.」

나는 이렇게 대답하는 순간 문득, 내게도 직업이 있을 수 있겠구나, 싶은 생각이 섬광처럼 스쳐 지나갔다. 문화 연구 대행 업소를 차려, 말하자면 일종의 학문 사립 탐정이 되는 것이었다.

밤새도록 문을 여는 주점이나 유곽에 코를 처박고 있는 대신 서점과 도서관과 대학교 복도를 슬슬 돌아다닌다. 그다음에는 내 사무실에서 책상 위에 발을 올려놓은 채로, 구멍가게에서 사서 종이 봉지에 넣어 온 위스키를 일회용 종이컵에 따라 마시면서 기다린다. 그러면 전화가 울리고 한 사내가 말한다. 「여보세요. 지금 책을 번역 중인데요, 〈모타칼리문〉이라는 단어가 나오는데 이게 사람 이름인지 사물 이름인지 모르겠습니다. 도대체 이게 뭐지요?」

이틀만 여유를 주십시오, 나는 이렇게 대답한다. 그러고는 도서관으로 가서 카드 목록을 한동안 뒤적거리다가 참고실 계원에게 담배 한 대 권하고 실마리를 얻어 낸다.

그날 밤에 나는 이슬람 연구소의 전임 강사 하나를 한잔 하자면서 불러낸다. 맥주 두어 잔이면 전임 강사는 경계심을 풀고 내게 공짜로 자세한 것을 알려 준다. 이제 고객에게 전화를 걸면 된다. 「됐습니다. 〈모타칼리문〉은 아비켄나와 동시대의 급진적인 이슬람 신학자 단체의 이름입니다. 이 신학자들은, 이 세계라고 하는 것은 어떤 불의의 사고로 이루어진 먼지 구름 같은 것인데, 이것이 신의 의지에 따라 특정한 형태로 응고된다고 했답니다. 따라서 만일에 신이 잠깐이라도 딴데 정신을 팔면 우주는 다시 산산조각 흩어져 무의미하고 무질서한 원자 상태로 떨어지고 마는 것이지요. 충분하지요? 이걸 조사하는 데 사흘이 걸렸습니다. 적당하다고 생각되는 만큼만 지불하십시오.」

다행히도 나는 교외의 한 낡은 건물의, 방 두 개에 작은 부엌 하나가 딸린 아파트를 찾아낼 수 있었다. 원래는 옆쪽으로 사무실이 딸린 공장이었던 모양이었다. 그래서 아파트 입구는 긴 복도였다. 내 집은 부동산 중개소와 박제소(간판은 〈A. 살론 박제소〉) 사이에 있었다. 흡사 1930년대 미국의 한 마천루에 세든 기분이었다. 유리문만 하나 있으면 필립 말로 기분이 날 것 같았다. 나는 뒷방에는 소파 침대를 놓고 앞방은 사무실로 쓸 생각이었다. 두 개의 책장에다 지도와 백과사전, 그리고 그동안에 주워 모은 도서 목록을 꽂았다. 처음에, 절망적인 대학생들을 위해 논문을 대필할 때는 내 양심의 소리는 애써 못 들은 척하지 않으면 안 되었다. 힘들 것은 없었다. 도서관으로 가서 10년 전에 발표된 것을 베끼면 되는 일이었다. 그러나 내가 하는 일이 조금 알려지자 친구들은 읽고 검토해 달라면서 외국 원서나 원고를 보내기 시작했다. 물론 가장 재미없고 형편없는 원서만 들어왔고 돈도 보잘것없었다.

　나는 어떤 것도 버리지 않고 모아들였다. 그리고 모든 것을 파일로 정리해 두었다. 바야흐로 컴퓨터가 시장에 나오고 있었고 벨보가 선구자로 등장할 터였으나 나는 컴퓨터를 이용할 생각은 하지 않았다. 컴퓨터 대신 나에게는 상호 참조색인 카드가 있었다. 네불라이[星雲]와 수학자 라플라스, 수학자 라플라스와 칸트, 칸트의 출생지인 쾨니히스베르크와 쾨니히스베르크에 있는 일곱 개의 교량과 토폴로지[風土誌]의 제 이론……. 이것은 관념의 연상을 통해 소시지에서 플라톤까지 가야 하는 말놀이와 비슷했다. 가령 소시지에서 플라톤까지는 이렇게 간다. 소시지, 돼지 털, 화필(畫筆), 매너리즘, 이데아, 플라톤. 식은 죽 먹기였다. 따라서 아무리 맥 빠지는 원고라도 내 비장의 무기인 색인 카드 파일에 적어도 스무 장은 보태 줄 터였다. 내게는 엄격한 규칙이 있었는데, 모르기는 하지만 정보기관에도 그런 규칙이 있을 것이다. 그것은 정보 위에 정보 없다는 원칙이었다. 정보가 파일에 모이고, 특정 정보와 정보의 관계를 규명해 내는 것이 곧 힘이다. 정보와 정보 사이의 연관성은 늘 존재한다. 찾아내려고 마음만 먹는다면 말이다.

　나는 2년 동안 이런 일을 했는데, 내가 생각하기에도 썩 만족스러운 직업이었다. 재미도 있었다. 리아를 만난 것은 그즈음이었다.

35

물으니 일러 드리거니와 내 이름은 리아,
꺾어서 목걸이를 만들려고
가냘픈 손으로 꽃을 더듬는답니다.
— 단테, 「연옥편」, XXVII, 100~102

리아.[1] 지금의 나에겐 리아와의 재회는 절망적이다. 그러
나 리아를 아예 만나지 못했을 수도 있다. 만나지 못했다면
지금보다 훨씬 비참했을 것이다. 리아가 여기에 있었으면 얼
마나 좋을까. 여기에서, 스스로 무너뜨린 것을 다시 세우는
내 손을 잡아 줄 수 있다면 얼마나 좋을까. 리아는 일이 이렇
게 되리라 예견했었다. 그러나 아니다. 리아와 내 아이는 이
일에 끼어들면 안 된다. 리아 모자가 더디 왔으면 좋겠다. 어
떻게 끝나든, 모든 것이 다 끝난 다음에 왔으면 좋겠다.

1981년 7월 16일. 밀라노는 텅텅 비어 가고 있었다. 도서
관 참고 자료실은 한산했다.
「여보세요, 〈109번〉은 내가 보려고 뽑아 놓은 거예요.」

---

1 카소봉이 두 번째로 만나는 여성의 이름 〈리아〉는 단테의 『신곡』에 나오
는 리아와 이름이 같다. 단테의 리아는 생각하는 생활인이 아닌 행동하는 생
활인이다. 카소봉의 리아도 마찬가지다. 그러나 이와는 대조적인 여성이자 카
소봉이 처음 만난 여성의 이름 〈암파루〉는 〈옴팔로스(배꼽)〉, 즉 〈중심〉을 연
상시킨다.

「그럼 이게 왜 여기 있죠?」

「메모한 것과 대조해 보느라고 잠깐 내 자리에 다녀왔을 뿐이라고요.」

「그건 이유가 못 돼요.」

리아는 부득부득 그 책을 가지고 자기 자리로 갔다. 나는 리아의 맞은편에 앉아 얼굴을 좀 더 자세히 보려고 빤히 쳐다보며 말했다.

「어떻게 읽으려고요? 점자책도 아닌데?」

리아가 고개를 들었다. 얼굴이 먼저 보였는지 목덜미가 먼저 보였는지 모르겠다. 「뭐라고요? 아, 걱정 말아요. 이래도 잘 보이니까요.」 그렇게 얘기하면서도 리아는 머리를 뒤로 넘겼다. 눈이 초록색이었다.

「초록색 눈이군요.」

「물론. 뭐가 잘못됐어요?」

「잘못되다니. 초록색 눈을 가진 사람이 더 많았으면 좋겠군요.」

그렇게 시작되었다.

「먹어요. 당신은 부지깽이처럼 말랐어요.」 저녁 먹으면서 리아가 한 말이다. 자정이 될 때까지 우리는 술집 필라데 근처의 한 그리스 식당에 있었다. 우리가 서로 내력을 밝히는 동안 병 주둥이에 꽂힌 초에서는 촛농이 흐르고 있었다. 우리 두 사람은 하는 일도 비슷했다. 리아는 백과사전에 수록되는 내용을 확인하는 일을 하고 있었다.

나는 아무래도 리아에게 고백해야 할 것 같았다. 그래서 정확하게 12시 30분, 리아가 내 모습을 똑똑히 볼 요량으로 손으로 머리카락을 옆으로 쓸어 넘길 때, 나는 엄지손가락을 세운 채 집게손가락을 리아에게 겨누고는 방아쇠를 당겼다.

「핌.」[2]

「나도.」리아도 같은 시늉을 했다.

이날 밤 우리는 한 몸이 되었다. 이날부터 리아에게 내 별명은 〈핌〉이 되었다.

신혼살림을 차릴 집 마련은 무리였다. 나는 리아네 아파트에서 잤고 가끔은 리아가 내 사무실로 왔다. 추적 조사하는 리아의 솜씨는 나보다 나았다. 단서를 쫓는 일에 나보다 능했던 것이다. 게다가 연관성을 찾아내는 솜씨도 좋았다.

「장미 십자단 파일은 아직 절반 이상이 비어 있는 것 같은데?」어느 날 리아가 지적했다.

「조만간 마쳐야지. 브라질에서 하던 일이야.」

「예이츠도 상호 참조의 대상이 되겠네.」

「아니, 예이츠가 장미 십자단과 무슨 관계가 있어서?」

「많지. 예이츠는 〈새벽별 교단〉이라는 장미 십자단에 소속되어 있었다고.」

「당신 아니었으면 어쨌을까 몰라.」

술집 필라데에도 다시 가기 시작했다. 고객이 우글거리는 장터와 같은 곳이기 때문이었다.

어느 날 밤 나는 벨보를 다시 만났다. 그 역시 지난 몇 년

---

2 이탈리아어로 〈핌〉, 굳이 번역하면 총소리의 의성어인 〈빵〉에 해당한다. 그러나 이 별명은 에드거 앨런 포의 작품 『고든 핌의 모험』의 주인공, 보이지 않는 힘에 이끌려 배를 남쪽으로 남쪽으로 몰아가는 고든 핌을 연상시킨다. 카소봉이 막바지로 몰리는 상황은, 고든 핌과 비슷하다.

동안은 이곳에 별로 자주 출입하지 않았던 모양이나 로렌차 펠레그리니를 만난 뒤로는 정기적으로 나타나기 시작했다. 흰머리가 늘고 체중이 조금 준 것 같았으나 모습은 옛날과 대체로 비슷했다.

지난날 얘기, 우리가 연루되었던 지난 사건이나 일련의 서신 교환에 대해 의도적으로 삼가는 태도였지만 우리의 재회는 그래도 따뜻한 편에 속했다. 데 안젤리스 경위로부터는 아무 연락도 없다고 했다. 사건이 종료된 것일까? 알 길이 없었다.

나는 그에게, 내가 하고 있는 일 이야기를 했다. 구미가 동하는 눈치였다. 「문화의 샘 스페이드. 바로 내가 하고 싶어 하던 일이네. 일당 20달러 플러스 경비.」

「매력적이고 신비스러운 여자 손님이 없고, 〈몰타의 매〉 이야기하러 오는 사람이 없다 뿐이지 대체로는.」

「올지도 모르지. 재미는 있어?」

「재미요? 배운 도둑질이라고는 이것밖에 없는 거죠.」 나는 그의 말투를 흉내 냈다.

「*Bon pour vous*(어쨌든 잘됐군).」

그 다음번에 벨보를 다시 만났을 때 나는 브라질 이야기를 들려주었다. 그러나 그는 전보다 더 무심했다. 로렌차 펠레그리니가 나타나기 전에는 줄곧 출입구만 바라보고 있더니 들어온 뒤로는 초조한 시선으로 이 여자의 일거수일투족을 좇았다. 어느 날 밤에는 술집이 문을 닫을 때가 되자 그가, 시선은 여전히 딴 데 둔 채 이런 말을 했다. 「우리 회사가 당신을 쓸 수 있을지도 모르겠어. 한 건의 정보 검색 의뢰가 아니야. 당신, 우리를 위해 매주 며칠씩 오후 시간을 내어 줄 수 있겠나?」

「상담(商談)을 해봐야지요. 무슨 일인데요?」

「한 철강 회사가 우리에게 금속 전반에 관한 책 한 권의 제작을 의뢰했네. 삽화가 좀 많이 들어가는 책이야. 꽤 진지한 책이지만 대중 시장을 겨냥했지. 인류 역사 속의 금속. 철기 시대부터 우주선까지. 뭐 이런 거, 당신도 잘 알고 있지 않나? 도서관이나 고문서관 같은 데를 파고 돌아다니면서 괜찮은 도판, 오래된 세밀화, 19세기 판화로 된, 제련 관계 자료나, 피뢰침의 그림 같은 걸 찾아낼 사람이 필요해.」

「좋아요. 내일 들르지요.」

로렌차 펠레그리니가 그에게 다가섰다. 「집까지 좀 데려다 줄래요?」

「내가 왜?」 벨보가 물었다.

「당신은 내가 꿈꾸던 남자니까요.」

벨보는 그 특유의 방식으로 낯을 붉히고는 고개를 돌려 버렸다. 「여기 증인이 있어.」 벨보는 내 쪽으로 고개를 돌리면서 말을 이었다. 「들었지? 자기가 꿈꾸어 오던 남자라는군. 이쪽은 로렌차일세.」

「안녕하세요.」

「안녕하세요.」

벨보는 일어서서 로렌차의 귀에다 입술을 대고 뭐라고 속삭였다.

로렌차는 고개를 가로저었다. 「집까지 태워다 달라고 했어요. 그것뿐이에요.」

「그렇군. 카소봉, 나 먼저 가네. 딴 남자가 꿈꾸는 여자를 위해 운전사 노릇을 해야 한다네.」

「바보 같아.」 로렌차는 말은 이렇게 하면서도 벨보의 뺨에 입을 맞추었다.

36

어쨌든 실제로 우울증 증상이 있는 나의 현재 및 미래의 독자들에게, 말이 난 김에 한 가지 주의를 주어야겠다. 그것은 우울증의 증세와 징후를 다룬 다음 소론(小論)을 읽지 말라는 것이다. 이런 글을 읽으면 대부분의 우울증 환자들이 그러듯이 곧 그 증세와 징후를 자기 자신에게 적용시키고, 일반적인 징후를 자기 것으로 만듦으로써 더 많이 고민하고 더 많이 상심하게 되는, 결론적으로 말해서 득보다는 해를 더 보게 되는 일이 없도록 하기 위함이다. 그러므로 독자들에게 충고하거니와 이런 소론을 읽을 때는 주의하라는 것이다.
— 로버트 버튼, 『우울증의 해부』, 옥스퍼드, 1621, 서문

벨보와 로렌차 펠레그리니 사이에 뭔가가 있는 것은 분명해 보였다. 그러나 나는 정확하게 그게 무엇인지, 언제부터 그런 일이 두 사람 사이에 개재되어 있었는지는 알 도리가 없었다. 두 사람 사이의 일을 알아내는 데는 아불라피아도 별로 도움이 되지 않았다.

가령, 바그너 박사와 저녁 식사를 함께했다는 대목에서는 날짜조차 없었다. 벨보는 내가 브라질로 떠나기 전부터 바그너 박사를 알고 있었고 내가 가라몬드 출판사 일을 시작한 후에도 그와 접촉했을 가능성이 크다. 나 역시 가라몬드에서 일을 하다가 바그너 박사를 만나게 됐다. 그러니까 벨보가 말하는 바그너 박사와의 저녁 식사라는 것은, 벨보와 로렌차를 필라데에서 본 저녁 전의 일일 수도 있고 그 후의 일일 수도 있다. 만약 전의 일이었다면 벨보의 당혹감과, 심상치 않은 절망감은 이해할 만도 하다.

오랫동안 파리에서 개업의로 일해 온 오스트리아 출신의

바그너 박사(그래서인지 그와의 교분을 뽐내고 싶어 하는 사람들은 이 이름을 꼭 〈바그네르〉라고 발음했다)는 1968년 이후 두 혁신 단체의 초청으로 지난 10년간 정기적으로 밀라노를 방문하고 있었다. 이 두 혁신 단체는 바그너 박사를 놓고 서로 다투었고, 그의 사상을 정반대로 해석하고 있었다. 그러나 나로서는 이 유명 인사가 스스로 나서서 과격분자들의 후원을 받는 까닭이나 경위를 알 수 없었다. 그의 이론에는 아무런 정치적인 색채가 없었다. 따라서 본인이 원할 경우 대학이나 병원이나 학술원의 초청을 받기가 훨씬 쉬워 보였다. 나는, 그럼에도 불구하고 그가 혁신 단체의 초청을 선호하는 것은 근본적으로 쾌락주의자여서 국왕 팔자를 부러워하지 않아도 될 주최 측의 대접을 좋아했기 때문이었다고 믿는다. 실제로 학교나 병원이나 학술원보다는 혁신 단체가 훨씬 더 많은 돈을 내놓을 수 있었다. 말하자면 바그너 박사에게 혁신 단체의 초청 수락은, 그가 요구하는 치료비와 맞먹는 보수의 강연과 세미나 사례금과 항공기 일등석과 고급 호텔을 의미했을 것이라는 말이다.

따라서 이 두 단체가 무슨 근거에서 바그너의 사상으로부터 영감을 받았는가 하는 것은 문제의 핵심과 관계가 없다. 그러나 그 시절에는 바그너의 정신 분석학이 혁명 활동을 위한 어떤 이론적 정당성을 제공할 수 있을 만큼 파괴적이고 파행적이고 리비도적이고 반데카르트적으로 보이기는 했다.

그러나 그의 사상이 노동자들이 받아들일 수 없는 것으로 드러난 뒤로 이 두 단체는 어떤 시점부터는 노동자와 바그너를 택일하지 않으면 안 되었다. 그런데 이들은 바그너를 택함으로써 새로운 혁명의 주역은 프롤레타리아가 아니라 정신

병자라는 이론을 낳았다.

「프롤레타리아를 정신병자로 만드는 것보다는 정신병자를 프롤레타리아로 만드는 쪽이 나을걸. 바그너 박사의 가격을 생각해 볼 때 그쪽이 훨씬 경제적일 것 같거든.」 어느 날 벨보가 내게 한 말이었다.

바그너 박사의 혁명은 역사상 비용이 가장 많이 드는 것이었다.

가라몬드 출판사는 한 대학 심리학과의 보조를 받아 바그너 박사의 소논문(지극히 전문적이고 희귀해서 추종자들 사이에서는 대단한 인기가 있는)을 모아 번역·출판했는데, 바그너가 그 책의 홍보를 위해 밀라노에 온 시점에서 벨보와의 교우가 시작되었던 것 같다.

파일명: 바그너 박사

악마적인 바그너 박사
스물여섯 번째 입력

잿빛 아침의, 그 사람

논쟁의 도중에 내가 반론을 제기했다. 악마 같은 노인은, 속으로야 짜증이 났겠지만 그걸 드러내지는 않았다. 오히려 나를 유혹하려는 듯한 말투로 대답했다.

샤를뤼스와 쥐피앵, 벌과 꿀의 관계. 천재는 사랑을 받지 못하면 견디지 못한다. 그래서 천재는 반론자를 꾀고 반론자로 하여금 자기를 사랑하도록 만들어 버린다. 그는 성공했다. 나는 그를 사랑하게 되었다.

그러나 이혼에 대한 논쟁을 벌였던 그날 밤에 치명타를 날린 것으로 봐서, 그는 나를 용서하지 않았던 것임에 분명하다. 그는 의식보다는 무의식으로, 이성보다는 본능으로 나를 유혹하고는 무의식으로 나를 처벌했다. 박사 스스로 의무론적인 값을 치른 셈이기는 하나 덕분에 나는 정신분석을 공짜로 받은 셈이 된다. 무의식은 그것을 다루는 사람조차 물어뜯는 모양이다.

『93년』[1]에 나오는 랑트나크 후작 이야기. 방데 반혁명파 일행을 태운 배가 브르타뉴 연안을 항해하는 도중 폭풍우를 만나자 대포가 포좌(砲座)를 이탈하는 사고가 발생했다. 배가 상하 좌우로 흔들리는 대로 대포는 갑판 위를 질주, 한 마리 미쳐 버린 괴물이 되어 좌현과 우현의 난간을 부수고 다녔다. 그때 한 포병(아, 잠깐의 소홀로 대포를 포좌에다 고정시키지 못했던 장본인)이 쇠사슬을 들고 불퇴전의 용기로 목숨을 걸고 그 괴물에게 달려들어 괴물을 묶어 포좌에 다시 앉힘으로써 배와 선원들과 반혁명파 인사들을 살릴 수 있었다. 무섭기로 소문난 랑트냐크 후작은 선상으로 사람들을 모아 으리으리한 훈장 수여식을 열고, 포병의 영웅적인 행동을 입이 마르게 칭찬하면서 자기 목에 걸려 있던 훈장을 풀어 그 포병에게 걸어 주니 선원들의 만세 소리가 하늘에 사무

[1] 빅토르 위고의 소설.

쳤다.

이런 연후에 랑트나크 후작은 준엄한 어조로 부하들에게, 공은 공이고, 배를 위기에 처한 일차적인 책임은 훈장을 받은 그 포병에게 있는 것임을 상기시키고, 그 책임을 물어 그 자리에서 총살하라고 명했다.

놀랍다. 과연 고결한 사나이, 부패에 저항하는 사나이 랑트나크이다. 바그너 박사가 내게 그랬다. 바그너 박사는 우정으로 내게 영광을 베풀고 진실로써 나를 처형했다.

내가 바라는 것이 무엇인지 폭로하면서

내가 바라는 것과 내가 두려워하는 것이 다르지 않음을 폭로하면서.

술집에서 이야기를 시작한다. 사랑에 빠지고 싶다는 욕구.

뭔가가 시작될 것 같은 느낌. 사랑에는 아무나 빠지는 게 아니다. 빠질 필요가 있어야, 간절한 바람이 있어야 빠지는 것이다. 그러나 필요를 느낄 때는 조심해야 한다. 미약(媚藥)을 마시는 것처럼 첫 대면한 상대에게 아찔하게 반해 버리니까. 상대가 오리 주둥이를 가진 오리너구리일지언정.[2]

2 동물학자 콘라트 로렌츠 박사는, 〈오리는 알을 까고 나와 맨 처음 보는 대상을 어미로 생각한다〉는 이론을 증명하기 위해 실제로 수많은 오리를 거느리고 다니기도 했다.

그즈음 내가 절박한 필요를 느끼고 있었기 때문일 것이다. 마침 술을 끊은 즈음이었다. 간장과 심장의 관계에 대해 서술한다. 새 사랑은 음주 재개의 훌륭한 핑계가 된다. 함께 술집으로 갈 사람이 생긴 것이다. 함께 있으면 그냥 기분이 좋은 그런 사람.

술집은 단출하고 은밀하다. 술집에 가기로 된 날은 하루 종일 길고 달콤한 기대로 가슴이 설렌다. 터억 들어가서 가죽 의자 사이의 어둠에 몸을 숨긴다. 6시의 술집은 한산하다. 추레한 단골과 피아니스트가 이윽고 들어선다. 오후에는 텅 비기 마련인 미국식 술집을 택할 필요가 있다. 웨이터는 다음 마티니를 준비하고 있으면서도 세 번 부르지 않으면 올 생각을 안 한다.

마티니여야 한다. 위스키가 아니라 마티니여야 한다. 마티니는 맑다. 잔을 들고 올리브 너머로 여자를 본다. 작고 얇은 마티니 스트레이트 잔을 통해 보는 사랑하는 여자의 모습과, 두꺼운 마티니 온더록 잔을 통해 보는 사랑하는 여자 모습의 차이. 두꺼운 마티니 온더록 잔에서 여자의 이미지는 투명한 얼음 때문에 입체파 이미지로 변한다. 서로 이마를 마티니 잔에다 대고 술잔의 냉기를 이마로 느끼면서, 잔이 서로 맞닿을 때까지 얼굴을 기울일 수 있으면 효과는 배가된다. 두 개의 마티니 잔을 사이에 둔 이마와 이마. 그러나 스트레이트 마티니 잔으로는 그렇게 할 수가 없다.

술집에서 보내는 시간은 짧다. 끝나면 떨리는 가슴으로 다음날을 기약한다. 확신의 협박으로부터 자유롭게.

술집에서 사랑에 빠지는 사람에게 반드시 자기만의 여자가 필요한 것은 아니다. 언제든지 꾸어다 쓸 여자가 있기 마련이므로.

그의 역할. 그는 여자에게 무제한적 자유를 허용하고, 자기는 매일 여행을 다닌다. 그의 관용은 어딘가 수상쩍었다. 나는 심지어 한밤중에도 그녀에게 전화를 걸 수 있었다. 그는 집에 있는데 당신은 없었다. 그는 당신이 외출 중이라고 했다. 이왕 전화한 김에 묻겠소만, 그녀가 어디 있는지 아시오? 희귀한 질투의 순간. 하지만 나는 그런 식으로 그 색소폰 주자에게서 체칠리아를 빼앗았다. 사랑하는 것, 또는 사랑한다고 믿는 것. 해묵은 복수심에 불타는 영원한 사제처럼.

산드라와는 사정이 복잡하다. 이 경우에 산드라는 내가 너무 깊이 빠져 든 것을 눈치 챈 모양이다. 부부로서의 우리 삶은 이제 억지예요. 우리, 갈라서야 할까요? 그럼 갈라서자. 안 돼요. 잠깐만요. 이야기는 마저 해야죠. 아니야, 이런 식으로는 계속할 수 없어. 문제는, 요컨대, 산드라였다.
술집에서 빈둥거리는 사람을 사로잡는 사랑의 드라마는 누구를 만나느냐에 달려 있는 것이 아니라 누구를 떠나느냐에 달려 있다.

그리고 바그너 박사와 저녁 식사. 강연에서 반론자에게 정신 분석을 정의한 직후. *La psychanalyse? C'est qu'entre l'homme et la femme... chers amis... ça ne colle pas*(정신분석 말인가요? 그거, 남자와 여자 사이에는 그게 제대로 안 된다는 것이랍니다).

이어서 토론. 부부에 대해, 법적인 허구로서의 이혼에 대해. 내 문제도 있고 해서 용감하게 뛰어들었다. 바그너 박사는 침묵을 지키고 있었는데도 불구하고 우리는 논리적인 난상 토론을 했다. 도사님이 목전에 있다는 것도 잊고. 도사님은 수심에 잠겨 있었다.

여우처럼 교활한 표정을 하고

우울하면서도 해탈한 표정을 하고

그는 장난삼아 우리 논쟁에 끼어드는 듯이 끼어들고는 주제와는 상관없는 소리를 했다(그 말은 내 마음 깊숙이 새겨져 있기에 그가 한 말을 정확하게 기억한다). 나는 이 직업에 종사하면서 자신이 겪은 이혼 때문에 신경증을 앓은 사람을 한 번도 본 적이 없습니다. 문제의 발단은 늘 〈타자〉의 이혼인 것이 보통이지요.

바그너 박사는 늘 대문자로 시작하는 〈타자〉를 언급한다. 내가 살무사에 물린 것처럼 화들짝 놀랐을 수밖에.

자작(子爵)은 살무사에 물린 것처럼 화들짝 놀랐다

이마에는 식은땀을 구슬처럼 매달고.

남작(男爵)은, 가느다란 러시아 엽궐련의 느릿한 연기 자락 사이로 그를 바라보았다

나는 물었다. 아니 그럼 박사께서는, 사람은 제가 한 이혼으로 좌절하는 게 아니라, 할 수도 있고 안 할 수도 있는 제삼자의 이혼으로 좌절한다는 겁니까? 당사자에게 위기감을 조성할 수 있는 다른 구성원의 이혼 때문에 좌절한다는 것입니까?

바그너 박사는 정신 장애자를 난생 처음 보는 사람의 얼굴을 하고는 나를 바라보았다. 박사는, 그게 무슨 뜻이오, 하고 물었다. 고백하건대, 의미야 어떻든 표현이 서툴렀던 모양이다. 나는 좀 더 구체적으로 설명하고 싶었다. 그래서 식탁에서 스푼을 집어 포크 옆에다 놓고 설명했다. 여기에 있는 이 스푼이, 포크라는 여자와 결혼한 〈나〉라는 사람입니다. 그런데 여기에 다른 부부가 있습니다. 스테이크 나이프, 별명은 독일 말로 〈마키 메서〉와 결혼한 과일 나이프입니다. 그런데 〈나〉, 스푼은 떠나기는 싫은데 부득이 포크를 떠나야 하기 때문에 고통을 받고 있다고 생각합니다. 나는 과일 나이프를 사랑하지만, 이 여자가 스테이크 나이프와 계속 함께 살겠다고 해도 제게는 문제가 안 됩니다. 바그너 박사, 그런데 바그너 박사께서는 내가 고통스러워하는 까닭은 과일 나이프가 스테이크 나이프를 떠나지 않으려 하는 데 있다고 했습니다. 그렇습니까?

바그너 박사는 식탁에 앉은 다른 사람에게, 자기는 그런 말을 한 적이 없다고 말했다.

아니, 안 하셨다뇨? 신경증의 원인이 자기의 이혼이 아니라 〈타인〉의 이혼에 있는 경우를 한두 차례 본 것이 아니라고 하시지 않았습니까?

바그너 박사는 지겹다는 듯이, 그랬나요, 기억이 안 나는 걸요, 하고 중얼거렸다.

만일에 그랬다면, 내가 제대로 이해한 겁니까?

바그너는 잠시 침묵했다.

다른 사람들은 입 안의 음식을 삼키지도 못한 채로 그의 대답을 기다렸다. 그러나 바그너는 급사에게 포도주 잔을 채우라고 손짓했다. 이윽고 잔이 차자, 잔을 들어 불빛 아래서 포도주를 찬찬히 살피다가 입을 열었다.

당신이 이해한 것은, 당신이 이해하고 싶었던 바로 그것입니다.

그러고 나서는 시선을 돌려 날씨가 덥다고 하더니, 콧노래로 무슨 아리아인가를 부르고 딱딱한 막대기 빵을 집어 들고 지휘자가 오케스트라를 지휘하는 시늉을 하는가 하면, 하품을 하고, 휘핑크림에 덮인 케이크를 노려보고, 그러다 또 한동안 입을 다물고 있다가 이윽고 자기를 호텔까지 좀 태워다 주지 않겠느냐고 했다.

도사님의 한 말씀을 기다리던 사람들이 나를 바라보는 시선은, 내가 그날 심포지엄을 망친 장본인이기라도 한 것처럼 곱지 않았다.

진실을 말하자면, 그날 나는 〈진리〉를 접한 것이다.

전화를 걸었다. 당신은 집에 있기는 있는데 〈타인〉과 있었다. 나는 밤새 잠을 이루지 못했다. 나는 깨달았다. 내가 견딜 수 없었던 것은 당신이 그와 함께 있는 것이었음을. 산드라는 이 일과 아무 상관이 없음을.

그로부터 극적인 반년의 세월이 흘렀다. 그동안 나는 당신에게 달라붙어 당신을 괴롭혔고, 당신의 결혼 생활이 파탄에 직면하기를 바라는 마음에서, 무수히 당신이 내 곁에 있어야 하고, 그 〈타인〉에 대한 당신의 증오는 의심할 여지가 없다는 말을 자주 했다. 그러자 당신은 그와 싸우기 시작했고, 그는 당신을 질투하면서 까다롭게 굴기 시작했다. 그는 밤에는 외출을 삼갔고, 여행 중에는 하루에 두 번씩 한밤중에 전화를 했고, 급기야는 당신을 때리기까지 했다. 당신은 나에게 도피 자금을 부탁했다. 나는 은행에 남아 있던 얼마 안 되는 돈을 긁어 당신에게 주었다. 당신은 그 결혼을 뒤집어엎고, 주소도 남기지 않은 채 친구들과 함께 산으로 들어가 버렸다. 그 〈타인〉은 내게 전화를 걸어, 다급한 목소리로 당신이 어디에 있는지 아느냐고 물었다. 나는 모른다고 했지만 곧이들리지는 않았을 것이다. 당신이 그에게, 나 때문에 떠난다고 했기 때문이다.

밝은 표정으로 돌아온 당신은, 그에게 작별의 편지를 썼다고 했다. 나는, 산드라와 나는 어떻게 될 것인가를 생각했다. 그러나 당신은 나에게 말했다. 볼에 흉터가 있기는 하지만 집시 같은 아파트를 가진 사람을 만났으니 이제 그 사람과 살겠다고 했다.

그럼 당신은 이제 날 사랑하지 않는 건가?

물론 사랑하죠. 당신은 내가 사랑하는 유일한 남자예요. 하지만 일이 이렇게 되고 나서 생각해 보니 내게도 이런 체험이 필요하겠어요. 바보같이 굴지 말고 이해하려고 애써 줘요. 어쨌든 나는 당신 때문에 남편과 헤어졌어요. 누구나 나름대로의 템포에 맞춰야 하는 거 아니겠어요?

템포? 날 버리고 딴 놈 찾아간다며?

당신은 인텔리인 데다 좌익이잖아요? 마피아같이 굴지 말아요. 곧 또 만날 수 있을 테니까.

모든 것이 바그너 박사 덕분이다.

37

사람은 네 가지를 의심할 바에는 차라리 세상에 태어나지 않는 게 낫다. 그 네 가지가 무엇인고 하니, 곧 위에 있는 것, 아래에 있는 것, 앞에 있는 것, 뒤에 있는 것을 이름이다.
— 『탈무드』, 하기가 2. 1

내가 가라몬드 출판사에 첫 출근한 날 아침, 사람들은 아불라피아를 설치하느라고 법석을 떨고 있었다. 벨보와 디오탈레비는 신의 명칭에 대한 장황한 논쟁을 벌이느라 정신이 없었고, 구드룬은 불안한 시선으로 먼지투성이인 원고 더미 사이에다 이 요상한 물건을 설치하는 사람들을 좇고 있었다.

「앉게 카소봉, 금속사(金屬史) 출판 계획, 초안이 나왔네.」 단둘이 앉게 되자 벨보는 색인과 각 장의 개요와, 제안된 배면(配面) 계획을 펼쳐 보였다. 내가 할 일은 본문을 읽고 도판 거리를 찾아내는 것이었다. 나는 정보 자료가 꼭 있을 만한 밀라노의 몇몇 도서관 이름을 댔다.

「그걸로는 기별이 안 갈 테니 다른 곳도 뒤져 봐야지. 가령 뮌헨의 과학박물관에는 사진 자료가 넘쳐 나는 굉장한 고문서관이 있다네. 파리에는 국립 공예원 박물관이 있고, 시간이 있으면 나도 다시 가보고 싶은 곳이라네.」

「가볼 만한가요?」

「심란한 곳이지. 고딕풍 교회에 우리 시대 기계 문명의 찬란한 승리가 숨 쉬고 있다네……」 그는 말을 이으려다가 책상 위에 놓인 문건을 추스르면서 머뭇거렸다. 그러다가 자기 말에 너무 무게를 싣게 되는 것이 마음에 걸리는지 천천히 덧붙였다. 「그리고 진자(振子)가 있네.」

「무슨 진자요?」

「진자 말이야. 푸코의 진자.」

벨보는 이러면서 내가 이틀 전 토요일에 보았던 모양 그대로 그 진자를 묘사해 보였다. 아니, 내가 그 진자를 그런 모양으로 본 것은 벨보가 그렇게 보도록 미리 만들어 놓았기 때문인지도 모르겠다. 그러나 벨보의 설명을 들을 때만 해도 나는 별다른 관심을 보이지 않았던 것 같다. 그래서인지 벨보는, 내가 시스티나 성당을 다 구경하고,〈이게 전부요〉하고 시답잖게 묻기라도 한 것처럼 나를 바라보면서 설명했다.

「푸코의 진자가 있는 곳이 교회여서, 말하자면 분위기 탓인지는 몰라도 정말 강렬한 인상을 받았다네. 이 진자를 보고 있으면, 이 세상 만물은 움직인다, 그러나 저 위, 우주 어딘가에는 불변하는 단 하나의 고정점이 있을지도 모른다…… 이런 생각을 하게 되거든. 신심이 없는 사람도 이걸 보노라면 신의 존재를 생각하게 되어 있어. 무신론을 청산하게 된다는 뜻은 물론 아닐세. 왜냐하면 그 불변하는 극점 역시 공(空)일 테니까. 따라서 하루 세 끼 실망을 먹고 사는 우리 세대에게는 위안이 될 수도 있을 거라.」

「제 세대는 더 지독한 실망을 먹고 사는데요?」

「자랑하지 말게. 어쨌든 자네 생각은 틀린 생각일세. 당신 세대에게 실망은 잠시 스쳐 가는 시기에 불과했으니까. 당신 세대는 그래도 〈카르마뇰[輪舞頌]〉도 부르고 반동의 거리 방데 가로 뛰쳐나갈 수 있었거든. 하지만 우리 세대는 달라. 우리 세대의 태초에는 파시즘이 있었네. 우리가 어린 시절이어서 그게 무슨 모험담처럼 들리기는 했어도, 어쨌든 우리에게는 우리 나라의 영원한 숙명에 대한 인식이 하나의 고정점으로 존재하고 있었네. 그다음의 고정점은 레지스탕스. 레지스탕스 운동을 구경하고 있던 나 같은 방관자 세대에게 그것은 통과 의례, 혹은 춘분제(春分祭)나 하지제(夏至祭)…… 나는 이걸 종종 혼동하거든, 하여튼 그런 것이었네. 그다음의 고정점을 신으로 옮긴 사람도 있고, 노동 계급으로 옮긴 사람도 있네. 이 양자를 고정점으로 삼은 사람들이 대부분이지. 지식인들은, 세계를 개조할 준비가 잘 되어 있는, 건강하고 잘생긴 노동자 모습을 떠올릴 때마다 신이 나고는 했네. 그러나 지금은, 당신도 잘 알겠지만, 노동자는 있어도 노동 계급은 없네. 어쩌면 헝가리 같은 데서 집단으로 살해당한 것인지도 모르지. 그다음에 당신네 세대가 왔어. 당신들 세대에게, 그 시대 일은 어쩌면 자연스럽게 보였을지도 모르겠네. 그래서 휴가 즐기는 기분으로 시위에 가담했을 테지. 그러나 우리 세대는 그렇지 못했어. 우리에게 시위는 보복, 가책, 후회, 갱생의 순간순간이었네. 우리는 처절하게 실패했는데 당신네 세대는 열성과 용기와 자기비판으로 무장하고 나타나 당시 30대 후반 아니면 40대 초반이던 우리에게 희망을 주었네. 정확하게 말하자면 희망과 굴욕감이었네만 어쨌든 희망은 있어 보였지. 우리는 처음부터 다시 시작하는 희생을 치르는 한이 있어도 당신네들을 본받아야 했네. 그래서 우리는 넥타이를 풀고, 트렌치코트를 벗어 던지고 중고품 반코트를 샀네. 제도권 섬기는 것이 싫다면서 직장을 때려치운 사람들도 있었네……」

그는 담배에 불을 붙여 물었다. 지나치게 열을 내고 있다는 걸 의식하고는 그 모습을 무마하려는 행동, 자제를 무너뜨린 데 대한 일종의 사죄 표현 같은 것이었다.

　「그런데 당신들 세대 역시 포기하고 마는군. 우리는 회개하는 뜻에서 아우슈비츠로 순례를 다녀왔고 코카콜라의 광고 카피 쓰는 것도 거부했네. 반(反)파시스트로서 그런 일을 할 수는 없었던 거지. 우리 세대는 쥐꼬리 같은 월급을 받아가며 가라몬드 출판사에서 일하는 데 만족하네. 적어도 책은 민중을 위한 것이니까. 그러나 당신네 세대는, 당신네 세대가 전복시키는 데 실패한 부르주아에게 복수하는 심정으로 이들에게 비디오카세트와 오토바이광을 위한 잡지를 팔고, 선(禪)과 오토바이 정비 기술로 이들을 세뇌시켰네. 나는 당신네 세대가 마오쩌둥의 사상을 복사해서 우리에게 헐값으로 팔고, 그 돈으로 폭죽을 사서 새 세대의 창의력을 자축했다는 것을 잘 알고 있네. 우리가 부끄러워하면서 인생을 조심조심 살고 있을 동안에 당신네 세대들은 부끄러운 줄도 모르고 그런 일을 했네. 당신들은 우리를 속인 거야. 당신네 세대는 순수한 게 아니라 사춘기 열병을 겪었던 것뿐이네. 우리에게는 볼리비아 민병대와 맞설 용기가 없고, 그러니 부끄러워해야 마땅하다는 생각을 하게 만들고는 당신네 세대는 거리를 걷고 있는 불쌍한 볼리비아 민병대의 등을 쏘는 짓도 마다하지 않았네. 10년 전에 우리 세대는 당신네 세대를 감옥에서 꺼내기 위해 거짓말을 했네만, 당신네 세대는 친구들을 감옥에 보내기 위해서 거짓말을 했네. 그래서 나는 컴퓨터 같은 기계를 좋아하네. 컴퓨터는 어리석네. 믿지도 않고 내게 믿음을 강요하지도 않아. 내가 하라는 대로 할 뿐이지. 어리석은 나와 어리석은 기계의 관계, 정직한 관계 아닌가.」

「하지만 저는 —」

「카소봉, 당신에게는 죄가 없어. 당신은 돌멩이를 던지는 대신 달아났고, 학위를 땄고, 아무도 쏜 일이 없거든. 그럼에도 불구하고 몇 년 전까지만 해도 나는 당신한테서 위협을 느끼고 있었네. 개인적인 위협이라기보다는 세대 간에 되풀이되는 위협 같은 것이었네. 그러다가 작년에 푸코의 진자를 본 순간 나는 모든 것을 이해할 수 있게 되었네.」

「모든 것을요?」

「정직하게 말하면 거의 모든 것을. 카소봉, 그 진자까지도 가짜 예언자라네. 사람들은 그 진자를 바라보면서 우주 속에 있는 하나의 고정점을 상정하겠지만, 그걸 박물관 천장에서 떼어 내어 사창굴에 매달아 놓는다고 하더라도 진자의 움직임은 달라지지 않네. 뿐인가, 진자는 도처에 있네. 뉴욕의 유엔 본부에도 있고, 샌프란시스코 과학박물관에도 있네. 진자는 도처에 있어. 어디에다 매달아 두든, 지구가 자전하는 한 푸코의 진자는 부동점을 중심으로 진동하게 되어 있네. 따라서 우주의 모든 점이 불변의 고정점이 될 수 있는 것이지. 진자를 부동점에 걸어 놓기만 하면 되는 걸세.」

「신 또한 도처에 있다는 뜻이겠지요?」

「어떤 의미에서는 그렇다고 볼 수 있겠지. 그러나 바로 이 점 때문에 진자가 나를 심란하게 만든다네. 진자는 내게 영원을 약속하지만 그 영원을 어디에 매달 것인지는 내 판단에 맡긴 셈이거든. 그러니까 진자를 섬기는 것만으로는 안 돼. 나름의 진자를 어디에 걸어야 할 것인가를 결정해야 하는 것이지, 그런데도…….」

「그런데도요?」

「그런데 아직은. 당신 내 말을 진지하게 받아들이고 있는
건 아니겠지? 아니겠지. 마음이 놓이는군. 당신과 나 같은 사
람은 무엇이든 심각하게 받아들이는 사람들이 아니니까…….
어쨌거나 하던 얘기로 돌아가면, 수많은 곳에다 진자를 거는
일로 세월을 보냈지만 진자는 흔들리지 않더라, 그런데 공예
원 박물관에서는 흔들리더라…… 이런 생각을 하게 된다네.
당신은 우주에 특별한 곳이 있다고 생각하나? 가령, 이 방의
천장 어디에 특별한 한 점이 있는 것일까? 없어. 그런 걸 믿
는 사람은 없어. 그래. 분위기가 중요할 거야. 모르겠어. 우리
는 늘 그 점을 찾고 있고, 실제로 그런 점은 우리 가까이 있는
데도 불구하고 우리가 알아보지 못하고 있는 것인지도 모르
지. 그 점을 알아보기 위해서는 먼저 그 점을 믿어야 하는 건
지도 모르고. 그건 그렇고, 가라몬드 사장을 만나러 가자고.」

「만나서 진자를 달려고요?」

「역시 인간은 어리석다니까! 지금부터는 좀 진지하게 굴
필요가 있네. 월급을 받으려면 사장이 당신을 보고 만지고 냄
새 맡은 뒤 좋다고 승낙을 내려야 하네. 가세. 가서 사장으로
하여금 당신을 좀 만지게 하세. 사장의 약손에는 연주창(連
株瘡)도 낫는다네.」

38

바빌론의 군주, 흑십자 기사, 죽음의 기사, 빛나는 반지의 지엄하신 주인, 태양신의 사제, 조화옹(造化翁), 흰 독수리 기사, 검은 독수리 기사, 솔로몬 왕의 홍문 기사(虹門騎士), 불사조 기사, 이리스 기사, 엘레우시스 사제, 금양모피 기사…….
— 공인 고제(公認古制) 스코틀랜드 의례의 위계(位階)

복도를 지나고, 계단 세 개를 오르고, 반투명 유리문을 들어서니 별천지였다. 들어가기 직전까지 보았던, 어둡고, 먼지투성이고, 페인트칠이 군데군데 벗겨진 방에 견주면 공항의 VIP 라운지 같은 방이었다. 부드러운 음악, 특별히 디자인된 가구가 즐비한 호화로운 응접실, 하원 의원처럼 보이는 신사가 상원 의원처럼 보이는 신사에게 날개 달린 승리의 여신상을 증정하는 사진이 무수히 걸린 연푸른 벽. 커피 테이블에는 치과 병원 대기실이 그렇듯이 일류 잡지가 아무렇지도 않게 놓여 있었다. 『문학과 기지』, 『시의 아타노르¹』, 『장미와 가시』, 『이탈리아 파르나소스』, 『자유시』. 처음 보는 책들이었다. 나중에야 알게 된 일이지만, 그것은 마누치오 출판사 고객들에게만 배포되는 책이었다.

처음에는 그 방이 가라몬드 출판사의 임원들 집무실이거니 여겼는데 아니었다. 마누치오 출판사는 가라몬드와는 완전히 다른 또 하나의 출판사였다. 가라몬드 출판사 로비에는

---

1 연금술에서 말하는, 연료 자동 공급식 소화로(消化爐).

먼지가 낀 작은 유리 전시대가 있고, 그 안에는 최근에 가라몬드가 출판한 책이 전시되어 있었다. 프랑스의 대학 출판물을 흉내 내어 페이지가 개봉되어 있지 않고[2] 표지는 수수하게 회색이 주조를 이루는, 겉모양이 소박한 책들이었다. 게다가 종이는 몇 년만 지나면 누렇게 변색하는 것이어서 저자가 새파랗게 젊더라도 책만 보아서는 아주 오래전에 출판된 것처럼 보이기가 일쑤였다. 그런데 마누치오 출판사 서적 전시 상자 안에는 불이 켜져 있고 바로 그 환한 유리 상자 안에는 마누치오 출판사의 책들이 황홀한 모습을 자랑하듯이 펼쳐져 있었다. 우아한 투명지에 싸인 하얀 표지, 고급 닥종이에 찍힌 단정한 글씨가 그렇게 깔끔할 수 없었다.

가라몬드 출판사의 목록이 〈인문학 연구〉나 〈철학의 세계〉처럼 제목부터 약간 무뚝뚝한 느낌을 주는 학문적 연작물을 아우르고 있는 것에 견주어 마누치오의 시리즈 제목은 지극히 섬세하고 시적이었다. 『꺾이지 않은 꽃』(시집), 『미지의 땅』(소설), 『협죽도 시대』(「어느 병든 소녀의 일기」 같은 작품이 들어 있는), 『이스터 섬』(수필집 시리즈가 아니었나 싶다), 『새 아틀란티스』, 이런 식이었다. 『새 아틀란티스』 시리즈 중 최근간(最近刊)은, 『다시 찾아간 쾨니히스베르크: 초월적 체계와 현상적 본체학(本體學)으로 동시에 제시되는 미래에 관한 형이상학적 서설』이었다. 표지에는 마누치오 출판사의 로고인, 야자나무 아래 서 있는 펠리컨과 함께 〈나는, 내가 준 것만큼만 누린다〉는 단눈치오의 경구가 찍혀 있었다.

---

2 프랑스의 출판물에는, 측면을 제단하지 않은 책이 더러 있다. 따라서 이런 책은 한 페이지씩 뜯어 가면서 읽어야 한다.

벨보는 역시 입이 무거운 사람이었다. 그는 가라몬드 씨가 두 개의 출판사를 소유하고 있다는 말은 한 번도 한 적이 없었다. 가라몬드 출판사와 마누치오 출판사 사이에 통로가 있다는 사실 자체가 대외비라는 것을 안 것은 그로부터 며칠이 지난 뒤였다. 가라몬드 출판사의 정문은 너저분한 신체로 레나토가에 있었지만 마누치오 출판사의 정문은 마르케제 구알디가에 있었다. 말하자면 신체로 레나토가가 아니라, 건물들이 깔끔하고, 널찍한 보도 양쪽이 알루미늄 승강기 로비로 번쩍거리는 거리였다. 신체로 레나토가에 있는 한 너저분한 건물이, 깔끔한 마르케제 구알디가의 건물과 서로 통하고 있으리라고 짐작할 만한 사람은 많지 않을 터였다. 모르기는 하지만 가라몬드 씨는 건축 허가를 얻느라고 애깨나 썼을 것이다. 나는 가라몬드 사장이, 마누치오 출판사의 저자 중 한 사람인 도시 계획국의 한 관리에게 도움을 받았을 것이라고 믿고 있다.

벽 색깔과 조화가 잘 되는 수제(手製) 스카프를 두른 그라치아 양이 어머니 같은 온화하면서도 신중한 웃음으로 우리를 맞아들이고는 사장실로 안내했다.

크지는 않았지만 베네치아 궁전에 있는 무솔리니의 집무실을 연상시키는 방이었다. 문 가까이 지구의가 있었다. 방 한끝에, 마호가니 책상 앞에 앉아 있는 이가 가라몬드 사장이었다. 가라몬드 사장은 흡사 쌍안경을 거꾸로 들고 우리를 쳐다보고 있는 듯했다. 그는 우리에게 가까이 오라는 몸짓을 했다. 나는 괜히 겁이 났다. 잠시 후 데 구베르나티스 씨가 들어왔을 때 가라몬드 사장은 의자에서 몸을 일으키고 그를 맞으러 갔는데, 이런 사소한 몸짓은 그 출판업자의 관록을 더없이 돋보이게 했다. 사장이 방을 가로질러 오는 것을 보다가 얼김에 주인에게 팔짱을 끼인 채로 방을 가로질러 가다 보면 그 공간이 두 배로 늘어나 보일 터였다.

가라몬드 사장은 우리에게, 책상 맞은편 자리에 앉으라는 손짓을 했다. 그의 말투는 단도직입적이면서도 친절했다. 「카소봉 박사, 벨보 박사가 당신을 높이 평가합디다. 우리에게는 좋은 분들이 필요합니다. 물론 잘 아시겠지만 우리는 박사를 편집진으로 모시고자 하는 것이 아닙니다. 그럴 여유가 없어서요. 그러나 박사의 노고에 대한 대가는 받으시게 될 것입니다. 노고라기보다는 헌신이라고 하는 편이 낫겠군요. 나는 우리가 하는 일에 사명감을 느끼고 있습니다.」

그는 일단 작업에 필요한 시간을 추정해 내고 나에게 시간급(時間給)을 제시했다. 당시로서는 합리적인 금액이었다. 나는 받아들였다.

수하(手下)로 들어가는 순간 〈박사〉 칭호는 흔적도 없이 사라졌다. 「좋소, 카소봉. 이 금속사는 걸작에서 한걸음 더 나아가 아름다운 작품이 되어야 하오. 대중적인 동시에 학문적이어야 하는 것이지요. 그러자면 독자의 상상력을 사로잡지 않으면 안 돼요. 예를 하나 들어 보죠. 여기 이 초고에는 구체(球體)에 대한 언급이 있는데…… 뭐더라. 그래요, 마그데부르크의 반구였지……. 두 개의 반구를 마주 붙이고 그 안의 공기를 다 빼내고 진공 상태로 만들면, 몇 필의 말로 끌어도 반구는 떨어지지 않는다고 하지요? 이것은 과학적인 정보올시다. 하지만 아주 특별하고 아름다운 이미지가 떠오르는 정보인 만큼 다른 정보와 구분을 해야 하오. 그런 뒤, 프레스코화가 되었든 유화가 되었든 거기에 알맞은 도판을 찾아내시오. 그러면 우리는 컬러로 한 페이지씩을 배면(配面)하겠소.」

「마그데부르크의 반구라면 제가 아는 판화가 있습니다.」

「역시 그렇군! 브라보, 전면(全面). 그것도 컬러로.」

「석판화라서 흑백으로 앉혀야 합니다.」

「좋아, 그럼 흑백으로 하지 뭐. 정확성을 최우선 과제로. 배경은 금박으로 때립시다. 그 실험 현장에 있는 기분을 맛보게 함으로써 독자에게 충격을 주는 겁니다. 무슨 말인지 알겠지요? 과학적인 실증, 사실주의, 우리의 정열로 독자를 순식간에 끌어들여 버리는 겁니다. 퀴리 부인의 이야기만큼 극적인 드라마가 어딨겠어요? 어느 날 밤 퀴리 부인이 집으로 돌아오는 길에 어둠 속에서 반짝거리는 물체를 본다……. 저게 뭘까? 탄화수소일까? 골콘다의 다이아몬드 플로지스톤[燃燒體]? 뭐, 정확한 명칭은 중요하지 않아요. 결국 마리 퀴리는 엑스선을 발견하고 말죠. 그런 극적인 효과를 내는 겁니다. 역사적 사실을 절대적으로 존중해 가면서 말이지요.」

「엑스선과 금속이 무슨 관계가 있습니까?」

「라듐은 금속 아니랍니까?」

「그렇기는 하죠.」

「그럼 됐잖소? 지식 체계 전체를 금속의 관점에서 바라볼 수 있는 겁니다. 벨보, 우리가 이 책을 뭐라고 부르기로 했지요?」

「〈금속〉 같은, 수수한 제목을 생각하고 있습니다만.」

「그래요, 수수해야지. 하지만 내용을 짐작케 하는 말이 들어가야 하지 않겠소. 말하자면 미끼 같은 거. 어디 봅시다……. 〈금속: 어떤 세계사〉, 어때요? 중국도 포함되겠지요?」

「그렇습니다.」

「그럼 〈세계사〉가 틀림없구먼. 광고적인 속임수가 아니라 진짜 세계사인 것이지. 가만있자. 〈금속의 경이로운 모험〉은 어떻소?」

이때 그라치아 양이 데 구베르나티스 씨의 도착을 알려 왔다. 가라몬드 사장은 머뭇거리며 나를 바라보았다. 벨보가 믿어도 좋은 사람이라고 말하는 듯한 몸짓을 했다. 사장은 데 구베르나티스 씨를 안내하라고 지시하고는 천천히 그를 맞으러 갔다. 더블 양복 차림의 데 구베르나티스 씨는 옷깃에는 장미를, 가슴 주머니에는 만년필을, 옆 주머니에는 신문을 꽂은 채로 들어왔다. 겨드랑이에는 가죽으로 만든 서류 가방을 끼고 있었다.

가라몬드 사장이 말했다. 「어서 오십시오, 선생님. 이렇게 뵙게 되어서 영광입니다. 내 친구 데 암브로지스 군으로부터 선생님 말씀을 익히 들었습니다. 국가에 봉사하며 평생을 보내시고 훈장까지 받으셨다는 것도 놀라운데 시적인 재능까지도 갖추고 계시다고요. 보여 주십시오. 들고 계신 그 보물을 제게 보여 주시지요…… 하지만 먼저 저희 편집 간부 두 분을 소개해 올리는 게 순서겠군요.」

가라몬드 사장은 원고가 가득히 쌓인 책상 앞에 손님을 앉히고는 떨리는 손끝으로 원고의 표지를 쓰다듬으면서 말을 이었다. 「아무 말씀도 마십시오. 한마디도 마십시오. 나는 모든 것을 알고 있답니다. 선생님은 위대한 도시, 우아한 도시 비티페노 출신이시지요? 비티페노 세관에서 근무하셨지요? 공무원으로 일하시면서도, 시작(詩作)에 대한 정열에 쫓기면서 밤이면 밤마다 원고지를 메워 나가셨겠지요? 시라고 하는 것은 사포로부터는 젊음을 소진시키면서도 괴테에게는 노년의 자양분을 주었으니 요물이지요. 시는 마약입니다. 그리스인들은 〈독〉과 〈약〉을 같은 단어로 쓰고 있잖습니까. 물론 우리는 선생님이 창조하신 이 작품을 읽어 보아야 합니다. 나는 언제나 세 사람에게 읽히고 내용을 보고받는 형식을 고집합니다. 세 사람 중 한 사람은 회사 직원, 두 사람은 자문 위원들이지요. 죄송합니다, 자문 위원들의 존함은 밝히지 않는 편이 좋겠군요, 하여튼 유명 인사들입니다. 우리 마누치오 출판사는 질, 그렇습니다, 질입니다. 여기에 확신이 가지 않는 한 어떤 사람의 책도 출판하지 않습니다. 그러나 책의 질이라고 하는 게, 나보다 더 잘 아시겠지만, 쉽게 감지되는 것이 아닙니다. 오로지 육감을 통해서만 감지되는 것입니다. 책에 불완전한 요소나 결함이 없을 수는 없지요. 스베보도 이따금씩 졸작을 남겼으니까요. 그러나 육감은 좋은 책의 사상과 리듬과 저력을 감지합니다. 아, 알고 있습니다. 겸양하시는 말씀이시겠지요. 선생님의 원고 첫 장을 얼핏 보는 순간, 내게 오는 것이 있군요. 하지만 나 자신이 직접 판단하고 싶지는 않군요. 물론 여러 차례 읽은 사람들의 보고가 미온적일 때는 내가 나서서 그 보고를 기각시켜 버리는 일도 없지 않아요. 한 저자의 리듬을 파악하지 않고는 지망지망히 평가할 수 없는 것이니까요. 가령, 선생님의 원고를 무작위로 들추어 보면, 바로 한 시구에 눈이 갑니다. 〈가을인 듯, 여윈 눈까풀은⋯⋯〉, 좋군요, 이 시행이 어떻게 이어지게 되는지 나는 알지 못하지만 벌써 어떤 영감 같은 것은 내게 옵니다. 이 영감을 통해서 나는 이미지를 보게 되지요. 때로는 이렇게 넋을 잃은 채, 황홀하게 한 작품을 끝까지 써나가는 수도 있겠지요. 아, 우리가 늘 우리 좋은 짓만 하고 살 수 있다면 얼마나 좋겠습니까? 하지만 출판 역시 장사, 장사 중에서 가장 고상한 장사올습니다만, 장사는 어디까지나 장삽니다. 요즘 인쇄비가 얼마나 되는지 아십니까? 종이 값은요? 오늘 아침 뉴스 보셨겠지요? 월가의 표준 금리 말입니다. 그게 우리에게 영향이 없을 거라고는 안 하시겠지요? 분명히 영향이 있습니다. 우리의 재고품에도 세금이 떨어집니다. 나는 따라서 실패의 값까지 치르고 있는 셈이지요. 말하자면 실리주의자들이 알아주지 않는 천재의 골고다 언덕인 것이지요. 얇은 반투명지를 쓰셨군요…… 원고를 이런 얇은 종이에 타자하시다니, 실례지만 굉장히 세련된 분이십니다. 원고에서 벌써 시인 냄새가 물씬 풍기는군요. 엉터리들은 읽는 사람의 눈을 부시게 만들고 정신을 헛갈리게 하기 위해 양피지를 씁니다. 하지만 이 시들은 가슴으로 쓴 시편임에 분명합니다. 결국 이 양파 껍질 같은 반투명지에다 쓰신 것은 곧 지폐에다 쓰신 것과 같다고 볼 수 있지요.」

전화가 울렸다. 가라몬드 사장이 얘기 도중에 책상 밑에 있는 벨을 살짝 눌렀고, 그라치아 양이 이 신호를 받고는 오지도 않은 가짜 전화를 사장에게 연결한다는 것을 안 것은 뒷날이다.

「아이고, 선생님 뭐라고요? 대단하십니다. 굉장한 일이군요. 온 마을 사람들에게 알리기 위해 종이라도 울리고 싶을 정도로요. 선생님의 붓끝에서 새 작품이 나왔다는 것부터가 벌써 사건이지요. 아, 물론입니다. 우리 마누치오 출판사의 필진에 선생님이 가세하셨다는 것 자체가 우리에게는 자랑스러운 일입니다. 자랑스럽다 못해서 몸이 저리기까지 한걸요. 선생님의 근작 서사시에 대한 신문 서평을 보셨겠지요?

노벨상감이라고들 하더군요. 하지만 선생님은 불행히도 시대를 앞서 가십니다. 우리는 3천 부 파는 데도 애를 먹었으니까요……」

데 구베르나티스 씨가 낯색을 잃었다. 3천 부는, 그로서는 언감생심일 터였기 때문이다.

가라몬드 사장은 전화통에다 대고 말을 이었다. 「판매가가 제작 원가를 충당하지 못한 것이지요. 유리문을 통해서 보시면 우리 편집부에 얼마나 많은 직원들이 있는지 아시게 될 겁니다. 요즘은 제작비를 채우고 나가자면 적어도 1만 부는 팔아야 합니다. 다행히도 1만 부를 상회하는 책도 있기는 합니다만 그런 작가들은, 뭐랄까요, 좀 색다른, 천부적인 소질을 지닌 분들이지요. 발자크도 위대한 작가이고 프루스트도 위대한 작가이지만, 발자크의 소설은 호떡처럼 팔려 나간 데 비해 프루스트는 자비 출판을 하지 않으면 안 되었답니다. 선생님의 시집도 학교가 권장하는 명시선(名詩選)에는 들어가겠지만 지하철역의 가판대에는 오르지 못합니다. 조이스에게도 같은 일이 일어났었지요. 조이스도 프루스트처럼 자비 출판을 한 겁니다. 내가 선생님같이 위대한 시인의 시집을 펴내는 특권, 그거 자주 행사할 수가 없습니다. 2~3년 만에 한 번씩이면 또 모르지만요. 제게 3년만 시간을 주셨으면 합니다만……」 긴 침묵이 이어졌다. 가라몬드 사장의 얼굴에 당혹감이 스쳐 지나갔다.

「뭐라고요? 선생님의 자비(自費)로 말인가요? 아닙니다, 아니에요, 금액이 문제가 되는 건 아닙니다. 우리도 제작 원가를 낮출 수도 있어요……. 하지만 우리 마누치오 출판사 원칙은…… 옳고말고요. 조이스와 프루스트도…… 물론 이해합니다…….」

다시 괴로운 침묵. 「좋습니다. 직접 만나서 얘기를 해보지요. 나는 정직하게 말씀드린 것인데, 선생님이 그렇게 급하시다니……. 미국인들의 소위 〈조인트 벤처[合營]〉라는 걸 한번 해봅시다. 양키들은 항상 우리보다 한발 앞선다니까요. 내일 들르시지요. 함께 계산을 좀 뽑아 보기로 합시다. 정말 존경스럽고 놀라운 분이십니다…….」

가라몬드 사장은 꿈에서 깨어난 사람 같은 얼굴을 하고는 전화 수화기를 놓았다. 그는 눈을 비빌 때야 비로소 방문객이 있다는 것을 깨달은 듯한 얼굴을 했다. 「아, 용서하십시오. 한 작가 분이었습니다. 진정한 작가, 위대한 작가의 반열에 드는 작가일 겁니다. 하지만 바로 이 때문에…… 이 일을 하다 보면 간혹 이렇게 겸손해질 수밖에 없다니까요. 소명 의식만 아니었다면……. 그런데 어디까지 얘기했던가요? 그래요, 할 얘기는 끝난 것 같군요. 연락을 드리겠습니다. 작품을 맡겨 주시면 한 달 뒤에 연락드리겠습니다. 작품은 잘 간수할 것이고요.」

데 구베르나티스 씨는 할 말을 잃은 채 자리를 떴다. 그는 자신이 명예와 영광을 창조해 내는 대장간에 발을 들인 것으로 생각한 것이다.

39

평면 천체단(平面天體團) 학자, 헤르메스학 철학자, 에온의 선거후(選舉侯), 헤레돔 장미의 왕자 기사(王者騎士), 지혜의 신전 대사제, 노아의 기사, 시바교의 현자, 성단(星團)의 최고 사령관 기사, 12궁의 대성(大聖), 후츠의 목왕(牧王), 상형문의 해독자, 피라미드의 현자, 칼카스에 유배당한 거신(巨神), 오르페우스 학자, 장엄한 음유 시인, 바라문 왕자(王子), 삼화(三火)의 수호자.
— 원조 고제(元祖古制) 멤피스—미스라임 제의의 위계

마누치오는 APS[1]를 위한 출판사였다.

마누치오 출판사의 은어(隱語)로 〈APS〉가 무슨 뜻이었는 가 하면…… 아니, 〈었는가〉라니……. 어째서 나는 과거 시제를 쓰고 있는가. APS는 아직도 엄연하게 존재하는데? 밀라노에서는 여전히 만사가 여일하게 진행되고 있는데도 나는 지금 그런 일들을 아득히 먼 과거 일로 치부하고 있는 것이다. 이틀 전 생마르탱데샹에 있는 수도원 교회의 회중석에서 있었던 일 때문에 시공이 분열되고 세기가 역전된 것이다. 아니다. 어쩌면 내가 하룻밤 사이에 나이를 열 살쯤 더 먹어 버렸기 때문인지도 모르겠고, 정맥을 자른 채 욕조에 누워 몸이 피 속에 잠기고 죽음이 찾아오기를 기다리면서 몰락하는 한 제국의 연대기를 기술하는 심정으로 이것을 쓰고 있는 것은 어쩌면 〈그들〉이 나를 찾아내면 어쩌나 하는 두려움 때문인 지도 모른다.

〈APS〉는 자기 돈으로 자기 책을 출판하는 저자를 뜻한다.

---

1 *Autore a Proprie Spese*. 자비 출판.

그리고 마누치오는 APS만 전문으로 상대하는 출판사다. APS만 상대하면 총 경비는 적게 들고 소득은 대단히 높다. 직원이라고는 가라몬드 사장, 그라치아 양, 뒤쪽의 아담한 사무실에서 일하는 경리 사원, 그리고 거대한 반지하 창고에서 발송을 담당하는 장애인 루치아노, 이렇게 네 사람이 전부다.

벨보는 내게 이런 말을 한 적이 있다. 「루치아노가 한 팔로 그 많은 책을 어떻게 포장하고 발송하는지 궁금했네. 이빨을 쓸 거라는 생각도 해보았지. 하지만 알고 보니 루치아노가 포장하고 발송해야 하는 책은 얼마 되지 않아. 여느 출판업자들은 서점으로 책을 발송하지만 루치아노는 저자들에게만 발송하면 되거든. 마누치오는 독자에게 관심이 없어……. 가라몬드 사장은 늘상, 중요한 것은 저자들이 우리 출판사를 배신하지 않도록 하는 것이라고 주장하지. 요컨대 독자 없이도 잘 꾸려 나갈 수 있다는 거지.」

벨보는 가라몬드 사장에게 감탄하고 있었다. 그는, 가라몬드 사장에게는, 자기에게는 결여된 어떤 힘이 있는 것으로 믿었다.

마누치오의 영업 시스템은 간단하다. 지방 신문, 전문 문예지, 지방의 문예 비평지, 그중에서도 몇 호 발행하다 죽어버리기 십상인 문예 비평지에 몇 차례 광고를 낸다. 저자의 사진과 함께, 〈우리 시단의, 지극히 고상한 목소리〉라든지 〈『플로리아나와 그 자매들』의 저자가 최근에 이룩한 눈부신 소설의 업적〉 같은, 몇 줄의 날카로운 평문을 넣은 중간 크기의 광고들이다.

「그물을 던지는 것이지. 그러면 자비 출판 저자들은 떼를 지어 그물 속으로 빠져 든다네. 떼를 지어 그물에 빠지는 게 가능하다면 말이야.」 벨보의 설명이었다.

「그러고요?」

「데 구베르나티스 씨의 예를 한번 들어 볼까? 지금부터 한 달 뒤, 이 은퇴한 세관원은 안절부절못하고 세월을 보내던 중에 가라몬드 씨로부터 한 통의 전화를 받게 될 걸세. 이로써 데 구베르나티스 씨는 작가들과의 만찬에 초대되는 것이네. 이 만찬은 최고급 아랍 식당에서 베풀어지네. 간판도 없고, 고객이 벨을 누르면 창구멍에 얼굴이 하나 나타나고, 그 얼굴의 임자에게 이름을 대어야 들어갈 수 있는, 말하자면 특별한 계급이나 출입할 수 있는 그런 식당일세. 호화로운 내장, 부드러운 조명, 이국적인 음악. 가라몬드 씨는 주인과 악수를 하고, 웨이터들에게 반말을 해가면서 분위기를 잡다가 한 번쯤은 웨이터가 날라 온 포도주를, 제조 연도가 마음에 들지 않는다면서 돌려보내겠지. 아니면 이런 식으로 음식 투정을 하거나. 〈미안하네만 이건 우리가 마라케시에서 먹던 쿠스쿠스와 다른데 그래……〉 데 구베르나티스 씨는 X 형사에게 소개될 걸세. 가라몬드 사장은 데 구베르나티스 씨에게, X 형사는 공항 업무를 관장하지만 실제로 명성이 드높은 까닭은 이 양반이 유네스코에서 고려 중인 세계 평화를 위한 공통어 〈코스모란토〉의 창시자이자 그 사도이기 때문이라고 소개할 걸세. Y 교수도 그 자리에서 빠질 수 없는 인물이지. 데 구베르나티스 씨, 이분은 위대한 소설가이시자 1980년도 페트루첼리스 델라 가티나상 수상자이시면서 선도적인 의학자이시지요. 교수님, 몇 년이나 가르치셨지요? 그 시절이 좋았지요, 그 시절 사람들은 교육을 진지하게 생각했거든요. 마지막으로 우리의 매력적인 여류 시인이자 멋쟁이인 『순결의 전율』

의 저자 오돌린다 메초판티 사사베티 씨가 소개되겠지. 데 구베르나티스 씨도 『순결의 전율』을 읽으셨겠지요, 하는 식으로.」

벨보는 나에게, 어째서 자비 출판하는 여류는 모두가 〈라우레타 솔리메니 칼칸티〉라든지 〈도라 아르덴치 피아마〉라든지 〈카롤리나 파스토렐리 체팔루〉같이 두 개의 성을 쓰는지 한동안 궁금하게 여겼었다며 이렇게 덧붙였다. 「〈아이비 콤프턴 버넷〉 같은 예외가 있기는 하지만 중요한 작가는 대부분 성과 이름만 쓰는데 자비 출판하는 여류들은 왜 구태여 〈오돌린다 메초판티 사사베티〉 식으로 불려야 직성이 풀리는 것일까? 〈콜레트〉는 아예 성조차 안 쓰는 여류 아닌가? 나는, 진짜 작가는 오로지 작품에 대한 사랑에 이끌려 작품을 쓰고, 따라서 자기 이름이 알려지는 것에는 아무 관심도 없는 데 비해 자비 출판 여류들은 지금의 이웃이나 옛날의 이웃으로부터 두루 인정받고 싶어 하기 때문에 그런 것이 아닐까, 이런 생각을 해. 진짜 작가들 보라고. 〈네르발〉처럼 아예 가명을 써버리는 작가도 있지 않아? 남자는 성 하나로 충분한 반면에 여자는 결혼하면 성을 바꾸어야 하니까 여러 개가 줄줄 따라 붙는 것일 거야. 결혼하기 전에 알던 사람에게도 시집 출판을 알려야 하고, 초혼 때 알던 사람, 재혼하고 나서 알게 된 사람에게도 알려야 할 터이거든.

어쨌거나 그날 저녁은 지적인 경험이 흐드러지는 만찬이 되겠지. 데 구베르나티스 씨는 LSD 칵테일을 쭈욱 들이켠 기분이 될 거라. 데 구베르나티스 씨는 손님들이 주고받는 문단 동정에 귀를 기울이게 되겠지. 이른바 위대한 시인이라는 모모 씨 말입니다, 지독한 성불구자인 데다 실제로 작품도 별

것 아니라던데요, 이런 일화도 듣게 될 것이고. 이윽고 데 구베르나티스 씨는 반짝거리는 눈길로 최신판 『이탈리아 저명인사 백과』를 보고는 감동을 주체할 수 없게 될 걸세. 가라몬드 사장이, X 형사에게 해당 페이지를 보여 줄 요량으로 그 자리로 가지고 나갔을 것이거든. 형사님도 이 판테온에 들어가 계시는군요, 하기야 너무나도 당연한 일이지만요.」

벨보는 나에게도 그 『이탈리아 저명인사 백과』라는 것을 보여 주었다. 「한 시간 전까지만 해도 내가 당신에게 설교를 하고 있었네만, 이 세상에 죄 없는 사람은 없는 법일세. 이 백과사전을 만든 장본인은 나와 디오탈레비일세. 그러나 맹세하거니와, 우리가 돈 때문에 이런 사전을 만든 것은 아니야. 백과사전의 편찬은 여기에서 우리가 하는 일 중에서도 가장 재미나는 일 중의 하나라네. 우리는 해마다 최신판을 만드네. 요령을 좀 부리지. 자비 출판 작가는 되도록이면 유명한 작가 가까이 있게 만들되, 유명 작가에게는 지면을 아주 조금만 할애하고 자비 출판 작가에게는 푸짐하게 베풀어 주네. 가령 〈L〉 항목을 보기로 할까.」

람페두사, 주세페 토마시 디(1896~1957). 시칠리아에서 출생한 작가. 생전에는 주목받지 못하다가 소설 『표범』으로 사후에 명성을 얻었다.

람푸스트리, 아데오다토(1919~). 작가, 교육가, 퇴역 군인(동아프리카에서 동성 훈장), 사상가, 소설가, 시인. 현대이탈리아 문단의 귀재. 람푸스트리의 재능은 1959년, 문학의 새로운 장을 여는 3부작 제1부인 『카르마시 형제』를 통해 유감없이 드러난다. 한 루카니아 어부의 가정을 가차 없는 리얼리즘과 고귀한 시적 영감으로 그려낸 이 처녀작으로 람푸스트리는 1960년도 페트루첼리스 델라 가티나상을 수상했다. 그는 이어서『해고자』와『속눈썹 없는 표범』을 발표했는데, 이 두 작품 역시 처녀작을 능가할 만큼, 서사적 격류와 눈부신 조형적 창작력, 다른 예술가와는 확연하게 구분되는 서정적 흐름이 돋보이는 작품이다. 근면한 국방부 관리인 람푸스트리를 두고 지인들은, 강직한 공무원, 모범적인 아버지이며 지아비, 놀랄 만한 대중 연설가로 평가하고 있다.

「이러니, 데 구베르나티스 씨가 이 백과사전에 들어가고 싶지 않겠나? 데 구베르나티스 씨가, 유명 인사들의 명성이란 실로 추어올리는 평론가들의 공모로 이루어지는, 사기와 다를 바 없다고 입버릇처럼 말하고 다니는 사람이면 무슨 소용이 있나? 하지만 고급 공무원, 은행 지점장, 귀족, 지방 장관들이 우글거리는 백과사전에 들어가고 싶을걸. 당장 교제 범위가 넓어질 테니까. 만일에 데 구베르나티스 씨가 거기에 들어가고 싶다면? 그는 어디에다 청을 넣으면 되는지 잘 알고 있네. 가라몬드 사장이지. 가라몬드 사장이라면 지방에서 얼쩡거리던 데 구베르나티스 씨를 하루아침에 정상으로 던져 넣어 줄 힘을 가진 실력자거든…… 이걸 잘 아는 가라몬드 사장은 만찬이 끝날 무렵, 내일 사무실에나 한번 들르시죠, 하고 은근슬쩍 귀띔할 테지.」
「다음 날 오면요?」
「온다는 것은 기정사실이야. 아데오다토 람푸스트리류

(類)의 출세를 꿈꾸느라고 밤새 뒤척거렸을 테니까.」

「그다음에는요?」

「가라몬드 사장은 이러겠지. 좌중에서 이런 소리를 하면 다른 사람들을 욕보이는 짓이 될 것 같아서 어제는 감히 말씀을 못 드렸습니다만, 당신의 작품은 탁월합니다. 읽은 사람들이 열광하고 있을 뿐만 아니라 나 역시 그 작품을 읽느라고 뜬눈으로 밤을 밝혔답니다. 대단합니다, 대단해요. 문학상을 받고도 남을 작품이에요. 이러고 나서 가라몬드 사장은 자기 책상으로 돌아가 그 원고를 툭툭 두드리고, 당혹스러운 표정으로 이 자비 출판 후보자를 응시하면서, 이 일을 어쩌지요, 이 일을 어쩌면 좋지요, 할 테지. 그때쯤 원고는 이미 애정 어린 독자들의 손때가 묻고 귀퉁이가 날강날강해져 있을 걸세. 원고를 구겨 놓는 게 그라치아 양이 하는 일 중의 하나거든. 어쨌든, 가라몬드 사장이 난처해하면 데 구베르나티스 씨는 왜 그러시느냐고 묻겠지. 가라몬드 사장은 이럴 것이네. 작품의 가치에는 일말의 의심의 여지도 없습니다. 그러나 선생의 작품은 시대를 앞서 가고 있어서 2천 부 팔기가 힘에 겨울 것이고, 최고로 잡아야 2천5백 부 정도 되겠어요. 데 구베르나티스 씨는 뜨끔해지겠지. 자기가 아는 사람을 다 합쳐도 2천 명은 안 되거든. 자비 출판 작가는 세상을 넓게 보지 않네. 기껏해야 동창, 은행 지점장, 은사(恩師), 은퇴한 대령 등, 낯익은 사람들로 이루어져 있지. 하지만 자비 출판 작가는 그 사람들에게, 심지어는 단골 푸줏간 주인이나 경찰서장에게까지, 말하자면 시가 무엇인지 모르는 사람들에게도 자기 시집을 보여 주고 싶어 하거든. 가라몬드 사장이 퇴짜 놓는 경우도 고려해 보겠지. 생각해 보게, 데 구베르나티스 씨가 원고를 밀라노의 모모한 출판사로 가지고 간 것을 식구들과 이웃은 물론이고 온 도시가 다 아는 판인데. 이렇게 되면 데 구베르나티스 씨는 재빨리 계산을 해볼 걸세. 예금을 인출하고, 연금을 담보로 대부를 얻고, 집을 저당 잡히고, 얼마 안 되는 정부 공채를 현금으로 바꾼다. 파리로 진출하기 위해서 그 성도는 충분히 감내할 수 있겠지. 이렇게 계산을 뽑아 보고는 가라몬드 사장에게 제작 비용의 일부는 자기가 부담하겠다고 제안할 테지. 가라몬드는 당혹스러운 표정을 지으며 이렇게 말하겠지. 저희 출판사에서는 원래 이런 상황을 최대한 피합니다만, 정 그러시다면 알겠습니다. 그렇게 계약을 맺지요. 선생은 기어이 나를 설득하고야 마는군요. 프루스트와 조이스까지도 어쩔 수 없었던 만큼 현실을 좇아야지요. 제작 비용은 물론 엄청납니다. 계약서는 1만 부를 기준으로 작성될 것입니다만, 현재 우리가 계획하고 있는 것은 2천 부입니다. 2천 부 중에서, 선생이 지인들에게 보내게 될 2백 부의 저자 증정본과 2백 부의 신간 서평용을 빼면 1600부가 남게 됩니다. 서점으로는 이 1600부가 배포될 것입니다. 신간 서평용으로 우리는 선생의 책을 스티븐 킹의 책처럼 판촉해 볼 겁니다. 그리고 만일의 경우에 대비해서 못 박아 둡니다만 초판 2천 부의 인세를 지불하지 않게 됩니다. 그러나 이 책이 인기를 얻어 재판에 돌입하게 되면 그때부터 선생은 12퍼센트의 인세를 받게 됩니다.」

뒷날 나는 달콤한 이야기에 홀려 시적 황홀감에 빠진 구베르나티스 씨가 읽어 보지도 않고 서명한 계약서를 보고는 적지 않게 놀랐다. 제작 비용이 터무니없이 낮게 책정되었다고 꿍얼거리는 경리 사원 앞에서 서명했을 테니까 데 구베르나티스 씨가 계약서를 제대로 읽어 보았을 리 없을 터이다. 8포인트 활자로 찍힌 무려 10페이지에 이르는 계약서에는 해외 판권, 극화, 라디오와 텔레비전, 영화를 위한 극화, 맹인용 점자책, 『리더스 다이제스트』 같은 잡지의 게재 같은 부수적인 권리 조항, 편집상의 문제와 관련될 경우의 저자의 권한, 분쟁이 발생할 경우 밀라노 법원에서 조정되어야 할 세부 사항, 이런 것들이 빽빽하게 인쇄되어 있었다. 그러나 명예의 꿈에 도취된 이 자비 출판 저자가 중요한 계약상의 하자를 눈여겨보았을 리 없다. 계약서에는 발행 부수의 상한은 1만 부로 명시되어 있었지만 최저 발행 부수에 대해서는 언급이 없을 뿐만 아니라 심지어 발행 부수와 저자가 감당할 출판 비용은 전혀 별개의 문제라고 언급되어 있기까지 했다(물론 구두로는 발행 부수에 따라 그 금액이 조정될 것이라고 약속했지만 그건 구두 약속에 지나지 않았다). 그러나 데 구베르나티스 씨가 눈여겨보지 않은 조항 중에서 가장 중요한 조항은, 출판사는 1년이 경과하기까지 판매되지 않는 책은 저자가 표시가의 반액으로 매입하지 않는 한 펄프로 재생시킬 권한을 갖는다. 바로 이것이었다. 점선 부분에 서명하시오.

시작은 근사할 터이다. 저자 연보와 비평문이 실린 열 페이지짜리 보도 자료가 풀릴 것이다. 겸손을 떨 필요도 없다. 신문의 편집자들은 보지도 않고 쓰레기통에 처박을 것이 뻔하니까. 거기에다 실제로 인쇄되는 것은, 계약서에 인쇄 하한 부수가 명시되어 있지 않은 만큼 겨우 1천 부에 지나지 않는다. 그중 제본이 되는 것은 겨우 3백 50부. 3백 50부 중에서 2백 부는 저자 증정본으로 나가고, 50부는 관련된, 또는 소형 서점에, 50부는 지방 잡지사에, 그리고 30부는 신간 소개에 몇 줄 나갈 경우를 대비해서 신문사로 갈 것이지만 필경은 나중에 신문사에서는 이런 책을 모아 병원이나 형무소에 기증하게 될 것이다. 이쯤 되면 병원에서는 왜 환자들이 잘 낫지 않고 형무소에서는 왜 죄수들이 회개를 못 하는지 알 만해진다.

여름이 되면 데 구베르나티스 씨에게 페트루첼리스 델라 가티나상이 수상될 것이지만, 이 문학상은 가라몬드 사장이 만든 것이니만큼 좋아할 것도 없다. 이 문학상을 시상하기 위해 가라몬드 사장이 지출하는 것은 심사위원들을 위한 이틀 분의 숙식비, 수상자에게 수여될 심홍색 사모트라키의 승리의 여신상, 마누치오 출판사의 필진들 것으로 위장될 축전 비용 정도에 지나지 못한다.

그러나 1년 반이 지나면 진실의 순간이 온다. 가라몬드 사장은 데 구베르나티스 씨에게 편지를 쓴다. 친애하는 데 구베르나티스 선생, 내가 우려하던 순간이 오고야 말았습니다. 역시 선생은 독자들보다 50년 앞서 있었던 것입니다. 격찬의 서평, 비평의 갈채, 빛나는 수상(受賞), *Ça va sans dire*(더 말할 나위도 없지요). 그러나, 그럼에도 불구하고 몇 부 팔리지 않았습니다. 대중에게는 선생을 읽을 준비가 되어 있지 않던 것이지요. 우리는 어쩔 수 없이 창고에 공간을 만들어야 합니다. 사본을 동봉합니다만 계약서에 명시되어 있는 대로, 선생이 재고를 표시가의 반액으로 매입하는 권리를 행사하지 않는 한 우리는 그것을 펄프로 재생시킬 권한을 행사하지 않을 수 없습니다.

데 구베르나티스 씨는 슬픔으로 가슴이 미어질 것이다. 그러나 지인들은 위로할 것이다. 대중이 당신을 이해하지 못할 뿐이다. 만일에 당신이 모모한 문학 파벌에 속해 있었거나, 어디에다 적당하게 뇌물이라도 바쳤더라면 『코리에레 델라 세라』 같은 신문에 서평이 나왔을 겁니다. 이것들 순 마피아 들이라고요. 이겨내야 합니다. 당신에게는 저자 증정본이 다섯 권밖에 안 남았잖아요? 제대로 보내야 할 데 당신의 시집을 다시 보냅시다. 당신의 시집이 펄프로, 화장지로 재생되게 해서는 안 됩니다. 우리가 함께 얼마나 긁어 모을 수 있을지, 어디 한번 힘을 모아 보면 5백 부는 사들일 수 있을 겁니다. 나머지는 *Sic transit gloria mundi*(세상 영광이 무상하다)라 는 걸 이로써 깨달은 셈치고 잊어버립시다.

마누치오 출판사에는 인쇄만 되었을 뿐 제본되지 않은 책이 650부쯤 있다. 가라몬드 사장은 그중에서 5백 부를 제본하여 〈대금 상환〉으로 발송한다. 마지막 대차 대조표. 저자는 2천 부의 제작비를 댔다. 마누치오는 1천 부를 인쇄하고 이가운데 850부만 제본했다. 그리고 그중의 5백 부에 대해서는데 구베르나티스로부터 이중으로 돈을 받은 셈이 된다. 1년에 이런 자비 출판 저자가 약 50명. 마누치오 출판사는 톡톡히 흑자를 기록할 수밖에.

가라몬드 사장은 양심의 가책 같은 것은 느끼지도 않는다. 하기야 행복을 파는 셈이니 그럴 일도 아니긴 하다.

40

겁쟁이들은 진짜로 죽기 전에 여러 번 죽는다.
— 셰익스피어, 『줄리어스 시저』, 제2막, 제2장

　벨보는, 저명한 가라몬드 저자들의 작품을 제작하고 이런 진짜 저자들로부터 자기가 자랑스러워할 만한 원고를 얻어 내는 데 헌신하면서도 다른 한편으로는 해적과 같은 열성으로 재수 없는 마누치오 저자들을 속여 넘기는 일까지 하고 있는 셈이었다. 내가 보아서 잘 알고 있듯이, 벨보는 심지어는 아르덴티 대령의 경우처럼 가라몬드에 적합하지 않은 필자는 마누치오로 돌리는 일까지 하고 있었다. 나는 벨보가 보이는 이 양면성을 의식하지 않을 수 없었다.

　벨보와 함께 일하면서 나는, 그가 그런 식의 편법을 용인하는 까닭이 궁금했다. 돈 때문인 것은 분명히 아니었다. 유능한 편집자였던 만큼, 원한다면 보수가 나은 자리를 찾는 것도 그에게는 어렵지 않았다.

　한동안 나는, 벨보가 그런 편법을 용인하면서도 자리를 지키는 것은 그 자리가 인간의 어리석음에 대한 그의 공부를 계속할 수 있게 하는 이상적인 관찰 지점이기 때문일 것이라고 생각했다. 끊임없이 언표해 왔거니와, 그는 이른바 인간의 어리석음(나무랄 데 없는 논쟁의 배후에 도사리고 있는 난공

불락의 가짜 추론과 잠행성 섬망 상태)에 사로잡혀 있었다. 그러나 결국은 그 자체도 또 하나의 가면이었다. (벨보보다는) 디오탈레비야말로 재미로, 혹은 어느 날엔가 마누치오에서 나온 책이 어쩌면 『토라』 해석에서 일찍이 그 유례가 없는 열쇠가 될지도 모른다는 희망에서 그 일을 하고 있는 사람이었다. 그리고 나 역시 호기심에서, 재미로, 혹은 아이로니컬한 어떤 분위기 때문에, 특히 가라몬드가 헤르메스 계획을 발진시킨 뒤로 열성적으로 그 일에 가담하고 있던 사람이었다.

그러나 벨보의 경우는 달랐다. 나는 그의 다음과 같은 파일을 열어 본 뒤에야 그걸 깨달았다.

파일명: 복수

여자는 아무 예고 없이 들이닥친다. 사무실에 사람이 있건 없건 내 옷깃을 잡고, 얼굴을 내밀어 나에게 입을 맞춘다. 그 노래 가사가 어떻게 되더라? 〈안나는 발끝으로 서서 쪽쪽쪽.〉여자는 핀볼을 하듯이 내게 키스한다.

그렇게 하면 내 입장이 난처해진다는 것을 안다. 나는 당황한다.

여자는 거짓말은 않는다. 사랑해요.

일요일에 만날까?

안 돼요. 주말은 친구와 보내기로 했거든요.

친구? 여자겠지?

아뇨, 남자 친구. 당신도 알 거예요. 지난주 필라데에

서 함께 마시던 사람. 약속까지 했어요. 당신 설마 날 약
속 어기는 여자로 만들고 싶은 건 아닐 테죠?

약속을 어기지는 마. 대신 사무실로 와서 이러지는
마. 필자가 오기로 했으니까…….

띄워 줄 만한 천재인가요?

아니, 곧 몰락할 얼간이야.

· ·

곧 몰락한 얼간이.

· ·

필라데로 당신을 데리러 갔다. 당신은 거기에 없었다.
오래 기다리다가 혼자 나왔다. 문 닫기 전에 화랑에 들
러 봐야 할 것 같아서. 화랑에 있던 사람들은 당신이 손
님들과 함께 레스토랑으로 갔다고 했다. 그림을 보는 척
한다. 예술은 횔덜린 이후 죽었다고들 하지만. 레스토랑
을 찾는 데 20분이나 걸렸다. 화상(畫商)이라는 것들은
꼭 다음 달에야 유명해지게 될 레스토랑만 고른다.

당신은 거기, 낯선 얼굴 사이에 있었다. 당신 옆에는
예의 그 흉터쟁이. 당신은 전혀 당혹해하지 않았다. 당
신은 공범자 같은 도전적인 눈길로 나를 바라보았다. 나
는 당신이 이 두 가지를 어떻게 동시에 드러내는지 궁금
하다. 그래서 어쨌다는 거예요? 당신은 이렇게 말하는
것 같았다. 흉터쟁이 침입자는 나를 아래위로 훑어보았

다. 마치 침입자는 흉터쟁이가 아니라 나라는 듯이. 우리 사이를 아는 나머지 일행은 우리 두 사람의 눈치를 보면서 기다렸다. 나는 싸울 구실을 만들었어야 했다. 몇 대 맞았을지 몰라도 싸웠더라면 유익한 결과를 얻었을 것이다. 당신이 내 약을 올리기 위해 흉터쟁이와 거기에 있었다는 걸 모르는 사람은 없다. 그러니까 내 역할은 기정사실이었다. 좌우지간 나는 구경거리가 되어 있었던 셈이다.

구경거리가 있기는 있어야 할 것 같아서 나는 응접실용 희극을 골랐다. 붙임성 있게 대화에 가담했다. 그러면 누군가가, 참을성이 대단한 사람이라고 해줄 것 같아서.

그러나 나에게 감탄하는 것은 나뿐이었다.

가면을 쓴 복수자. 클라크 켄트[1]로서 나는 빛 못 보는 젊은 천재들을 돌본다. 그리고 슈퍼맨으로서는 빛을 못 보는 것이 마땅한 늙은 천재들을 처벌한다. 나는 용기 있게, 나 같은 용기가 없어서 구경꾼 노릇에 머물지 못하는 자들을 이용해 먹는 일에 협력하고 있다.

이런 일이 가능한가? 벌 받은 줄도 모르는 자들을 벌하는 데 일생을 보내는 일이? 그러니까 너는 호메로스가 될 생각인 모양이구나. 비열한 인간. 한 대 맞아라. 그리고 또 한 대!

나는, 나를 열정의 환상으로 보려는 놈들이 싫다.

---

1 슈퍼맨이 신문 기자로 일하면서 쓰는 이름.

41

〈다아트〉는 심연이 〈중앙 기둥〉과 교차하는 지점에 있고, 〈중앙 기둥〉 꼭대기에는 〈화살의 오솔길〉이 있으며, 이 오솔길은 영혼이 비행체를 타고 오를 때 의식이 지나는 길이기도 하고 쿤달리니가 있는 곳이기도 하다는 점을 상기할 때, 우리는 〈다아트〉가 바로 생성과 재생의 비밀이고, 만물을 둘로 대극(對極)하게 하고, 마침내 제3의 사상(事象)으로 통합함으로써 만물을 해석하는 열쇠가 된다는 것을 알 수 있다.
— 디온 포춘, 『신비스러운 카발라』, 런던, 내부의 빛 우애단, 1957. 7. 19

어쨌든 내 임무는 마누치오에 관여하는 것이 아니었다. 내 임무는 어디까지나 〈금속의 경이로운 모험〉을 완성하는 것이었다. 나는 밀라노의 도서관을 뒤지는 것으로 일을 시작했다. 우선 교재들부터 뒤적이며 카드로 문헌 목록을 만든 다음 이것을 들고 옛것이 되었든 새것이 되었든 원전(原典)을 뒤져 거기에 알맞은 도판을 찾아내는 것이었다. 우주여행을 다루는 장(章)에다 최근의 미국 인공위성의 사진을 싣는 것은 절대 피해야 한다. 가라몬드 씨의 가르침에 따르면 아무리 우주여행 항목이라고 하더라도 도레의 동판화에 나오는 천사 그림 정도는 들어가야 했다.

호기심이 동하는 복제화를 한 무더기 들고 갔지만 가라몬드 씨의 성에는 차지 못했다. 그는 도판 금속사 한 페이지를 위해 적어도 열 점 이상의 그림에 퇴짜를 놓았다.

나흘 동안의 파리 여행 결재가 났다. 나흘이면, 고문서관을 모조리 뒤질 만한 시간이 못 되었다. 리아가 동행했다. 우리는 목요일에 파리에 도착했다. 월요일 야간 열차표를 예약

하고, 월요일 낮에 국립 공예원 박물관에 가기로 예정을 잡았는데, 이건 내 실수였다. 나는 그 박물관이 월요일에 문을 닫는다는 사실을 몰랐던 것이다. 우리는 낙심한 채 공예원 박물관은 구경도 못하고 밀라노로 돌아가야 했다.

벨보는 우리가 공예원 박물관을 놓친 것을 몹시 아까워했다. 그러나 다른 데서 모은 자료가 꽤 되었기 때문에 함께 가라몬드 씨에게 보이러 갔다. 가라몬드 씨는 대부분이 컬러로되어 있는 복제화를 들여다본 뒤, 내 청구서를 보고는 휘파람소리를 내었다. 「이런 친구, 우리는 사명감으로 이 일을 하는 것이오. 우리가 문화 분야의 역군이라는 것은 두말하면 잔소리인 분명한 사실이오. 그러나 우리는 적십자도 아니고, 유니세프는 더욱 아니오. 이 많은 자료를 굳이 구입할 필요가 있었을까? 아브라카다브라 주문(呪文)과 산양좌(山羊座)에 둘러싸여 있는, 염소수염에다 잠옷 바람의 이 다르타냥 같은 친구는 대체 누구요? 누구지요? 극화에 등장하는 만드레이크인가요?」

「원시 의학입니다. 12궁 별자리가 인체의 특정 부위에 미치는 영향과, 그리고 그 특정 부위에 해당하는 약초 및 광물의 관계를 그려 놓은 그림이죠. 물론 이 광물에는 금속이 포함됩니다. 인체를 소우주로 보는 이론이지요. 주술과 의학의 구분이 분명하지 않던 시절의 도판이지요.」

「재미있기는 하지만, 이 도판에 쓰인 *Philosophia Moysaica* 라는 표제는 또 뭐요? 모세와 이것과 무슨 상관이 있소? 시대에 너무 뒤떨어지는 것 아닐까요?」

「*Unguentum armarium*, 즉 무기 연고(武器軟膏)라는 겁니다. 저명한 의사들이 50년 동안이나 논쟁을 벌였던 주젭니다.

연고를 무기에다 발라 놓으면, 그 무기로부터 입은 상처가 자동으로 치료된다, 안 된다 하는 걸 두고 벌어졌던 논쟁이지요.」

「믿어지지 않는군. 그것도 과학이오?」

「오늘날 통용되는 의미에서는 과학이 아니죠. 그러나 당시 사람들은 이런 문제에 진지했습니다. 자석의 놀라운 힘을 발견한 직후의 일입니다. 그러니 원격 작동에 대해, 그 마술과도 같은 잠재력에 관심이 많았을 테지요. 물론 이들이야 실패했지만 볼타와 마르코니는 결국 성취하지 않았습니까? 전기니 라디오니 하는 것도 결국 원격 작동의 예니까요.」

「옳거니, 카소봉. 과학과 마술이 어깨동무를 하고 간다. 그래, 굉장한 아이디어야. 이걸 밀고 나갑시다. 꼴 보기 싫은 발전기 도판을 몇 개 들어내 버리고 만드레이크를 좀 더 집어넣읍시다. 가령 금박 배경을 등지고 서서 악마를 부르는 것으로.」

「지나치게는 밀고 나가고 싶지 않습니다. 이건 어디까지나 〈금속의 경이로운 모험〉입니다. 엽기적인 것은 시의적절할 때만 효과가 있을 듯합니다.」

「〈금속의 경이로운 모험〉에서 무엇보다도 중요한 것은 과학적 오류의 역사가 되어야 한다는 거요. 흥미로운 오류를 집어넣고 설명문에 틀린 것을 지적하는 거요. 독자들은 보는 순간에 걸려들어요. 독자는, 아, 위대한 과학자들도 우리처럼 엉뚱한 생각을 더러 했구나, 하고요.」

나는 파리의 생미셸 부두 근처의 한 서점에서 보았던, 내 딴에는 꽤 이상하게 보이던 광경을 가라몬드 씨와 벨보와 디오탈레비에게 들려주었다. 서점 입구에 놓인 좌우 대칭인 쇼

윈도에는, 한쪽에는 컴퓨터와 미래의 전자 공학에 대한 전문서, 다른 한쪽에는 은비학에 관한 책이 진열되어 있어서 서점이 스스로 정신 분열을 광고하고 있는 것 같았다. 서점 내부도 마찬가지였다. 말하자면 애플 컴퓨터에 관한 서적과 카발리즘 교리서가 나란히 공존하고 있는 셈이었다.

「어처구니가 없군.」 벨보의 반응이었다.

디오탈레비의 반응은 조금 달랐다. 「일리가 있군그래. 야코포 자네야말로 놀라도 마지막으로 놀라야 할 사람이야. 기계의 세계가 창조의 비밀에 도전했다는 뜻이네. 문자와 숫자로 이루어진 세계에 도전했다는 뜻이네.」

가라몬드 씨는 아무 말도 하지 않았다. 그는 기도하듯이 두 손을 깍지 낀 채 허공을 쳐다보고 있었다. 그러던 그가 돌연 손뼉을 타악 소리가 나게 쳤다. 「옳거니! 그 말 듣고 보니 이제 알겠소. 내 아이디어가 기발했다는 걸. 한동안 나는…… 뭐, 그 얘기는 차근차근 하죠. 아직 검토가 더 필요하니까. 어쨌든 진행합시다. 카소봉, 수고했어요. 당신과의 계약서 다시 봐야 하겠는걸. 당신은 아무래도 보물 덩어리 같으니까. 그리고, 그래요, 카발라와 컴퓨터 듬뿍 집어넣으시오. 컴퓨터는 실리콘으로 만들어지는 거 아닌가요?」

「실리콘은 금속이 아닙니다. 비금속(非金屬) 원소이지요.」

「금속, 비금속을 어째 그리 꼬치꼬치 따지는 건가? 장미와 찔레 같은 것 아니겠어요? 컴퓨터와 카발라로 나갑시다.」

「카발라도 금속이 아닙니다.」 내가 대답했다.

문간까지 우리를 따라 나온 그가 문턱에서 나에게 이런 말을 했다. 「카소봉, 출판은 과학이 아니라 하나의 예술이오. 혁명가처럼 딱딱하게 생각할 것 없어요. 그런 시절은 지나갔으니까. 카발라도 집어넣읍시다. 그리고 당신 출장 경비 문젠데, 나는 〈침대칸〉 요금의 지불을 거절하는 권리를 누리지 않을 수 없소. 쩨쩨하게 굴고 싶어서 이러는 것이 아니오. 단지 자료 조사 작업에는, 뭐라고 할까, 일종의 스파르타 정신이 필요한 것이오. 왕창왕창 쓰면서 돌아다니다 보면 신념이 무너지기 십상이거든.」

며칠 뒤 가라몬드 씨는 벨보를 통해, 우리에게 소개하고 싶은 사람이 있다면서 우리 셋을 불러들였다.

사장실로 들어갔다. 가라몬드 사장은, 턱이 없는 데다 짐승의 코를 연상시키는 주먹만 한 코 밑에 금발 수염까지 달고 있어서 영락없이 맥(貘)인, 한 살찐 신사를 응대하고 있었다. 누군지 알 것 같았다. 리우에서 특강을 했던, 장미 십자단 간부인가 뭔가 하던 브라만티 교수였다.

우리가 좌정하자 가라몬드 사장이 입을 열었다. 「브라만티 교수께서는, 지금이야말로 한 시대의 문화 기후에 민감한 현명한 출판사가 은비학 시리즈를 출판하기 알맞은 순간이라고 하십니다만.」

「마누치오가…… 적절하겠군요.」 벨보가 말했다.

가라몬드 사장이 교활하게 웃으면서 말을 이었다. 「당연히 그렇지요. 브라만티 교수를 내게 추천하신 분은, 올해 우리가 펴낸 걸작 중의 하나인 『12궁도의 연대기』의 저자인 내 친구 데 아미치스 박사올시다만, 하여튼 브라만티 박사의 말씀은, 당신의 전공 분야와 관련된 이 방면의 출판물이, 한결같이 경박하고 믿음이 기울어지지 않는 출판사에서 나온 것들이니 어련하겠소만, 깊고도 풍부한 이 분야의 요구에 부응하지 못하고 있는 작금의 사태를 개탄하신다는 것이오.」

브라만티 교수가 그 말을 받았다.「근대 유토피아 건설이 모두 실패로 돌아간 만큼, 망각 속으로 사라진 과거의 문화를 재평가하기에는 무르익은 순간인 것입니다.」

「교수님의 말씀이야말로 신성한 진리올습니다. 하지만 그 분야에 익숙하지 못한(이걸 무식이라고는 말하고 싶지 않군요) 우리의 불찰을 용서해 주셔야겠습니다. 교수님께서 은비학이라고 할 때 정확하게 염두에 두고 계신 것은 어떤 것입니까? 심령술입니까, 점성술입니까, 아니면 흑마술(黑魔術) 같은 것입니까?」

브라만티 교수는 당혹스럽다는 표정을 하고는 대답했다. 「농담이 아닙니다. 그런 것은 순진한 사람들을 속여 넘기려는 헛소리 같은 것에 지나지 않습니다. 내가 말하는 것은, 비록 이름은 은비학이라고 하지만 사실은 일종의 과학입니다. 물론, 필요할 때라면 점성술이 가세할 수는 있습니다. 그러나 한 타이피스트 아가씨에게, 다음 일요일에는 그리던 남자를 만나게 될 것이다, 이런 것을 가르쳐 주는 그런 종류의 점성술이 아닙니다. 암요. 내가 말하는 것은 가령 황도(黃道) 12궁과 36데칸(장로)에 대한 진지한 연구인 것입니다.」

「알겠습니다. 역시 과학적인 것이군요. 과학이라면 우리의 방침에도 부합합니다. 좀 더 구체적으로 말씀해 주실 수 있겠습니까?」

브라만티 교수는 안락의자에 깊숙이 몸을 묻으면서, 별들로부터 영감을 구하듯이 방을 한 바퀴 둘러보았다.「기꺼이 예를 들어서 말씀 드리지요. 내가 말하는 총서의 이상적인 독자는 장미 십자단에 대해 정통한 사람들이라고 해도 좋겠지요. 말하자면 〈마기아(미술)〉, 〈네크로만티아(강령술)〉, 〈아스트롤로기아(점성술)〉, 〈게오만티아[토점술(土占術)]〉, 〈피로만티아[화점술(火占術)]〉, 〈히드로만티아[수점술(水占術)]〉, 〈카오만티아[수점술(獸占術)]〉, 〈메디키늄 아데프타[비약술(秘藥術)]〉에 정진하는 사람들이라고 할 수 있겠지요. 이러한 제술(諸術)은 사술(邪術)이 아니라, 『철학의 황홀』에 따르면, 한 정체 불명의 처녀가 스타오로포루스에게 내렸다는 『아조트 서(書)』로부터 인용된 것들입니다. 그러나 전문가의 지식은 당연히 다른 분야에도 미치기 마련입니다. 첫째로 그러한 비법 중에는 영지학(靈知學) 계열로는 은비 물리학, 정력학(靜力學), 동력학, 운동 역학, 점성술, 비교 생물학, 초자연계의 범령학(汎靈學), 연금술적[1] 동물학, 생물학적 점성학 등에 관한 연구가 포함될 수 있고, 다음 우주 인지학(宇宙認知學) 계열로는 점성술을 우주론적, 생리학적, 존재론적 측면에서 연구하는 학문으로서 상동 해부학(相同解剖學), 예지 능력 분석학, 영적 생리학, 신통 역학(神通力學), 사회 점성술, 헤르메스학 사상사 등을 연구하는 자연 인지학이나 정성 분석(定性分析)의 수학 연구도 포함될 수 있습니다만 이것은 결국, 이름이 암시하고 있거니와 결국은 수비술(數秘術)의 연구가 될 것입니다. 그러나 그것에 접하려면 기본적인 소양이 있어야 합니다. 말하자면 불가시적인 우주 형태론의 요소라고 할 수 있는 자기(磁氣), 극광(極光), 수면, 영능(靈能), 탐혼술(探魂術), 천리안 같은 것을 갖추어야 하는 것입니다. 여기에 오감의 초능력 연구가 있어야 합니다만, 이것

1 헤르메스적.

은 충분한 주의를 기울이지 않으면 웃기는 학문이 되기 십상입니다. 이런 유의 점성술이라고 하는 것은, 예지 능력에 의한 것이 아닌 한, 타락한 지식 체계밖에는 안 됩니다. 여기에다 인상학(人相學), 독심술, 예지 능력(타로, 해몽서), 고급한 것으로는 예언술이나 접신술이 가세해야 합니다. 연금술, 〈스파기리쿠스〉,[2] 텔레파시, 축귀술(逐鬼術), 빙령(憑靈)이나 강신 등의 심령술에 관한 정보도 또한 불가결하지요. 정식 은비학 연구라면 원시 카발리즘, 바라문교, 요가, 그리고 멤피스 신성 문자의 연구도 병행하라고 충고하고 싶군요.」

「성전 기사 현상학은요?」 벨보가 끼어들었다.

브라만티의 눈이 일순 불을 뿜었다. 「물론 포함되죠. 깜박 잊을 뻔했는데, 이민족의 무속(巫俗)과 주술, 성명 철학, 접신 상태의 노기(怒氣), 자발적인 기술(奇術), 자기 최면, 요가, 몽유병, 수은 화학에 대한 기초 지식도 필요하겠지요. 신비주의적 성향과 관련해서 브론스키는 루동 수녀들의 접신술, 생메다르의 발작, 이집트 포도주, 생명의 불로불사주, 비소(砒素)가 든 물 같은 것들을 염두에 두라고 조언합니다. 그다음, 이 총서 중 가장 미묘한 부분인 악의 본질에 관한 문제입니다. 나는 이 문제에 관한 한, 우리 독자들에게도 긍정적인 파괴 본능의 원천으로서의 베엘제부브 비의, 실각한 왕자(王者)로서의 사탄, 에우뤼노미우스와 몰록, 여성의 몽마(夢魔)인 수쿠부스와 남성의 몽마인 인쿠부스의 존재에 관해 읽을 기회를 베풀어 주어야 한다고 생각합니다. 긍정적인 원리를 가르치려면 성 미카엘, 성 가브리엘, 성 라파엘로, 그리고 천상에

2 파라켈수스가 창안한 〈연금학〉.

있는 *agathodemon*(선한 악마)의 신비도 읽게 해야 합니다. 그리고 마지막으로 비의로는 이시스, 미트라, 모르페우스, 사모트라키, 엘레우시스, 남성 상징의 신비로는 남근상 팔루스, 생명의 나무, 학문의 열쇠, 바포메트, 나무 몽둥이, 여성의 상징의 신비로는 케레스, 크테이스, 파테라, 키벨레, 아스타르테를 읽혀야 합니다.」

가라몬드 사장이 의미심장한 미소를 띤 채 허리를 구부리면서 입을 열었다. 「여기서 그노시스파를 빼서는 안 되는 것이겠지요.」

「빼다니 당치 않습니다. 단지 이 그노시스파에 관한 한 상당한 쓰레기 이론이 횡행합니다. 그러나 제대로 된 은비학은 곧 영적 인식(그노시스)의 한 형태이지요.」

「내가 하려던 말이 바로 그 말입니다.」 가라몬드 사장의 응수였다.

「이거면 충분한 겁니까?」 벨보가 물었다.

브라만티가 뺨을 부풀리는 바람에 맥이 햄스터로 둔갑하는 것 같았다. 「충분하냐고요? 시작 단계에서는 그렇겠죠. 하지만 초보자들에게는 충분하다고 할 수 없어요. 우선 한 50권 만들면 이 방면의 권위 있는 전문가의 충고를 기다리던 수천 독자들을 확보할 수 있겠지요. 내가 가라몬드 박사를 이렇게 개인적으로 찾아온 것은 가라몬드 박사만이 이런 관대한 투자를 견딜 뜻이 있다는 것을 잘 알고 있었기 때문입니다. 자금이라고 해봐야 몇억 리라와, 이 총서의 편집 책임자가 될 나에게 지불할 적정 금액의 인세면 되는 일입니다.」

브라만티는 너무 멀리 나간 셈이었다. 가라몬드 사장은 벌써 흥미를 잃고 있었다. 방문객은 약속만 푸짐하게 받고 그

자리에서 쫓겨났다. 소위 편집 자문 위원회가 그 제안에 대해
신중히 검토해 보겠다는 것이었다.

42

그러나, 우리가 무슨 말을 하건 우리는 서로 동의한다는 걸 아셔야 합니다.
— 『철학의 혼란』

브라만티가 방에서 쫓겨나다시피 하자 벨보는, 저 친구 마개를 빼고 김을 좀 뽑았으면 좋았을걸, 하고 말했다. 가라몬드 사장은 이 표현에 익숙지 않았다. 벨보가 (몇 차례에 걸쳐) 좀 더 정중한 표현을 동원해 의미를 설명하려 했으나 성공을 거두지는 못했다.

「말장난 맙시다. 아까 이 양반이 다섯 마디도 하기 전에 나는 벌써 우리와 인연이 없다는 걸 간파했어요. 이 양반은 안 돼요. 하지만 이 양반이 말하던 사람의 문제, 다시 말해서 필자와 독자의 문제, 이건 다릅니다. 브라만티 교수는 내가 며칠 고민하던 문제를 지나가는 말로 아주 산뜻하게 지적해 냈어요. 이걸 좀 보세요.」그는 극적인 몸짓으로 서랍에서 책 세 권을 꺼내 보이면서 말을 이었다.

「최근에 나온 책 세 권입니다. 세 권 다 성공을 거두었지요. 첫 번째 책은 영어로 쓰인 겁니다. 읽어 보지는 않았지만 저자는 유명한 평론가예요. 소재가 무엇이냐? 부제가 〈그노시스 소설〉로 되어 있어요. 그리고 이걸 보세요. 미스터리 쪽 베스트셀럽니다. 어떤 내용이냐? 토리노 근방의 그노시스 교회 이야깁니다. 여러분은 이 그노시스교도들이 누군지 잘 알고 있을 겁니다.」 그는 잠시 말을 중단하고 손을 내저었다. 「그노시스교도들이 누구냐, 하는 것은 문제가 안 됩니다. 분위기, 어쩐지 귀신이 나올 듯한 분위기, 중요한 것은 바로 이겁니다. 내가 너무 서두르고 있는지도 모르겠군요. 하지만 나는 여러분처럼 말을 빙빙 돌려 가면서 하지는 않겠어요. 나도 브라만티처럼 얘기하겠어요. 무슨 말이냐 하면, 나도 비교 영지학 교수니 뭐니 하는 것들의 입장을 도외시하고 오로지 출판업자로서만 얘기하겠다, 이겁니다. 브라만티 교수와 얘기를 나누는 도중에 나는 흥미로운 걸 하나 알아냈어요. 브라만티 교수는 내 눈을 여는 동시에 나를 자극하면서 중요한 가능성을 하나 안겨 준 겁니다. 그게 무엇일까요? 인접하는 모든 학문을 하나로 엮어 버리는 재능입니다. 브라만티 교수는 〈그노시스파〉를 구체적으로 거론한 것도 아닙니다. 그러나 〈토점(土占)〉이니, 〈불로불사약〉이니, 〈수은 요법〉이니 하면서 사실은 그노시스의 핵심을 건드려 놓은 것입니다. 내가 왜 이걸 이렇게 중요하게 여길까요. 여기에 책 한 권이 더 있어요. 유명한 저널리스트가 쓴 책입니다. 이 책의 저자는 토리노에서 일어나고 있는, 참으로 믿어지지 않는 이야기를 쓰고 있어요. 아시겠어요? 자동차의 도시 토리노에서 일어나고 있는 기괴한 현상의 보고서라는 것입니다. 요술과 흑(黑) 미사, 악마를 부르는 의례가 버젓이 횡행한다는 것입니다. 문제는, 이게 남부의 가난뱅이 농민을 위해 베풀어지는 공짜 푸닥거리가 아니라 돈 내는 고객의 주문을 받고 벌이는 유료 굿판이라는 겁니다. 카소봉, 벨보의 말을 듣자 하니 당신도 브라질에서 그곳 토인들이 벌이는 악마제 비슷한 걸 보고 왔다

면서요? 좋아요, 나중에 그 이야기 좀 들읍시다. 중요한 것은
토리노에서 벌어지든 브라질에서 벌어지든 이게 똑같은 것
이라는 점이에요. 브라질이 멀리 있는 게 아니라 바로 여기에
있다는 겁니다. 며칠 전 혼자서 서점을 기웃거린 일이 있어
요. 서점 이름이 뭐더라…… 까짓, 이름 같은 건 신경 쓸 거 없
어요. 왜 있잖소? 6~7년 전만 하더라도 무정부주의, 혁명 사
상, 〈투파마로〉,[1] 테러리스트, 마르크스주의자들의 교과서 아
니면 안 팔던 서점 말이오. 하지만 마르크스주의는 흔적도 없
이 사라지고 말았더군. 전향한 겁니다. 마르크스주의 대신 조
금 전에 브라만티가 말하던 그런 책이 꽤 많습디다. 우리가
혼란의 시대를 살고 있다는 말, 빈말이 아닌 것 같아요. 가톨
릭 서점에 가보세요. 교리 문답서 아류만 잔뜩 쌓아 놓고 팔
던 가톨릭 서점에 마르틴 루터를 재평가하자는 주장이 담긴
책이 버젓이 진열되어 있어요. 아직까지, 종교는 몽땅 사기라
는 주장이 담긴 책까지 등장한 것은 아니지만 말이오. 그러나
내가 며칠 전에 들렀던 좌파 교과서 서점에는 기독교도 저자
의 책과, 종교는 몽땅 사기라고 주장하는 저자의 책이 공존하
고 있었습니다. 저자의 종교관이 어떻든 소재만 같으면 다 파
는 것이지요. 세상만사를 하나로 아우르는 거, 그걸 뭐라고
한댔지요? 그런 테마를 통틀어서?」

　「헤르메스적 사상 말입니까?」 디오탈레비가 반문했다.

　「맞아요. 바로 그겁니다. 헤르메스적 사상에 관한 책도 여
남은 권 봤어요. 내가 여러분에게 하고 싶은 말이 바로 이겁
니다. 〈헤르메스 계획〉, 어때요? 새로운 총서를 한번 기획해

---

1 우루과이의 좌익 도시 게릴라 그룹.

보자는 겁니다. 새로운 총서의 가지를 하나 만들어 보자는 겁니다.」

「황금 가지가 되겠군요.」

「바로 그겁니다.」 가라몬드 사장은 벨보가 뭘 인용한 건지 눈치채지 못했는지 얘기를 계속했다. 「금광이나 다름없죠. 나는 깨달았어요. 독자들이 헤르메스적인 것에 열심히 매달리고 있다는 걸. 학교에서 가르치는 것과는 정반대되는 견해를 제시하는 책에 매달리고 있다는 걸 깨달았어요. 그렇다면 이런 걸 만들어 주어야 합니다. 이게 바로 우리가 지고 있는 문화적인 의무이기도 합니다. 나는 자선 사업가가 아니기는 합니다만, 이 암흑의 시대에 믿음을 심어 주는 일, 초자연적인 현상을 엿보는 기회를 제공하는 일까지 포기해서는 안 되지요. 물론 가라몬드 출판사에는 학문적인 사명감 같은 것도 있다는 걸 압니다만…….」

「마누치오를 염두에 두고 계시는 줄 알았는데요?」 벨보가 굳은 표정으로 끼어들었다.

「양쪽 다가 바람직하겠지요. 나는 문제의 서점을 한동안 기웃거리다 그 옆에 있는 점잖은 서점으로 들어가 보았어요. 그랬더니, 거기에도 은비학 관계 서적만 전문으로 진열하는 코너가 있는 게 아니겠어요? 브라만티 같은 사람이 썼을 법한 책 바로 옆에 같은 주제를 상당히 심도 있게 다룬 서적들이 있더라는 말입니다. 생각해 보세요. 브라만티 같은 사람은 대학 교수 저자들과는 별 인연이 없어 보이는 사람입니다. 그러나 교수들의 책을 읽기는 하겠지요. 읽고는 그런 저자들과 동급인 것으로 믿고, 자기도 쓰기만 하면 그렇게 읽힐 것이라고 믿는 거지요. 브라만티 같은 사람은요, 우리가 뭐라고 하면 대뜸 자기 문제를 언급하는 줄 알아요. 아전인수도 유만부동이지. 제 생각만 하는 고양이처럼요. 부부가 이혼 문제를 놓고 티격태격하면, 고양이는 이걸 보면서, 저에게 뭘 먹일 것이냐 하는 문제를 놓고 부부가 다투는 줄 안다고 하지요. 벨보도 아까 봤지요? 벨보가 성전 기사단 이야기를 하니까 그 친구 바로 고개를 끄덕거리지 않습디까? 성전 기사단 이야기가 나오면, 그거 좋지요, 카발라 이야기가 나오면, 그것도 좋지요, 복권 추첨 이야기가 나왔어도, 그거 좋지요, 했을 거요. 요컨대 잡식성이에요, 잡식 동물. 브라만티의 얼굴 봤지요? 쥐 상(相)입니다. 우리의 대상은 두 부류로 나뉩니다. 군단이라 할 만큼 엄청난 수의 사람들이 두 줄을 지어 모여들겠죠. 첫째로 필자들. 마누치오는 필자들을 기꺼이 껴안을 겁니다. 우리가 이들을 끌어들이기 위해 당장 해야 하는 일은, 일련의 기획물을 만들고, 어느 정도 홍보를 한 뒤 이것을 미끼 삼아 필자들을 꾀는 것입니다. 자, 이 일련의 기획물은 뭐라고 할까요?」

「〈에메랄드 총서〉[2]라고 하면 어떨까요?」 디오탈레비가 제안했다.

「뭐? 안 돼요. 너무 어려워요. 내가 들어도 무슨 말인지 모르겠는걸. 우리가 바라는 건 뭔가 암시적이고, 뭔가……」

「〈너울 벗은 이시스〉[3]는 어떻습니까?」 내가 제안했다.

2 전설적인 인물 헤르메스 트리스메기스투스의 저작으로 알려져 있는 저서의 제목이기도 하다.
3 이시스는 이집트의 여신. 오시리스의 아내. 사자를 저승으로 인도하는 여신이라는 의미에서 그리스 신화의 헤르메스와 비슷하다. 밀교적 성격이 강한 이시스교는 로마 제국 전역으로 확산되었다. 〈너울 벗은 이시스〉는 엘레나 페트로브나 블라바츠키의 중요한 저작의 제목이기도 하다.

「너울 벗은 이시스! 브라보, 카소봉. 너울 벗은 이시스, 하니까 투탕카멘이나 피라미드와 스카라베[黃金聖蟲]까지 싸잡혀 들어가는군. 거무스름하고, 다소 신비스러워 보이되 지나치지는 않은 표지로 싼 〈너울 벗은 이시스〉. 하던 이야기 계속합시다. 두 번째 군단, 그러니까 이런 책을 살 독자들을 좀 생각해 봅시다. 여러분이 지금 무슨 생각을 하고 있는지 압니다. 마누치오가 언제 책 사는 독자들을 염두에 두었느냐고 하고 싶겠지요? 그러나 독자들에게 관심을 가지지 않아야 한다는 법은 없어요. 그러니까 이번에는 마누치오의 책을 실제로 〈팔아〉 보는 겁니다. 이거야말로 진보 아닙니까!

하지만 학문적인 연구도 빠뜨릴 수는 없을 테니 가라몬드 출판사가 이것을 떠맡는 겁니다. 역사 연구와 대학 총서를 샅샅이 뒤져 이 일을 전문으로 다룰 전문가, 말하자면 자문 위원을 구하고, 한 해에 서너 권씩 내는 겁니다. 내용이 견고한 시리즈 제목이 붙은 아카데미 총서……. 총서 제목을 뭐라고 하면 좋을까요?」

「〈헤르메티카〉!」 디오탈레비가 제안했다.

「멋져요. 고전적인 위엄이 있어요. 여러분은 나에게 묻고 싶겠지요? 마누치오로도 충분한 채산성이 있는데 왜 가라몬드에서 돈을 쓰느냐고? 궁금할 겁니다. 하지만 아카데미 총서가 미끼 노릇을 한다는 걸 생각해 보세요. 이 총서가 지식인들을 끌어들입니다. 이 양반들이 우리에게 좋은 충고도 해 줄 것이고, 새 방향도 제시해 주겠지요. 동시에 브라만티 같은 사람들도 끌어들일 겁니다. 그런 사람들은 후에 마누치오로 넘기면 될 일이지요. 내가 보기에 이만하면 완벽합니다. 헤르메스 계획. 훌륭합니다. 지극히 명쾌하고요. 두 회사 사이의 관념적인 흐름을 강화시킬, 지극히 생산적인 계획이 될 겁니다. 일을 시작합시다. 찾아다녀야 할 도서관도 많을 것이고, 모아들여야 할 문헌, 신청해야 할 도서목록도 많을 겁니다. 그리고 외국에서, 이런 유의 작업이 어떤 식으로 진행되고 있는지 조사하세요. 우리가 무가치하다고 판단한 탓에 보물을 갖고도 우리 손가락 사이로 사라져 버린 사람들이 상당수 될지도 모르는 일이지요. 카소봉, 금속사에 연금술사를 살짝 가미하는 거 잊지 마세요. 내가 아는 한, 금 역시 금속입니다. 할 말이 있어도 나중에 듣겠어요. 나는, 무릇 교양 있는 사람들이 다 그렇듯이, 비판받을 준비, 제안을 수용할 준비, 반박을 당할 준비가 되어 있는 사람이오. 그러면 이 계획은 지금 이 순간부터 발효(發效)합니다.

참, 시뇨라 그라치아, 그 신사분이 두 시간이나 기다리셨지? 필자들을 이렇게 대접해서는 도리가 아니지. 어서 들어오시라고 해요!」 가라몬드 사장은, 자기 목소리가 손님 귀에 충분히 들리도록 고함을 질렀다.

43

우리가 거리에서 만나는 사람들은 누구나…… 자기도 모르는 사이에 흑마술에 부역하여 암흑의 정령과 일체가 되려고 한다. 저희 야망을 성취하기 위해, 저희 증오를 해소하기 위해, 저희 사랑을 이루기 위해 한마디로 말해서 〈악마〉와 손을 잡는 것이다.
— J. K. 위스망스, J. 부아, 『악마주의와 마술』의 서문, 1895, pp. 8∼9

나는 〈헤르메스 계획〉이 어떤 아이디어의 밑그림에 지나지 않을 뿐, 진짜 계획은 아닐 것이라고 생각하고 있었다. 그러나 나는 그 점에 관한 한 가라몬드 사장을 과소평가하고 있었다. 이 계획이 입안된 이후 내가 도서관을 돌아다니면서 밤늦도록 금속사 도판을 찾고 있을 동안 그들은 이미 마누치오에서 이 〈헤르메스 계획〉을 발진시키고 있었다.

두 달 뒤 나는 벨보의 사무실에 들렀다가, 갓 나온 잡지 『파르나소스 이탈리코』에 실린, 〈은비학의 부활〉이라는 제하의, 비교적 긴 기사를 보았다. 연금술의 대가 뫼비우스 박사는 이 기사에서, 현대 세계에서 은비학이 르네상스를 맞은 현상을 기적적이라 진단하고는, 마누치오가 〈너울 벗은 이시스〉라는 새 총서를 앞세워 이 분야의 책을 시리즈로 출간하게 될 것이라고 공표하고 있었다. 〈뫼비우스 박사〉는 다른 사람이 아닌, 벨보의 필명이었다. (벨보는 이로써 〈헤르메스 계획〉하에 첫 상여금을 받게 되었다.)

가라몬드 씨는 그동안 연금학, 점성학, 타로, UFO의 문제를 다루는 갖가지 잡지사에 이런저런 익명으로 편지를 보내어, 마누치오가 출간을 예고한 시리즈에 대한 정보를 요구하고 있었다. 이 편지들을 받은 각 잡지사 편집자들은 마누치오에 전화를 걸어 시리즈에 대한 정보를 캐려고 했다. 이러한 잡지사 편집자들의 요청에 대해 가라몬드 사장은 호기심을 자극하기 위해 일부러 신비한 태도를 보였다. 출간 작업이 진행 중인만큼 열 권짜리 시리즈 제목은 밝힐 수 없노라고 했다. 요컨대 가라몬드 사장은 한차례 북을 울림으로써 은비학계의 관심을 〈헤르메스 계획〉에다 집중되도록 한 것이었다.

우리를 자기 집무실로 부른 가라몬드 사장은 말했다. 「우리는 꽃으로 변장했습니다. 이제 벌이 몰려들겠지요.」

그게 다가 아니었다. 가라몬드 사장은 우리에게 광고 전단도 보여 주었다. 사장은 이 〈데플리앙(광고 전단)〉을 밀라노 출판업계의 사투리로 〈데에플리앙〉이라고 발음했다. 네 쪽 짜리의 단출한 전단이었지만 종이의 질이 아주 좋았다. 첫 쪽에는 연작물의 표지가 실려 있었다. 검은 바탕에다 황금의 봉인(사장의 설명에 따르면 〈솔로몬의 오망성(五芒星)〉 같은 것을 찍되, 봉인의 주위에는 만자(卍字) 문양을 넣는다는 것이었다. 가라몬드 사장은 봉인 주위에 들어갈 문양이 나치의 철십자(鐵十字), 즉 시계 방향으로 꼬부라지는 스바스티카(卐)가 아니라 동양의 〈만(卍)〉이라는 것을 강조했다. 제목이 들어갈 자리에는, 〈천지간에는 우리가 모르는 세계가 있다〉라는 캐치프레이즈, 2쪽과 3쪽에는 마누치오 출판사의 영광스러운 문화적 발자취를 열거하고, 현대 사회는 과학이 마련해 줄 수 있는 것 이상으로 깊고 오묘한 진리에 목말라 한다는 사실을 지적하고, 〈이집트, 칼데아, 티베트에서 사라진 고대의 지혜가 서구의 정신적 재생을 위해 여기에서 이렇게 부활한다〉는 구절이 포함되어 있었다.

벨보가, 광고 전단을 어디로 보낼 것이냐고 묻자 가라몬드 씨는 기묘한 웃음을 지으면서 대답했다. 벨보 같으면, 타락한 천사의 저주를 받은 영혼만 찾아다니는 월리엄 경의 미소에 다 견주었을 것이다. 「프랑스로 벌써, 오늘날 세계에 산재하는 비밀 결사의 주소록을 주문했어요. 비밀 결사의 주소록, 그런 게 있는 줄 몰랐지요? 있어요. 바로 이겁니다. 앙리 베리에르가 펴낸 거지요. 주소, 전화번호, 우편 번호까지 있어요. 벨보 박사는 이걸 보고, 필요 없는 걸 골라내세요. 내가 보니까 필요 없는 것도 많습디다. 예수회, 〈오푸스 데이〉, 〈카르보나리〉,[1] 로타리 클럽, 이런 건 필요 없어요. 은비적인 경향이 있는 비밀 결사만 뽑아내야 합니다. 내가 벌써 밑줄을 그어 놓은 단체도 있어요.」

가라몬드 사장은 페이지를 넘기면서 설명해 나갔다. 「어디 한번 봅시다. 〈절대회(絶對會)〉라, 만물의 메타모르포시스, 즉 변신(變身)을 믿는 단쳅니다. 캘리포니아의 〈아이테리우스 회〉, 이건 화성인과의 텔레파시 교신을 믿는 사람들의 단체, 로잔의 〈아스타라 회〉, 목숨을 걸고 비밀을 지키겠다고 맹세해야 가입이 가능한 단체랍니다. 영국의 〈아탈란티아 회〉, 잃어버린 행복을 찾는 사람들의 모임입니다. 얼마든지 더 있어요. 연금술과 카발라와 점성술을 믿는, 캘리포니아의 〈성소 건설자 협회〉, 사랑의 여신이자 사자(死者)의 산(山)의 수호 여신 하트호르를 섬기는 페르피냥의 〈세르클[會] E. B.〉, 몰의 〈세르클 엘리파스 레비〉…… 그런데 이 〈레비〉가 무

---

1 19세기 나폴리에서 결성된 이탈리아 급진 공화주의자들의 비밀 결사.

슨 레비인지 모르겠어요. 설마 문화 인류학자 클로드 레비스
트로스의 〈레비〉일 리는 없을 테고. 어쨌든 툴루즈의 〈성전
기사단 연맹〉, 골의 〈드루이드 학회〉, 제리코의 〈쿠방 스피리
투알리스트[心靈會]〉, 플로리다의 〈우주 진리교〉, 스위스 에
콘의 〈전통주의 신학교〉, 〈모르몬교〉…… 모르몬 말인데, 탐
정 소설에서 읽은 적이 있는데 아직까지도 있을지 몰라. 하여
튼 런던과 브뤼셀에 있는 〈미트라 교회〉, 로스앤젤레스에 있
는 〈악마 교회〉, 프랑스에 있는 〈연합 악마 교회〉, 브뤼셀에
있는 〈장미 십자단 사도 교회〉, 아이보리코스트에 있는 〈어
둠의 자식들 회〉 및 〈녹색 교단〉…… 하지만 이 아이보리코스
트에 있는 건 빼기로 합시다. 이들이 쓰는 언어는 우리가 알
도리가 없으니까. 몬테비데오의 〈에스쿠엘라 에르메티스타
옥시덴탈[西洋鍊金學會]〉, 맨해튼에 있는 〈전미 카발라 협
회〉, 오하이오에 있는 〈중부 오하이오 헤르메스 신전〉, 시카
고에 있는 〈테트라 그노시스 교단〉, 생시르쉬르메르에 있는
〈장미 십자 장로 우애회〉, 카셀에 있는 〈성전 기사단 부활을
위한 요한 우애단〉, 그르노블에 있는 〈국제 이시스 우애단〉,
샌프란시스코에 있는 〈고대 바이에른 문화 중흥회〉, 셔먼 오
크스의 〈그노시스 사원〉, 미국의 〈아메리카 성배 재단〉, 브라
질의 〈소시에다지 두 그라알 두 브라질〉, 즉 브라질 성배회
(聖杯會), 룩소르의 〈헤르메스 형제회〉, 네덜란드에 있는 〈렉
토리움 로지크루시아눔〉, 스트라스부르의 〈성배 운동 본부〉,
뉴욕에 있는 〈아누비스 교단〉, 맨체스터에 있는 〈검은 펜타
클 신전〉, 플로리다에 있는 〈오딘 동우회〉, 영국 여왕도 가입
하고 있을 터인 〈가터 교단〉, 신나치파 프리메이슨 단체로서
주소 불명인 〈가면 기사단〉, 몽펠리에에 있는 〈성전 기사 군

단〉, 몬테카를로에 있는 〈태양 신전 최고 기사단〉, 할렘의 〈장미 십자단〉, 보세요, 드디어 흑인도 가세하지요? 카발라에 나오는 72신령을 섬기는 켈트식 악마 교단인 〈위카 교단〉, 더 소개해야 할까요?」

「이런 것들이 정말 있는 단체들입니까?」 벨보가 물었다.

「있다마다요. 자, 시작합시다. 필요한 명단을 뽑읍시다. 명단을 뽑아 우편으로 날리는 겁니다. 이들에게 광고 전단을 보내면 소문이 좌악 퍼지지요. 해야 할 일은 이것뿐만이 아닙니다. 서점과 독자들을 만나서, 이러저러한 연작 총서가 나온다는 이야기를 퍼뜨려야 합니다.」

디오탈레비는 반대했다. 그의 주장에 따르면 공연히 이쪽의 존재를 노출시킬 것이 아니라 우리를 대신해서 그 일을 해줄 사람을 찾아야 한다는 것이었다. 가라몬드 사장은 찾아보는 것은 좋으나, 대신 〈무료 봉사〉할 사람을 찾으라고 말했다.

자기 방으로 돌아오자 벨보가 투덜댔다. 「지나친 요구 같은데.」

그러나 지하의 여신들이 우리를 가호하고 있었다. 벨보의 사기가 꺾이는 순간 로렌차 펠레그리니가 더할 나위 없이 밝은 표정으로 들어와 그 사기를 드높여 준 것이었다. 로렌차는 광고 전단을 읽고는 호기심을 표했다.

옆 사무실에서 진행되는 〈헤르메스 계획〉 이야기를 듣고 로렌차가 말했다. 「굉장하군요, 이건. 걸맞은 친구가 하나 있어요. 우루과이 투파마로(극좌파 단체) 출신인데, 지금은 『피카트릭스』라는 잡지를 만들고 있어요. 틈만 나면 내게 강신 세앙스[降神巫儀]를 구경시켜 주고는 하죠. 나, 그런 데서 굉장한 〈엑토플라슴[心靈體]〉을 만났는데, 그 후론 물화할 때마다 나를 찾는다더군요.」

벨보는, 뭔가 물어보려는 듯이 로렌차를 보다가 마음을 고쳐먹었는지 고개를 돌려 버렸다. 〈굉장한 친구〉라면서 로렌차가 자기 남자 친구 이야기를 하는 데 익숙해져, 앞으로는 자기와 로렌차의 관계(사실 무슨 관계가 있기는 있었던가?)에 위협적인 사람에 대해서만 걱정하기로 마음먹은 건지도 몰랐다. 그러니까『피카트릭스』라는 말이 나오는 순간 나는 아르덴티 대령을 생각한 데 견주어 벨보는 투파마로 출신이라는 로렌차의 남자 친구를 생각한 것임에 분명했다. 하지만 로렌차는 이미 화제를 바꾸어, 〈너울 벗은 이시스〉총서 같은 책을 집중적으로 파는 서점을 알고 있다고 얘기하는 중이었다.

「그런 서점 돌아다니면 재미있어요. 이런 서점에서 파는 책들을 보면 〈호문쿨루스[精子微人]〉만드는 비법이나 비약 목록 같은 게 나와 있죠. 파우스트 박사도 이런 식으로 트로이아의 헬레네를 만들었다고 하지 않아요? 야코포, 둘이서 안 만들어 볼래요? 당신의 몸에서 나온 호문쿨루스 하나 갖고 싶어요. 둘이서 애완견 기르듯이 길러 보면 좋잖아요? 책 보면 쉬워요. 사람의 씨를 시험관에 넣어 두면 돼요. 바보같이 낯을 붉히기는. 정자를 시험관에 넣은 다음에 여기에다 암말의 히포메네를 섞으면 된대요. 이 〈히포메네〉라는 것은요, 뭐더라, 배설물인가? 아니야, 배설물은 아니야. 뭐죠?」

「분비물이라고 하는 겁니다.」 디오탈레비가 거들었다.

「그래요? 하여튼 임신 중인 암말이 이걸 분비한대요. 하지만 구하기는 좀 어려울 거예요. 내가 암말이라도 사람에게, 더구나 잘 알지도 못하는 사람에게 분비물을 빼앗기기는 싫거든. 포장된 걸 살 수도 있대요. 선향처럼 진공 포장된 걸로. 시험관에다 이것과 사람의 씨앗을 섞어서 40일 동안 그대로 두면 시험관 속에는 태아 같은 조그만 덩어리가 생긴대요. 이걸 두 달 더 두면 호문쿨루스가 되는 거죠. 이윽고 달이 차면 이게 밖으로 나와 시중을 들어 준다니 얼마나 좋아요? 죽지도 않는대요. 생각해 보세요. 당신이 죽은 뒤에도 무덤에 꽃도 꺾어다 놓을 호문쿨루스를.」

「그런 서점의 고객은 주로 어떤 사람들이야?」

「환상적인 사람들이죠. 천사와 대화를 나누는 사람, 연금(鍊金)하는 사람, 얼굴이 진짜 점쟁이 얼굴 같은 진짜 점쟁이들.」

「진짜 점쟁이 얼굴은 어떤데?」

「매부리코, 러시아인의 눈썹, 안광이 형형한 눈. 옛날 화가들 같은 장발, 수염도 있기는 있는데 숱이 안 많아요. 뺨과 턱 사이에 수염이 안 자라는 부분이 군데군데 있죠. 앞으로 늘어져 덩어리진 채 입술을 가리는데, 그건 어쩔 수 없어요. 입술이 워낙 얇거든. 이빨은 앞으로 삐드러지고, 이빨이 이러니까 웃으면 흉한데도 잘 웃어요, 그것도 예쁘게. 하지만 그 형형한 눈빛은 앞에 있는 사람을 꿰뚫어 버린답니다.」

「헤르메스의 얼굴이군.」 디오탈레비가 말했다.

「그래요? 뭘 아시나 봐. 손님이 들어와 주인에게 책을 찾아 달라곤 하는데, 가령 축귀 경문이 실린 책을 찾아 달라면 이 점쟁이들은 그 자리에서 적당한 책의 제목을 알려 줘요. 물론 점쟁이가 말한 책은 항상 품절이지만요. 대신 이 점쟁이들과 흥허물이 없어지게 되면 축귀 경문 같은 게 효험이 있느냐고 물어볼 경우, 점쟁이들은 질문한 사람을 보고 어린아이 대하듯 차분히 웃으면서, 그런 책은 위험하니까 조심해야 한다, 이런 말을 하죠. 자기 친구 중 몇몇은 악마에게 혼이 났다는 이야기를 곁들이다가 듣는 사람이 잔뜩 겁을 집어먹으면, 악마라는 건 사실 히스테리 같은 것에 지나지 않는다고 그러데요. 요컨대, 그 사람들이 악마의 존재를 믿고 있는지 믿지 않고 있는지 도무지 모르겠더라고요. 서점 주인들은 대개 나 같은 사람에게 선향(線香) 같은 걸 선물로 주죠. 어떤 서점 주인은 악마의 눈길을 막는 부적이라면서 상아로 깎은 손을 주더군요.」

로렌차 펠레그리니의 말을 듣고 있던 벨보가 한마디 했다. 「그렇다면 다음에 그런 서점에 갈 기회가 생기거든 주인에게 마누치오 시리즈를 아느냐고 물어봐. 모른다고 하거든 우리 광고 전단 좀 전해 주고.」

로렌차 펠레그리니는 광고 전단을 한 뭉치 들고 사무실을 나갔다. 로렌차가 열심히 홍보를 했기 때문이겠지만, 그래도 일은 예상했던 것보다 훨씬 빨리, 걷잡을 수 없는 속도로 진행되었다. 몇 달이 채 지나지 않아, 〈악마 연구가들〉이라고 우리가 이름 붙인 이른바 은비학에 관심을 가진 자비 출판 필자들이 너무 많이 몰린 탓에 그라치아 양의 업무가 폭주하기 시작했다. 악마 연구가들은 역시 엄청난 수의 무리였다.

44

능동과 수동의 정령, 에헤이와 아글라의 정령과 더불어 펜타쿨룸[五芒星] 최고 의
례를 통하여 친교 서판(親交書板)에 깃들어 있는 권능을 부르라. 그러고 다시 제단
으로 돌아와 다음과 같은 에녹을 초혼하는 진언(眞言)을 읊어야 한다. 올 소누프
바오르사그 고호 이아드 발트, 론쉬 칼즈 본포, 소브라 즈올 로르 이 타 나즈프스,
오드 그라아 타 말프르그…… 드스 홀─크 콰아 노토아 짐즈, 오드 콤마흐 타 노
프블로흐 지엔…….
— 이스라엘 르가르디, 『신비주의 교단 〈황금의 새벽〉의 가르침과 의례와 제식(祭
式)의 원전(原典)』, 〈불가시적인 비전(秘傳)〉, 세인트폴, 루엘린, 1986, p. 423

운이 따라 주었다. 입문(入門)이라는 것을 염두에 둔다면
우리는 질적으로 만족할 만한 수준의 첫 회합을 가질 수 있
었다.

벨보, 디오탈레비, 카소봉, 이렇게 삼총사가 모두 모여 첫
손님을 맞았고, 우리는 그를 보는 순간 어찌나 기분이 좋았던
지 소리라도 지르고 싶을 정도였다. 손님의 얼굴은, 로렌차
펠레그리니가 묘사하던 바로 그 헤르메스 상(相)이었다. 게
다가 옷까지 검은 양복으로 입고 있었다.

우리를 둘러 본 그는 자신을 카메스트레스 교수라고 소개
했다. 「무슨 과 교수이신지요?」 우리가 묻자 그는 어색한 표
정을 지었다. 자기를 좀 더 점잖게 대해 주었으면 좋겠다는
눈치 같았다. 「미안하지만 나는 세 신사분이 어떤 식으로 이
방면에 관심을 보이고 있는지 알지 못합니다. 말하자면 전문
적인 관심인지, 상업적인 관심인지, 아니면 은비학 단체에 가
입하고 있기 때문에 보이는 관심인지 모른다는 것입니다.」

우리는 은비학에 관심을 보이는 까닭을 설명했다. 그제야 그가 입을 열었다.

「여러분을 너무 경계하고 있었군요. 하지만 나도 〈오토〉단 단원들과 관련되는 게 꺼림칙해서 그랬지요.」 우리가 이 새로운 낱말을 이해하지 못하는 것을 알고 그가 설명을 계속했다. 「〈오토OTO〉라고 하는 것은 〈동방 성전 기사단〉의 약자입니다. 알레이스터 크롤리에 대한 마지막 신봉자들을 자처하는 비밀 결사이지요……. 혹시나 여러분이 거기에 소속되어 있지 않았나 해서 경계했는데, 아니었군요. 좋습니다. 그렇다면 저에 대해 편견을 갖지 않으실 테니까요.」 우리가 권한 자리에 좌정한 그는 말을 이었다. 「여러분도 잘 아시겠지만, 지금부터 여러분께 보여 드릴 이 자료는 알레이스터 크롤리와 맞서는 용감한 것입니다. 내가 소속되어 있는 동아리는 『지고한 실체, 혹은 법(法)의 서(書)』의 계시를 신봉하기는 합니다. 널리 알려져 있다시피 이 『법의 서』는 1904년 카이로에서 아이와즈라고 하는 수호천사가 알레이스터 크롤리에게 구술한 책입니다. 오토 단원들은 이날 이때까지도 이 책의 내용을 섬깁니다. 오토 단원들은 이 책의 1판부터 4판까지 모두 받드는데, 초판이 나오고 9개월 뒤에는 발칸 반도에서 전쟁이 터졌고, 재판이 나오고 9개월 뒤에는 제1차 세계 대전이, 3판이 나오고 9개월 뒤에는 중일 전쟁, 4판이 나오고 9개월 뒤에는 스페인 내란이 터졌습니다…….」

나는 나도 모르게 검지와 중지를 꼬았다.[1] 카메스트레스 교수는, 침울한 미소를 지으며 나를 바라보면서 말을 이었다.

[1] 검지와 중지를 꼬는 것은 행운을 비는 상징적, 미신적 동작이다.

「여러분이 불안해하시는 것도 무리는 아닐 겁니다. 나는 여러분에게 제5판, 말하자면 수정 증보판의 출판을 제의하기 위해 이렇게 왔습니다. 제5판이 나오고 9개월 뒤에는 무슨 일이 터지게 될 것인지 궁금하시겠지요? 안심하세요. 아무 일도 터지지 않습니다. 내가 가지고 있는 것은 해석의 범위를 확장시킨 『법의 서』의 증보판입니다. 나는 〈알〉, 즉 〈지고한 실체〉를 수호령으로 모시고 있는 사람일 뿐만 아니라 〈알〉의 계시를 직접 배청(拜聽)한 장본인이기도 합니다. 〈라 호오르 쿠이트〉와 신비스러운 쌍둥이이신 최고위 왕으로, 때로 〈호오르 파아르 크라트〉라고도 불리는 〈알〉은, 알레이스터 크롤리에게 책을 구술시킨 천사 이상으로 대단하신 분입니다. 그래서, 혹, 알레이스터 크롤리를 섬기는 오토 단원들의 훼방이 있을지도 모르는 일인 데다 불운이 따를 수도 있기에 이걸 차단하기 위해서라도 동지(冬至) 전에 출판되었으면 하는 것입니다.」

「가능할 겁니다.」 벨보가 대답했다.

「그렇게만 된다면 그런 다행이 없겠지요. 이 책이 출판되면 비밀 결사의 입문자들 사이에 엄청난 물의가 빚어질 것입니다. 아시게 되겠지만, 내가 여기에서 다루는 신비스러운 자료는 알레이스터 크롤리가 다룬 것보다 훨씬 심오하고 정통적인 것입니다. 나는 알레이스터 크롤리가 〈검(劍)의 전례(典禮)〉를 도외시하고 어떻게 〈짐승의 의례〉가 가능하다고 주장했는지 도저히 이해할 수가 없습니다. 칼을 뽑아야 〈마하프랄라야〉, 즉 쿤달리니의 제3의 눈이 무엇인지 이해할 수 있기 때문입니다. 게다가 크롤리의 수비술(數秘術)은 모두 짐승의 수에 근거하는 것으로, 〈93〉, 〈118〉, 〈444〉, 〈868〉, 〈1001〉 같은 새로운 수를 검토의 대상으로 전혀 떠올리지를 않고 있습니다.」

「그 숫자들은 무엇을 의미하죠?」 수비술이라면 사족을 못 쓰는 디오탈레비가 노골적으로 관심을 보이며 물었다.

「『법의 서』도 언급하고 있듯이 모든 숫자가 무한한 것이고 따라서 큰 차이는 없습니다.」

「알겠습니다만, 일반 독자들에게는 너무 생소할 것 같지 않습니까?」 벨보가 물었다.

카메스트레스 교수는 의자에서 뛰어오를 듯이 놀라면서 대답했다. 「절대 불가결한 책인데, 그게 무슨 말씀인가요? 적당한 준비 없이 이런 비의에 뛰어드는 것은 심연에 머리를 처박는 거나 다름이 없답니다. 너울에 가려진 채로 대중 앞에 내어 놓는 것도 나로서는 위험을 각오하고 하는 겁니다. 나는 야수를 숭배하는 땅에다 한 발을 집어넣고 이걸 썼습니다. 크롤리보다 훨씬 과격하게요. 내 책『악마와의 교접』을 보면 신전 성물(聖物) 배치 이야기나, 〈심홍(深紅)의 악녀〉가 탈것인 〈야수〉와 육체적으로 교접하는 이야기가 등장합니다. 말하자면 크롤리는 자연에 반하는 이른바 육체적 교접에서 붓을 꺾었지만 나는 이 제의를 우리가 인식할 수 있는 수준의 악마를 훨씬 뛰어넘는 수준까지 끌고 갑니다. 나는 상상을 초월하는 극한까지 갑니다. 말하자면, 흑마술(黑魔術) 저주의 절대적인 순결의 상징인 〈바스아움근〉과 〈사바프트〉의 극한까지 몰고 가는 것입니다……」

이제 벨보에게 남은 일은 카메스트레스 교수에게, 재정적인 부담 능력 여부를 확인하는 것이었다. 그는 말을 빙빙 돌려 가면서 길게 이야기했다. 브라만티 교수가 그랬듯이 카메스트레스에게도 자비 출판할 능력은 없었다. 드디어 필자를 거절하는, 지난한 작업이 시작되었다. 원고를 일주일 정도 보관할 수 있게 해주면, 편집진이 윤독한 다음에 돌려 드리기로 하겠다. 이런 순서가 마악 시작되는 판인데 카메스트레스는 원고 보따리를 싸면서, 이런 식으로 불신당해 보기는 처음이다, 모욕한 대가로 뒷날 반드시 후회하게 하고야 말겠다, 이런 말을 남기고 돌아섰다.

그러나 오래지 않아 자비 출판 필자들로부터 무수한 원고가 날아들었다. 서점 판매용이므로 어느 정도의 선별 작업이 필요한 것은 물론이었다. 그러나 분량이 엄청나서 다 읽을 도리는 없었다. 우리는 목차와 색인, 본문의 일부만 검토하고는 의견을 교환했다.

45

여기에서 한 가지 놀라운 의문이 떠오른다. 고대 이집트인들이 전기(電氣)에 대해서 알고 있었을까 하는 것이다.
— 페테르 콜로시모, 『시간이 없는 대지』, 밀라노, 수가르, 1964, p. 111

벨보가 먼저 입을 열었다. 「사라진 문명과 신비의 대륙에 대한 원고가 있는데 말이야. 오스트레일리아 부근 어딘가에 〈뮤〉라는 대륙이 있었는데, 그 땅에 살던 사람들이 다른 대륙으로 이주해 갔다는 거야. 아발론으로도 가고, 캅카스로도 가고, 인더스 강 발원지로도 갔다는 거지. 켈트족이 된 그룹도 있고, 이집트 문명을 창시한 그룹도 있고, 아틀란티스 대륙으로 간 그룹도 있다는 거야.」

「진부한 소립니다. 〈뮤〉 대륙에 관한 책이 필요하다면 그 책상이 파묻히도록 구해다 줄 수도 있어요.」 내가 핀잔을 주었다.

「하지만 이 원고의 필자는 자비를 댈 것 같단 말이지. 게다가 그중의 한 장(章), 그리스인의 유카탄 반도 이주설을 다룬 장은 아주 아름다워. 치첸 이차에 있는 전사의 돋을새김은 로마 군단의 부조(浮彫)를 빼다 박았다는 거야. 한 콩깍지에서 나온 콩알처럼…….」

「전 세계의 투구를 보면 으레 술이나 말총이 달려 있어. 그게 문화 유입의 증거가 될 수는 없어.」 디오탈레비도 나섰다.

「자네에겐 그렇게 보일지 모르지만 이 필자의 생각은 달라. 이 원고 필자에 따르면, 이 세계의 모든 문화권이 뱀을 숭배한다면, 그 문화의 기원이 단일하기 때문이 아니겠느냐는 거야…….」

「뱀을 숭배하지 않는 문화권도 있던가? 선민(選民)만은 차한에 부재하지만.」 디오탈레비는 물러서지 않았다.

「선민은 송아지만 섬기셨던가.」

「믿음이 약해졌을 때만 송아지를 섬겼지. 어쨌든 나는 그 원고 못 믿겠어. 설령 자비 출판이라도. 목차를 좀 보라고. 켈트주의와 아리안주의, 칼리 유가, 서구의 몰락, 나치 친위대 정신. 내가 편집광이든가, 아니면 그자가 나치 추종자이든가 둘 중 하날 거다.」

「가라몬드 사장은 나치라는 이유만으로 물러서지는 않을걸.」

「그럴 테지. 하지만 해도 정도껏 해야지. 이 원고 좀 보라고. 땅의 요정, 물의 요정, 불속에 사는 도롱뇽, 꼬마 요정, 대기의 요정. 이걸로 아리안의 기원을 설명하려는 모양인데, 그러면 나치 친위대의 기원은 일곱 난쟁이로 설명이 가능하겠군.」

「나치 친위대의 기원은 일곱 난쟁이가 아니라 니벨룽족 결사대가 아니던가?」

「여기에서 말하는 난쟁이는 아일랜드의 엘프 나라 백성이야. 나쁜 건 요정이지 엘프가 아니라고. 엘프는 약간 짓궂을 뿐, 마음씨는 착해.」

「이 원고는 그만 치워 버리세. 카소봉, 당신이 읽은 원고에 물건 좀 없었어?」

「크리스토퍼 콜럼버스에 관한 자료가 하나 있군요. 저자는 콜럼버스의 서명(署名)을 분석하고 그 서명 안에 피라미드에 대한 암시가 들어 있다고 주장하고 있어요. 콜럼버스가 추방당한 기사단의 사령관이어서 신대륙을 찾는 목적도 예루살렘 기사단의 재건에 있었다는 겁니다. 포르투갈의 유대인이자 전문 카발리스트였던 콜럼버스는 주문을 외워서 폭풍을 잠재우거나 부하 선원들의 각기병을 고쳤다는군요. 디오탈레비 씨가 전문적으로 검토하고 있는 것 같아서 카발라가 언급된 부분은 그냥 지나쳤어요.」

「내가 훑어봤더니 해몽서에서 복사한 히브리어 문자가 다 틀렸어.」

「이 사람들아, 우리가 지금 〈너울 벗은 이시스〉 총서 원고를 찾고 있다는 걸 명심하게. 문헌학을 하고 있을 때가 아닐세. 악마 연구가들이 해몽서에서 히브리어를 복사하겠다면 그러라고 해. 그보다 내가 걱정하는 건 프리메이슨에 대한 수많은 원고들 때문이야. 가라몬드 사장도 이 점에 각별하게 신경을 써달라고 했네. 종교 의례를 두고 설왕설래하는 말싸움에는 휘말리고 싶지 않다고 하더군. 하지만 루르드 동굴에 남아 있는 프리메이슨의 상징적인 유물에 대한 이 원고는 무시할 수가 없더군. 그리고 생제르맹 백작 같은, 수수께끼의 인물을 다룬 이 원고도 그래. 이 수수께끼의 인물은 프랭클린과 라파예트의 친구였고, 미합중국의 국기를 창안하던 바로 그 순간에 등장했다고 하는군. 그렇다면 미합중국 국기에 별이 들어간 까닭은 설명이 되는 셈인데. 하지만 필자도 국기에 줄이 들어간 까닭에 대해선 오리무중이더군.」

「아니, 생제르맹 백작이라고요?」

「카소봉, 당신 그 사람 알고 있나?」

「안다면 믿겠어요? 잊어버리죠. 이 원고는 현대 과학의 오류를 해부하는 4백 페이지짜리 원곤데요. 원자(原子)는 유대인들의 허풍이라 하고, 그 외에도 아인슈타인의 오류와 에너지의 신비, 갈릴레이의 환상과, 해와 달의 비물질성.」

「그런 소재를 다룬 원고 중에서 내 마음에 들었던 건 포트의 이론에 대한 이 논평이라네.」 디오탈레비가 말했다.

「포트가 누군데요?」

「찰스 호이 포트. 불가해한 현상을 무진장 수집한 양반이야. 버밍엄의 개구리 소나기, 데본의 거대한 동물 발자국, 누가 만들었는지 모르는 산꼭대기의 계단과 홉반 모양의 자국, 춘분과 추분의 세차 운동(歲差運動)의 불규칙성, 운석에 새겨진 음각문(陰刻文), 검은 눈, 핏빛 비, 팔레르모 위 8천 미터 상공에 나타난 날개 달린 생물체, 해상에서 빛나는 바퀴, 거인의 유해, 프랑스에 쏟아진 낙엽 소나기, 수마트라의 생물질 침전물, 마추픽추나 남아메리카 여러 산꼭대기에 그려진 거대한 음각화. 선사 시대에 강력한 우주선이 착륙한 증거라는 이 음각화 얘기가 빠질 수야 없겠지. 우주에 인간만 사는 건 아니라잖나.」

「나쁘지 않군. 하지만 피라미드에 대한 5백 페이지짜리 원고 이야기도 들어 볼 텐가? 자네들, 쿠푸 왕의 피라미드가 북위 30도 선상에 있다는 걸 아는가? 해수면상의 육지가 가장 많은 곳이 바로 이 북위 30도 선상이라는 건? 그런데 그 쿠푸 왕 피라미드 내부에서 확인된 기하학적 방식이, 아마존 지방 페드라 핀타다에서 확인된 것과 정확하게 일치한다네. 뿐만 아니라 이집트 유적에는 날개 달린 뱀이 두 마리 있는데, 한 마리는 투탕카멘왕의 옥좌에, 또 한 마리는 사카라의 피라미드 위에 있고, 이중 사카라의 뱀은 정확하게 머리로 케찰코아틀¹을 가리킨다는군.」 벨보가 말했다.

「케찰코아틀은 멕시코 만신전(萬神殿)과 관계가 있는 것이지 아마존과 관계가 있는 것은 아니잖습니까?」

「글쎄, 그 부분은 내가 건너뛰었는지도 모르지. 하지만 그렇게 따지자면, 이스터 섬에 있는 거석상(巨石像)이 켈트족의 거석상과 똑같다는 건 어떻게 설명해야 할까? 〈야〉라는 폴리네시아 신이 분명히 유대의 〈요드〉라는 신, 헝가리의 위대한 선신(善神) 〈이오브〉와 같은 신이라는 건 또 어떻고? 고대 멕시코의 한 필사 원고는, 지구는 바다로 둘러싸인 네모 반듯한 땅인데, 그 한가운데엔 〈아즈틀란〉이라는 명문(銘文)이 붙은 피라미드가 있다고 했네. 〈아즈틀란〉은 〈아틀라스〉나 〈아틀란티스〉와 무관한 것일까? 피라미드가 왜 애틀랜틱 오션(대서양) 양쪽에서 발견되는 것일까?」

「피라미드 건조(建造)가 구체(球體) 구조물 건조보다 훨씬 쉬우니까 그런 게 아닐까요? 그리고 바람이 피라미드 모양의 언덕을 만들지언정 파르테논 신전 같은 언덕은 만들지 못하지 않아요?」

「나는 계몽주의 정신이라는 게 싫더라.」 디오탈레비가 비어지는 소리를 했다.

「더 들어 보게. 이집트의 태양신 〈라〉도, 신왕조(新王朝) 이전에는 없던 신일세. 따라서 이집트로 건너간 켈트족의 신일 가능성이 아주 높네. 성 니콜라이, 즉 산타클로스와 썰매의

---

¹ 아스텍족의 신. 날개 달린 뱀의 모양을 하고 있다. 멕시코시티의 옛 이름이기도 하다.

관계를 생각해 보라고. 유사 이전의 이집트에서 썰매는 곧 태양의 배였다네. 이집트에는 눈이 내리지 않는데 썰매가 등장한 거야. 북구의 영향을 입지 않았다고 할 수 있을까?」

나는 벨보의 주장에 승복할 수 없었다. 「바퀴가 발명되기까지 모래 위에서도 썰매가 이용되었다고요.」

「자꾸 끼어들지 말게. 이 원고에 따르면 일단 두 유사한 현상을 찾아내고는, 그 뒤 그 근거를 밝혀야 한다고 했네. 그리고 그렇게 근거를 밝히고 난 후 보면, 과학에 기반한 근거라는 걸 알게 된단 거지. 이 원고의 주장에 따르면 이집트인들은 전기를 알고 있었다는 것이네. 전기를 모르고는 그렇게 엄청난 것들을 건조해 내지 못했을 거라는 게 필자의 결론이지. 바그다드의 하수 공사를 담당하고 있던 한 독일의 토목 기사는 그때까지도 여전히 작동하고 있는, 페르시아 사산조(朝) 시대 것으로 추정되는 건전지를 발견했다고 하네. 바빌론 유적에서도 4천 년 전에 만들어진 축전지가 발견되었다는군. 뿐인가? 십계명과 아론의 지팡이와 사막의 만나 단지가 든 성궤도 5백 볼트를 낼 수 있는 일종의 발전 상자였다는 거야.」

「그건 나도 영화에서 본 적이 있어요.」

「그랬어? 그렇다면 영화쟁이들은 뭘 보고 그런 발상을 했겠나? 성궤는 아카시아 나무로 만들고 안팎 모두 금박을 씌운 것이었다고 하네. 이건 콘덴서와 원리가 같아. 하나의 절연체로 분리된 두 개의 도체. 금제(金製) 조화로 둘러싸인 이 성궤가 안치되어 있었다는 곳도 생각해 보게. 성궤 안치대는 높이 1미터당 자장이 5백 내지 6백 볼트에 이르는 건조한 곳에 놓여 있었다고 하네. 에트루리아의 왕 포르세나가 전기의 힘을 빌려 〈볼트〉라는 무서운 동물로부터 자기 나라를 구했다는 전설도 있지.」

「알레산드로 볼타는 그럼 이국적인 가명을 썼던 것이군요? 본명이 〈슈므르슐린 크라즈나파프슈키〉쯤 되었는데?」

「농담이 아니라고. 내게는 이 원고 말고도, 잔 다르크와 〈시빌레〉[2]의 서책(書冊), 『탈무드』에 등장하는 마귀인 릴리트[3]와 양성(兩性)의 태모(太母), 유전자 정보와 화성의 자모(字母)의 관계, 식물의 비밀 지능, 우주론 및 정신 분석학과 신천사론적(新天使論的)으로 해석한 마르크스 및 니체의 관계, 〈황금수(黃金數)〉와 그랜드 캐니언, 칸트와 은비학, 엘레우시스의 수수께끼와 재즈 음악, 칼리오스트로와 원자력, 동성애와 그노시스, 골렘과 계급 투쟁과의 관계 등등을 밝히고 있는 편지들이 한 무더기 있다네. 그리고 〈성배〉와 〈성심(聖心)〉에 대한 여덟 권짜리 전집을 써내리라고 약속하는 편지도 있고.」

「핵심 주장이 뭔데요? 성배가 그리스도 심장의 알레고리라는 건가요, 아니면 그리스도의 심장이 성배의 알레고리라는 건가요?」

「필자는 양자를 다 옳다고 주장하고 싶은가 봐. 솔직하게 말해서, 나도 뭐가 뭔지 모르겠네. 가라몬드 사장 얘기를 들어 봐야겠어.」

그래서 우리는 가라몬드 사장에게 의견을 물었다. 그는, 어느 것 하나도 버리지 않는다는 것을 원칙으로 세우고 검토

---

2 그리스 신화에 나오는 영생 불사하는 무녀(巫女). 시빌레의 서책은 일종의 예언서이다.

3 유대 전설에 등장하는 마성(魔性)의 어머니. 아담의 전처(前妻)였다고 한다.

하라고 했다.

나는 그에게 항변했다. 「하지만, 이중에는, 버스 정거장 가판대 잡지에 나오는 주장까지 되풀이하는 원고도 적지 않습니다. 이미 책을 낸 바 있는 필자도 남의 주장을 베끼고, 별것도 아닌 것들이 권위 있는 견해인 양 서로 인용하는 겁니다. 말하자면 저희 주장의 정당성을 입증하는 근거로 이암블리코스의 『정수론(整數論)』에 나오는 문장 하나를 달랑 제시하는 정돕니다.」

「그렇다고 해서 독자들이 이해도 못하는 책을 팔 수는 없는 거지요. 우리 〈너울 벗은 이시스〉 총서는, 다른 책이 다루는 주제와 동일한 주제를 다루어야 합니다. 그러면 서로 확증하는 셈이 되고, 그게 곧 〈참〉이 되는 거 아닙니까? 독불장군의 독창성이라는 거, 그거 사실 없는 겁니다.」

「알겠습니다. 하지만 어떤 게 적절하고 적절하지 않은지, 그걸 모르겠습니다. 자문할 사람이라도 있으면 좋겠습니다만.」 벨보의 말이었다.

「어떤 종류의 자문이 필요한가요?」

「글쎄요. 우리 시리즈 필자들같이 무엇이든 믿으려 들어서는 안 되겠지만 그들의 세계를 잘 알긴 해야겠죠, 그런 뒤 우리에게, 〈헤르메스 계획〉의 방향을 제시해 줄 수 있으면 좋겠지요. 르네상스 시대의 연금학을 제대로 공부한 사람이면 이상적이겠지요.」

「그런 사람이라면 〈성배〉와 〈성심〉에 대한 원고를 건네주자마자 문을 쾅 닫고 나가 버릴 텐데?」 디오탈레비가 끼어들었다.

「설마 그럴 리야.」

내 머리에 아이디어가 떠올랐다. 「딱 맞는 사람이 하나 생각납니다. 진짜 박식한 사람입니다. 이런 종류의 은비학을 굉장히 진지하게 생각하는 사람이고요. 하지만 어떤 의미에서는 대단히 고상하면서도 냉소적입니다. 브라질에서 만났습니다만, 지금쯤은 밀라노에 있을 겁니다. 연락처를 어딘가 적어 두었을 거예요.」

「접촉하시오, 카소봉. 대접은 물론 당분간은 촉탁(囑託)입니다. 저쪽의 요구에 따라 이쪽의 대접은 얼마든지 달라질 수 있다는 거요. 그리고 되도록이면 〈금속의 경이로운 모험〉에도 이용할 가능성을 적극 타진해 보도록 하세요.」

알리에는, 내 연락을 반가워하는 것 같았다. 그는 암파루의 안부를 물었다. 내가 끝났다는 암시를 던지자 알리에는 사과를 한 뒤 재치 있는 말투로 젊음이라는 건, 언제든지 쉬이 인생의 새 장을 펼칠 수 있음을 의미하는 거라고 얘기했다. 나는 편집 기획 이야기를 했다. 그는 관심을 보이며, 자기 집에서 우리를 만나겠다면서 시간을 정해 주었다.

〈헤르메스 계획〉이 발진한 순간부터 그날까지 나는 무수한 사람들을 희생시키면서 신나는 나날을 보내 온 셈이다. 그러나 이제는 그들이 나에게 청구서 보낼 채비를 하고 있다. 나는, 우리가 끌어들이려고 하던 벌과 다를 것이 없었다. 나는, 그게 무슨 꽃인지도 모르면서, 꾐에 빠진 채로 그 꽃으로 날아들고 있었던 셈이다.

46

하루에 몇 차례고 좋으니 개구리에게 다가가 경배한다고 말하시오. 그리고 그대가 바라는 기적을 일으켜 달라고 비시오. ⋯⋯그 와중에도 개구리를 매달 십자가를 준비하시오.
— 알레이스터 크롤리의 의식(儀式) 중에서

알리에는 피아촬레 수자 지역에 살았다. 세기말의 차분한 아르 누보 양식으로 된 그의 집은 사람들의 눈을 피하려는 듯이 좁은 골목에 들이박혀 있었다. 줄무늬 재킷 차림의 나이 지긋한 집사가 우리를 맞아 작은 응접실로 안내하고는, 거기에서 백작을 기다리라고 한 뒤 안으로 들어갔다.

「백작이었단 말인가?」 벨보가 속삭였다.

「얘기하지 않았어요? 생제르맹 백작의 화신이라고.」

「죽지 않고 화신하는 법이 어디에 있나? 방랑하는 유대인 아하스베루스가 아닌 것은 확실한가?」

이번에는 디오탈레비가 나지막한 소리로 물었다.

「생제르맹이 아하스베루스라는 설도 없는 것은 아닙니다.」

「그것 보게.」

알리에가 들어섰다. 언제 보아도 말쑥했다. 우리와 악수를 나눈 그는 먼저 양해를 구했다. 예정에 없던 사람의 방문을 받는 바람에 자기 서재에서 맥빠지는 응대를 십여 분 더 계속해야 한다는 것이었다. 그는 집사에게 커피를 들여오게 하고 우리에게 다시 한번 양해를 구하고는, 오래된 가죽 커튼을 열고

들어갔다. 두껍기는 했지만 가죽 커튼은 문이 아니었다. 커피를 마시고 있으려니 옆방에서 잔뜩 흥분한 듯한 사람의 목소리가 들려왔다. 우리는 처음에는 엿듣는 인상을 주지 않으려고 부러 큰소리로 이야기를 나누었다. 그러다 벨보가, 우리 대화가 오히려 저쪽의 대화를 방해한다고 지적하는 바람에 음성을 낮추었다. 우리가 잠시 침묵한 사이, 저쪽에서 하는 얘기가 들렸다. 그런데 그 내용이 우리의 호기심을 자극했다.

디오탈레비는 자리에서 일어나 커튼 옆에 걸려 있는 17세기의 판화를 감상하는 척하면서 저쪽의 얘기를 엿들었다. 판화에서는, 순례자들이 동굴로 이어지는 일곱 계단을 오르고 있었다. 벨보와 나도 판화 앞으로 다가갔다.

우리가 들은 목소리는 분명 브라만티의 목소리로, 그는 이렇게 얘기했던 것이다. 「이것 봐요. 나는 사람 사는 집에다 악마를 보내지는 않아.」

그날 우리는 브라만티 교수의 외양만 맥 같은 게 아니라 목소리조차 맥(貘)의 목소리와 비슷하다는 것을 확인할 수 있었다.

또 다른 목소리는 우리가 들어 본 적이 없는 목소리였다. 프랑스 억양이 심한 말투, 신경질적이라고 할 수 있을 정도로 날카로운 어조. 이따금씩 둘을 달래는 듯한 알리에의 부드러운 음성이 섞여 들었다.

「이것들 보세요. 내게 판정을 부탁하는 영광을 내렸으면 내 말도 좀 들어야지요. 그리고 먼저 지적해 두거니와, 피에르, 당신이 좀 경솔했어요. 적어도 그런 공개 서한은…….」

프랑스 억양이 알리에의 말허리를 잘랐다. 「*Monsieur le comte*(백작), 그건 지극히 간단한 문제올시다. 여기에 있는 브라만티 씨 말인데요, 브라만티 씨는 우리가 공히 인정하는 잡지에다 글을 쓰고는, 그 글에서 특정 〈루키페로스파(派)〉를 상당히 강한 어조로 비아냥거리고 있습니다. 그 특정 〈루키페로스파〉가, 성찬에서의 그리스도 실재설을 믿지 않으면서 성체만 탐을 내는가 하면 성체를 금으로든 은으로든 바꾼다고 주장한 것입니다. 거기까지는 좋다고 칩시다. 루키페로스파 중에서도, 내가 감히 *tauroboliaste*(제관)[1]와 *psychopompe*(영혼의 안내자)로 봉직하고 있는 〈엘리제 루키페로스파〉가 유일하게 공인된 루키페로스파라는 것은 세상이 다 압니다. 그리고 우리 교회가 그렇게 저속한 악마주의에 빠지지 않았다는 것, 그리고 우리가 그 귀한 성체로 시래기죽을 만들지 않는다는 걸 모르는 사람은 없습니다. 그 공개서한에서 나는, 우리 교파는 *Grand Tenacier du Mal*(위대한 악의 제왕)을 섬기는 〈진부한 악마주의자〉의 무리도 아니고, 우리는 성체 용기(聖體容器)든 〈사제복〉이든 로마 교회의 흉내도 일체 낸 적이 없다는 것을 밝혔을 뿐입니다. 오히려 우리야말로 〈지혜의 여신 팔라스를 섬기는 무리〉에 속한다는 건 세상이 다 압니다. 우리에게 루키페로스는 선(善)의 원리입니다. 굳이 말하자면 루키페로스가 그렇게 말리는데도 이 세상을 창조한 〈아도나이〉[2]야말로 악의 원리인 것입니다……」

「내가 그런 논조로 쓴 것은 사실이오. 내가 다소 경솔했을지도 모른다는 것은 인정하지요. 그러나 그렇다고 해서 당신네들이 마술을 써서 나를 협박해도 좋은 것은 아니오.」 브라

---

1 고대 미트라, 혹은 퀴벨레 비의(秘儀)에서 제물인 황소를 잡고, 그 피를 입문자에게 뿌리는 제관.
2 히브리인들이 하느님을 완곡하게 부르는 말.

만티의 노기 띤 음성이 들려왔다.

「자아! 그건 메타포에 지나지 않았다고요. 당신이야말로 나에게 *envoûtement*(주문)을 건 장본인이 아니오?」

「나와 내 형제들이 꼬마 악마나 내돌릴 만큼 시간이 남아도는 줄 아시오? 우리가 실천하는 것은 〈고등 마술의 교리와 의식〉이오. 우리는 요술쟁이들이 아니오.」

「백작, 저의 하소연을 좀 들어 보시오. 시뇨르 브라만티가 부트루 수도원장과 교우하고 있는 것은 주지의 사실입니다. 이 주교가 하느님을 짓밟는 풍신으로 발바닥에다 십자가 문신을 하고 다닌다는 것은 백작도 익히 아시지요? 일주일 전에 나는 소위 수도원장이라는 자를 〈뒤 상그레알〉 서점에서 만났습니다. 이자가 교활하게 웃으면서, 이자에게는 그렇게 웃는 버릇이 있습니다만, 하여튼 교활하게 웃으면서 내게, 〈조만간에 소식이 갈 겁니다〉 이러는 겁니다. 조만간에…….이게 무슨 뜻이겠어요? 이틀 뒤부터 악마의 방문이 시작된 겁니다. 잠자리에 누우려 하면 누가 얼굴을 치는 게 느껴집니다. 흐느적거리는 손으로 치는 것처럼요. 이런 걸 보더라도 정체가 분명하지요.」

「카펫 위로 슬리퍼가 미끄러졌던 거겠죠.」

「그래요? 그렇다고 칩시다. 그러면 내 방에 있는 골동품은 왜 날아다닙니까? 증류기가 왜 내 정수리로 떨어지고, 바포메트 석고상이 왜 바닥으로 떨어집니까? 그 석고상은 돌아가신 선친께서 남기신 거라고요. 그리고 벽에 세 개의 핏빛 문자는 왜 그려진답니까? 입에 담을 수 없을 정도의 말이었다고요. 백작께서는 잘 아시겠지요? 불과 1년도 안 된 일입니다. 고(故) 므슈 그로스가 똥으로, 이런 표현을 용서하십시오, 하여튼 똥으로 찜질 약을 만든다고 수도원장을 비난하자, 수도원장은 그로스에게 죽어 버리라고 저주를 했지요. 그리고 두 주일 뒤에, 불쌍한 므슈 그로스는 의문의 죽음을 당하지 않았습니까? 이 부트루 수도원장은 독약을 다루는 것으로 널리 알려져 있습니다. 〈리옹의 마르탱주의〉 수도회가 소집한 명예 배심원들이 그랬다더군요.」

「이런 중상모략이 어디 있소?」 브라만티가 고함을 질렀다.

「아니 땐 굴뚝에 연기가 날까? 그런 재판에서 상황 증거로 채택되었는데도 딴소리를 할 참이오?」

「그래서 재판정에서는, 그로스 씨가 간경화증의 말기 증상을 보이는 알코올 중독자였다는 걸 폭로하는 증인 하나 없었던 거군요.」

「유치한 소리는 하지 마시오. 마술이라고 하는 것도 자연의 순리를 좇는 법이오. 간경화증 환자를 죽일 때는 간경화증으로 그 환자를 공격하는 법이오. 흑마술(黑魔術)의 〈알파베타〉인데 그것도 몰라요?」

「그렇다면 간경화증 환자는 모두 부트루 수도원장 손에 죽음을 당하는 것이겠구먼.」

「그렇다면 지난 두 주일 동안 리옹에서 있었던 일이나 좀 얘기해 보시지. 성별(聖別)된 교회가 더럽혀지고, 〈테트라그라마톤[神聖四字]〉이 성체(聖體) 노릇을 하고, 부트루 수도원장은 십자가가 거꾸로 그려진 붉은 망토를 걸치고 나왔고, 원장의 개인 점성술사인 마담 올콧의 이마에는 삼지창이 나타나지를 않나, 비어 있던 성찬배에는 저절로 피가 고이고, 원장은 신도들 입에다 침을 뱉었다는데…… 이건 사실이오, 아니오?」

「당신은 위스망스의 책을 너무 읽은 모양이구려. 그건 위카 교회나 드루이드 승려 양성소에서 벌어지는 행사와 다를 바 없는 일종의 문화 행사 또는 축제였다오.」 브라만티는 어이가 없는지 웃었다.

「아주 베네치아의 사육제라고 하시지그래…….」

한바탕 소란이 일었다. 브라만티가 프랑스인에게 달려들었던 모양이었다. 알리에가 브라만티를 저지하는 것 같았다. 이어서 프랑스인의 가성이 들려왔다. 「보셨지요, 백작께서도 보셨지요? 그리고 브라만티 당신, 몸조심해! 당신 친구 부트루 원장이 어떤 꼴을 당했는지 안부도 좀 여쭙고. 그자가 지금 병원에 있다는 거 모르지? 누가 그렇게 절단을 내더냐고 물어보라고. 나는 당신들이 쓰는 유치한 마술은 안 써. 그러나 나도 조금 알기는 해. 내 집이 잡귀로 들끓는다는 걸 안 뒤로 나도 마루에다 방부(防符)를 그렸다고. 영험이 있을 거라고는 믿지 않았는데, 당신네들이 보낸 잡귀에는 기가 막히게 듣더군. 카르멜 수도회의 수도복을 벗고 방부로 역습을 했지. 수도원장 그 친구, 혼이 좀 났을걸.」

「보시오, 백작, 보시라고요. 이자야말로 마술을 부리는 자요.」 브라만티의 고함 소리가 들려왔다.

알리에가 정중하면서도 단호한 어조로 타일렀다. 「어지간히들 하시고 내 말 좀 들어 보세요. 당신들은 내가, 일찍이 사라진 이런 제의를 인식 차원에서 재조명하는 일을 얼마나 귀중하게 여기고 있는지 잘 알고 있을 거요. 바로 이런 의미에서 나는, 교리가 다르기는 하나 루키페로스 교파나 악마 신앙을 같은 정도로 존중하는 것이오. 당신들은 내가 무신론자라는 것도 알고 있을 거요. 하지만 결국, 우리는 정신적으로는 같은 기사단에 소속되어 있어요. 그러니 당부하거니와 최소한의 연대감이라도 가져 달라는 거요. 그런데, 개인적인 불화에 〈암흑의 제왕〉을 이용하다니, 이 무슨 유치한 짓거리들이오? 이거야말로 은비주의자들이나 하는 짓거리들 아니오? 당신네들은 싸구려 프리메이슨 단원들처럼 굴고 있으니, 한심한 일이오. 솔직히 말해서 부트루는 벌써 우리 체제를 이탈했어요. 그러니 브라만티, 당신 혹 그 사람 만나거든, 보이토의 〈메페스토펠레〉소도구 같은 잡동사니는 고물 장수에게 팔아 버리라고 하시오.」

「*Ha, c'est bien dit, ça. C'est de la brocanterie*(지당하신 말씀. 당연히 고물 장수에게 팔아 버려야지요).」 프랑스인이 빈정거리고 있었다.

「이 일을 큰 맥락에서 짚어 봅시다. 지금까지 우리 사이에서 이른바 전례의 절차 문제를 두고 논쟁이 있어 왔고, 이 때문에 양쪽 모두 신경을 곤두세웠던 것은 사실이오. 그러나 두더지가 파놓은 흙을 산이라고 하지는 마시오. 피에르 당신, 당신 집 안에 잡귀가 들어와 있었다는 말을 내가 믿지 못하는 것은 아니오. 그것은 너무나 자연스러운 일이니까. 하지만 조금만 주의를 기울여 보았더라면 그게 폴터가이스트[3]의 장난이라는 걸 눈치 챌 수 있었을 것이오.」

「나도 그런 가능성을 배제하지 않습니다. 더구나 행성이 서로 접근하고 있는 시점 아닙니까……」 브라만티의 음성이었다.

「그럼 다 됐군요! 악수해요. 동지들이니 포옹도 하고.」

---

3 〈소리를 내는 요정〉, 곧 이 요정에 의해 집 안이 소란스러워지는 현상.

웅얼거리는 소리가 들려오는 것으로 보아 서로 사과하는 모양이었다. 「진정으로 비의를 전수받기 원하는 자를 가려내기 위해서 때로는 민간 전승을 이용하기도 해야 한다는 걸 아시지 않소? 아무것도 믿지 않는 프랑스 〈대동방(大東方)〉 장사꾼들에게도 입문 의례 같은 것은 있는 모양입디다.」 브라만티의 소리였다.

「*Bien entendu, le rituel, ah ça*(물론이지요. 의례라는 거, 그 거 중요하지요).」 프랑스인의 음성도 들려왔다.

「하지만 지금은 크롤리의 시대가 아니오. 아시겠지요? 그 만합시다. 다른 손님이 기다리고 있어서.」

우리는 재빨리 안락의자로 돌아가, 태연한 얼굴로 알리에를 기다렸다.

47

따라서 우리에게 부과된 고귀한 책무는, 이 일곱 가지 척도 안에서 어떤 질서를 찾아내는 일이다. 이 일곱 가지 척도는 우리의 감각을 예민하게 하고, 기억을 생생하게 하는 귀감과 같은 것이다. 이 고귀하고 더할 나위 없이 소중한 배열은 우리에게 주어진 물건이나 언어나 기술을 보존하는 기능이 있을 뿐만 아니라 진정한 지식의 원천이기도 하다.
— 줄리오 카밀로 델미니오, 『극장의 이상(理想)』, 피렌체, 토렌티노, 1550, 서문

몇 분 뒤 알리에가 돌아와서 우리에게 말했다. 「용서해 주시오. 아무리 인심 좋게 말해도 유감스럽다고 말할 수밖에 없는, 짜증스러운 입씨름을 해결하고 오느라고 늦었어요. 내 친구 카소봉도 알다시피 나는 종교사가(宗教史家)를 자처하는 사람인데, 이 때문에 꽤 많은 사람들이 조언을 듣는답시고 쳐들어오고는 하지요. 내 학식보다는 상식이 필요해서 쳐들어오는 것일 테지만. 그런데, 마음공부의 전문가들 중에 성격 이상자가 종종 발견되니, 참으로 이상한 일도 다 있지요. 초월적인 것에서 위안을 찾으려는 보통 사람이나, 약간의 우울증 기질을 타고난 사람 이야기가 아니라 심오한 학식을 지니고 지적으로도 세련된 사람들 이야깁니다. 이런 사람들 중에 밤마다 기괴한 몽상에 빠진다든가 전통적인 진리와 기묘한 만화경의 세계를 분간하지 못하는 사람이 적지 않다는 것이지요. 조금 전에 내가 만나고 온 사람들도 유치한 넘겨짚기로 입씨름을 벌이고 있었지요. 통탄스럽게도, 이런 일들은 자칭 최고의 지성인 그룹에도 생기고 있는 것입니다. 그것은 그렇고, 내 작은 서재로 가실까요? 좀 더 편한 분위기에서 느긋하

게 이야기를 나누기로 합시다.」

그는 가죽 커튼을 들어올리고 응접실에 이웃한 서재로 우리를 안내했다. 〈작은 서재〉라는 말에는 어폐가 있었다. 서재는 넓었다. 서재 벽에는, 장정이 훌륭한 고서가 빼곡히 들어찬 고급스럽고 고풍스러운 서가가 즐비했다. 고서보다 더 우리 눈길을 끌었던 것은 무엇인지 알아보기 힘든 물건(보석이었던가)이 가득 든 작은 유리 상자였다. 유리 상자 안에는 작은 동물도 들어 있었다. 박제한 것인지, 방부(防腐)한 것인지, 아니면 섬세하게 복제한 것인지 겉으로 보아서는 알 수 없었다. 세로로 창살을 대고 다이아몬드 모양의 투명한 호박색 유리를 끼운 이중 유리창을 통해 은은한 빛줄기가 들어와 방안을 물들이고 있었다. 창을 통해 들어온 빛은 여러 가지 서류가 가득 놓인 검은 마호가니 책상 위에서 커다란 전등의 불빛과 뒤섞이고 있었다. 고색창연한 도서관 열람대에나 있을 법한 전등의 초록색 유리 갓은 책상 위에 놓인 책에 타원형 불빛을 던지면서 주변에 푸르스름한 그늘을 드리웠다. 창을 통해 들어온 햇빛이나 전등이 던지는 불빛은 둘 다 자연광이라기보다는 인공적인 빛에 가까웠다. 그런데도 불구하고 이런 빛은 천장의 다채로운 장식에 활기를 불어넣고 있었다. 천장은 돔 꼴로, 장식적인 네 개의 원주가 떠받치는 형국을 하고 있었다. 벽돌색 원주에는 금박 글귀가 새겨져 있었다. 천장에는 일곱 구획으로 나뉜 천장화가 그려져 있었다. 입체 화법으로 그려진 천장화 때문에 방 전체의 분위기가 어쩐지 사자(死者)가 안치된 교회당 같았다. 어쩐지 죄의식이 고개를 들고 우울한 관능이 되살아나는 그런 분위기였다.

알리에는 서재를 둘러보고 있는 우리에게 내부 장식을 설명하기 시작했다. 「나의 소극장이올시다. 시각적인 백과사전이라고 할까, 이 세상의 단편(斷片) 같은 것들을 펼쳐 놓은 듯한, 말하자면 르네상스 시대의 환상적인 수법을 빌린 양식이지요. 사람 사는 집이라기보다는 기억의 장치 같은 것입니다. 여기에 있는 그림치고, 다른 이미지와 결합하면서 우주의 신비를 체현하지 않은 것은 없습니다. 만토바 공작의 궁전에 있던 것을 본떠 그린 저 인물화를 보세요. 이른바 〈36장로〉, 〈천상의 대성(大聖)들〉이랍니다. 누가 모사했는지는 모르겠지만 나는 이 훌륭한 복제를 손에 넣고 나서 그 전통을 존중한다는 의미에서 그 그림과 상징적으로 조응할 만한 작은 물건들을 사서 유리 상자에 모으기 시작했지요. 유리 상자에 든 물건들은 우주의 근본적인 요소, 즉 지수화풍(地水火風)의 사대(四大)를 상징합니다. 박제하는 내 친구의 걸작인 귀여운 도롱뇽이 여기 있는 것도 그런 이유에섭니다. 그리고 이것은 헤로의 〈아이올로스의 공〉[1]을 섬세하게 축소 복제한 것입니다. 골동품은 아니고, 후대의 작품입니다. 이 구체(球體) 속에는 공기가 들어 있는데, 알코올램프로 구체를 가열하면 그 속에 있던 공기가 이 길쭉한 주둥이를 빠져나가면서 구체를 회전시키게 되어 있지요. 신기한 장치 아닙니까? 옛 문헌을 보면 이집트의 신관들도 사원에 이런 걸 두고 있었다더군요. 이 장치를 이용해 어리석은 백성들을 홀렸고, 그러면 대중은 이것을 기적이라 믿고 경배하기까지 했더랍니다. 그러나 진짜 기적은 공기와 불의 기본적인 동시에 은밀한 속성을 관할하는 황금률에 있다고 봐야지요. 고대인들과 연금학자들은

---

[1] 기원전 2세기에 고안된 증기에 의한 회전 장치.

이것을 알았을 터인데 현대의 사이클로트론[原子核加速機]의 기술자는 이걸 모릅니다. 이것이 내가 이 기억의 소극장을 자주 바라보는 소이연입니다. 과거 위대한 학자들의 마음을 사로잡았던 대극장의 꼬마 복제품을 가만히 바라보고 있으면 얻는 것이 많습니다. 나는 압니다. 나는 이른바 학식 있는 사람들 이상으로 알고 있습니다. 땅에서 일어나는 일은 곧 하늘에서 일어나는 일입니다. 그 이상으로 우리가 알아야 할 것은 없습니다.」

그는 우리에게 모양이 이상한 쿠바산 여송연을 권했다. 여송연은 보통 굵기였지만 신기하게도 꼬이고 휘어져 있었다. 우리는 그 모습을 보고 탄성을 질렀다. 디오탈레비가 서가 쪽으로 다가가자 알리에가 말을 이었다.

「보시다시피 장서의 양은 보잘것없습니다. 2백 권 정도 될까요? 내 본가에 가면 더 있지요. 하지만, 이렇게 말해도 좋을지 모르겠지만, 여기에 있는 책에는 다 나름의 강점과 가치가 있답니다. 서가에도 무작위로 꽂혀 있는 것이 아닙니다. 책의 주제는 천장화 이미지와, 상자 속에 든 물건과 조응하게 되어 있습니다.」

디오탈레비가 그중의 한 권을 뽑아 보려는 듯이 조심스럽게 손을 내밀었다. 「뽑아 보세요. 그건 아타나시우스 키르허의 『이집트의 오이디푸스』랍니다. 아시겠지만 키르허는 호라폴론 이후 최초로 상형 문자의 해독을 시도한 사람입니다. 대단히 매력적인 인물이지요. 나의 이 서재도 그 사람이 만들었다는 경이의 박물관 같았으면 얼마나 좋겠어요. 그 박물관은, 지금은 유실되었거나 자료가 풍비박산된 것으로 알려져 있어요. 어떻게 찾아야 할지 모르고, 찾으려는 마음을 지니지 못한 사람들은 결코 찾지 못하는 법이니까요. 키르허라는 양반…… 대단한 재담가이기도 했던 모양이에요. 이 상형 문자라는 것을, 〈신성한 오시리스의 은총은 거룩한 의식을 통해서, 수호신들과의 연대(連帶)를 통해서 마련되는 것〉이라고 해독했을 때는 얼마나 자랑스러웠을까요? 그런데 뒤를 이어서 사기꾼 샹폴리옹이 나타납니다. 내 말 믿으세요, 샹폴리옹, 이거 가증스럽고, 유치한 허영심의 덩어립니다. 이자가 나타나서는, 상형 문자는 파라오의 이름과 일치한다고 주장하게 되지요. 현대인들이라는 거, 신성한 상징을 오염시키는 데는 뭐가 있는 것들입니다. 어쨌든 책 자체는 별로 귀한 게 아닙니다. 메르세데스벤츠 한 대 값도 안 될걸요. 하지만 이걸 보세요. 쿤라트가 쓴『영원한 예지의 원형 극장』의 초판으로 1595년에 나온 겁니다. 세계에 두 권밖에 없는 것으로 알려져 있습니다. 그러니까 이게 세 권째 희귀본이 되는 것이지요. 그리고 이것은 버넷이 쓴『지구 신성론』의 초판이랍니다. 밤중에 이 책의 도판을 보고 있노라면 신비스러운 폐쇄 공포증이 느껴지지 않을 때가 없답니다. 이 지구의 심원함…… 사람들은 이 지구의 심원함에 믿어지지 않을 만큼 무지하답니다. 디오탈레비 박사께서는 비주네르의『수비론(數秘論)』에 나오는 히브리 문자에 관심이 있으신 모양이군요. 그렇다면 이 책을 한번 보시지요. 크리스티안 크노르 폰 로젠로트의『너울 벗은 카발라』초판입니다. 금세기 초, 철면피 맥그리거 매더스 손에 일부만 조악하게 영어로 번역이 되기는 했지요……. 〈황금의 새벽 교단〉이라고, 영국의 탐미주의자들을 완전히 사로잡았던 비밀 결사 아시지요? 은비학에 관한 사료를 날조할 수 있는 엉터리 비밀 결사였으니만치,

〈새벽별 교단〉에서부터 영국병에 걸려 있던 특정 부류의 환심을 사기 위해서는 악마를 부르는 것도 마다하지 않던 알레이스터 크롤리의 악마 교단에 이르기까지 저질 교리를 유포할 수 있었을 겁니다. 이런 공부를 하다 보면 별별 악당도 다 만납니다. 이 분야의 책을 출판하다 보면 여러분도 직접 경험하시게 될 겁니다.」

벨보는, 알리에의 말이 끝나기가 무섭게 본론을 꺼냈다. 그는, 가라몬드 사장이 비의적인 현상에 관한 책을 한 해에 몇 권씩 출판하고 싶어 한다고 말했다.

「비의라고 하셨나요?」 알리에가 웃으면서 물었다. 벨보는 얼굴을 붉혔다.

「헤르메스주의라고나 할까요……?」

「아, 헤르메스주의.」 알리에는 또 웃었다.

「제가 용어 선택을 잘못하고 있는지도 모르겠습니다. 하지만 선생님께서는 제가 어떤 분야의 이야기를 하는지 잘 아실 것입니다.」

알리에는 여전히 웃으면서 말을 풀어 나갔다. 「분야가 아닙니다. 지식인 것이지요. 여러분이 하고자 하는 것은 출판을 통해서 아직은 오염되지 않은 지식을 개관하는 것이지요. 여러분에게는 그게 단지 편집 기획상의 선택일지 모르겠지만 ── 나에게는 이 일에 관여하게 될 경우가 되겠습니다만 ── 나에게는 진리의 탐구, 〈성배의 탐색〉이 될 것입니다.」

벨보가 말했다. 「어부가 그물을 던지면 고기는 안 올라오고 조개껍질이나 비닐 주머니 같은 것만 올라올 때도 있듯이, 이 일이 시작되면 우리 가라몬드 출판사로도 쓰레기 같은 원고가 많이 들어올 것입니다. 우리가 바라기로는 엄정한 선자

(選者)가 있어서, 알곡과 가라지를 가려 주었으면 하는 것입니다. 가라지 중에서도 흥미로운 주제를 다루는 원고가 있으면, 우리와 대단히 가까운 또 하나의 출판사가 있는 만큼 필자를 그쪽으로 돌릴 수도 있습니다…… 이런 선별 작업에 따른 사례는 당연히 적절한 수준에서 지급될 것이고요.」

「하느님이 보우하사 내게 재산이 좀 있는 것이 다행이군요. 나는 어쩌면 좀 약은 재산가인지도 모르겠어요. 나는, 여기저기 돌아다니다가 쿤라트 같은 저자의 원고를 발굴한다거나, 멋진 박제 도롱뇽을 만난다거나 일각(一角) 고래의 뿔이라도 하나 건진다면 간단하고 기분 좋은 거래를 통해 여러분이 내게 줄 10년간의 고문역 사례비 이상의 돈을 만질 수도 있답니다. 일각 고래의 뿔 이야기가 나왔으니 말입니다만 나는 그걸 차마 이 방에다 전시하지 못하는데, 빈의 박물관에서는 뻔뻔스럽게도 그걸 유니콘의 뿔이라면서 전시하고 있더군요. 원고를 겸허한 마음으로 검토해 보지요. 아무리 진부한 원고라도 진리의 불꽃이 튀지 못한다면 하다못해 허위의 불꽃이라도 튀는 법인데 이 양자는 서로 이어질 때도 있습니다. 내가 지겹게 여기는 것은 지극히 평범한 원고를 검토할 경우이겠는데, 그때는 여러분이 나의 지겨움을 보상해 주어야 합니다. 연말이 되면 간단한 청구서를 보내게 될 터인데, 그때의 액수는 내가 얼마나 지겨웠느냐에 따라 달라질 것입니다만 금액이라는 것은 어차피 상징적인 것입니다. 그게 너무 무리한 액수라고 판단되면 포도주 한 상자만 보내 주어도 족하겠지요.」

벨보는 뛸 듯이 기뻐했다. 불평불만투성이의 굶주린 필자만을 상대하던 그에게 알리에는 구세주와 같았을 것이다. 그는 가지고 간 가방을 열고 두꺼운 원고 뭉치를 꺼냈다.

「너무 낙관하실 일만은 아닙니다. 가령, 이 원고를 좀 보십시오. 대부분이 이런 식입니다.」

알리에는 원고 뭉치를 받아 들고 목차를 일별했다. 「『피라미드의 비밀』이라…… 목차를 어디 좀 볼까……. 〈피라미디온(소피라미드)〉…… 카나번 경(卿)의 죽음…… 헤로도토스의 증언…….」 알리에는 원고를 덮으면서 물었다. 「여러분은 이 원고 읽어 봤어요?」

「대충 훑었습니다.」 벨보가 대답했다.

알리에는 원고 뭉치를 벨보에게 돌려주면서 말했다. 「내가 이 원고를 한번 요약해 보지요. 내가 제대로 하고 있나 어디한번 보세요.」 그는 책상머리에 앉더니 조끼 주머니에서 내가 브라질에서 본 적이 있는 예의 그 정제(錠劑)가 든 상자를 꺼내더니, 조금 전에 애장서를 애무하던 그 손길로 뚜껑을 돌리는 한편 천장화를 응시하면서, 오래전부터 알고 있던 책을 낭독하듯이 말을 이어나갔다.

「그 원고의 필자는 틀림없이, 1864년 피아치 스미스가 발견한, 피라미드에 깃들어 있는 상징적인 계수를 언급할 것이오. 소수점 이하는 반올림해서 내가 말해 볼 테니 잘 들어 보세요. 사실 이 나이가 되면 기억력이 쇠퇴하거든……. 피라미드의 바닥은 사각형인데, 가로세로가 각각 232미터입니다. 피라미드의 원래 높이는 148미터. 이것을 이집트의 신성한 큐비트 단위로 환산하면 366큐비트…… 윤년(閏年)의 날수와 일치하지요. 피아치 스미스에 따르면 피라미드 높이에 10의 9승을 곱하면 지구와 태양 간의 거리가 됩니다. 1억 4800만 킬로미터가 된다는 것이지요. 당시로서는 놀라운 계산이라고 하지 않을 수 없어요. 오늘날 알려져 있는 지구와 태양 간의 거리는 1억 4950만 킬로미터니까요. 그러나 현대인이 계산해 낸 수치가 반드시 맞는다고 할 수만은 없으니까, 놀라운 건 놀라운 거지요. 그리고 바닥의 한 면 길이를 돌 하나의 너비로 나누면 365가 나옵니다. 바닥의 둘레는 931미터. 이걸 높이의 2배수로 나누면 3.14, 원주율이 됩니다. 놀랍지 않아요?」

벨보가 창피한 듯 웃음을 지었다. 「놀랍군요. 아니 어떻게 그렇게 다 아시는지요.」

「여보게, 야코포, 알리에 박사의 말씀을 끊지 말게.」 디오탈레비가 참견했다.

알리에는 고맙다는 표시로 고개를 까딱했다. 그는 말을 하면서 줄곧 천장을 응시하고 있었는데, 내가 보기에 그의 시선은 일정한 궤도를 지니고 있는 것 같았다. 말하자면 그는 기억 속에서 수치를 끌어내는 척했지만 사실은 천장화에 쓰인 것을 읽는 데 지나지 않는 것으로 보였다는 것이다.

48

정상에서 바닥까지, 대피라미드의 부피는 약 161,000,000,000세제곱 인치이다. 그렇다면 아담에서 오늘날까지 이 땅에 살았던 인간의 수는 얼마나 될까? 153,000,000,000 내지 171,900,000,000명에 가깝다.
— 피아치 스미스, 『대피라미드에 깃들어 있는 인류의 유산』, 런던, 이스비스터, 1880, p. 583

「모르기는 하지만 이 원고의 필자는 쿠푸 왕의 피라미드 높이는 네 측면의 길이를 합한 수치의 제곱근과 같다고 할 것입니다. 이 수치는 피트 단위로 환산해야 합니다. 피트 단위야말로 고대 이집트와 히브리 큐비트에 가까우니까요. 미터 단위로는 안 됩니다. 미터 단위라고 하는 것은 현대에 발명된 추상적인 단위에 지나지 않습니다. 이집트의 큐비트는 1.728피트에 해당합니다. 대피라미드의 정확한 높이를 산출하기 어려울 때는 피라미디온을 이용하면 됩니다. 피라미디온이란, 대피라미드 꼭대기에 뾰족탑으로 얹힌 작은 피라미드를 말하는데, 대개의 경우 햇빛을 받으면 빛을 내는 금이나 여타 금속으로 만들어집니다. 이 피라미디온의 높이에 대피라미드의 높이를 곱하고, 여기에서 나온 수치에다 10의 5제곱을 곱하면 지구 둘레가 됩니다. 뿐만 아니라 피라미드 바닥의 둘레에 24의 3제곱을 곱하고 이를 2로 나누면 지구의 반경이 됩니다. 더 해볼까요? 피라미드 바닥 면적에 96을 곱하고, 다시 10의 8제곱을 곱하면 196,810,000제곱마일이 되는데, 이것은 지표 면적과 동일합니다. 내 말이 맞지요?」

벨보는 놀라움을 나타낼 때면 시네마테크에서 원어(즉 영어)로 본 영화 「양키 두들 댄디」에서 주인공 제임스 캐그니가 하던 대사, *I'm flabbergasted*(놀라 버렸네)!를 쓰기 좋아했다. 알리에의 말이 끝났을 때도 벨보는 똑같은 말을 했다. 알리에도 이 솔직한 찬사에 만족하는 것으로 보아 구어 영어를 알고 있는 게 분명했다. 알리에가 말을 이었다. 「보세요. 필자가 누구든 상관없어요. 누구든 피라미드의 신비에 관한 책을 쓴다면, 이제는 어린아이까지 다 아는 이런 내용을 다룰 수밖에 없지 않겠어요? 새로운 것을 추가한다면 그거야 깜짝 놀랄 일이겠지요.」

「그렇다면 이 필자는, 이미 확인된 진실을 되풀이하고 있는 데 지나지 않는다는 것인지요?」

알리에가 웃었다. 그는 우리에게 그 이상하게 생긴 여송연을 다시 권했다. 「진실이라고 했나요? *Quid est veritas*(진실이라는 게 무엇이냐)? …… 내 친구가 오래전에 하던 말이오. 사실이 되었든 진실이 되었든, 이것의 대부분은 헛소리예요. 어디 한번 볼까요? 피라미드 바닥의 네 변 길이를 높이의 두 배로 나눕니다. 그리고 반올림을 하면 원주율이 나오고 반올림을 안 하면 3.1417254가 나옵니다. 미세한 수치지만 이건 중요한 차입니다. 그리고 피아치 스미스의 제자 중에 플린더스 페트리라는 사람이 있어요. 스톤헨지를 측량한 사람입니다. 이 사람은 어느 날 피아치 스미스가 왕묘 전실(前室)의 화강암을 쪼고 있는 걸 본 적이 있답니다. 피아치 스미스가 왜 그랬겠어요? 자기 계산이 맞다는 걸 억지로 입증시키려고 그랬던 거지요……. 뜬소문인지도 모르지요. 하지만 피아치 스미스는 이런 식의 석연치 않은 짓을 많이 한 사람이에요.

크라바트를 어떻게 매는지만 봐도 알 수 있었지요. 그러나 그럼에도 헛소리에는 틀림없는 사실이 더러 끼어 있기도 하지요. 함께 창가로 가실까요.」

알리에는 과장된 동작으로 셔터를 열고는 손가락을 가리켰다. 좁은 골목과 넓은 거리가 만나는 모퉁이에는 복권을 파는 곳인 듯한 가판대가 있었다.

「내려가서 저 가판대를 한번 재어 보시겠어요? 하지만 그럴 필요가 없어요. 여기에서도 다 알 수 있으니까. 계산대 길이는 149센티미터, 다시 말하면 지구와 태양 간 거리의 1000억 분의 일이 됩니다. 뒤쪽의 높이는 176센티미터, 그걸 유리창 너비인 56센티로 나누면 3.14가 나옵니다. 앞면의 높이는 19데시미터, 그리스의 월력의 연수와 일치합니다. 앞면의 양쪽 모서리와 뒷면 모서리의 높이를 합하면 190 곱하기 2 더하기 176 곱하기 2, 이 값은 732. 이것은 곧 프랑스군이 푸아티에에서 사라센군을 격파한 승전의 해가 됩니다. 계산대의 두께는 3.10센티미터, 유리창 배내기 장식의 넓이는 8.8센티미터, 소수 앞의 자연수를 거기에 대응하는 알파벳으로 바꾸면, 다시 말해서 3 대신에 세 번째 알파벳인 〈C〉, 8 대신에 여덟 번째 알파벳인 〈H〉를 넣으면 〈$C_{10}H_8$〉, 즉 나프탈렌의 화학 방정식이 됩니다.」

「굉장하군요. 가판대를 직접 측정하신 것인가요?」 내가 물었다.

「아니요. 내가 말하는 수치는 장피에르 아담이라는 사람이 다른 가판대를 재어서 얻은 수치랍니다. 하지만 이 세상의 복권 가판대라는 가판대는 모두 비슷한 크기로 되어 있을 것이라는 게 내 생각입니다. 숫자를 가지고 할 수 있는 장난은 무궁무진합니다. 신성한 수 〈9〉를 가지고 자크 드 몰레가 처형당한 해인 1314년을 얻고 싶다고 합시다. 1314년은, 나처럼 성전 기사단의 전통을 중히 여기는 사람에게는 중요한 연도입니다. 자, 어떡해야 할까요? 9에다가 카르타고가 멸망한 운명적인 해 146을 곱하면 1314가 됩니다. 어떻게 그런 결론에 이르게 되느냐고요? 1314를 2부터 차례대로 계속 나누어 나가면서 우리 논리에 필요한 수를 찾으면 되는 거지요. 가령 3.14의 배수인 6.28로 1314를 한번 나누어 볼 수도 있지요. 결과는 209. 페르가몬의 왕 아탈로스 1세가 로마에 대항하여 반(反)마케도니아 동맹을 결성한 해입니다.」

「그렇다면 수비학이라는 걸 믿지 않는다는 말씀이신가요?」 숫자에 매달리기를 좋아하던 디오탈레비가 실망했다는 어조로 조심스럽게 물었다.

「그건 아니오. 나는 숫자에 깊은 의미가 숨어 있다고 믿는 사람이에요. 나는 우주야말로 여러 숫자 간에 이루어지는 조응 관계의 교향악이라고 생각하는 사람이에요. 숫자가 상징하는 비밀을 깨치면 특별한 지혜에 이를 수 있다고 생각하는 거지요. 그렇지만 하늘과 땅이 상호 조응한다면, 피라미드가 되었든 가판대가 되었든 인간이 만드는 모든 것은 알게 모르게 우주의 조화를 반영하게 되는 것은 당연하지 않겠어요? 이른바 피라미드 학자들은 복잡하기 짝이 없는 방법을 써서, 눈 밝은 사람들에게는 이미 오래전에, 그리고 확연하게 알려진 사실을 새롭게 발견해 내지요. 연구나 발견의 논리는 매우 복잡합니다. 왜냐? 과학의 논리를 좇기 때문이지요. 하지만 지혜의 논리는 발견을 요하지 않아요. 왜냐? 기지(旣知)의 사실이니까. 당연한 것을 증명할 필요가 있어요? 만일에 거기에 무슨 비밀이 있다면 허투루 발견될 그런 비밀은 아닐 겁니다. 여러분의 이 필자들은 표면에만 머물고 있는 겁니다. 모르기는 하지만 문제의 원고는, 이집트인들이 전기를 알고 있었다는 사실에 대해서도 종래에 확립된 이론을 또 한차례 장황하게 늘어놓고 있을 테지요……」

「어떻게 아셨는지는 묻지 않겠습니다.」

「그것 보세요. 이들은 전기로 모든 걸 설명하는 데 만족합니다. 거기서 그치지 말죠. 방사능을 언급했다면 그나마 덜 유치하다고 할 텐데……. 방사능이라, 얼마나 흥미롭습니까? 이집트인들이 원자력을 이용했다고 가정하면, 전기설로는 도무지 설명이 안 되는 투탕카멘왕의 저주도 설명이 쉬워집니다. 이집트인들은 피라미드에 쓰인 그 큰 바위를 어떻게 들어올렸을까요? 전기적 충격을 이용했을까요? 핵분열로 공중에다 날렸을까요? 아닙니다. 이집트인들은 중력을 제거하는 방법을 알고 있었을 겁니다. 말하자면 물체를 부양(浮揚)시키는 비밀을 알고 있었을 것이라는 얘기죠. 부양력, 이건 또 다른 형태의 에너지랍니다……. 칼데아의 제관들이 소리만으로 신성한 기계를 작동시켰다는 기록이 있고, 카르나크와 테베의 제관들 역시 육성으로 신전 문을 여닫았다는 전설이 있어요. 이게 바로 〈열려라, 참깨〉 전설의 원형이 아니겠어요?」

「그래서요?」 벨보가 다그쳤다.

「요점을 말씀드리죠. 전기, 방사능, 원자력 — 눈 밝은 비법 전수자들 눈에 이런 것들은 은유 아니면 표면적인 가면, 공인된 거짓말에 지나지 않을 거요. 좀 더 높게 평가해 준다면, 인류가 일찍이 상실해 버린 어떤 힘을 찾는 데 필요한 정서적 대용물 같은 것이었을 테죠. 비법의 전수자들은 지금도 이 힘을 찾고 있고, 결국은 찾게 될 거예요. 이게 혹시……」 알리에는 잠시 망설인 끝에 가만히 덧붙였다. 「지자기류(地磁氣流)가 아닐까 몰라.」

「뭐라고요?」 우리 중 누군가가 물었다. 누가 물었는지는 기억나지 않는다.

알리에는 실망하는 기색이 역력했다. 「모르셨군. 여러분의 필자 중에 내게 재미있는 얘기를 들려줄 사람이 있을지도 모른다는 기대를 했던 건데 벌써 시간이 이렇게 되었군요. 좌우지간 우리는 손을 잡은 겁니다. 지금까지 한 헛소리는 늙은 학자의 넋두리였거니 하시오.」

작별의 악수를 나누는 참인데 집사가 들어와 알리에에게 귀엣말을 했다. 「아, 그 친구가 오셨어? 깜박 잊고 있었네. 잠깐만 기다리시라고 하게……. 아니, 거실 말고 〈터키 살롱〉에서.」

〈친구〉라고 불린 사람은 그 집의 구조를 익히 알고 있는 사람임에 분명했다. 서재 문간에 있던 〈친구〉는 우리에게는 눈길도 주지 않고, 노을빛을 받으며 알리에에게 다가가더니 뺨을 톡톡 건드리면서 속삭였다. 「시몬, 밖에서 기다리게 놔두실 생각이신 건 아니겠죠?」 〈친구〉는 로렌차 펠레그리니였다.

알리에는 옆으로 약간 몸을 일으키더니 로렌차의 손등에 입을 맞추고 우리를 가리키면서 말했다. 「아름다운 나의 소피아, 당신은 언제든 대환영이야. 당신이 들어서면 집 안이 훤해지거든. 이 손님들과 작별 인사를 하느라고 그랬어.」

로렌차는 우리 쪽으로 돌아서면서 밝은 얼굴로 손을 흔들어 알은체를 했다. 나는 로렌차가 당혹해하거나 부끄러워하는 걸 본 적이 없다. 「반갑네요. 여러분도 제 친구를 아시는군요? 안녕, 야코포.」

벨보가 낯색을 잃었다. 우리는 작별 인사를 했다. 알리에는 우리가 로렌차와 구면이라 잘됐다고 덧붙였다. 「우리가 더불어 사귀는 이 친구는, 내가 지금까지 만난 친구 중 가장 진국이랍니다. 이 늙은 학인(學人)의 주책을 용서한다면, 이 싱싱한 아가씨는 지상으로 유배 온 〈소피아〉지요. 하지만 소피아, 짬이 없어서 연락을 못했는데 우리 저녁 약속은 몇 주 연기됐어. 미안.」

「괜찮아요. 기다리죠, 뭐. 술집으로 갈 거죠?」 로렌차가 우리에게 물었다. 질문이 아니라 숫제 가라는 명령이었다. 「좋아요. 나는 여기 반 시간쯤 더 있을 거예요. 시몬이 불로불사주를 준대요. 당신네들도 맛을 보면 좋겠지만, 특별한 사람에게만 준다니까 어쩔 수 없네요. 그럼 거기에서 만나요.」

알리에는 질녀의 어리광을 받는 숙부 같은 표정을 지으면서 로렌차를 자리에 앉힌 뒤 우리를 문간까지 배웅했다.

우리는 내 차로 술집 필라데로 갔다. 벨보는 말이 없었다. 서로 아무 말 없이 필라데까지 갔다. 하지만 술집에서는 무슨 말인가를 해야 했다.

「내가 두 분을 미치광이의 손아귀에 넣어 버린 거나 아닌지 모르겠군요.」 내가 운을 떼었다.

「아니야. 그 양반 굉장히 예민하고 영리하던걸. 우리와는 다른 세상을 살고 있다 뿐이지.」 벨보는 어두운 표정으로 이렇게 말하고는 조금 있다가 덧붙였다. 「거의 다른 세상이라고 할까.」

49

신전과 성당의 가르침은 〈성전 기사도〉, 다시 말해서 입단 비의에 깃들어 있는 기사도 정신의 전통을 요구한다…….
— 앙리 코르뱅, 『성당과 명상』, 파리, 플라마리옹, 1980

「카소봉, 자네가 소개한 이 알리에라는 사람, 정체를 알 것 같아.」 디오탈레비가 필라데에 들어가자마자 백포도주를 주문하고는 말을 이었다. 그는 기어이 우리에게 자신의 도덕적 건강에 대한 염려를 끼치는 셈이었다. 「알리에는 비학(秘學)에 호기심이 많고, 귀동냥으로 풀어 먹는 딜레탕트들을 못 미더워하는 양반이더라고. 하지만, 오늘 우리가 보았다시피, 딜레탕트 비학자들을 경멸하면서도 귀는 기울이고, 비난하면서도 돌아서지는 못하는 사람 같더라.」

「알리에 〈씨〉가 되었든, 〈백작〉이 되었든, 〈후작〉이 되었든, 오늘 아주 의미심장한 소리를 하더군. 〈정신적인 기사단〉이라는 표현이 인상적이더군. 말하자면 딜레탕트 비학자들과는 정신적 기사도를 공유한다고 생각하는 것이지. 그 양반의 심정을 이해할 수 있을 것 같아.」 벨보가 중얼거렸다.

「공유한다니, 무슨 뜻이지요?」 우리가 물었다.

벨보는 마티니를 석 잔째 마시고 있었다. 그는 밤에는 보통 위스키를 마시고, 오후에는 마티니를 마시고는 했다. 위스키는 마음을 차분하게 가라앉히고 마티니는 기운이 돌게 하기 때문이라고 했다. 그는 언젠가 내게 귀띔한 적이 있는, 모모(某某)한 데서 보낸 어린 시절 이야기를 했다.

「1943년과 1945년 사이, 파시즘에서 민주주의로 돌아서고, 민주주의가 다시 살로 공화국의 파시스트 독재로 돌아서고, 투사의 잔당이 산악 지대에서 전투를 계속하고 있을 즈음이니까 내 나이 열한 살…… 당시 우리는 카를로 백부 댁에서 지내고 있었네. 그전에는 시내에 살고 있었는데, 1943년부터 공습이 잦아지는 바람에 어머니가 카를로 백부 댁으로 소개(疏開)를 결행하신 거지.

카를로 백부와 카테리나 백모는 당시 모모한 데 살고 있었네. 카를로 백부는 원래 농투성이라서 모모한 데 있는 집과 땅을 선친으로부터 물려받았던 것이네. 땅은 당시 아델리노 카네파라는 소작인이 부치고 있었네. 소작인은 파종도 하고, 추수도 하고, 술도 담그고 했지만 어쨌든 수확의 반은 백부에게 바치게 되어 있었네. 그러니 갈등이 있을 만도 했지. 그래서 이 절반이라는 소작료를 놓고, 소작인은 지주로부터 착취당한다고 생각했고 지주는 지주대로 소작료를 겨우 수확량의 반밖에는 못 받는다고 생각했네. 그러니 지주와 소작인은 서로 미워할 수밖에. 그래도 카를로 백부의 경우, 지주와 소작인이 그럭저럭 한집에 살고 있었지.

일찍이 1914년에 카를로 백부는 〈산악 부대〉에 지원 근무한 적이 있네. 무뚝뚝한 피에몬테 사람 아니랄까 봐 백부는 애국심과 국민된 도리에 투철했네. 백부는 이 산악 부대에서 중위에서 대위로 승진했네. 그런데 유고 국경의 카르소 전투에 참가했을 당시 백부 옆에 있던 한 멍청한 병사가 수류탄을 손에 든 채로 터뜨리고 말았네. 이름이 수류탄이지, 그게 어디 손에 든 채로 터뜨리는 물건이야? 멍청이는 즉사했지. 백부는 숨이 붙은 채로 위생병 눈에 띄었다는군. 야전 병원에서는, 튀어나와 덜렁거리던 백부의 한쪽 눈을 뽑고, 한쪽 팔까지 절단했네. 카테리나 백모 말을 빌면 조각이 떨어져 나간 두개골에는 철판을 넣었다던가. 하여튼 외과 수술의 걸작, 희대의 영웅이 이로써 탄생한 것이네. 백부는 이로써 은성 무공 훈장과 〈이탈리아 훈공 십자성〉 훈장을 받았네. 전쟁이 끝난 뒤로 백부는 정부에서 마련해 준 안정성 있고 보수도 후한 직장에 취직까지 하게 되었네. 하여튼 카를로 백부는 공직의 길로 들어 만년에는 세무서장까지 지내면서 본가로 되돌아가 재산을 상속받고, 아델리노 카네파의 식구들과 한집에서 살게 된 것이지.

세무서장을 지냈으니까 당연히 그 지방의 유지 노릇을 했을 테고, 상이군인인 데다 이탈리아 정부의 훈작까지 받은 처지였으니 당연히 친정부였을 수밖에. 그런데 백부가 지지하던 정부는 파시스트 독재 정권이었네. 그렇다고 해서 백부까지 파시스트였던 것일까?

글쎄. 당시의 파시스트 정부는 퇴역 군인들의 사회적 지위를, 훈장과 연금으로 보장해 주고 있었으니까 카를로 백부도 약간은 파시스트였다고 할 수 있겠지. 백부의 정치적 성향이 이랬으니, 철저한 반파시스트였던 소작인 아델리노 카네파에게는 백부가 눈엣가시였을 수밖에 더 있겠나? 카네파는 해마다 카를로 백부에게 그해의 수확량이 얼마인지 자세하게 보고하게 되어 있었네. 카네파는 해마다 백모에게 계란 몇 꾸러미를 뇌물로 바쳤지. 백부야 전쟁 영웅이니까 계란 같은 것에 매수될 턱이 없지. 카네파와 백부는 자주 다투었네. 백부는 카네파가 수확량을 얼마나 빼돌리고 있는지 잘 알고 있었기 때문에, 카네파가 아무리 소작료를 깎아 달라고 해도 한푼 안 깎아 주었네. 이렇게 되자 카네파는 파시스트의 탄압을 받고 있다고 생각할 수밖에. 그래서 카네파는 백부를 중상 모략하기 시작했네. 백부네는 2층에, 카네파네는 1층에 살았지만 이 두 양반은 아침저녁으로 만나도 인사조차 주고받지 않았어. 두 집안 간의 연락은 주로 카테리나 백모를 통해서 이루어졌는데, 우리가 그 집으로 들어가고부터는 우리 어머니가 그 역할을 맡았네. 카네파는 우리 어머니가 괴물 같은 오빠를 두었다는 사실에 어머니에게 굉장한 연민을 느끼는 것처럼 행동했거든. 백부는 회색 양복에 중산모 차림으로 출근했다가는, 저녁 6시만 되면 읽다 만 『라 스탐파』를 들고 돌아오시고는 했네. 알프스에서 싸웠던 퇴역 군인답게 백부는 걷는 자세도 늠름했고 눈빛도 형형했던 것으로 기억하네. 백부는 집 안으로 들어오면서도, 정원 벤치에 카네파가 쉬고 있어도 못 본 척하고 지나치고는 하더군. 문간에서 카네파 부인을 만나면 어쩔 수 없이 모자를 들어 인사를 하는 척하고는 했지만. 좌우간에 이런 식으로 몇 년이 흘렀네.」

8시였다. 온다던 로렌차 펠레그리니는 소식이 없었다. 벨보는 마티니를 다섯 잔째 마시고 있었다.

「그러다 1943년이 되었네. 어느 날 아침 우리 방으로 들어온 백부는, 잠자고 있던 나를 깨우고는 이러시더군. 〈얘야, 너 올해의 가장 큰 뉴스가 뭔지 아니? 무솔리니의 실각이란다.〉 백부가 무솔리니의 실각으로 상심했는지 어쨌는지는 나도 몰라. 정직한 시민이고 국가의 공복(公僕)이었으니 아무렇지도 않기야 했겠나? 속이야 상했겠지만 드러내지는 않더군.

143

무솔리니에 이어서 들어선 바돌리오 정권 아래서도 백부는 계속해서 세무서장을 지냈네. 그러던 중, 9월 8일이 되면서 우리가 살던 지역이 파시스트 사회주의 공화국 체제로 들어가자 백부는 이번에는 사회주의 공화국을 위해서 세금을 거둬들일 수밖에.

당시 카네파는 산중에서 조직되고 있던 민병대와 끈이 닿는 걸 위세 부리고 다니면서, 틈만 나면 카를로 백부에게 본때를 보인다고 으름장을 놓곤 하더군. 우리들 애들이야 민병대가 뭔지 알았나? 소문만 무성했지 실제로 민병대원을 본 사람도 없었어. 소문에 따르면 바돌리오파 민병대장의 별명은 〈몽고〉. 만화 주인공 이름에서 따온 것이라던가. 몽고는 헌병 상사 출신으로, 파시스트와 나치 친위대와의 전투에서 한쪽 다리를 잃은 상이 군인이면서도 그 지역 산중의 민병대를 총지휘하고 있었네.

그러던 어느 날 드디어 올 것이 왔네. 민병대가 시내에 나타난 것이지. 제복 마련이 안 되어 겨우 목에 퍼런 수건 한 장씩만 두른 민병대원들은 자기네 존재를 사람들에게 알린답시고 공포를 뻥뻥 쏘고 다니더라고. 사람들은 문을 걸어 잠그고 두문불출했네. 민병대의 정체 파악이 안 된 상태였거든. 백모는 별로 걱정을 안 하더라고. 민병대는 카네파와 친한 관계라고 카네파가 주장하는 걸 보면 민병대가 카를로 백부를 해코지하지는 않을 거라고 생각한 거지. 하지만 이건 백모의 오산이었어. 불길한 소식이 날아들었네. 민병대원들이 오전 11시에 세무서장실에 나타나 자동 소총을 겨누고는 백부를 납치해 어딘가로 데려갔다는 소식. 백모는 게거품을 뿜더군. 너희 백부는 죽고 말 거다. 소총 개머리판으로 머리를 한 대만 맞아도 돌아가시고 말 거다. 머리 속에 철판이 들어 있는데 이를 어쩌면 좋으냐.

백모가 안절부절못하고 있는데 카네파가 제 식구들을 데리고 나타났네. 이 유다 같은 놈, 네가 그 양반을 민병대에 고발했지? 그 양반이 사회주의 공화국을 위해 세금을 거둬들인다고 고발했지. 성인들에게 맹세코 아닙니다, 그러나 내가 시내에서 조금 떠들어 댄 것은 있으니까 전혀 상관없는 것은 아니지만요. 백모는 카네파에게 소작을 내놓으라고 했네. 카네파는 백모에게 애걸복걸하다 안 되니까 우리 어머니에게 매달리더군. 토끼나 닭을 헐값으로 판 정리를 생각해서라도 중간에서 손을 좀 써달라고. 어머니도 아무 말씀 안 하시더군. 몸부림치면서 울부짖는 백모를 보면서 나도 아마 울었을 거라. 그렇게 두어 시간이 지났나, 바깥에서 이상한 소리가 들려서 내다보니까 카를로 백부가 한 손으로 자전거를 몰면서 들어오는 거라. 나들이에서 돌아오는 것처럼. 백부는 집안이 난장판이 된 것을 보고는 퉁명스럽게 물었네. 아니, 도대체 왜들 이래. 그 지방 사람들 원래 요란한 건 질색을 하지. 백부는 2층으로 올라가더군. 백모는 여전히 침대에서 몸부림치면서 울부짖고 있었고, 백부 왈, 이게 대체 무슨 난리야.」

「백부라는 분, 어떻게 무사히 돌아올 수 있었죠?」

「들어 보게. 카네파가 시내에서 세무서장 욕을 하고 다니니까 민병대에서는 백부가 사회주의 정부의 그 지방 대표쯤으로 생각했던 것이네. 그래서 혼구멍을 냄으로써 마을 전체에 대한 본보기로 삼을 생각이었을 테지. 민병대원들은 백부를 짐차에 싣고 몽고 대장에게 끌고 갔네. 몽고는 가슴에 훈장을 단 채, 오른손으로 총을, 왼손으로는 목발을 짚고 서 있

145

었다고 하네. 백부는 차렷 자세를 취하고 — 약아서 그랬다기보다는 퇴역 군인의 습관으로 혹은 격식을 차리느라고 그랬을 거라 — 어쨌든 차렷 자세를 취하고 자기소개를 했다더군. 예비역 대위 카를로 코바소, 알프스 연대 소속, 일급 상이군인, 은성 무공 훈장. 그러자 몽고도 차렷 자세를 취하면서 자기소개로 화답했다네. 바돌리오 정부군 베티노 리카졸리 여단 사령관 레바우뎅고, 왕실 헌병대 선임 하사 역임, 동성 무공 훈장. 〈어느 전투에서 부상했습니까?〉 백부가 물었네. 〈포르도이 327고지올시다.〉 몽고가 대답했네. 〈이럴 수가, 내가 부상을 당한 것은 328고지였소. 사소 디 스트리아 대령이 이끄는 제3연대…… 하지 전투였소.〉 〈그래요, 그때가 하지였소.〉 〈오지산(五肢山)이 집중 포격을 당할 때요?〉 〈이럴 수가, 그걸 내가 어떻게 잊을 수가 있겠소?〉 〈성 크리핀의 날 전야의 백병전도 기억하오?〉 〈그걸 내가 어떻게 잊을 수 있겠소?〉 이런 식이었네. 한쪽 다리가 없는 몽고와 한쪽 팔이 없는 백부는 서로를 포옹했다는군. 몽고가 물었네. 〈그런데 대위, 당신이 독일군 앞잡이인 파시스트 정부를 위해 세금을 거두어들인다든데 사실이오?〉 〈이것 보시오, 사령관, 나에게는 딸린 가족이 있고, 정부로부터 월급도 받고 있소. 그게 어떤 정부인지 나로서는 상관할 수가 없소. 나로서는 어쩔 수 없는 일이오. 사령관, 당신이라면 어떻게 할 것 같소?〉 〈친애하는 대위, 내가 당신이었더라도 똑같은 일을 하고 있을 것이오. 하지만 세금을 거두되, 짜내지는 말도록 하시오.〉 〈그러리다. 나는 당신네들에게 아무 원한이 없소. 당신들 역시 조국 이탈리아의 아들이자 용감한 군인들이기 때문이오.〉 두 사람은 서로를 이해했네. 조국이야말로 이 세상의 어떤 무엇보다도 소중하다는 데 의견을 같이한 것일세. 몽고는 부하들에게, 자전거를 한 대 내어 주라고 했고, 백부는 그 자전거를 타고 무사히 귀가한 것이네. 아델리노 카네파가 얼굴을 내밀 수 없는 것은 정한 이치.

이 양반들이 공유한 것이 정신적 기사도 같은 것이었는지 그것은 모르겠네만, 정파와 당파를 초월하는 유대감이 존재하는 것만은 확실하네.」

50

나는 처음이자 마지막이요, 섬김을 받는 동시에 증오를 당하는 자이며, 성인이자 창부이기 때문이다.
— 『나그 함마디』의 단상(斷想), 6, 2

로렌차 펠레그리니가 들어왔다. 벨보는 천장을 올려다보고 있다가 마티니를 다시 시켰다. 주변에 긴장감이 감돌았다. 내가 일어서려고 하자 로렌차가 말렸다. 「가지 마세요. 세 분다 나랑 같이 가요. 오늘 밤 리카르도의 전시회 축하 파티가 있답니다. 새 스타일을 선보인대요. 괜찮은 화가예요. 야코포, 당신 리카르도 알죠?」

리카르도가 누군지는 나도 알고 있었다. 언제 보아도 술집 필라데에서 빈둥거리고 있는 화가였다. 나는 벨보가 왜 천장만 뚫어지게 쳐다보고 있는지 몰랐다. 벨보의 파일을 열어 본 뒤에야 리카르도가 얼굴에 흉터가 나 있는, 벨보가 용기 부족으로 싸움을 걸지도 못했던 그 흉터쟁이 남자라는 걸 알았다.

로렌차는 전시회장이 필라데에서 멀지도 않다면서 계속 졸라 댔다. 주최 측이 멋진 파티, 상당히 요란한 연회를 준비할 거라는 말도 보탰다. 디오탈레비는 심란한 얼굴을 하더니, 집으로 돌아가야겠다면서 일어섰다. 나는 망설였다. 로렌차는 내가 함께 가야 한다고 우겼는데 이게 나와 벨보를 동시에 괴롭혔다. 내가 따라가면 벨보로서는 로렌차와 단둘이 있을 가능성이 그만큼 묽어지기 때문이었다. 그러나 나는 로렌차의 청을 물리칠 수 없었다. 결국 우리 셋은 나란히 술집을 나섰다.

나는 리카르도를 별로 좋아하지 않았다. 그는 1960년대 초만 하더라도 지겨운 그림만 그리던 화가였다. 검은색과 회색이 주조를 이루는, 기하학적이면서도 광학적이어서 보고 있으면 눈이 어지러워지는, 그나마 겨우 소품이나 제작하던 화가였다. 제목도 대충 〈콤포지션 15〉, 〈시차(視差) 17〉, 〈유클리드 X〉, 이런 식이어서 지겹기 짝이 없었다. 1968년에는 공유지에다 무단으로 세운 화실에서 전시회를 연 적도 있었다. 당시만 하더라도 회색 대신에 난폭한 흑백이 들어서면서 붓질이 대담해지고, 화제(畵題)도, 〈이것은 시작이 아닙니다〉, 〈몰로토프〉, 〈백화제방〉 하는 식으로 바뀌어 있었다. 브라질에서 밀라노로 돌아온 직후, 바그너 박사의 강연회가 있던 바로 그 클럽에서 열린 그의 전시회를 본 적이 있었다. 검은색을 거의 쓰지 않고 흰색을 주조로 삼으면서, 파브리아노 화지(畵紙)에 물감을 다양하게 칠하거나 아주 짜 바르듯이 함으로써 대비 효과를 얻어 내고 있었다. 따라서 그날 리카르도 자신이 설명했던 것처럼, 그의 그림은 조명에 따라 시각적인 효과가 달랐다. 화제도, 〈다의 예찬(多義禮讚)〉, 〈아/트라베르A/Travers〉, 〈이드〉, 〈베르크가(街)〉, 〈비(非) 15〉하는 식으로 변해 있었다.

벨보, 로렌차와 함께 전시장에 들어섰을 때 나는 리카르도의 화풍이 또 한차례 바뀌었다는 걸 느낄 수 있었다. 전시회 주제는 〈메갈레 아포파시스[대묵시(大默示)]〉였다. 그림의 대부분은 눈부신 색채로 그린 구상화였다. 그런데 이 구상화라는 것이 어찌나 모방이 심한지, 흡사 유명한 그림의 슬라이드를 화폭에다 투사하고 그 위에다 덧칠했다는 느낌까지 줄 정도였다. 그가 모방한 그림은 주로 세기말의 요란한 화가들과 20세기 초의 상징파 화가들의 작품이었다. 흡사 화폭에 투사된 그림을, 점묘화 수법의 다양한 색채와 농담으로 채운 다음, 자신이 드러내고자 하는 종교적, 혹은 우주론적인 개념을 형상화시킨 것 같았다. 그래서 불타는 듯이 밝던 화면의 중심부가 밖으로 향하면서 서서히 암전(暗轉)하다가 가장자리에 이르러서는 까맣게 되는 그림도 있고, 정반대의 순서를 밟는 그림도 있었다. 산에서 빛살이 터져 나와 작고 희미한 천체로 흩어지는 그림도 있고, 구스타브 도레가 그린 천국 풍경화처럼 투명한 날개가 달린 천사들이 겹겹이 동심원을 그려 보이는 작품도 있었다. 〈베아트리체〉, 〈신비의 장미〉, 〈단테 가브리엘 33〉, 〈사랑의 노예〉, 〈아타노르〉, 〈호문쿨루스 666〉 같은 화제를 읽고 있자니 나는 로렌차가 호문쿨루스를 좋아하는 것과 리카르도의 화제는 무관하지 않다는 생각이 들었다. 가장 큰 그림의 화제는 〈소피아〉였다. 검은 옷을 입은 천사들이 무수히 떨어져 지상에 내리면서 여자의 형상이 되고, 크고 하얀 손이 그 여자를 어루만지는 그림이었다. 여자는 아무래도 피카소의 〈게르니카〉에서 베낀 것 같았다. 리카르도의 혼교주의(混交主義) 화풍은 가까이서 보면 조잡하기 그지없으나 2~3미터 떨어져서 보면 자못 서정적이기까지 했다.

「나는 구닥다리 현실주의자일세. 그래서 몬드리안까지밖에는 이해 못해. 기하학적이지도 못한 이 그림에 도대체 무슨 의미가 있다는 건가.」 벨보가 속삭였다.

「이 친구 한때는 기하학적인 그림도 그렸어요.」내가 대답해 주었다.

「그건 기하학적인 도형이 아니라 목욕탕 타일이었을 테지.」

로렌차는 리카르도를 껴안아 줄 태세로 연회장 중앙으로 쳐들어가고 있었다. 벨보는 리카르도를 향해 고갯짓만 까딱했다. 전시장은 사람들로 꽤 붐비고 있었다. 뉴욕의 로프트 분위기를 낸답시고 전시장 내장은 백색 일색이었다. 천장의 난방용 파이프나 수도관도 밖으로 드러나 있었다. 신식을 부러 구식으로 뜯어 고쳤으니 돈깨나 들었음 직했다. 구석에 놓인 전축에서는 동양의 음악이 흘러나오고 있었다. 내 기억이 맞다면 멜로디라는 것이 전혀 없는 듯한 인도의 현악기 시타르로 연주한 음악이었다. 손님들은 무관심한 얼굴을 하고 묵묵히 그림 앞을 지나 탁자에 놓인 종이컵을 집으러 다녔다. 우리가 파티가 한창 무르익었을 때 도착했기에 담배 연기가 자욱한 실내에서 가끔 춤추는 시늉을 하는 여자들도 있기는 했지만, 대부분은 수다를 떨면서 먹느라고 정신들이 없었다. 안락의자 앞에는 마침 샐러드와 과일 그릇이 있었다. 저녁을 거른 참이라 먹으려고 들여다보았더니 샐러드와 과일은 누군가의 발에 밟힌 것 같았다. 그럴 만도 했다. 바닥에는 백포도주가 군데군데 엎질러져 있는 데다가, 몸을 가누느라고 애를 먹는 사람도 있었다.

벨보는 종이컵을 들고 다니면서 이따금씩은 아는 사람의 어깨를 툭툭 치기는 했지만, 대개는 마땅하게 갈 데가 없는 사람처럼 느릿느릿 전시장을 걷고 있었다. 눈길로 로렌차를 찾고 있는 것 같았다.

대부분의 손님들은 끊임없이 움직이고 있었다. 숨은 꽃을 찾는 벌떼처럼 끊임없이 방 안을 누비고 있었다. 나 역시 특별히 만나야 하는 사람이 없는데도 불구하고 사람의 물결에 떠밀려 흘러 다니고 있었다. 로렌차는 내게서 별로 떨어지지 않은 곳에서, 이 남자 저 여자와 인사를 주고받느라고 정신이 없었다. 로렌차는 머리는 쳐들고, 눈은 부러 가늘게 뜨고, 등은 곧추세우고, 가슴은 내민 채로 부산을 떠는 품이 흡사 기린 같았다.

　한동안 밀려다니다 탁자 앞으로 돌아가니 벨보와 로렌차가 나란히 등을 보이며 앉아 있었다. 밀려다니다가 우연히 만난 모양이었다. 실내가 시끄러워 가까이 있는 사람의 말소리도 들리지 않는 지경이었으니 내가 옆에 와 있는 것도 몰랐을 것이다. 로렌차와 벨보는, 남들 귀에 들리지 않겠거니 여기고 큰 소리로 이야기를 나누고 있었다. 나는 어쩔 수 없이 두 사람의 대화를 엿들은 셈이 된다.

　「당신의 알리에를 어디에서 만났어?」 벨보가 물었다.

　「내 알리에? 보니까 당신의 알리에도 넉넉히 되겠던데? 당신은 시몬을 알아도 괜찮고 나는 알면 안 되나요?」

　「왜 하필이면 〈시몬〉이야? 그리고 당신은 왜 하필이면 〈소피아〉야?」

　「장난이에요. 친구 집에서 만났어요. 됐어요? 아주 매력적인 사람이라고요. 그 사람이 내 손등에다 입을 맞추면 나는 공주님 기분이 나는걸요. 우리 아버지 나이는 됐을걸요.」

　「조심하지 않으면 당신 아들의 아버지가 되는 수가 있어.」

　이건, 바이아에서 나와 암파루가 나눈 얘기와 너무나 흡사했다. 로렌차의 말이 옳았다. 알리에는, 손등으로 남자의 입술을 받아 본 적이 없는 아가씨들을 능숙하게 요리하고 있었던 셈이다.

「왜 시몬과 소피아냐고. 그자의 이름이 시몬이야?」

「재미있는 사연이 있어요. 당신 알아요? 이 우주가 생겨난 것은 누군가의 실수 때문이고, 내게 일부 책임이 있다는 걸? 하느님은 여성과 남성 반반으로 이루어져 있는데 소피아는 하느님의 여격(女格)이래요. 원래 하느님은 여성의 성격이 더 강했는데, 그런 하느님에다 수염을 달고 남성 명사를 붙인 건 당신네 남자들이죠. 말하자면 나는 하느님의 좋은 부분인 것이죠. 시몬의 말에 따르면, 나 소피아(아니, 잠깐, 소피아가 아니고 〈엔노이아〉였나)가 세상을 창조하자고 하자, 남성인 하느님의 반은 싫다고 했대요. 그럴 용기가 없거나 성적으로 무능했던 거죠. 그래서 소피아는 하느님이 지닌 남성의 속성과 교합하지 않고 혼자서 이 세상을 창조하기로 했대요. 소피아로서는 그럴 수밖에 없었대요. 세상을 너무너무 사랑했다니까요. 아마 그랬을 거예요. 나 역시 이 뒤죽박죽인 세상을 너무너무 좋아하거든요. 시몬은, 그래서 내가 바로 이 세상의 영혼이라는 거죠.」

「세상의 영혼이라서 좋겠군. 알리에는 여자 만날 때마다 그러나?」

「아니에요, 멍청이, 내게만 그래요. 시몬은 당신 이상으로 나를 잘 이해하니까. 그분은 나를 자기 같은 사람으로 만들려고 애 안 써요. 나는 내 식으로 살아야 한다는 걸 잘 알거든요. 소피아처럼요. 소피아도 스스로 세상을 만들어 나가기 시작했어요. 그러다 원형질에 직면하죠. 태초에는 탈취제가 없었으니 역겨울 정도로 구역질이 나는 원형질이었을 거예요. 그러다가 우연히 〈데미……〉 뭐라고 하는 걸 만든 거예요.」

「〈데미우르고스〉?」

「맞아요. 하지만 데미우르고스를 만든 건 소피아가 아닌지도 몰라. 소피아가, 이미 존재하고 있던 데미우르고스를 꼬여이 세상을 만들게 했는지도 몰라. 재미있잖아요, 어쩌고 하면서. 하지만 이 세상을 이렇게 엉망진창으로 만든 걸 보면 그 데미우르고스, 정말 형편없었나 봐. 실제로 데미우르고스는 손을 대지 말아야 할 것에 손을 댄 거래요. 왜냐? 첫째 원형질이라는 게 질이 형편없이 나빴고, 둘째 데미우르고스에게는 그럴 자격이 없었대요. 어쨌든 데미우르고스는 세상이라고 하는 이 한심하기 짝이 없는 덩어리를 만들었고, 소피아는 이 세상에 갇히게 된 거죠. 세상의 수인(囚人)이 되었다고 할까.」

로렌차는 거침없이 마시고 있었다. 많은 사람들이 방 중앙에서 눈을 감은 채 춤추는 시늉을 하고 있었다. 리카르도는 몇 분마다 한 번씩 나타나서는 로렌차의 잔을 채워 주었다. 벨보는 과하다면서 리카르도의 손길을 제지하려 했으나 리카르도도 말을 듣지 않았고 로렌차도 말을 듣지 않았다. 로렌차는 벨보에게 화를 내면서 〈나는 당신보다 젊으니까 더 마셔도 끄떡 안 해요〉, 이런 소리까지 했다.

「좋아, 이 할아버지 말은 안 듣고 시몬 할아버지 말만 듣겠다 이거지. 좌우지간, 계속해 봐.」 벨보가 재촉했다.

「응, 어디까지 했더라, 소피아는 세상의 수인, 세상보다 더 나쁜 천사들의 수인이라고 했어요. 천사가 왜 나쁘냐고요? 이 이야기에선 그래요. 천사들이 데미우르고스를 도와 이 한심한 세상을 만들거든요. 하여튼 이 고약한 천사들이 나를 볼모로 잡고 있어요. 내가 달아날까 봐 가두어 놓고 괴롭히는 거예요. 하지만 가끔은 이렇게 나를 알아보는 사람이 있어요. 시몬처럼. 시몬은, 천 년 전에도 이와 비슷한 일이 있었다고 하데요? 참, 당신, 시몬이 영생 불사하는 인간이라는 거 모르죠? 그 양반이 살아오면서 겪은 일들, 정말 굉장하더라고요.」

「그럴 테지. 그러니까 이제 그만 마셔.」

「쉿 — 시몬은 티루스에서 나를 본 적이 있대요. 티루스에서 창녀 노릇하는 걸 본 적이 있대요. 그때의 내 이름은 헬레네였대요.」

「그 영감이 그랬어? 그런데도 해해거려? 영감은 그랬을 테지. 이 한심한 세상의 창부여, 그대 손에 입 맞추게 해주오. 신사? 참 빌어먹게 눈부신 신사로군.」

「어쨌든 헬레네는 창녀였대요. 당시의 창녀가 뭔지나 아세요? 자유로운 여성, 매인 데 없는 여성, 주부가 되기를 거부하는 지성인. 창녀 중에는 살롱을 가진 여자도 있었대요. 오늘날 같으면 홍보업을 했을 거야. 당신, 홍보업계에 종사하는 여자를, 고속 도로에서 트럭 운전사나 꼬시는 창녀라고 할 용기 있어요?」

리카르도가 다가와 로렌차의 팔을 붙잡으면서 속삭였다. 「가서 춥시다.」

두 사람은 방 한가운데서 꿈이라도 꾸는 듯이, 천천히 북이라도 울리는 듯이, 흐느적거리면서 춤을 추었다. 가끔씩 리카르도는 로렌차를 바싹 끌어당기면서 목덜미에 손을 대고는 했다. 로렌차는 발갛게 상기된 얼굴을 젖히고 머리카락을 늘어뜨리면서 몸을 비틀고는 했다. 벨보는 줄담배를 피우고 있었다.

로렌차는 리카르도의 허리를 안은 채로 벨보 옆으로 다가섰다. 그리고 여전히 춤을 추면서 벨보가 들고 있던 종이컵을 빼앗고는, 왼손으로는 리카르도의 허리를 두른 채, 오른손으로는 종이컵을 들고서 벨보를 응시했다. 눈이 촉촉한 것이 울기라도 한 것 같았지만 입은 웃고 있었다. 「그때뿐만이 아니래요.」

　「아니라니 뭐가?」

　「시몬이 소피아를 만난 거요. 그로부터 몇백 년 뒤에 시몬은 기욤 포스텔로 환생했대요.」

　「우체부?」

　「바보. 유대어를 연구한 르네상스 시대의 학자라고요.」

　「히브리어겠지.」

　「뭐가 달라요? 하여튼 기욤 포스텔은 애들이 사전 없이 『슈퍼맨』을 읽듯이 그렇게 사전도 없이 재미 삼아 히브리어를 읽었대요. 그러다 베네치아의 한 병원에서 늙고 무식한 하녀 조안나를 만났대요. 만나서는, 아, 당신은 여성의 덩어리이자 엔노이아의 화신인 소피아, 세상을 구하러 오신 위대한 세계의 어머니랍니다, 이랬대요. 그러고는 조안나를 데리고 병원을 나갔대요. 사람들로부터 미치광이 소리를 들으면서도 기욤 포스텔은 조안나를 섬기는 한편 천사들 손에서 구해 내려고 무진 애를 썼대요. 이윽고 조안나가 세상을 떠났을 때는 몇 시간 동안이나 태양을 노려보고 있었는가 하면, 그 뒤로는 며칠 동안이나 식음까지 전폐했다죠. 그러면서도 하는 행동은 조안나가 살아 있을 때와 조금도 다름이 없었대요. 왜냐? 조안나는 바로 거기에 있었던 거나, 이 세상에 살고 있는 거나 다를 것이 없으니까요. 머지않아 환생할 것이니까요. 당

156

신은 이런 이야기를 듣고도 눈물이 안 나와요?」

「펑펑 쏟아지는군, 그래. 소피아가 그렇게 좋아?」

「나는 당신에게도 소피아예요. 나를 만나기 전만 해도 당신은 끔찍한 넥타이나 매고 다니고, 어깨에는 비듬이 수북이 쌓이고 그랬잖아요.」

리카르도가 로렌차의 목을 어루만지면서 수작을 걸었다. 「얘기에 나도 좀 낍시다.」

「입 다물고 춤이나 춰요. 당신도 내 해갈(解渴)의 수단에 지나지 못해요.」

「좋아요.」

벨보는 리카르도의 존재를 무시한 채 로렌차에게 하던 말을 계속했다. 「그래서 당신은 그자의 전용 창녀이자, 홍보 일을 하는 페미니스트군그래. 그자는 당신의 시몬이고.」

「나는 시몬이 아니에요.」 리카르도가 취기 어린 목소리로 꿍얼거렸다.

「당신 얘길 하고 있는 게 아니야.」

벨보를 지켜보고 있자니 불안했다. 평소에는 여간해서는 속마음을 드러내지 않는 벨보가 다른 남자 앞에서, 심지어는 경쟁자일 수도 있는 리카르도 앞에서 사랑싸움을 하고 있는 셈이었기 때문이었다. 그러나 벨보가 방금 한 얘기를 듣고서 나는 벨보가 리카르도 앞에서 이런 이야기를 함으로써, 도리어 로렌차가 자기 소유임을 주장하고 있다는 것을 깨달았다. 즉, 리카르도가 아닌 진정한 경쟁 상대가 따로 있다는 것을 암시한 것이다.

로렌차가 술을 따르라고 잔을 내밀면서 속삭였다. 「그냥 장난일 뿐이에요. 당신을 사랑해요.」

「미워하지 않는다는 것만으로도 다행이야. 나는 가봐야겠어. 배가 아파 오는데. 나는 아직도 저급한 물질의 수인인가봐. 시몬의 은총도 받은 바가 없고. 같이 안 갈 테야?」

「좀 더 있다가 가요. 멋지고 재미있잖아요? 나 아직 그 그림도 못 봤는데. 리카르도가 나를 그렸다는 그림…….」

「당신에게 해주고 싶은 건 그 밖에도 많아요.」 리카르도가 끼어들었다.

「천박해라. 그만둬요. 나는 지금 야코포와 얘길 하고 있어요. 야코포, 당신만 친구들과 유식한 농담 나눌 줄 알아요? 나를 티루스의 창녀처럼 다루고 있는 게 누군가요? 바로 당신 아닌가요?」

「몰랐군. 내가 그런 사람인 줄을. 그래. 내가 당신을 늙은 이들 품 안으로 밀어 넣었군그래.」

「그분은 나를 안은 적이 없어요. 그분은 오입쟁이가 아니에요. 그분이 나를 침대로 끌어들이기는커녕 지적인 동반자로 대접하니까 당신이 그렇게 못 견뎌 하는 것이라고요.」

「지적인 뚜쟁이 말인가?」

「말 한번 잘하는군요. 리카르도, 술 더 줘요.」

「안 돼. 마시지 말고 조금만 기다려. 한마디만 더 듣자. 그자를 그렇게 대단하게 생각해? 그만 마시라고. 말해 봐. 그자가 그렇게 대단해?」

「장난이라니까요. 그 양반과 나 사이의. 이 이야기의 백미가 뭔지 알아요? 소피아가 자아를 발견하고 천사들에게서 풀려나면 죄로부터도 자유로워진다는 거예요.」

「죄는 이제 그만 지을 거구먼?」

「그건 생각해 보고 정해야지요.」 리카르도가 로렌차의 이

마에 입술을 대면서 속삭였다.

로렌차는 리카르도를 무시한 채 벨보에게 말했다. 「그만둘 필요도 없죠. 죄라는 건 없는 거고. 하고 싶은 건 뭐든 해도 좋으니까. 육신에서 해방되면 선악으로부터도 해방되는 거니까요.」

리카르도를 밀어내고 나서 로렌차가 덧붙였다. 「몰라요? 나는 소피아예요. 소피아는 천사들 손에서 벗어나기 위해서는 온갖 죄, 기상천외한 죄도 범…… 범해야 한다고요.」

로렌차는 심하게 비틀거리며 구석 자리로 다가갔다. 구석 자리 의자에는 검은 옷차림에 마스카라가 진한 여인이 창백한 얼굴로 앉아 있었다. 로렌차는 그 여자를 방 한가운데로 데리고 나와 함께 춤을 추었다. 둘은 배를 맞대고 양쪽 팔은 힘없이 늘어뜨린 채로 춤을 추었다. 「나는 당신을 사랑할 수도 있다고요.」 로렌차가 이러면서 그 여자의 입술에다 키스했다.

호기심이 동한 사람들이 모여들었다. 벨보는 스크린 테스트를 지켜보는 감독처럼 무표정한 얼굴로 내려다보고 있었다. 벨보의 이마에서는 땀이 배고 있었다. 왼쪽 눈 가장자리에도 전에 없는 경련이 일었다. 로렌차가 선정적인 몸짓을 해 가면서 5분 가까이 춤을 추었을 때 벨보가 소리를 질렀다. 「이제, 이리 나와.」

로렌차는 춤을 멈추는 대신 다리를 벌리고 팔을 내뻗으며 외쳤다. 「나는 성녀이자 창녀로다.」

「사람 성가시게 하는 데 일가견이 있는 거지.」 벨보는 벌떡 일어나 똑바로 다가가더니 로렌차의 손목을 잡고는 문간으로 끌고 갔다.

「이거 놔요!」 로렌차는 이렇게 소리를 지르다가는 갑자기 울음을 터뜨리며 벨보의 목을 부여안았다. 「그러지 말아요, 나는 당신의 소피아예요. 그런데 왜 내게 화를 내요?」

벨보는 부드럽게 로렌차의 어깨를 껴안고 관자놀이에 입술을 대고는 머리카락을 쓰다듬었다. 그는 좌중을 돌아보면서 사죄했다. 「죄송합니다. 이 사람, 이렇게 술을 마셔 본 적이 없어서요.」

킬킬거리는 소리가 들렸다. 벨보도 들었을 터였다. 그런데 그는 문간에서 나를 보더니 기상천외한 짓을 했다. 아니, 나더러 보라고 그랬는지, 다른 사람들더러 보라고 그랬는지, 그냥 그러고 싶어서 그랬는지 그것은 잘 모르겠다. 자기네 두 사람에게서 떠나 버린 사람들의 주위를 환기시키려는 속삭임 같은 것이었을까?

여전히 로렌차의 어깨를 안은 채 벨보가 작은 소리로, 당연한 것을 얘기하는 어조로 사람들을 향하여 이렇게 나지막이 말한 것이다. 「꼬끼오, 꼬, 꼬.」

51

따라서 〈위대한 카발리스트〉가 당신에게 하는 말은 천박한 것도 아니요, 야비한 것도 아니며 범상한 것도 아니다. 그것은 신비요 신탁이다.
— 토마소 가르초니, 『현대의 다양한 지식의 극장』, 베네치아, 찬프레티, 1583, 강연 XXXVI

밀라노와 파리에서 찾아낸 도판으로는 부족했다. 가라몬드 사장은 뮌헨에 있는 도이치 박물관에서 며칠간 일할 수 있는 비용을 결재해 주었다.

밤 시간은 슈바빙에 있는 술집이나 수염을 기른, 가죽 반바지 차림의 노인들이 음악을 연주하고, 연인들이 엄청나게 큰 잔으로 맥주를 들이켜면서 돼지고기 안주에서 무럭무럭 오르는 김 자락 사이로 미소를 나누는 거대한 지하 술집에서 보냈다. 오후에는 주로 복제화의 카드 목록을 훑었다. 이따금씩 고문서관을 나와 박물관에 들르기도 했다. 박물관에는 인류의 발명품이 무수히 복제되어 있었다. 단추를 누르면 실제로 작동하는 석유 시추기도 있었고, 진짜 잠수함 속으로 들어가 볼 수도 있었다. 태양계의 행성을 마음대로 운행시켜 볼 수도 있었고 산(酸)을 만들거나 연쇄 반응을 시험해 볼 수도 있었다. 파리의 공예 박물관에 견주면 훨씬 신식이고, 미래 지향적인 이 박물관은, 기술자를 꿈꾸도록 교육받고 있는 소란스러운 학생들로 늘 붐볐다.

도이치 박물관에서는 광산의 구조를 가까이서 자세히 볼

수도 있다. 사다리를 내려가면 광산이 있는데, 그 안에는 터널도 있고, 광부와 말을 실어 나르는 승강기도 있고, 갱도 속을 기어 다니는, 착취당하고 있기가 쉬운 허약한 어린아이들(다행히도 밀랍 인형인)도 있다. 끝없이 이어지는 컴컴한 복도를 따라가다가, 바닥이 보이지 않는 수직갱 가장자리에 서면 모골이 송연해진다. 여기에 서면 얼핏 메탄가스 냄새가 코끝을 스치기까지 한다. 모든 것은 실물 크기로 만들어져 있다.

다시는 날빛을 보지 못할지도 모른다는 느낌에 시달리면서 나는 갱도 속을 방황하다가 문득 낮익어 보이는 사람을 만났다. 그 사람 역시 난간 너머로 수직갱을 내려다보고 있었다. 주름 잡힌 얼굴은 창백했다. 백발 아래서 빛나는 눈이 부엉이 눈처럼 퀭했다. 그런데 입은 옷 때문에 그를 어디에서 만났는지 기억해 낼 수 없었다. 얼굴은 분명히 낮익었다. 무슨 제복을 입은 모습으로 만났던 것 같았다. 흡사 몇 년 만에 민간복으로 갈아입은 목사, 수염을 깎은 카푸친파 수도사를 만난 기분이었다. 사나이도 나를 보았다. 그 역시 내 모습이 기억에 아물거리는 모양이었다. 그런 상황에서는 으레 그러듯이 사나이는 내 모습을 흘끔흘끔 곁눈질하다가 기선을 잡고 먼저 이탈리아어로 인사를 걸어왔다. 문득 그가 여느 때 입고 있던 옷이 생각났다. 발치까지 치렁거리는 노란 앞치마만 입고 있었어도 살론 씨를 보는 순간에 알아보았을 것이다. 박제사 A. 살론 씨. 나는 그제야 그가 생각났다. 내가 문화 탐정 노릇할 때 쓰던, 공장 건물을 개조한 아파트에 작업실을 가지고 있던 사람. 그래서 복도나 계단에서 더러 마주칠 때마다 눈인사를 나누곤 했던 사이였다.

그가 손을 내밀었다. 「이상한 일이군요. 그렇게 오랫동안 같은 지붕 밑에 살았는데, 이렇게 수천 리 떨어진 타향의 지하에서야 수인사를 나누게 되다니 말이오.」

우리는 서로 삼가해 가면서 몇 마디를 나누었다. 그는 내가 무슨 일을 하고 있는지 정확하게 알고 있는 것 같았다. 나야 그렇게 생각하지 않았지만, 그는 내가 무슨 대단한 일이라도 하는 것처럼 생각하고 있어 신기했다. 「과학 기술 박물관에는 웬일이신가요? 귀 출판사는 정신적인 분야에 더 많은 관심을 기울이고 있는 것 같던데.」

「어떻게 아셨습니까?」

「귀동냥이지요. 우리 가게에는 손님이 하도 많이 드나들어서요.」 살론 씨가 머쓱한 표정을 지으면서 대답했다.

「박제소에는 어떤 분들이 드나듭니까?」

「여느 사람들처럼 박제업을 뭐 대단한 거라도 되는 줄 아시는 모양이군요. 그저 평범한 직업이오. 하지만 손님은 늘 넉넉합니다. 온갖 부류의 손님들이 다 드나들지요. 박물관 관계자도 있고, 개인 수집가도 있고.」

「저는 박제를 진열한 개인 집은 별로 구경을 못 해봐서요.」

「집에 따라서, 혹은 지하실에 따라서 다르지요.」

「박제는 지하에다 둡니까?」

「어떤 사람은 그러지요. 방이라고 다 햇빛 좋고 달빛 좋은데 있는 것은 아니니까. 박제를 지하에 두는 사람들, 나는 조금 주의하는 편이오. 하지만 잘 아시겠지만 직업이 직업이라서……. 나는 지하에 있는 것은 별로 신용 않는답니다.」

「그런데 지금 지하 갱도에 들어와 계시지 않습니까?」

「점검하는 중이오. 나는 지하 세계를 의심하면서도 호기심을 가지고 있어요. 이해하고 싶은 거지요. 지하 세계를 접하는 기회, 그리 흔치 않아요. 로마의 카타콤을 구경하면 되지 않겠나 싶으시겠지? 구경꾼이 너무 많아서 신비스러운 데가 없어요. 게다가 교황청의 손때가 너무 묻었어요. 파리의 하수도도 있기는 해요. 가보신 적 있소? 매주 월요일, 수요일, 매월 마지막 주 토요일에는 입장이 가능하지요. 하지만 그곳도 관광지이긴 마찬가지예요. 파리에도 물론 카타콤과 동굴이 있소. 지하철도 있고요. 라파예트가 145번지에 가보셨소?」

「부끄럽지만 아직.」

「동부역과 북부역 사이, 좀 후미진 데 있지요. 밖에서 보면 그저 그런 건물입니다. 그러나 가까이 가서 보면 달라요. 멀리서 보면 나무 문 같은데 가까이서 보면 페인트를 칠한 철문이지요. 몇 세기 동안 비어 있었던 것 같은 방에 유리창이 덩그렇게 끼워져 있는 것도 이상하고. 사람들은 그 건물 앞을 지나다니면서도 내막을 모르지요.」

「내막이 뭔가요?」

「가짜 건물이라는 거지요. 전면만 있고 뒤는 휑한 건물. 방이 없어요. 지붕도 없고요. 말하자면 굴뚝과 같은 거요. 그 지역 지하철의 배기를 위한 환기용 굴뚝같은 거지요. 일단 이걸 알고 그 건물 앞에 서면, 지하 세계의 입구에 서 있다는 느낌이 오지요. 실제로 그 벽을 뚫고 들어가면 파리의 지하 세계로 들어갈 수 있는 겁니다. 그 건물은 문 중의 문을 숨기고 있는 문인 거요. 지구의 중심을 향한 여로의 출발점인 것이오. 나는 그 문 앞에 몇 시간이고 서 있었던 적이 있소. 파리는 왜 그런 걸 만들었다고 생각하오?」

「지하철 환기 시설이라고 하시지 않았습니까?」

「환기 시설이라면 통풍구로 충분하지 않겠소? 그냥 환기 시설은 아닐 거요. 그 지하도를 바라보고 있으면 문득 의혹이 일고는 해요. 왜 그런지 아시오?」

살론 씨는 어둠 이야기를 하면서 오히려 얼굴에서 빛이 나는 듯했다. 나는 그에게 왜 의혹이 이느냐고 물었다.

「만일에 〈세계의 지배자〉들이 존재한다면, 그 양반들이 있을 곳은 지하밖에 없어요. 이것은 모두가 의식하고 있으면서도 대부분의 사람들은 감히 입에 올리지 못하는 진실이오. 활자를 통해서 대담하게도 이런 것을 발표할 수 있었던 유일한 인물이 생티브 달베드르였을 겁니다. 이 사람을 아시겠지요?」

우리에게 원고를 보내오는 〈악마 연구가들〉에게서 언뜻 들은 것도 같았지만 자신이 없었다.

「달베드르는 〈세계의 제왕〉이 있는 지하 사령부, 〈시나르키아[寡頭體制]〉의 은비주의적 중심인 아가르타 이야기를 쓴 사람이오. 겁이 없는 사람, 자기 신념에 충실했던 사람이지요. 그러나 달베드르 이후로 이런 걸 지껄이던 사람들은 모두 제거되고 말았소. 너무 많이 안다는 이유에서.」

함께 지하 갱도를 걸으면서 살론 씨는 새 갱도가 나올 때마다, 그 갱도의 어둠 속에서 자기의 의혹을 확인하려는 듯이 긴장된 눈길을 갱도 입구로 던지고는 했다.

「지난 세기에 대도시들이 왜 다투어 지하철을 지었을까요? 의아하게 생각해 본 적 없소?」

「교통 문제를 해결하려고 그랬겠지요.」

「자동차가 발명되기 전인데요? 마차밖에 없던 시절인데요? 똑똑한 분이라서, 좀 그럴듯한 설명이 있을 거라고 기대했는데.」

「왜 그랬다고 생각하십니까?」

「모르기는 하지만…….」 살론 씨는 이렇게 운을 떼다 말고 입을 다물었다. 생각하는 눈치였다. 그러나 대화는 살아나지 않았다. 조금 더 걷던 그는 어서 가봐야 한다고 말했다. 나와 악수를 나눈 살론 씨는 잠깐 미적거리더니, 문득 생각난 듯이 이런 말을 했다. 「생각난 김에 하는 말인데…… 그 대령, 이름이 뭐라더라…… 선생께 성전 기사단 보물 이야기를 하러 가라몬드 출판사에 왔던 사람이요……. 그 사람이 혹시 어떻게 되었는지 아시오?」

얼김에 뺨을 얻어맞은 기분이었다. 그는 내가 지극히 사적인 비밀로 묻어 두고 싶던 것을 무지막지하게, 아무 조심성도 없이 내뱉은 것이었다. 어떻게 아느냐고 묻고 싶었으나 그러기가 두려웠다. 그래서 태연한 어조로 그의 예봉을 피하려고 했다. 「아, 그 이야기요? 까맣게 잊고 있었어요. 하지만, 〈생각난 김에〉라고 하셨는데, 왜 〈생각난 김에〉라고 하셨지요?」

「내가 그랬소? 아, 그러고 보니 그랬군. 아무래도 그 양반이 뭔가를 찾아낸 것 같아서요. 지하에서…….」

「어떻게 아시지요?」

「말씀드릴 수가 없소. 누구로부터 들었는지 기억이 안 나거든. 아마, 우리 가게를 드나드는 손님일 거요. 하지만 내 호기심은 지하 세계 이야기만 나오면 걷잡을 수없이 동한답니다. 노년의 집착 혹은 광기라고나 할까요. 이만 실례하오.」

살론 씨가 사라진 뒤에도 나는 거기에 서서, 그 이상한 만남의 의미를 곱씹어 보았다.

52

히말라야 산맥 어딘가에, 스물두 명의 헤르메스 장로를 상징하는 스물두 개의 신전과 스물두 개의 거룩한 문자 사이에서 아가르타는 발견이 불가능한 〈제로 지대〉를 이루고 있다……. 그 지하의 지형은 지구의 전역으로 바둑판처럼 펼쳐져 있다…….

— 생티브 달베드르, 『유럽에서 인도의 사명』, 파리, 칼만 레비, 1886, pp. 54, 65

뮌헨에서 돌아온 뒤 나는 벨보와 디오탈레비에게 이 이야기를 했다. 우리는 다각도로 추리해 보았다. 우선 비학(秘學)에 관심이 많고, 입이 가벼운 기인(奇人) 살론이 우연히 동호인인 아르덴티 대령을 만났을 가능성이 있었다. 살론은 아르덴티의 실종에 대해 뭔가를 알고 있거나, 범인의 끄나풀일 가능성도 있었다. 뿐만 아니라 경찰에 대한 정보 제공자일 가능성도 배제할 수 없었다.

그러나 우리는 〈악마 연구가들〉의 원고를 검토하는 일에 부대끼지 않으면 안 되었다. 살론 씨 건은 우리 기억에서 밀려났다.

어느 날 알리에가 우리 사무실로 왔다. 벨보가 보낸 원고를 읽고 그 의견을 개진하기 위해서였다. 그의 의견은 정확하고 예리하고 포괄적이었다. 역시 알리에는 영리했다. 그는 벌써 가라몬드 출판사와 마누치오 출판사의 이중 거래를 간파하고 있었고, 우리는 그런 상황에 대해서 대놓고 이야기할 수 있었다. 그의 말에 따르면 그런 것은 이해할 수 있는 일이었다. 알리에는 촌철살인의 비평 몇 마디로 원고 한 건을 쳐부

순 다음, 부드러우면서도 차가운 웃음을 띤 채, 그래도 마누치오 출판사용으로는 괜찮을 거라고 했다.

나는 그에게, 〈아가르타〉와 생티브 달베드르에 대해 이야기해 달라고 했다.

「생티브 달베드르…… 한마디로 싸잡아 기인이었지요. 소싯적부터 파브르 돌리베의 신자들과 어울려 다녔어요. 내무성 사무관을 지냈지만, 그걸로는 성에 안 차는 야심가였어요. 우리는 달베드르가 마리빅투아르와 결혼하는 것을 보고 그러면 그렇지, 했지요…….」

알리에는 자기도 모르는 사이에, 옛일을 회상하듯이 주어를 1인칭으로 바꿔 쓰고 있는 것 같았다.

「마리빅투아르는 누굽니까? 연애 이야기라면 언제 들어도 재미있지요.」 벨보가 끼어들었다.

「마리빅투아르 드 리스니치. 외제니 왕비와 교우할 당시에는 실로 아름다웠지요. 하지만 생티브를 만났을 당시에는 쉰 살을 훌쩍 넘긴 과부였어요. 생티브는 30대 초반의 한창 나이. 마리빅투아르에게야 물론 내리 혼인이었지요. 마리빅투아르는 젊은 신랑에게 작위를 마련해 주느라고, 어디였는지는 기억이 안 납니다만 하여튼 달베드르 후작이라는 사람의 영지를 사들였어요. 그런데 생티브, 이 염치없는 친구는 제 이름 뒤에다 〈달베드르〉라는 이름을 달고 다녔더랍니다. 당시 파리에는 〈기둥서방〉이라는 노래가 유행했으니 창피하기 이를 데 없었을 테지요. 생티브는 마누라 덕분에 숨통이 트이게 되자 평소에 꿈꾸어 오던 일에 전념했지요. 생티브는 조화에 바탕을 둔 정치 체제 구상에 매달린 거요. 그가 구상하던 정치 체제는 무정부주의의 반대 개념으로서의 시나키 체제[1]

였지요. 경제계, 사법계, 정신계(다시 말하자면 기독교와 과학계)의 권력을 대표하는 삼부회로 하여금 유럽 사회를 다스리게 하자는 것이지요. 말하자면 계몽주의적 과두 체제로 계급 투쟁의 문제를 해결하자는 것이었는데, 글쎄, 이보다 더 정신 나간 얘기도 많잖소.」

「아가르타는 뭡니까?」

「생티브는 어느 날 하지 샤리프라고 하는 정체불명의 아프간인의 방문을 받았다고 주장합니다. 그러나 〈하지 샤리프〉라는 이름은 알바니아 이름이만치 아프간인일 리가 없지요…… 하여튼 이 사람이 생티브에게, 〈세계의 제왕〉의 은거지에 대한 비밀을 귀띔합니다. 생티브 자신이 〈세계의 제왕〉이니 하는 표현을 쓴 적은 없어요. 그저 아가르타라고만 했지. 아가르타, 찾을 수 없는 곳이라는 뜻이지요.」

「이런 내용을 어디에다 썼습니까?」

「그 사람이 쓴 『유럽에서 인도의 사명』에 쓴 얘긴데, 공교롭게도 이 책이 당시의 정치 사상에 적지 않은 영향을 미쳤어요. 이 책에 따르면 아가르타에는 무수한 지하 도시가 있고, 그 밑에, 다시 말해서 지구의 중심과 더 가까운 곳에는 이러한 지하 도시를 다스리는 5천 현자가 있어요. 여러분도 알 거외다만, 5천이라는 숫자는 베다 언어의 난삽한 어근(語根)의 수를 암시해요. 이 하나하나의 어근은 마술적인 신성 문자로 되어 있는데, 각기 천계의 힘에 의한 은혜와, 명계의 힘에

---

1 synarchy. 〈함께 다스림〉 또는 〈조화로운 통치〉란 뜻의 그리스어에서 파생되었으며 〈공동 통치〉 또는 〈공동 주권〉을 기본으로 하는 정치 체제. 달베드르는 비밀 결사에 의한 정치 체제를 구상하며 〈시나키〉란 말을 처음 사용했다.

의한 법칙과 상관이 있답니다. 아가르타의 둥근 천장에는 거울 비슷한 것이 있고, 지표의 빛은 이것을 통해 들어옵니다. 그런데 이 빛은 물리학 교과서에 나오는 온음계적 태양광 스펙트럼과는 달리 세분율적(細分律的)인 색채 스펙트럼이랍니다. 아가르타의 현자들은 이 세상의 온갖 신성한 언어를 다 연구한답니다. 세계어, 즉 〈바탄〉을 만들기 위해서라지요. 이들은 풀기 어려운 수수께끼를 만나면 공중으로 몸을 부양시키고, 가까이 있는 동료가 말리지 않으면 천장에다 터질 때까지 머리를 찧는답니다. 번개를 벼른 것도 이들이고, 양극간(兩極間)과 양회귀선간(兩回歸線間)의 유동체 순환의 흐름, 다시 말해서 지구의 위도와 경도가 서로 다른 지역의 간섭과 굴절의 방향을 조절하는 것도 이들이랍니다. 이들은 또 종(種)을 선택해서 영력(靈力)이 지극히 뛰어난 조그만 동물을 만들기도 했답니다. 거북의 등껍질(노란 십자가 그려져 있다지요)을 지니고, 눈은 하나밖에 없는 데 비해 입은 양쪽에 하나씩 붙어 있는 동물, 발이 많아서 어느 방향으로든 마음대로 움직일 수 있는 동물 같은 것들이지요. 모르기는 하지만 아가르타는 성전 기사단이 와해되면서 숨어 들어간 은거지가 아닌가 싶네요. 성전 기사들은 거기에서 경비군 노릇을 했을 겁니다. 더 알고 싶은 게 있나요?」

「하지만…… 그게 제정신으로 한 소릴까요?」 내가 조심스럽게 물었다.

「나는 그럴 거라고 믿어요. 우리도 처음에는 미친놈이라고 했지요. 그러다가 그 양반이 어쩌면 환상을 통해, 상징을 통해 역사의 은비주의적 방향을 제시하고 있다는 것을 깨달았지요. 역사라고 하는 것은 피에 젖은 무의미한 수수께끼에 지나지 않는다는 말이 있지요? 그럴 리가 없어요. 역사에는 어떤 〈섭리〉가 작용하고 있을 겁니다. 섭리를 주관하는 〈정신〉이 있는 게 분명합니다. 바로 이 때문에 수세기에 걸쳐 현자들이 세계의 〈주인〉혹은 〈왕〉의 존재를 상정했을 겁니다. 물론 물리적인 존재가 아니라 보편적인 상징, 〈확고한 의도〉가 주기적으로 일시적으로 재생하는 존재로서의 〈주인〉이나 〈왕〉일 터입니다. 위대한 성직자들이나 사라진 기사들은 틀림없이 이런 〈의도〉와 접촉했을 것입니다.」

「정말 이걸 믿으시는 겁니까?」 벨보가 물었다.

「생티브 달베드르보다 더 양식 있는 사람들도 〈미지의 초인〉들을 찾아 헤매지요.」

「그래서 찾아내나요?」

알리에는 웃었다. 자기 자신을 향한 웃음 같았다. 「초심자 눈으로도 알아보게 될 바에야 그게 무슨 〈미지의 초인〉인가요? 그러나저러나 여러분, 우리에게는 할 일이 많아요. 또 다른 원고가 여기 있어요. 대단한 우연의 일치군요! 비밀 결사에 관한 논문이거든요.」

「쓸 만한 소리를 하고 있습니까?」 벨보가 물었다.

「언감생심이오만, 마누치오로 넘길 거리는 됩디다.」

53

공공연히 지상의 운명을 통제하려 들면 정부가 적대할 가능성이 있으므로, 이 신
비에 싸인 단체는 비밀 결사를 통해서만 활동한다……. 수요가 증가하면서 하나
씩 하나씩 늘어 가는 이러한 단체는 개별 분파로 나뉘어 있다. 이 분파들은 겉보
기에는 대립 관계를 이루고 종교, 정치, 경제, 문학 분야에서 극단적인 반대 주장
을 표명하기도 한다. 그러나 보이지 않는 중심으로부터 통제를 받는다. 이러한 분
파들의 보이지 않는 중심은 모든 비밀 결사를 하나로 연결시킨 채, 발톱을 숨기고
있다. 말하자면 발톱을 숨김으로써 궁극적으로는 지상의 모든 권력을 장악하려고
하는 것이다.
— J. M. 회네브론스키, 『장미 십자단의 교의』 중 〈연금술 대전〉에서 P. 세디르
인용, 파리, 1910

어느 날 작업실 문간에서 살론 씨를 만났다. 문득, 딱히 그
럴 이유가 없는데도 나는 살론 씨가 올빼미처럼 삑삑 소리를
내며 울 것 같다는 생각이 들었다. 그는 막역지우라도 되는
듯이 인사를 건네더니 일은 잘되어 가느냐고 물었다. 나는 그
저 그렇다는 몸짓만 해보인 뒤 미소를 던지고는 바삐 그곳을
지났다.

아가르타 이야기는 생각할수록 기이했다. 알리에가 설명
해 준 생티브 달베드르의 아가르타 아이디어는 우리 출판사
필자들인 〈악마 연구가들〉에게야 흥미의 대상일 테지만 내
가 보기에 경악의 대상은 아니었다. 그러나 그럼에도 불구하
고 뮌헨에서 만났을 당시 살론 씨의 표정이나 말투를 미루어
보아 그것은, 적어도 그에게만은 분명히 경악의 대상이었다.

그래서 나는 시내로 나간 김에 도서관에 들러 『유럽에서
인도의 사명』을 찾아보기로 했다.

열람실과 대출 창구는 여느 때처럼 붐볐다. 사람들 사이를 비집고 들어가 해당 서랍을 열고 도서 청구 번호를 확인했다. 대출 카드를 작성하고 계원에게 내밀었다. 그런데도 계원은 나에게, 도서관에서 흔히 경험할 수 있듯이, 무슨 자랑이라도 되는 듯이, 그 책은 대출되고 없다고 말했다. 바로 그 순간 누군가가 내 뒤에서 말했다. 「대출할 수 있을 거요. 내가 방금 반납했거든.」 뒤를 돌아다보니 데 안젤리스 경위였다.

그는 나를 알아보았다. 문득, 너무 빨리 알아본다는 생각이 들었다. 우리가 만난 것은, 내 쪽에서 보면 특별한 상황이었지만 그쪽에서 보면 의례적인 수사 상황에서 잠시 스친 것에 불과했는데 말이다. 게다가 아르덴티 사건 당시 나는 장발에 수염까지 기르고 있지 않았던가. 역시 무서운 눈썰미였다.

그는 내가 이탈리아로 돌아온 뒤로 줄곧 감시하고 있었던 것일까? 아니면 그저 눈썰미가 좋은 데 지나지 않았던 것일까? 하기야 경찰관은 관상을 본다든지, 외모나 이름을 기억하는 일이라면 도사의 경지에 이르러 있어야 마땅할 터이다.

「시뇨르 카소봉, 우리는 같은 책을 읽는 셈이군요.」

나는 그제야 손을 내밀었다. 「이제는 〈시뇨르 카소봉〉이 아니고 〈닥터 카소봉〉이랍니다. 학위를 딴 지 좀 되었거든요. 처음 뵈었을 때 하시던 말씀대로, 이제 경찰 공무원 시험도 볼 수 있을지 모르겠네요. 그랬더라면 내가 그 책을 먼저 대출받을 수 있었을 테지요.」

「경찰이라서 먼저 대출할 수 있었던 게 아니오. 대출은 선착순이거든. 하지만 내가 반납했으니까 박사가 빌려 볼 수 있을 거요. 커피나 한 잔 살 수 있으면 좋겠소만.」

커피 마시자는 제안이 거북살스러웠지만 싫다고 할 수도

없는 노릇이었다. 우리는 가까운 카페에서 마주 앉았다. 그는 나에게 어떻게 해서 〈인도의 사명〉에 관심을 갖게 되었느냐고 물었다. 나는 도리어 그에게, 어떻게 해서 〈인도의 사명〉에 흥미를 갖게 되었느냐고 묻고 싶었지만 먼저 그의 의구심을 씻어 주어야 할 것 같아서, 시간 여유가 생기는 대로 성전 기사단 연구를 계속하고 있다고 설명해 주었다. 「에셴바흐에 따르면, 성전 기사들은 유럽을 떠나 인도로, 혹자에 따르면 아가르타 왕국으로 떠났다고 합니다. 내가 여기에 관심을 기울이는 건 당연하지 않습니까. 그런데 경위님은 왜 하필이면 이 책을 고르셨습니까?」 이제 그가 대답해야 할 차례였다.

「어쩌다 보니 그렇게 됐어요. 박사가 성전 기사단에 관한 책을 추천해 주지 않았어요? 그동안 나는 이 방면의 책을 읽어 왔지요. 성전 기사단의 후일담이라면 아가르타가 당연한 논리적 귀결이라는 건 말씀드릴 필요 없잖아요.」 내 답변이 거슬렸던 모양인지 그는 내가 한 말을 비꼬고 있었다. 「농담이오. 이 책을 빌린 건…….」 그는 잠시 머뭇거리다 말을 이었다. 「비번 때면 도서관을 기웃거리는 버릇이 있어요. 로봇이랄까, 기계적인 형사 노릇을 하지 않으려면 이 수밖에 없어요. 박사 같으면 이걸 세련되게 표현할 텐데…… 나는 잘 안되는군요. 그것은 그렇고, 박사는 어떻게 지내시나요?」

나는 한차례 말잔치를 벌일 필요가 있을 것 같아서 내 신상에 일어났던 일부터 〈금속의 경이로운 모험〉에 이르기까지의 사연을 요약해서 들려주었다.

「박사가 소속되어 있는 출판사와, 바로 옆에 붙어 있는 출판사에서는 은비학 관계 서적을 준비하고 있지 않은가요?」

그가 물었다. 그가 마누치오의 일까지 알고 있는 것은 놀라운 일이었다. 몇 년 전 벨보를 수사할 당시 수집한 정보를 기억하고 있는 것일까? 아니면 여전히 아르덴티 사건을 추적하고 있었던 것일까?

「가라몬드 출판사에는 아르덴티 대령 같은 사람이 줄창 드나들지요. 마누치오는 이런 사람들을 다루는 일을 합니다. 가라몬드 사장은 은비학이라는 학문도 표층이 꽤 두터운 것으로 파악한 거지요. 그래서 한번 갈아 볼 가치가 있다고 생각한 모양입니다. 마음만 먹으면 그쪽 필자는 한 트럭이라도 구할 수 있으니까요.」

「하지만 아르덴티 대령은 실종이오. 다른 필자들은 실종되지 말아야 할 터인데 말이오.」

「아직은 실종된 사람이 없습니다만, 실종되었으면 싶은 사람도 없지는 않습니다. 경위님, 그나저나 내 궁금증 좀 풀어주세요. 경위님은 업무상 실종 혹은 그 이상의 끔찍한 일을 당하는 사람을 자주 만나게 될 터인데, 사건이 생길 때마다 이렇게 오래 수사합니까?」

경위는 재미있다는 표정으로 나를 바라보다가 물었다. 「무엇 때문에 내가 아직도 아르덴티 대령 실종 사건을 붙들고 있다고 생각한 거지요?」

그러면 그렇지. 그는 도박을 하고 있을 뿐만 아니라 판돈에다 곱놓기까지 하고 있었다. 용기를 내어 도전에 맞섬으로써 그가 패를 까보이게 만들든지, 꼬리를 내리고 물러서든지 그건 나에게 달린 셈이었다. 하지만 나로서는 밑져야 본전이었다. 「경위님, 왜 이러십니까? 가라몬드와 마누치오를 마스터하고 아가르타 관계 서적까지 찾아 읽는 지경이면서 이러실 거 없지요.」

「아르덴티가 박사가 아가르타 얘기를 했다는 건가요?」

역시 정곡을 찌르고 들어왔다. 사실이 그랬다. 내가 기억하는 한 아르덴티는 우리에게 아가르타 이야기도 한 적이 있다. 그러나 나는 슬쩍 그의 겨냥을 흘렸다. 「아뇨. 성전 기사단 이야기만 하더군요.」

「좋습니다. 박사는 우리가 사건 하나를 맡으면 해결될 때까지 줄곧 거기 매달려 있는 줄 아시는데, 아니랍니다. 해결될 때까지 물고 늘어지는 일은 텔레비전에서만 일어납니다. 경찰관이라는 건 치과 의사나 마찬가지예요. 환자가 오면 치료를 하고 약을 처방하고. 그 환자에게는, 2주일 뒤에 오시오, 하고는 다음 환자를 봐야 합니다. 의사는 그 2주일 동안 수백 명의 환자를 보게 됩니다. 대령 사건 같은 건 10년 이상 미제(未濟) 파일에 끼여 있을 수도 있지요. 그러다, 다른 사건을 수사하는 도중에 무슨 자백을 받는다거나, 무슨 단서를 잡는다거나, 좋은 아이디어가 떠오르거나 하면 다시 한번 팔을 걸어붙여 보는 거지요. 그런 일이 일어나지 않으면 그걸로 끝입니다.」

「지름길의 가닥을 잡으신 것을 보니 최근에 뭔가 단서가 될 만한 걸 발견하신 모양인데, 뭡니까?」

「경솔한 질문이라고 생각지 않으시오? 하지만 나를 믿으시오, 숨기고 있는 건 없어요. 대령 사건은 우연히 다시 대두된 데 지나지 않아요. 우리는, 전혀 다른 사건으로 한 인물에 눈을 대고 있었는데, 이 사람이 상당한 시간을 피카트릭스 클럽에서 소일하는 게 아니겠어요? 피카트릭스 클럽, 들어본 적 있지요?」

「클럽은 모르겠고 잡지는 압니다. 뭘 하는 클럽인데요?」

「아무것도 안 해요. 아무것도. 드나드는 사람들을 보면, 어디 나사라도 하나 빠진 것 같은데, 하는 짓들은 얌전해요. 그런데 문득, 아르덴티가 거길 드나들고는 했다는 데 생각이 미칩디다. 남의 얼굴이나 이름을 기억하는 재주 빼면 경찰관에게 무슨 재주가 있습니까? 기억력 하나 알아줘야죠. 심지어는 10년 저쪽의 얼굴도 기억합니다. 그래서 가라몬드 출판사에서 일어나는 일이 궁금해졌던 것이죠. 그것뿐이에요.」

「피카트릭스 클럽과 경위님의 정치범 사이에 무슨 상관이 있습니까?」

「양심에 거리낄 게 없는 사람은 약간 무례해질 수도 있기는 합니다만 박사의 호기심은 정말 대단하군요.」

「커피를 마시자고 한 사람은 경위님 아니던가요?」

「그렇군요. 우리 둘 다 비번이기도 하고요. 세상을 특정한 시각에서 보면 말이지요, 저 일과 무관한 이 일은 없는 법이랍니다.」 멋진 헤르메스적 명제군, 이렇게 생각하는데 그가 바투 말을 이었다. 「그렇다고 해서 이들이 정치 집단과 관련이 있다고 생각하는 것은 아니에요. 하지만…… 술집에서 〈붉은 여단〉의 잔당을 잡는 수도 있고 무술 도장에서 〈검은 여단〉의 잔당을 잡는 수도 더러 있었어요. 요즘 사정은 정반대가 되었겠지만. 우리는 참 희한한 세상에 살고 있어요. 확언하거니와 이 짓도 10년 전에는 해먹기가 쉬웠어요. 요즘은요, 이데올로기에도 일관성이 없어요. 차라리 마약 단속반으로 옮길까 싶을 때도 있답니다. 적어도 마약 장수에게는 마약을 판다는 일관성은 있거든요.」

잠깐 침묵이 감돌았다. 나는 경위가 말을 망설이고 있다고 생각했다. 한동안 뜸을 들이던 그가 주머니에서 미사 경본

(經本)만 한 수첩을 꺼냈다. 「카소봉 박사, 박사는 업무상 해괴한 사람들도 더러 만나지요? 도서관을 들락거리면서 이상한 책도 곧잘 읽으니까 말이오. 나 좀 도와주시오. 〈시나키〉에 대해서 아는 것이 있으면 좀 가르쳐 주시오.」

「난처하게 만드시는군요. 아는 게 거의 없어요. 생티브 달베드르와 관련해서 언급되어 있는 걸 주워들었을 뿐입니다. 그게 전부예요.」

「여기에 관해서 뭐라고들 합니까? 주위에서들.」

「뭐라고들 하겠지만 나는 들은 게 없습니다. 솔직하게 말씀드리면 파시즘과 비슷한 것 같군요.」

「실제로 이런 이야기의 대부분은 프랑스 우파의 기관지인 『악시옹 프랑세즈』를 통해서 흘러나옵니다. 이것뿐이라면 문제될 것이 없지요. 시나키에 대해서 이야기하는 그룹을 발견하면 별 고민 없이 정치적 색깔을 부여할 수 있을 테니까요. 하지만 내 독서에 따르면, 1929년 비비앙 포스텔 뒤 마와 잔 카뉘도, 이 두 사람이 〈폴라리스〉라는 단체를 결성하는데, 이게 바로 〈세계의 제왕〉 신화 모티프에서 힌트를 얻은 것이랍니다. 그런데 이들이 시나키즘에 대해 이야기를 하고 있어요. 요지는, 자본주의의 이윤에 대항해서 사회주의적 복지 체제를 강화시키고, 협동조합 운동을 통해서 계급 투쟁을 배제하는 겁니다. 공동체와 자유 의지론을 강조하는 일종의 페이비언 사회주의 같습니다. 하지만 유대인 중심의 시나키스트 음모에 관련된 혐의로 〈폴라리스〉와 아일랜드 페이비안주의 단체의 구성원들이 당국에 고발된 사태에 주의할 필요가 있어요. 누가 고발했는지 아시오? 바로 『국제 비밀 결사 협회보』랍니다. 바로 유대인-프리메이슨-볼셰비키의 음모를 폭로하던 잡지 아닌가요? 이 잡지의 협력자들 대부분은, 극우 비밀 결사인 〈라 사피니에르〉에 속해 있어요. 이 단체의 주장에 따르면, 혁명을 획책하는 모든 정치 단체는 은비학자들의 사랑방에서 조직된, 악랄한 악마주의자들의 전위 단체인 겁니다. 그렇다면 결국 생티브 달베드르는 개혁파 단체의 원조를 발진시킨 셈이고, 오늘날의 우익 단체는 이걸 뭉뚱그려 민주주의-금권주의-사회주의-유대주의 사상 계열의 하부 조직으로 보는 거라 생각할 수 있겠지요. 무솔리니도 이렇게 보았어요. 그런데 문제는, 개혁파를 은비주의자들과 연관시킬 이유가 무엇이냐는 겁니다. 피카트릭스 클럽의 예만 들어도 알 수 있지만, 내 짧은 지식으로 미루어 볼 때 은비주의자들은 노동자들의 정치 운동에 하등의 관심도 나타내고 있지 않아요.」

「소크라테스여, 내가 봐도 그렇습니다. 그래서요?」

「소크라테스의 지혜가 있으면 얼마나 좋겠소만…… 이야기는 이제부터가 중요합니다. 이 문제에 관한 글은 읽으면 읽을수록 그만큼 더 헷갈려요. 좌우지간 1940년대에는 다양한 형태의 자가 발전식 시나키즘 단체들이 우후죽순처럼 생겨납니다. 이들의 주장에 따르면 당파를 초월해서 몇몇 현명한 과두 체제 지도자들에게 유럽의 새 질서를 맡기자는 것이지요. 그런데 이런 주장이 어디로 수렴되었는지 아시지요? 바로 나치 부역자들의 정권인 비시 정권이었답니다. 박사는 내가 틀렸다고 하고 싶지요? 과두 체제는 좌익이 아니라 우익이라고 하시겠지요? 하지만 내 말 조금만 더 들으세요. 여기까지 읽으니까 시나키스트들의 주장에 한 가지 공통되는 주제가 있더란 말입니다. 무엇인고 하니, 시나키는 지금도 존재

179

하고, 지금도 막후에서 세계를 지배하고 있다는 겁니다. 그러나…… 바로 여기에서 〈그러나〉가 됩니다…….」

「그러나?」

「그러나 1937년 1월 24일, 프리메이슨 단원 겸 〈마르탱주의자〉(나는 막연하게 무슨 비밀 결사단원이라는 것만 알 뿐, 이 마르탱주의자가 뭔지 자세하게는 모릅니다)이자, 모스크바 은행장을 거쳐 인민 전선의 경제 고문으로 활동 중이었던 드미트리 나바신이라는 자가 자칭 〈전국 혁명 행동대〉라고 하는 비밀 조직에 의해 암살당합니다. 무솔리니의 자금을 받고 있던 이 비밀 조직은 〈라 카굴[覆面團]〉이라는 이름으로 더 잘 알려져 있었어요. 당시 알려진 바에 따르면, 〈라 카굴〉은 모종의 시나키 단체의 비호를 받고 있었는데, 나바신은 바로 이 비밀에 접근하다가 살해당했다는 겁니다. 좌익 단체의 기록을 읽어 보면, 프랑스가 독일군에 패배하고 점령당한 것은 당시 시나키스트들의 협약 때문이었다는 겁니다. 즉, 포르투갈식 파시즘을 지향하는 밀약이 사전에 맺어져 있었다는 것이죠. 그런데 뒷날 이 협약은 뒤 마와 카뉘도에 의해 초안된 것으로 드러나지요. 이 협약의 기본 정신은 이 두 사람이 출판물을 통해 펼치던 주장이 고스란히 반영된 것이라고 하지요. 말하자면 비밀이고 자시고 할 것이 없었던 겁니다. 그런데 이런 정치 이념이 1946년 무슨 극비 사항인 것처럼 위송이라는 사람에 의해 발표됩니다. 위송은 『시나키, 그 25년에 걸친 극비 활동의 개요』라는 책을 통해 좌익 혁명적인 시나키 협정을 비난하고 나선 겁니다. 위송은 이 책을 가명으로 출판했는데, 가만 있자, 가명이 뭐더라. 그래요, 〈조프루아 드 샤르네〉였어요.」

「얼씨구. 샤르네는, 성전 기사단 총수였던 몰레의 친구였어요. 둘 다 화형을 당했지요. 그러니까 신 성전 기사단이 우익 쪽에서 시나키즘을 공격한 것이군요. 하지만 시나키는 성전 기사단의 은서지인 아가르타에서 성립된 정치 이념인데요?」

「내가 뭐랍디까? 유감스럽게도 조금 더 헷갈리게 만들어서 그렇지 박사는 벌써 내게 단서를 주고 있잖아요. 어쨌든 우익에서는 좌익의 시나키적 협정이 사회주의적인 데다가 밀약이라며 비난하고 있어요. 사실은 전혀 밀약이 아니었는데 말이지요. 박사도 잘 아시다시피 이 협정은 좌익 쪽에서도 비난을 받았던 협정이니까요. 그런데 여기에서 새로운 사실들이 폭로됩니다. 즉 시나키는 제3공화국을 와해시키기 위한 예수회 교단의 공작이라는 겁니다. 좌익에 속하는 로제 멘베의 논문을 통해 나온 주장입니다. 그만하면 밤잠을 안 설쳐도 될까 싶었는데, 이번에는 1943년 한 비시 군벌(페탱 파에 속하기는 해도 반나치 성향이 강한)이 유포시킨 자료에 대한 이야기를 접하게 되었죠. 그 자료의 내용이 뭔고 하니, 시나키는 곧 나치의 음모라는 것이고, 히틀러는, 독일 제국의 건설에 동참하기 위해 유대-볼셰비키 음모로부터 손을 뗀 프리메이슨의 영향을 받은 장미 십자단원이라는 겁니다.」

「그렇다면 이제 밤잠을 설치지 않아도 되겠군요?」

「그랬다면 얼마나 좋겠소만, 여기에서 끝나지 않아요. 시나키는 국제 기술 만능주의자 단체가 꾸민 음모라는 것이오. 1960년에 출판된 빌마레스트의『5월 13일의 14번째 비밀』의 주장입니다. 빌마레스트에 따르면, 이 기술 만능-시나키스트 단체가 각국 정부를 교란시키기 위해 전쟁을 일으키고,

181

쿠데타를 지원하고, 정당 내의 분열을 조장하고, 각 단체 간의 분열을 획책한다는 겁니다. 자, 이런 시나키스트들이 누구인지 아시겠지요?」

「기가 막히는군요. 이건 〈붉은 여단〉이 몇 년 전까지 떠벌리던 〈다국적 제국주의 국가〉 이론 아닌가요?」

「정답입니다. 자, 형편이 이런데 만일에 데 안젤리스 경위가 또 다른 곳에서 시나키가 언급되어 있는 것을 본다면 어떻게 하면 좋겠소? 데 안젤리스 경위가 성전 기사단 전문가인 카소봉 박사에게 조언을 구하는 겁니다.」

「카소봉 박사의 대답은 이렇습니다. 이 세상에는, 전 세계에 분파를 거느린 비밀 결사가 존재하는 것은 사실이라는 것, 그리고 그 비밀 결사의 목적이 전 세계에다 세계 규모의 음모가 존재한다는 소문을 유포하는 것 또한 사실이라는 것입니다.」

「농담이 아니에요, 나는 —」「나도 농담하고 있는 게 아닙니다. 한번 오셔서 마누치오로 들어오는 원고를 좀 읽어 보시지요. 진부한 설명이라도 좋다면 내가 한번 설명해 보지요. 이런 원고가 난무하는 사태는, 말을 더듬는 사람이, 방송국에서 당원증이 없다고 자기를 써주지 않더라고 불평하는 사태와 다를 것이 없습니다. 사람들에게는 실패의 책임을 다른 데 전가하려는 경향이 있고 독재자들에게는 언제나 추종자들을 단합시키는 데 필요한 외부의 적을 찾는 경향이 있답니다. 복잡한 문제일수록 간단한 해결책이 있다는 이야기가 맞아요. 그런데 그 해결책이라는 것이 잘못됐다는 겁니다.」

「그러면, 내가 만일에 기차에서 시나키 선전 전단에 싸인 폭탄을 발견한다면, 이걸 복잡한 문제의 간단한 해결 방안이라고 해도 되겠소?」

「무슨 소립니까? 그런 폭탄을 발견하기라도…… 미안합니다. 이러는 게 아닌데. 이건 내 소관이 아니니까요. 하지만 내게 이런 내 소관 밖의 이야기를 하는 이유가 궁금하군요?」

「박사는 아무래도 나보다 더 많이 아실 것 같아서 물은 것이오. 그런데 박사조차 줄거리를 제대로 잡고 있지 못하다는 걸 확인하면 마음이 좀 편해질 것 같아서 물은 것인지도 모르겠어요. 박사는, 한 트럭이나 되는 미치광이들의 원고를 밑도 끝도 없이 읽어야 하는 걸 시간 낭비라고 했소만, 나는 달라요. 〈당신들〉의 미치광이 — 여기서 〈당신들〉이란 경찰이 아닌 사람을 뜻하오. 하여튼 내게는 미치광이들의 원고도 중요한 참고 자료가 된답니다. 미치광이들이 쓴 원고가 어쩌면 기차에다 폭탄을 장치하는 사람의 사고방식을 설명해 줄 수 있을지도 모르니까. 박사는 경찰에 정보를 제공하는 게 두렵소?」

「전혀. 더구나 목록을 보고 자료를 찾는 게 내 일입니다. 그럴싸한 정보가 있으면 경위님을 염두에 두지요.」

경위는 자리에서 일어나면서 마지막으로 질문을 던졌다. 「혹시 원고 중에…… 〈트레스〉에 관한 언급은 없습디까?」

「그게 뭡니까?」

「나도 모르겠어요. 무슨 조직의 이름이겠지요. 이런 조직이 있는지 없는지 그조차 모르겠어요. 어디선가 주워들은 것뿐입니다. 박사의 그 미치광이들과 무슨 관계가 있을지도 모른다는 생각이 들어서요. 벨보 박사에게 안부를 전해 주시오. 그리고 나는 두 분 중 어느 분도 요주의 인물로 찍고 있지 않더라는 말도 전해 주시오. 사실 말이지만 경찰관, 이거 못 해먹을 직업이오. 그런데 문제는 나는 이걸 즐기고 있단 말이야.」

집으로 돌아오면서 나는, 오늘의 승자는 누구인가, 이런 생각을 해 보았다. 데 안젤리스는 많은 이야기를 했지만 나는 그에게 아무 말도 하지 않은 셈이었다. 의심하기로 들면, 경위는 나도 모르는 사이에 나에게서 많은 정보를 캐내었을 거라는 의심도 가능하기는 했다. 그러나 그러기가 싫었다. 의심만 하다 보면 나도 모르는 사이에 시나키 음모와 같은 신경증에 걸릴 수도 있으니까.

내가 그날 있었던 일을 이야기하자 리아는 이런 말을 했다. 「내가 보기에 경위는 딴 뜻이 없었던 것 같네. 그 양반은 그저 그 복잡한 사연을 한차례 털어놓고 싶었던 데 지나지 않았을 거야. 경찰청에서, 잔 카뉘도가 좌익이냐, 우익이냐 해봐야 누가 귀를 기울일 것 같아? 어림도 없는 얘기지. 그러니까 경위는, 자기가 이 복잡한 문제를 제대로 이해하지 못하는 것이 자기 머리가 나빠서 그런지, 아니면 시나키라는 게 너무 어려운 것이어서 그런지 그걸 한번 확인하고 싶었던 거지. 당신은 그런 사람에게 단 하나의 진정한 대답을 해주지 못한 셈이고.」

「단 하나의 진정한 대답?」

「물론. 이해하고 자시고 할 것도 없다. 시나키는 곧 하느님이다. 이거면 명쾌한 대답이 되었겠지.」

「하느님?」

「그래요. 인류는, 이 세계가 우연히, 혹은 누군가의 착오로, 말하자면 의지가 없는 사원소(四元素)가 미끌미끌한 고속도로에서 서로 부딪치는 바람에 창조되었다는 사실을 받아들일 수 없는 거라고. 따라서 하느님, 천사, 악마 같은 것들이 등장하는 우주적인 음모가 필요한 거지. 시나키는 규모가 작다 뿐이지, 같은 음모 역할을 하는 거랍니다.」

「그렇다면, 사람들은 하느님을 찾느라고 기차에다 폭탄을 장치했다고 대답할 걸 그랬군?」

「안 될 것도 없지.」

54

암흑의 제왕은 점잖은 신사다.
— 셰익스피어, 『리어 왕』, 제3막, 제4장

가을이었다. 어느 날 아침, 마르케제 구알디가에 있는 마누치오에 들렀다. 외국에서 천연색 도판을 수입하려면 가라몬드 사장의 결재가 필요했기 때문이었다. 알리에는 그라치아 양의 방에서 마누치오 필자들의 원고를 검토하고 있었다. 나는 사장과의 약속 시간도 있고 해서 알리에에게는 인사도 하지 않고 바로 사장실로 들어갔다.

결재가 끝나자 나는 가라몬드 사장에게, 알리에가 비서실에 웬일이냐고 물어보았다.

가라몬드 사장은 이런 얘기를 했다. 「그 양반 천재야, 천재. 정말 비상해. 예리하고 박식하고. 며칠 전, 필자들과의 만찬이 있어서 이 양반을 모시고 갔더니 덕분에 내가 다 빛이 납디다. 그 화술하며, 풍채하며. 구식 신사, 아니 귀족이라고 하는 편이 낫겠소. 요즘에는 도통 볼 수 없는 스타일이지. 그 박식이며 그 교양. 아니, 박식이나 교양 정도가 아니라, 아주 정보통이라고 하는 게 좋겠소. 한 세기 전 사람들의 일화를 들려주는데, 어찌나 거침이 없는지 흡사 개인적으로 교우하던 사람 이야기하듯 합디다. 돌아오는 차 속에서 뭐라고 한지 아시오? 앉아서 〈너울 벗은 이시스〉의 필자를 기다릴 게 아니라는 거라. 필자들에게 제작 비용을 감당할 의사가 있는지 없는지도 모르는 상태에서 원고를 읽고 있다는 것은 시간 낭비라는 거요. 그 양반의 말에 따르면 지난 20년 동안 마누치오에서 책을 낸 필자 명단이야말로 우리의 금광이라는 거요. 그 금광을 뒤적거리면서 우리 쪽에서 제안하자는 아이디어지. 무슨 말인지 알겠지요? 우리 쪽에서, 오래전에 전성기를 구가하던 필자들, 혹은 팔리고 남은 우리 재고를 몽땅 사들인 적이 있는 필자들에게 편지를 내는 겁니다. 선생님, 금번 본사가 예지와 전통과 고도의 정신성을 표방하는 시리즈를 기획하고 있다는 사실을 아시는지요. 박학하시고 정세(精細)하신 선생님께서 이 *Terra incognita*(미지의 세계)에 뛰어드시는 데 흥미가 있으시면, 〈어쩌고 저쩌고〉. 천재예요, 천재. 이번 일요일에 무슨 집회가 있는데, 우리 모두 함께 가자고 합디다. 성이라던가, 요새라던가 아니, 토리노에 있는 무슨 별장이라고 합디다. 굉장한 일이 거기에서 벌어질 거라더군요. 무슨 의식이라던가 제사라던데. 거기에서 누군가 연금(鍊金) 아니면 연은(鍊銀) 시범을 보인답니다. 카소봉, 당신이 남다른 정열로 몰두하고 있는 과학도 내 물론 존중하오만, 이런 세계도 한번 들여다보아야 하오. 아, 그것은 그렇고 나는 당신이 하고 있는 일에도 지극히 만족하고 있소. 그리고 그 돈 문제 잊지 않고 있으니까, 곧 처리합시다. 알리에 말로는, 그 아름다운 아가씨도 그리 올 거라고 했는데. 아름다운 아가씨라는 말에 어폐가 있으면 매력적인 아가씨라고 합시다. 눈이 특히 그랬으니까. 벨보의 친구라지요, 이름이 뭐였죠?」

「로렌차 펠레그리니라고 합니다.」

「그래요. 그것은 그렇고, 우리의 벨보와는 어떤 관계요?」

「좋은 친구 사이인 모양입니다만.」

「역시 신사다운 대답. 역시 카소봉이오. 내가 이렇게 궁금 해하는 것은 늙은이의 호기심을 채우려고 그러는 게 아니라 당신네들이 모두 내 아들 같아서…… *A la guerre comme à la guerre*(우리 모두 최선을 다하기로 한 만큼, 잘해 보자), 뭐 이런 뜻으로 하는 말이오. 잘 가시오.」

벨보는, 알리에가 토리노 인근의 어떤 산장으로 우리를 초대했다고 말했다. 그것도 두 군데나 우리를 데려간다는 것이었다. 우리는, 초저녁에는 대부호인 장미 십자단원의 저택에서 벌어지는 파티에 참석하게 되어 있는데, 이 파티가 끝나면 알리에는 우리를 거기에서 몇 킬로미터 떨어진 곳으로 데려간다는 것이었다.

「한밤중에 열린다니까. 모르기는 하지만 무슨 드루이드 의식 같은 것이겠지.」 벨보는 잠깐 생각을 가다듬고는 덧붙였다. 「그렇지 않아도 어디 가서 우리끼리 머리를 모으고 금속사 편집 문제를 좀 의논했으면 좋겠다고 생각하던 참이었네. 여기에서는 다른 일 때문에 자꾸 밀리고 있거든. 그렇다면 토요일에 떠나는 게 어떨까? 토요일에 떠나 내가 어릴 때 살던집에서 며칠을 보내는 게. 아름다운 곳이고, 특히 그곳 구릉지는 며칠 할애할 가치가 넉넉히 있을 것이네만. 디오탈레비가 갈 것이고, 로렌차도 갈 것 같네. 원한다면 당신도 누구랑동행해도 좋아.」

벨보는 내가 누군가와 동거하고 있다는 것만 알 뿐 개인적으로는 리아를 알지 못했다. 나는 혼자 가겠다고 했다. 리아와는 며칠 전에 다툰 일이 있었다. 별것 아니어서 며칠 지나면 서로 잊어버릴 만한 것이었다. 차제에 나는 며칠 밀라노를 떠나 있고 싶었다.

가라몬드 출판사의 삼총사와 로렌차 펠레그리니는 이렇게 해서 〈모처(某處)〉로 떠났다. 그런데 출발부터 긴장의 연속이었다. 모두 자동차에 오르려는데 로렌차가 이런 말을 했다. 「아무래도 나는 남는 게 좋겠어요. 그래야 세 분이 조용하게 일을 할 수 있을 테니까요. 뒤에 시몬과 함께 합류하죠, 뭐.」

벨보는 팔짱 긴 두 팔을 운전대 위에 올려 놓은 채 전방을 응시하면서 나지막한 소리로 말했다. 「타!」 로렌차가 차에 올랐다. 로렌차는 조수석에 앉은 채, 자동차가 달릴 동안 시종 벨보의 목덜미를 쓰다듬었다. 벨보는 아무 말 없이 운전만 했다.

벨보에 따르면 〈모처〉는, 전쟁 때 보던 모습 그대로였다. 달라진 것이 있다면 집집이 좀 낡은 것과 젊은이들이 도시로 떠나 버려 농사가 사양 산업이 되어 있는 것 정도라고 벨보는 설명했다. 그는 잡초로 덮여 있는 언덕을 가리키면서, 전에는 누런 곡식이 넘실대던 땅이었다고 했다. 벨보가 살았다는 구릉 발치의 모롱이를 돌자 읍내가 보였다. 읍내 너머로는 옅은 안개에 묻힌 몬페라토 평야가 보였다. 자동차가 구릉을 오르고 있었을 때 벨보는 반대편의 민둥산 꼭대기를 가리켰다. 민둥산 위에는 성당이, 두 그루 소나무를 양쪽으로 끼고 서 있었다. 「브리코산이야. 자네들에게야 저 성당이 그저 아무것도 아닌 평범한 성당으로 보일 테지. 우리는 부활절 다음 날의 안젤로 축일에는 도시락을 싸가지고 저 산으로 올라가고는 했네. 자동차로는 5분이면 오를 저 산을 우리 어릴 때는 걸어서 오르면서 순례자 기분을 내고는 했다네.」

55

내가 극장이라고 부르는 것은, 희극이나 비극이 무대에 오르는 공회당에서처럼, 모든 행위, 모든 언어와 사고 작용, 특정한 주제가 무대에 오르는 곳을 말한다.
— 로버트 플러드, 『소우주와 대우주의 역사(兩宇宙史)』, 제2권, 제2장, 제1절. 오펜하임(?), 1620(?), p. 55.

이윽고 저택에 도착했다. 저택이라기보다는 1층에 널찍한 창고가 있는 농가였다. 그 창고야말로 카를로 백부를 민병대에 고발한 호전적인 소작인 아델리노 카네파가 코바소 농장 포도원에서 수확한 포도로 포도주를 빚던 곳이었다. 그 이후로는 내내 비어 있었던 것 같았다.

거기에서 좀 떨어진 초라한 농가에는 아델리노 카네파의 숙모만 생존해 있었다. 벨보는, 카네파의 숙모는 아주 나이가 많은 노파로, 조그만 채마밭을 가꾸고 닭 몇 마리와 돼지 한 마리를 친다고 했다. 카를로 백부 내외나 카네파 내외는 벌써 세상을 떠난 지 오래인데도 노파만은 백수(白壽)하고 있는 셈이었다. 농토는, 상속세 납부와 부채 청산 때문에 벌써 남의 손으로 넘어간 뒤였다. 벨보는 노파가 사는 초라한 농가의 문을 두드렸다. 이윽고 문을 열고 나타난 노파는 이모저모를 한참 뜯어본 다음에야 벨보를 알아보고 유난을 떨면서 안으로 들어오기를 청했다. 그러나 벨보는 노파를 껴안아 진정시킨 뒤에 그 자리에서 돌아섰다.

우리는 저택으로 들어갔다. 로렌차는 계단과 복도와, 고가

구가 놓인 컴컴한 방을 들여다보고는 환성을 올렸다. 여느 때도 그렇듯이 벨보는 이 정도는 별것 아니라는 듯한 반응을 보였고, 누구에게나 그 사람만의 〈타라〉[1]가 있는 법이라고 이야기할 뿐이었다. 그럼에도 로렌차와 우리의 반응에 기분이 좋아진 듯했다. 그는, 이따금씩 그 저택을 찾지만 자주 오는 편은 아니라면서 이런 말을 했다.

「일하기 아주 좋은 곳일세. 벽이 아주 두꺼워서 여름에는 시원하고 겨울에는 냉기를 막아 주거든. 게다가 난로도 곳곳에 놓여 있네. 피난민으로 이 집에 더부살이했던 만큼 당연한 일이지만 우리 식구는 복도 끝에 있는 방 두 개만을 썼네. 지금은 백부 방이나 백모 방도 다 차지하고 이렇게 쓸 수 있지만. 나는 일할 때는 여기 카를로 백부의 서재를 쓴다네.」서재에는, 양쪽을 접을 수 있는 책상이 하나 있었다. 위는 종이한 장을 겨우 올려 놓을 수 있으리만치 좁았으나 조그만 서랍이 무수히 달려 있었다. 밖으로 보이는 서랍도 있지만, 보이지 않는 서랍도 많다고 벨보는 말했다. 「여기에 아불라피아를 놓을 수는 없지만, 이따금씩 와서 써보면 컴퓨터로 쓰기보다는 어린 시절처럼 손으로 쓰는 게 좋더라고.」웅장한 벽장을 가리키면서 그가 말을 이었다. 「내가 죽거든, 잊지들 말게, 나의 〈유베닐리아(초기 작품집)〉는 여기에 있다는걸. 열여섯 살 때 쓴 시, 열여덟 살 때 쓴 여섯 권짜리 대하소설의초고 등등…….」

「봐요, 어디 좀 봐요.」로렌차가 한바탕 박수를 치고는, 부러 고양이처럼 가만가만 벽장으로 다가가면서 소리쳤다.

---

1 『바람과 함께 사라지다』에 등장하는 스칼렛 오하라의 고향 저택과 농장.

「동작 그만! 볼 것도 없다고. 나도 이제는 안 보는걸. 나는 죽은 다음에는 여기 와서 이걸 모두 태워 버릴 생각이야.」

「이 집에 귀신도 있었으면 좋겠는데.」

「지금은 있어. 카를로 백부가 살아 있을 당시에는 없었어. 귀신 대신에 재미만 있었거든. 목가적이지? 내가 여기에 더러 오는 것도 목가적인 분위기가 좋아서야. 골짜기의 개 짖는 소리를 들으면서 일하는 거, 굉장하지.」

그는 우리에게, 우리 차지가 되는 방을 보여 주었다. 이건 디오탈레비의 방, 이건 카소봉의 방, 이건 로렌차의 방. 로렌차는 제 방을 둘러보고는 낡은 침대와 침대 커버를 만져 보고, 홑이불 냄새를 맡아 보고는, 라벤더 향이 나는 것으로 보아 자기 할머니의 이야기에 등장하던 방 같다고 했다. 벨보는 라벤더 향기가 아니라 곰팡이 냄새라고 했다. 「무슨 냄새가 되었든.」 로렌차는 벽에 기대 서서, 핀볼을 할 때 그러듯이 엉덩이를 앞으로 비죽이 내밀면서 물었다. 「여기서 나 혼자 자나요?」

벨보는 먼산바라기를 하다가 눈길을 우리 쪽으로 잠깐 돌리더니 다시 먼산바라기로 바꾸었다. 그러고는 그 방에서 나갈 채비를 하면서 말했다. 「그건 나중에 얘기하자고. 얘기가 어떻게 돌아가든, 원한다면 당신 혼자 오붓이 이 방으로 피난해도 좋아.」 디오탈레비와 나는 그 방을 나왔다. 뒤에서 로렌차의 음성이 들려왔다. 「왜 그래요? 내가 창피한 거예요?」 「이 방을 안 주었으면, 잘 방 주지 않는다고 또 투정을 부렸을 테지. 어쨌든 나는 선수를 쳤으니까 알아서 택하라고.」 벨보의 음성. 「이런 터키인 빰칠 꾀보 같으니. 뭐라고 하든 나는 여기 이 조그맣고 예쁜 방에서 잘 거야.」 로렌차의 목소리.

「자고 싶은 데서 자라고. 우리는 일 때문에 온 사람들이야. 테라스로 나가자고.」 벨보의 짜증 섞인 목소리였다.

우리는 담쟁이덩굴에 덮인 널찍한 테라스에서 일을 시작했다. 나가 보니 벌써 시원한 음료수와 커피가 넉넉하게 준비되어 있었다. 알코올은 저녁때까지는 금지되어 있었다.

테라스에서는 브리코산이 보였다. 산 밑으로, 운동장과 축구장이 딸린 수수한 건물이 보였다. 운동장과 축구장에는 색색 가지 옷을 입은 사람들이 우글거렸다. 내가 보기에는 애들 같았다. 「살레지오 교구 교회라네. 돈 티코 사제가 우리에게 악기를 가르치던 곳이야. 악단을 만들어서.」

문득 꿈에 그리던 트럼펫이었으나 자의 반 타의 반으로 결국은 포기하지 않을 수 없었다던 벨보의 말이 생각났다. 그래서 벨보에게 물어보았다. 「트럼펫이었나요, 클라리넷이었나요?」

벨보는 잠깐 기가 막힌다는 눈치를 보이더니 말했다. 「아니, 당신이 그걸 어떻게 알아. 응, 그래, 당신에게 꿈 이야기를 했지…… 트럼펫 꿈. 돈 티코 사제에게는 트럼펫을 배웠지만 막상 악단에서는 봄바르돈을 불었지.」

「봄바르돈이 뭐죠?」

「그런 게 있었네. 일이나 하세.」

그러나 일을 시작하고도 나는 벨보가 자주 그 교구 교회 쪽으로 시선을 돌리고는 한다는 걸 알았다. 벨보가, 교구 교회를 곁눈질할 핑계로 동네 이야기를 꺼낸다는 인상을 받았을 정도였다. 가령, 그는 토론하는 도중인데도 불구하고 이런 이야기를 곁들이기도 했다.

「종전 무렵 저 아래에서 치열한 총격전이 있었네. 그 직전
까지만 해도 여기 이 〈모처〉에서는 파시스트와 빨치산 사이
에 모종의 묵계가 이루어져 있었지. 그래서 2년 내리 빨치산
이 봄만 되면 산에서 내려와 마을을 점령해도 파시스트는 멀
찍이 떨어져서 구경만 할 뿐 개입을 하지 않았네. 파시스트는
이 근동(近洞) 출신이 아니었지만 빨치산 대원들은 전부 이
동네 토박이들이었거든. 싸움이 벌어질 경우 빨치산 대원의
기동성은 참으로 놀라웠네. 옥수수 밭이든, 숲이든, 산울타리
든 손금 보듯이 훤히 보고 있었거든. 파시스트 군대는 시내에
진치고 있다가 이따금씩 기습 공격이나 하는 정도였네. 겨울
철이 되자 빨치산 대원들은 평야에 있기가 점점 어려워지게
되었네. 은폐물이나 엄폐물이 없는 데가다 눈이라도 쌓여 있
을라치면 1킬로미터 떨어진 기관총좌에서도 빨치산의 움직
임을 읽고 기관총질을 해대고는 했거든. 그래서 빨치산은 높
은 산으로 올랐네. 산에 있는 산길, 동굴, 은신처도 빨치산 대
원들은 손금 보듯 훤했을 테지. 빨치산 대원들이 산으로 오르
자 파시스트들이 나타나 평야 지역을 장악했네. 하지만 그때
가 종전 전야였을 거라. 파시스트들은 그때까지, 아무래도 시
내에 마지막 공격이 있을 거라고 전전긍긍하면서 평야 지대
에 머물고 있었네. 실제로 4월 25일에는 이들의 우려가 현실
이 되고 말았지만. 나는 파시스트와 빨치산 사이에 모종의 연
락이 있었을 것으로 믿네. 빨치산은, 조만간 모종의 결정적인
사태가 터질 것을 감지하고는 충돌을 피하느라고 산악 지대
에 그냥 숨어 있었거든. 밤이 되자 〈라디오 런던〉은 고무적인
뉴스를 날렸네. 프랑키 부대를 향해 띄우는 듯한 암호 방송은

날이 갈수록 노골화되고 그만큼 빈번해졌네. 가령, 내일 또 비가 오겠다. 피에트로 아저씨는 빵을 가져왔다. 이런 식이었지. 디오탈레비 자네는 아마 이런 방송을 들었을 것이네. 그런데 빨치산과 파시스트의 상호 연락에 모종의 차질이 생겼나 봐. 파시스트가 후퇴하기도 전에 빨치산이 산에서 내려와 버린 것이지.

어느 날 테라스에 나가 있던 내 누이가 집 안으로 들어오더니 밖에서 두 사람이 총을 가지고 숨바꼭질을 하고 있다는 거라. 우리는 그저 그런가 보다 했지. 어느 편이 되었든 시간도 보낼 겸 총 가지고 장난하는 애들에 불과했으니까. 언젠가는 실제로 군인 둘이 총으로 장난하다가 총이 발사되는 바람에 총알이 집 진입로의 나무 둥치에 박힌 적도 있거든. 내 누이는 아무것도 모르는 채 바로 그 나무 둥치에 기대 서 있었지. 하지만 마을 사람들은 내 누이가 기대 서 있는 나무 둥치에 총알이 박히는 걸 보고는 누이에게, 총 든 사람이 얼쩡거리면 집 안으로 들어가야 한다고 단단히 타이른 걸세. 그러니까 내 누이는 자기가 말을 얼마나 잘 듣는지 자랑한답시고 군인들이 총을 들고 얼쩡거리자 집 안으로 뛰어들어와 군인들이 총을 가지고 숨바꼭질을 한다고 소리쳤던 거네. 누이가 들어온 직후에 첫 번째 총성이 울리더니 이어서 두 번째, 세 번째. 급기야는 치열한 총격전이 벌어지는 거라. 산탄총 소리, 다르륵거리는 자동 소총 소리, 수류탄 터지는 소리인 듯한 둔탁한 소리도 들렸네. 급기야는 기관총 소리까지 들리더군. 그제야 우리는 더 이상 장난이 아니라는 걸 알았지. 하지만 장난이라거니 아니라거니 입씨름할 수가 없었네. 총소리 때문에 우리 목소리는 서로의 귀에 들리지도 않았거든. 땅땅,

196

콰쾅, 따르륵따르륵. 나, 내 누이, 우리 어머니는 개수대 아래 엎드려 있었네. 그때 카를로 백부가 복도를 기어오더니 우리가 적에게 너무 노출되어 있으니까 자기네 방으로 가야 한댔어. 카테리나 숙모는 울고 있더군. 할머니가 출타 중이라면서.」

「그때가, 할머니가 십자 포화를 피해 밭에 엎드렸다는 바로 그때군요?」

「당신이 그걸 어떻게 아나?」

「73년, 시위가 있던 날, 시위 끝난 뒤에 그 이야길 하셨잖아요?」

「세상에! 기억력 하나 끝내 주는군. 당신과 있을 때는 누구든 말조심하는 게 좋겠어. 맞아. 하지만 우리 아버지 역시 출타 중이었네. 나중에 알게 되었는데, 아버지는 시내에 있는 어느 집 복도에 피해 있다가, 양쪽에서 총을 쏴 대고 특히 〈검은 여단〉의 경기관총 사수들이 광장을 뒤지고 다니던 터라 밖으로 나올 수가 없더래. 그 복도에는 마침 그 직전에 시장을 지낸 파시스트도 있었는데, 그 양반은 모퉁이 하나만 돌아 나가면 자기 집이라면서 나가겠다고 부득부득 우기더라는군. 그러고는 총소리가 잠시 뜸해진 틈을 타서 복도를 뛰쳐나가 길모퉁이를 돌아 나가더니 총탄을 맞고 쓰러지더라는 거라. 우리 아버지는, 1차 세계 대전 경험도 있고 해서, 그대로 복도에 피신해 있는 게 상책이라는 생각이 들더라는군.」

「말하자면 이곳이야말로 달콤한 추억의 명소로군그래.」 디오탈레비의 말이었다.

「믿어지지 않겠지만, 〈달콤하다〉는 말은 사실이네. 내가 기억하는 것은 대충 이런 것들뿐이야.」

다른 사람들은 벨보의 말뜻을 이해하지 못했다. 그러나 나는 어렴풋이 이해할 것 같았다. 이제 나는 분명하게 안다. 몇 달간이나 〈악마 연구가들〉이 지어낸 허위의 바다를 항해하고 있던 그에게, 세상에 대한 자신의 환멸을 소설이라는 허구로 포장하고 있던 그에게, 〈모처〉에서 보낸 시절은 희귀하게 명징한 시대였다. 맞든 피하든 총알은 총알이었고, 검은 제복과 붉은 제복으로 구분되는 두 적대 세력도 그 정체가 분명했다. 그것은 명징했다. 만일에 그것이 명징한 것이 아니었다고 해도 적어도 그에게만은 그렇게 보였다. 〈시체는 시체〉라는 것은, 곧 〈시체는 시체〉라는 것이지 여기에 다른 어떤 관념의 장난은 개입할 수 없었다. 그 당시에는 아르덴티 대령처럼 슬그머니 사라져 버리는 사람도 없었다. 나는 그에게, 당시 우리들 사이로 살금살금 파고들던 시나키 이야기를 해야 할 것 같았다. 카를로 백부와 몽고의 만남도, 서로 적대 세력권에 속하면서도 기사도라는 동일한 이념 아래 한 덩어리가 되었으니 결국은 그 역시 시나키가 아니겠느냐고. 그러나 나는 하지 않았다. 나는 벨보한테서 벨보의 〈콩브레〉[2]를 빼앗고 싶지 않았다. 그 시대 추억이 그에게 〈달콤〉했던 것은, 바로 그 추억이 그가 알던 유일한 진실을 곡진하게 들려주고 있었기 때문이었다. 그가 세상의 온갖 사물을 회의하게 된 것은 뒷날의 일이었다. 그러나 그가 나에게 암시했듯이, 이 진실의 시대에도 그는 여전한 방관자였다. 그는 타인의 추억이 탄생하는 것, 타인의 역사가 탄생하는 것, 혹은 수많은 역사적 사

---

2 마르셀 프루스트의 소설 『잃어버린 시간을 찾아서』에 나오는 마을 이름. 주인공 마르셀이 행복한 여름휴가를 보낸 곳으로 기억하는, 할머니 댁이 있는 시골 마을.

건이 탄생하는 것을 목격한 것에 지나지 않으니까. 결국 그 역사는 그의 손으로 쓰일 수도 없는 그런 역사였다.

그에게도 영광과 선택의 순간이라는 게 있기는 있었던 것일까? 그가 이런 말을 덧붙였기에 하는 말이다. 「내 평생, 딱 한 번 당당하게 영웅 흉내를 내어 본 것도 그날이야.」

「어머, 존 웨인 아저씨, 그게 뭐야?」 로렌차가 물었다.

「별것 아니야. 식구들이 백부의 권유에 못 이겨 백부 방으로 옮겨 가기는 했지만 나는 복도에 다다라서는 자리에서 일어나겠다고 고집을 부렸어. 우리가 있던 곳이 2층이고, 또 우리 있던 곳에서 창문은 조금 떨어져 있었거든. 그러니까 총알이 벽을 치고 들어오지 않는 한 무사할 것 같았어. 총탄이 빗발치듯이 쏟아지는 전장 한가운데 우뚝 선 대장 기분이 들더라고. 그런데 백부는 화를 내면서 나를 자기 방으로 끌고 들어가는 거라. 한창 즐기려는 판국에 끌려가게 되었으니 얼마나 화가 나? 그래서 마악 울음을 터뜨리는 참인데 세 발의 총소리와, 유리창이 부서지는 소리와 함께 뭔가가 튀는 소리가 나더군. 누군가가 복도에서 정구를 치고 있는 것 같더라고. 결국 총알이 유리창을 뚫고 들어와, 송수관을 스치고는, 조금 전까지 내가 서 있던 바로 그 복도 바닥에 박힌 거야. 내가 그 자리에 있었더라면 틀림없이 크게 다쳤을 거야. 모르기는 하지만.」

「다행이네요. 불구자라도 되었으면 나는 어떡해.」 로렌차가 말했다.

「차라리 불구자가 되는 게 나았는지도 모르지.」 벨보가 중얼거렸다.

그러나 중요한 것은, 그 경우도 스스로 선택했던 것이 아니라는 점이다. 결국 백부에게 몸을 맡기고 끌려갔으니까.

한 시간쯤 지났을까, 벨보가 다시 일손을 멈추었다. 「그러고 있는 참인데 아델리노 카네파가 2층으로 올라오더군. 아무래도 1층 창고가 더 안전할 것 같다면서. 당시 카네파는 백부와 몇 년 동안 말도 않고 지내던 사이였어. 그런데 다급해지니까 인간으로 돌아온 거지. 백부는 카네파에게 악수까지 청하더군. 우리는 컴컴한 창고로 내려가 한 시간쯤 숨어 있었을 거라. 창고 안에서는 술 냄새가 코를 찌르고 바깥에서 총소리가 연신 들리고. 정신이 없더라고. 한참 그러고 있으니까 총소리가 뜸해지더군. 어느 한쪽이 쫓기는 모양이라고 생각하고 있는 참인데 작은 길목으로 뚫린 유리창을 통해 지독한 사투리가 들려오는 거야. 〈Monssu, i'è d'la repubblica bele si?〉」
「그게 무슨 뜻이에요?」 로렌차가 물었다.
「대충 〈여보세요, 미안하지만 여기에 아직도 이탈리아 사회 공화국 지지자가 있는지 알려 주실 수 있어요〉, 이런 뜻이야. 〈공화국〉이란 단어는 당시로서는 큰 욕이었어. 빨치산이, 유리창을 통해 바깥을 내다보는 사람들에게 물었던 거지. 우리는 그제야 파시스트가 쫓겨 갔다는 걸 알았어. 그때 이미 날은 어두워져 있었는데, 얼마 뒤에 할머니와 아버지가 돌아와서는 각자의 무용담을 들려주었고, 어머니와 카테리나 백모는 저녁 준비를 했고, 백부와 카네파는 절교 상태로 되돌아갔고. 저녁 내내 산속에서 총소리가 들려오더군. 빨치산들이 파시스트 패잔병을 쫓고 있었던 거야. 결국 우리가 이겼던 거지.」
로렌차가 벨보의 이마에 입을 맞추었다. 벨보는 코를 찡그렸다. 그는 자기가 점수를 땄다는 걸 알았지만 파시스트의 도움 없이는 그것도 불가능했을지 모른다는 것 또한 알았다. 벨보의 이야기는 한 편의 영화 같았다. 한순간이나마 그는 송수관을 맞고 되튀는 총탄을 무릅쓰고 영화의 화면 속으로 들어간 셈이었다. 그러나 한순간이었다. 그나마 도망치면서. 실제로 「헬자포핀」에 그런 장면이 있다. 이 영화는 두 개의 영화를 합성한 것인데, 말을 탄 인디언이 무도회장으로 뛰어들어, 놈들이 어디로 갔느냐고 묻는다. 춤을 추던 사람들 중 하나가, 〈저쪽〉이라고 대답하면 인디언은 말을 달려 다른 이야기 속으로 섞여 들어간다.

56

그가 번쩍거리는 나팔을 힘차게 불자 온 산이 울렸다.
— 요한 발렌틴 안드레아이, 『크리스티안 로젠크로이츠의 화학적 결혼』, 스트라
스부르, 체츠너, 1616, 1, p. 4

우리는 〈금속의 경이로운 모험〉에서, 수압관(水壓管)의 경
이로움을 설명하는 장(章)에 이르러 있었다. 이 장에는 헤론
의 『스피리탈리아』에서 복사해 낸 16세기 동판화가 들어가
게 되어 있었다. 이 동판화는 어떤 제단을 그린 것으로 이 제
단에는 증기의 힘으로 나팔을 울리게 하는 장치가 있었다.

나는 나팔 그림을 본 김에 벨보에게 다시 옛날이야기를 졸
랐다. 「돈 티코 브라헤[1]였나, 누구였나, 그 양반 이야기는 어떻
게 되었습니까? 트럼펫을 가르쳐 주었다는 사람 말입니다.」

「돈 티코 브라헤가 아니라 그냥 〈돈 티코〉였다네. 나는 〈티
코〉가 그 양반의 성인지 이름인지 그것도 몰라. 그 뒤로 교구
회당으로는 돌아가지 않았으니까. 처음 교구 회당에도 우연
히 갔어. 교구 회당에서는 미사에도 참례하고, 교리 문답도
하고, 갖가지 시합도 하고 그랬지. 시합에 이기면 돈 티코 사
제는 현자 도메니코 성인이 그려진 카드를 주고는 했네. 도메
니코 성인 기억나나? 헐렁한 바지 차림을 하고, 돈 보스코 성

---

1 독일의 천문학자. 케플러의 스승.

인의 성상에 매달려 있는 젊은 성자? 또래 아이들의 지저분한 농담은 들은 척도 않고 하늘을 우러러보고 있던 성자. 그 전에 나는 이미 돈 티코 사제가 열 살에서 열네 살에 이르는 사내애들을 뽑아 악대를 만들었다는 걸 알고 있었네. 어린것들은 장난감 클라리넷, 횡적(橫笛), 소프라노 색소폰을 불었고, 나이가 좀 든 축은 튜바와 베이스 드럼을 연주하고 그랬지. 제복도 있었어. 카키색 윗도리, 파란 바지, 그리고 각모(角帽). 얼마나 멋져 보이던지. 나도 거기에 들고 싶더군. 그런데 돈 티코 사제는 마침 봄바르돈 연주자가 하나 필요하다는 거야.」

벨보는 우쭐대는 듯한 표정을 지었다. 그러고는 우리가 진작에 다 알고 있는 걸 되풀이하는 듯한 어조로 얘기를 계속했다. 「봄바르돈은 튜바의 일종이자 E플랫 장조의 베이스 호른이야. 악대 중에서 가장 인기도 멋대가리도 없는 악기였지. 대개는 그저 〈붐빠, 붐빠〉 하는 게 고작이었고 박자가 바뀌어봐야 〈바빠, 바빠〉 정도였거든. 배우기도 쉬웠어. 금관족(金管族)에 속하는 악기여서, 트럼펫과는 주법도 비슷해. 트럼펫을 불자면 폐활량도 커야 하고, 입술을 마우스피스에다 잘 붙일 줄 알아야 하고 〈앙부쉬르〉도 생겨야 하는데…… 앙부쉬르 알아? 루이 암스트롱의 윗입술에 굳은살 같은 거 생겨 있는 걸 봤지? 입술을 마우스피스에 잘 붙여야 소리도 맑고 깨끗해지고, 숨소리도 새어 나가지 않게 돼. 중요한 건 뺨을 부풀리지 않아야 한다는 거야. 트럼펫 불 때마다 뺨을 부풀리는 연주자는 영화나 만화나 뉴올리언스 사창가의 연주자밖에 없어.」

「트럼펫은 어떻게 되었느냐니까요.」

「트럼펫은 독습했네. 한여름 오후, 애들이 교구 회당을 다 빠져 나가면 조그만 극장의 좌석 사이에 숨어서 트럼펫을 연습하고는 했네……. 하지만 내가 트럼펫을 배우기로 작정한 것은 일종의 연애 감정 때문이었어. 교구 회당에서 한 1킬로미터쯤 떨어진 데 있는 조그만 별장 보이지? 저 집이 당시 살레지오 회 후원회장의 딸 체칠리아가 살던 집이네. 국경일에 교구 회당 운동장에서 행진이 있은 뒤나, 특히 극장에서 아마추어 극단이 공연하기 전에 악단의 연주가 있을 때면 후원회장인 어머니와 체칠리아는 맨 앞줄의 귀빈석, 성당의 주임 사제 옆자리에 앉고는 했네. 극장의 공연도 대개의 경우 악단의 〈힘찬 출발〉 연주와 함께 시작되고는 했네. 그런데 바로 이 곡이 B플랫의 트럼펫 연주와 함께 시작되었네. 트럼펫 연주자들은 이때를 대비해서 금빛 은빛 트럼펫을 번쩍번쩍 광이 나게 닦았고. 트럼펫 연주자들이 일어서서 연주를 하다가 앉으면 나머지 악단이 연주를 시작했지. 내가 보기에, 체칠리아의 관심을 끌기 위해서는 트럼펫을 부는 수밖에 없더라고.」

「그 수밖에 없었다고요?」 로렌차가 감동한 목소리로 물었다.

「다른 방법이 없었어. 첫째, 나는 열세 살인데 체칠리아는 열세 살 반이었어. 여자는 열세 살 반이면 벌써 반은 여자나 다름이 없는데, 남자 열세 살은 여전히 코찔찔이 아냐? 게다가 체칠리아는 벌써 앨토 색소폰을 부는, 이름이 〈파피〉 뭣이던가, 내 눈에는 지저분하기 짝이 없는 녀석을 좋아했던 모양이야. 체칠리아는, 능청스럽게 몸을 흔들어 대면서 색소폰으로 염소 소리를 내는 그 녀석만 보는 것 같더라고. 색소폰이라는 것도 오넷 콜먼이 불 때라야 색소폰이지, 악대의 일부가 되어, 그것도 쥐포수 같은 파피가 붙었으니 염소 우는 소리가 날 수밖에. 술에 취한 채 고객을 꾀는 패션모델이라면 그런 소리를 낼 거라, 아마…….」

「당신이 패션모델이 손님 꾀는 소리를 어떻게 알았어요?」

「하여튼, 체칠리아의 안중에는, 나 같은 건 있지도 않았어. 나는 체칠리아와 함께 하룻밤에도 몇 개씩의 성을 쌓기도 하고 허물기도 했는데 말이야. 저녁마다 농장으로 우유를 가지러 가느라고 산을 오를 때면 체칠리아를 모델로 멋진 이야기를 꾸미고는 했지. 체칠리아는 〈검은 여단〉에 납치되고, 나는 총탄이 휙휙 내 귀를 스쳐 밀 짚단에 팍팍 박히는 걸 무릅쓰고 체칠리아를 구하러 달려가고, 이윽고 체칠리아에게, 체칠리아로서는 상상도 못할 나의 정체를 털어놓는다. 나는 지금까지 숨겨 왔지만, 사실은 몬페라토 전 지역의 레지스탕스를 지휘해 온 사람이다. 그러면 체칠리아는 당신 같은 사람이 몬페라토 지역 레지스탕스를 지휘해 주기를 진심으로 소원해 왔다는 걸 고백하고, 그 순간이 되면 내 온몸의 핏줄이라는 핏줄은 꿀 같은 죄의식의 홍수가 자르르 흐르는 것 같았지. 오해하지 말라고. 음경이 축축해졌다는 뜻이 아니야. 그보다 훨씬 장엄하고 훨씬 굉장한 느낌이었어. 그러다가 집으로 돌아가서는 고해성사를 하곤 했지……. 나는 죄악, 사랑, 영광이라는 게 바로 이런 것이라고 믿었어. 침대보로 밧줄을 만들어 타고 게슈타포 본부를 빠져 나오는 동안 여자는 나에게 매달린 채, 꿈에 그리던 순간이라고 속삭이는. 중요한 것은 바로 이런 장엄한 순간들이라고. 나머지는 섹스, 짝짓기, 종족 보존을 위한 짓거리에 지나지 않아. 요컨대, 내가 트럼펫 파트로 옮겨 가기만 하면 체칠리아는 나를 무시하지 못할 거라는 생각이 들더군. 번쩍거리는 트럼펫을 들고 벌떡 일어서 있을 동안, 색소폰 주자는 초라한 행색을 하고 제자리에 앉아 꼼지락거리고 있을 테니까. 트럼펫 소리는 호전적이고, 천사적이고, 묵시적이고, 의기양양하지. 공격 개시를 알리는 소리인 거지. 그거에 비하면 색소폰 소리는 머리카락에다 기름을 발라 넘긴 꾀죄죄한 빈민가 건달이 땀내 나는 가난뱅이 아가씨와 춤추는 데 반주나 하는 악기 아닌가. 나는 죽어라고 트럼펫을 연습한 다음 돈 티코 사제에게 달려가 내 솜씨를 보여 주었다. 브로드웨이에서 진 켈리와 시험 흥행을 하던 오스카 레반트가 내 기분이었을 거라. 돈 티코 사제 왈.〈그래, 네 솜씨는 훌륭하다, 그런데 문제는……〉」

「아이고 아슬아슬해라. 사람 조마조마하게 만들지 말고 시원시원하게 계속해요.」

「내 봄바르돈을 대신 불어 줄 아이가 있어야 한다는 거야. 그러면서 나더러 어떻게 좀 해보라더군. 나섰지. 당시 내가 살던〈모처〉의 마을에는 지지리도 못난 내 동급생이 둘 있었는데, 나이는 나보다 두 살씩이나 많았어. 두 살씩 많은데도 동급생이었으니 지적 수준이 어느 정도였는지 짐작되겠지. 한 녀석의 이름은 아니발레 칸탈라메사, 또 한 녀석은 피오보. 별표 찍고. 역사적 사실임.」

「그건 또 무슨 소리예요?」로렌차가 물었다.

벨보를 대신해서 내가 슬며시 설명해 주었다.「살가리에게는 모험 소설에다 실화나, 자기가 실화라고 생각하는 사건을 이야기에 삽입할 때마다, 꼭 별표를 찍고 각주를 다는 버릇이 있었는데, 그 이야기예요. 가령《리틀 빅혼》전투 직후 인디언 추장《시팅 불》은 인디언 사냥꾼인 카스터 장군의 심장을 먹었다〉는 역사적 사실을 인용할 경우, 별표(*)를 찍고, 〈역사적 사실〉이라는 각주를 달았던 거죠.」

「암. 그 두 얼간이의 이름이 각각 아니발레 칸탈라메사와 피오 보였다는 건 역사적 사실이라고. 하지만 기막힌 건 그뿐이 아니네. 녀석들 지독한 좀도둑이기도 했어. 잡지 가판대에서 만화를 훔치지를 않나, 수집 취미가 있는 애들이 신주처럼 모시던 탄피를 훔치지를 않나. 당시 나에게는 크리스마스 선물로 받은 바다 이야기를 다룬 호화 장정 동화책이 있었는데, 두 녀석 중 하나는 학교로 가져온 기름투성이의 살라미 샌드위치를 그 위에다 올려 놓고 먹더라고. 그 정도였어. 칸탈라메사는 자칭 공산주의자, 보는 자칭 파시스트였지만, 웬걸, 새총 한 자루면 180도로 돌려 세우는 것도 언제든지 가능했지. 어디에서 주워들은 어설픈 해부학 지식을 토대로 정력 자랑을 하는가 하면 전날 수음한 횟수를 겨루는 그런 녀석들이었어. 추어올리면 무슨 일이든 할 녀석들인데 잘만 요리하면 봄바르돈인들 마다할 것 같지 않았지. 그래서 꾀기로 했어. 악대부 제복 자랑도 해주고 실제로 연주회도 구경시켜 주고. 잘만 하면 성모 마리아의 딸들을 애인으로 차지할 수도 있다는 등. 끌려들 수밖에. 며칠을 극장으로 데려가 연습을 시켰지. 『선교 지침』이라는 소책자에서 본 대로 막대기를 하나 준비해 가지고 있다가 박자를 놓칠 때마다 손등을 때려 주기도 하면서. 봄바르돈은 키가 세 개밖에 없어. 문제는, 조금 전에도 말했지만, 마우스피스와 입술을 밀착시키는 방법이야. 애들 훈련시킨 얘기는 길게 않겠어. 오후에 낮잠도 설쳐 가면서 극장에서 연습한 끝에 드디어 애들을 돈 티코 사제에게 선보이는 날이 왔지. 완벽하지는 않지만 그런대로 괜찮더군.

돈 티코 사제도 그런대로 괜찮겠다면서 애들에게는 제복을 내주고 나보고는 트럼펫 파트로 옮겨 가라고 하더라고. 그로부터 일주일 뒤, 성모 마리아 승천 축제가 열리고, 연극 〈그들은 파리를 구경해야 했다〉가 무대에 오르게 되었지. 막이 오르기 직전 우리 악대는 관중들 앞에서 공연해야 했고.」

「신나는 순간이었겠군요. 체칠리아는요?」 로렌차가 부러 질투하는 표정까지 지어 보이면서 물었다.

「거기에 없더군. 아팠을지도 몰라. 모르겠어. 어쨌든 체칠리아는 있어야 할 자리에 없었어.」

벨보는 눈꼬리를 올리고 청중인 우리의 반응을 살폈다. 그럴 때의 그는 영락없는 음유 시인, 아니면 광대 같았다. 계산된 침묵 끝에 그가 말을 이었다. 「이틀 뒤 돈 티코 사제가 부르기에 가봤더니, 아니발레 칸탈라메사와 피오 보 때문에 공연은 엉망이 되고 말았다고 펄쩍펄쩍 뛰는 거야. 박자를 못맞춘 것은 고사하고, 봄바르돈 파트가 연주하지 않고 있을 때는 객석을 두리번거리지를 않나, 저희들끼리 장난을 하고 있지 않나. 그러는 것은 좋은데, 봄바르돈 파트가 들어와야 하는데도 제 박자를 찾아 들어오지 못하더라는 거야. 돈 티코 사제 왈 〈봄바르돈은 악대의 중추이자, 리듬의 기본이며, 악대의 혼 같은 것이다. 악대를 양치는 일에다 견주자면, 악기는 양 떼, 악장은 목자, 봄바르돈은 양 떼를 지키는 사납고 충실한 개 같은 것이다. 악장이 맨 먼저 찾는 것은 바로 봄바르돈이다. 봄바르돈만 제대로 좇아온다면 양 떼는 봄바르돈을 좇아오기 마련인 게다. 야코포야, 이런 부탁을 해서 미안하다만, 희생정신을 한번 발휘해 줘야겠다. 봄바르돈으로 되돌아가 다오. 너의 박자 감각은 탁월하다. 그러니까 나를 대신해서 다른 두 애들의 박자를 이끌어 주어라. 내 약속하거니와, 두 애들이 제대로 하게 되면 너를 트럼펫 파트로 옮겨 주마.〉 돈 티코 사제 덕분에 악대부원이 되었는데 못하겠다고 할 수 있어? 그러겠다고 했지. 다음 축일 때 트럼펫 주자들은, 다시 그 자리에 나타난 체칠리아 앞에서 벌떡 일어나 〈힘찬 출발〉의 첫 소절을 불더군. 나는 사람들 눈에는 띄지도 않는 컴컴한 구석 자리에서 봄바르돈 파트의 일원으로 봄바르돈을 불었고. 그 두 녀석? 끝내 봄바르돈을 제대로 불지 못했어. 그러니 나도 트럼펫 파트로 되돌아갈 수 없었고……. 전쟁이 끝나고 나는 내가 살던 도시로 되돌아가는 바람에 음악이니 금관족 악기니 하는 것과는 영영 이별을 했어. 체칠리아의 성이 뭔지도 결국 알아내지 못했고.」

「가엾어라. 하지만 내가 있잖아요?」 로렌차가 뒤에서 그를 껴안으면서 속삭였다.

「당신은 색소폰을 좋아하는 줄 알았는데.」 벨보는 이러면서 돌아서서 로렌차의 손에 입을 맞추고는, 진지한 말투로 우리를 채근했다. 「일들 합시다. 우리가 여기에 있는 건 미래의 이야기를 창조하기 위해서이지 과거를 추억하기 위해서는 아니니까.」

그날 밤에는 금주령이 해제된 걸 서로 자축했다. 야코포 벨보는 그날 낮의 그 애수에 찬 표정을 벗어 버리고 디오탈레비와 되지도 않은 기계 이야기를 하느라고 열을 올렸다. 두 사람이, 발명하겠다고 열을 올리는 기계는 벌써 발명이 끝난 기계가 대부분이었다. 하루를 힘들게 보내고 자정이 되었다. 바야흐로 구릉지 저택에서 자는 희한한 경험을 하게 될 터였다.

내 침대보는 오후에 내가 만져 보았을 때보다 더 눅눅했다.

야코포 벨보는 우리에게, 〈신부(神父)〉라는 걸 써야 할 거라고 했다. 〈신부〉라고 하는 것은, 침대보를 들어 올리고 그 사이에다 조그만 잿불 화로를 넣게 되어 있는 타원형 틀이었다. 그는 어떻게 하든지 우리가 전원생활의 기쁨을 마음껏 맛볼 수 있도록 이런저런 잔걱정을 여간 세심하게 하는 것이 아니었다. 그러나 습기가 심할 경우, 이 구식 난방 기구는 눅눅한 것을 더 눅눅하게 하는 법. 따뜻한 것은 좋은데, 침대보의 습기는 좀체 가시지 않았다. 이런 빌어먹을! 나는 일어나서 불을 켰다. 주름갓이 달린 등이었다. 시인들이 자주 이런 광경을 노래하거니와, 하루살이가 무수히 날아들어 등을 맴돌다가 타죽고는 했다. 나는 잠을 청하느라고 신문을 읽기로 했다.

한두 시간이 지났다. 복도를 오가는 발소리, 문을 여닫는 소리가 들렸다. 그러다 마지막으로 누가 문을 요란하게 닫는 소리. 로렌차가 벨보를 자극하려고 하는 것이 분명했다.

마악 잠이 들려는 참인데, 무엇인가가 내 문을 긁는 소리가 들려왔다. 짐승이라고 잘라 말할 형편이 아니었다. 낮 동안 둘러보았지만 그 집에는 개나 고양이 같은 동물이 있는 것 같지 않았다. 문득 그 긁는 소리가, 일종의 유혹, 요청, 혹은 함정 같다는 인상을 받았다. 벨보가 자기를 감시하고 있는 걸 잘 알고 로렌차가 그런 짓을 하고 있었을 가능성이 있었다. 물론 아닐 수도 있었다. 그때까지만 해도 나는, 로렌차는 벨보의 여자다, 이렇게 간주하고 있었다. 게다가 나에게는 리아가 있었던 만큼 다른 여자에게 관심을 가질 처지도 아니기는 했다. 로렌차가 사무실에서든 술집에서든 벨보를 놀려 먹을 때마다, 동지나 증인을 찾는 듯이, 내 쪽으로 은밀한 시선, 공모의 시선을 던지고는 했지만 나는 로렌차의 그런 시선을

장난의 일부이거니 여겨 오던 참이었다. 확실히 로렌차에게
는, 상대가 어떤 남성이 되었든 그의 성적인 역량에 도전하는
듯한 눈길을 던지는 기이한 재능이 있었다. 〈당신을 원해. 당
신이 얼마나 겁쟁이인지 어디 볼까……〉 이렇게 말하는 듯한
이상하게 도전적인 눈길. 그날 밤 손톱으로 내 문을 긁는 소
리를 듣는 순간부터 나는 기이한 느낌에 시달렸다. 그것은 욕
망이었다. 나는 로렌차를 바라고 있었던 것임에 분명했다.

　나는 머리를 베개 밑에 파묻고 리아를 생각했다. 나는 나
자신에게 이런 다짐을 했다. 리아와 나 사이에 아이가 생겼으
면 좋겠다. 딸이 되었든 아들이 되었든, 숨만 제대로 쉬면 그
때부터 트럼펫을 가르쳤으면 좋겠다.

57

세 그루의 나무마다 한 개씩 등이 걸려 있었고, 역시 푸른 옷을 입은 아름다운 처녀가 눈부신 횃불을 들고 거기에다 불을 붙였다. 나는 필요 이상으로 오래 그 근처를 서성거리면서 더할 나위 없이 아름다운 그 광경을 완상했다.
— 요한 발렌틴 안드레아이, 『크리스티안 로젠크로이츠의 화학적 결혼』, 스트라스부르, 체츠너, 1616, 2, p. 21

정오가 가까워지자 로렌차가 화사한 웃음을 띤 채 테라스로 나와, 열두 시 반에 〈모처〉에 서는 멋진 기차가 있는데, 한 번만 갈아타면 오후에는 밀라노에 당도할 수 있다고 말했다. 그러니까 우리에게, 누가 되었든 자기를 역까지만 태워다 달라는 것이었다.

벨보는 검토하던 자료에서 눈도 떼지 않고 말했다. 「알리에 역시 당신을 기다리고 있는 걸로 아는데? 이건 내 생각인데, 알리에가 이 회동을 주선한 건 전적으로 당신을 위해서였을 거라.」

「그건 알리에의 사정이죠. 누가 날 태워다 주시겠어요?」 로렌차가 쏘는 소리를 했다.

벨보가 일어나면서 우리에게 말했다. 「잠깐이면 될 걸세. 바로 되짚어 올 테니까. 두어 시간 여기에서 일을 더 하자고. 로렌차, 가방은 챙겼어?」

역까지 가면서 두 사람이 이야기를 나누었는지는 모르겠다. 약 20분 뒤에 돌아온 벨보는 두 사람 사이에 있었던 일에 대해서는 일언반구도 않는 채 일을 계속했다.

오후 2시, 우리는 시장 광장에서 좋은 음식점을 찾아낼 수 있었다. 벨보는 음식을 주문하고 포도주를 시키고 나니 힘이 생기는지 어린 시절 이야기를 계속했다. 그러나 그의 말투를 보아, 흡사 남의 자서전을 인용하는 것 같았다. 전날의 입담은 어디론가 사라지고 없었다. 식사가 끝난 뒤 우리는 알리에와 가라몬드 사장과 회동하기 위해 자리에서 일어났다.

벨보가 남서쪽으로 차를 몰아가는 동안, 도로변 풍경이 조금씩 바뀌었다. 늦가을인데도 〈모처〉의 구릉지 풍경은 부드럽고 향토적인 데 견주어 우리가 자동차를 달리면서 만나는 풍경은 지평선이 넓어지고, 모퉁이를 돌 때마다 봉우리가 높아졌다. 봉우리 위로는 간간이 마을도 나타나고는 했다. 끝없는 원경(遠景)이었다. 〈다리엔 지협(地峽)이 따로 없군.〉 단애와 단애 사이로 지평선을 바라보면서 디오탈레비가 촌평했다. 우리는 기어를 3단으로 바꾸어 끝없이 펼쳐지는 산등성이를 올랐는데, 고원 끝의 산에는 이미 겨울 안개가 뽀얗게 끼어 있었다. 산속으로 들어왔는데도 여전히 구릉진 평야에 있는 기분이었다. 흡사 솜씨도 없는 조물주가 지나치게 높다고 여겨지는 산을 찌그러뜨리고 이걸 질척하게 반죽해서 바다에 이르기까지, 아니면 험악하고 고집스러운 산의 사면에 이르기까지 꾹꾹 눌러 놓은 것 같았다.

우리는 미리 약속해 둔 마을에 이르러, 동네 광장의 카페에서 기다리던 알리에와 가라몬드 사장을 만났다. 알리에는, 로렌차가 동행하지 않은 것이 매우 섭섭했을 터인데도 그런 내색은 하지 않았다. 「우리 멋쟁이 아가씨께서는 남모르는 사람들 앞에서 자신의 신비가 적나라하게 드러나는 이 밀교

213

의 의식에는 참가하고 싶지 않았던가 보군요. 그것이 바로 내가 높이 평가하는 절제의 미덕이라는 것이지요.」 이 말뿐이었다.

우리는 목적지로 향했다. 가라몬드 사장의 메르세데스벤츠가 앞서고 벨보의 르노가 뒤를 따랐다. 해가 질 무렵에야 언덕 위에 서 있는 노란 건물의 전경이 우리 눈에 들어왔다. 건물은 18세기의 저택 같았다. 날이 추웠는데도 테라스에는 꽃이 피어 있었다.

언덕의 기슭에는 수많은 자동차가 주차되어 있는 넓은 공터가 있었다. 「여기에서 내려서, 걸어 올라가야 합니다.」 알리에가 말했다.

날이 저물면서 어둠이 내렸다. 오르막길 가에는 무수한 횃불이 있어서 우리 발아래를 비춰 주고 있었다.

세상에 희한한 일도 다 있지. 그날 거기에 이르고부터 밤중까지 있었던 일에 관한 한 내 기억은 또렷하면서도 뒤죽박죽이다. 이틀 전 파리의 전망경실에서도 나는 이때 일을 떠올렸다. 그러고는 그날의 기억과 전망경실에서의 경험이 지극히 유사한 것을 깨달았다. 전망경실에서 나는 이런 생각을 하고 있었던 것 같다. 그래. 너는 지금 여기, 썩어 가는 나무 냄새에 취한 채 지극히 초자연적인 상황을 만나고 있다. 너는 지금 무덤 속에, 혹은 선복(船腹) 안에 갇힌 채로 변신의 순간을 상상하고 있다. 전망경실 바깥을 내다보기만 하면 어둠 속으로, 오늘 낮에만 하더라도 정지하고 있던 온갖 물체가 지금은 마법의 향연(香燃) 속을 엘레우시스의 망령들처럼 흐느적거리는 광경이 보일 것이다. 그날 그 저택에서의 경험도 이와 유사했다. 횃불 빛, 산길에 대한 놀라움, 내가 들은 말, 그리고 향내. 이 모든 것이 어쩌면 그렇게도 꿈을 꾸고 있다는 느낌을 지어내게 하는지. 꿈은 꿈이되 비몽사몽간에 꾸는 꿈 꾸고 있는 꿈.

아무것도 기억하지 못해야 하는데도, 반대로 모든 것을 나는 기억한다. 마치 내가 경험했던 것처럼이 아니라, 마치 누군가가 나에게 이야기한 듯이 말이다.

내가 뜻밖에도 또렷하게 기억하는 이런 일들은 실제로 일어났던 것인지, 아니면 일어나기를 바랐던 것인지 그것은 나도 모르겠다. 그러나 우리가 그 〈계획〉을 마음에 떠올린 것이 바로 그날 밤이었던 것만은 분명하다. 우리는, 형상이 없는 것에 형상을 부여하고, 사람들이 현실이 되기를 바라던 환상을 환상의 실재로 변용시키고 싶다는 욕망에 쫓긴 나머지 그런 계획을 염두에 두게 되었던 것 같다.

산길을 올라가면서 알리에가 우리에게 이런 말을 했다. 「이 길을 오르는 것부터가 벌써 하나의 의례랍니다. 이건 실제로 저 위대한 장미 십자단 시대에 하이델베르크, 다시 말해서 선거후(選擧侯) 프리드리히 5세를 위해 살로몽 드 코가 고안했던 가공원(架空園)과 똑같거나 거의 같습니다. 조명이 어둡지요? 어두워야 합니다. 왜냐? 보기보다는 느껴야 하니까. 이 집 주인은 살로몽 드 코의 설계를 그대로 재현한 것이 아니라 좁은 공간에 집약시킨 것입니다. 그러니까 하이델베르크 선거후가 대우주를 형상화한 것에 견주어 이 집 주인은 소우주를 모방한 것이지요. 저 로카이유 양식의 동굴을 보세요. 천연 동굴이 아니라 장식 동굴입니다. 그러나 살로몽 드 코는, 산호가 철인의 돌[化金石]로 등장하는 미하엘 마이어의

『발 빠른 아탈란테』의 상징을 염두에 두었던 것임에 분명합
니다. 배열의 전체적인 형식이 우주의 조화를 본뜨고 있는 것
으로 보아 살로몽 드 코는 가공원의 형상이 천계에 영향을
미칠 수 있다는 걸 알았던 것임에 분명합니다.」

「놀랍군요. 하지만 가공원이 어떻게 천계의 행성에 영향을
미칠 수가 있습니까?」 가라몬드 사장이 물었다.

「기호 중에는 서로를 끌어당기는 기호도 있고, 서로 응시
하는 기호도 있고, 서로 껴안는 기호도 있고, 서로의 사랑을
강화하는 기호도 있는 법입니다. 그러나 이런 기호는 특정한,
한정된 형상을 갖지 않습니다. 아니, 가져서는 안 됩니다. 사
람은 자기 혼의 격정이나 충동에 소박하게 순응할 때 초자연
적인 힘을 체험할 수 있어요. 이집트의 상형 문자를 대하던
고대 이집트인들에게도 바로 이런 일이 일어났었지요. 왜냐
하면, 우리 인간과 신들의 교감은 봉인이나 상징이나 기호나
의식을 통하지 않으면 불가능하기 때문입니다. 그렇기에 신
들은 꿈과 신탁을 통해 우리에게 말을 거는 것이고요. 그러니
까 이 가공원이 바로 그런 봉인이요, 상징이요, 기호요, 의식
인 것입니다. 이 테라스의 구석구석이 연금술의 비법을 재현
하고 있습니다만 불행히도 우리는 이것을 읽을 수가 없어요.
이 집 주인도 마찬가지일 것입니다. 오랜 세월 여축(餘蓄)한
재산을, 이제는 자신조차 그 의미를 해독하지 못하는 표의 문
자(表意文字) 체계를 설계하는 데 바친 것으로, 밀교에 귀의
하고자 하는 이 집 주인의 흔치 않은 정열은 사장께서도 읽
을 수 있겠지요.」

우리는 테라스를 하나씩 차례로 지났다. 테라스를 지남에
따라 가공원의 모양도 바뀌었다. 미로의 형상을 한 테라스가

있는가 하면 상징 형상을 하고 있는 테라스도 있었다. 공통된
점이 있다면 어떤 테라스도, 높은 곳에서 내려다보지 않으면
그 전모를 볼 수 없다는 것이었다. 위에서 내려다보니 왕관
모양의 테라스가 보였다. 그 외에도 다양한 모양의 테라스가,
우리가 지나갈 때는 미처 몰랐던 형상을 선보이고 있었다. 그
러나 위에서 내려다본다고 해도 형상의 의미를 알아먹기는
쉽지 않았다. 산울타리 속을 지나면서 볼 때의 형상이 따로
있고, 위에서 볼 때의 형상이 따로 있었다. 심지어는 이 두 경
우의 형상이 정반대로 보일 때도 있었다. 흡사 계단 하나하나
가 각기 다른 언어로 동시에 우리에게 메시지를 전하고 있는
형국이었다.

　꽤 높은 데 오르고 보니 조그만 구조물이 무수하게 눈에
들어왔다. 홍예문 아니면 주랑 같은 구조물 아래에는 남근상
모양의 분수가 서 있었다. 분수대 옆으로는 돌고래를 탄 해신
넵투누스, 설주가 어쩐지 아시리아풍을 연상시키는 문, 무수
한 다각형 위에다 무수한 다각형을 올려 놓은 듯한 이상한
형태의 홍예도 있었다. 이러한 구조물들 위에는 뿔사슴이나
원숭이나 사자 같은 동물상이 올려져 있었다.

　「이 모든 조상에 각기 의미가 있다는 것이지요?」 가라몬
드 사장이 물었다.

　「있다마다요! 피치넬리의 『상징의 세계』만 읽어 봐도 자
명해집니다. 이 책은 공교롭게도 알키아티가 그 놀라운 선견
지명으로 일찍이 출현을 예언했던 책이지요. 이 가공원 전체
는 한 권의 책으로, 혹은 하나의 주문으로 읽힐 수 있는 것이
랍니다. 하기야 책과 주문은 다른 것이 아니지만요. 그 의미
를 감청(感聽)하게 되는 순간 누구든 이 가공원이 하는 말을

알아들을 수 있게 될 테고, 그렇게 되는 사람은 달 아래 있는
이 세상의 측량할 길 없는 권능을 제어할 수 있게 됩니다. 그
러니까 이 가공원은 우주를 다스리는 도구라고 할 수 있는
것이지요.」

　알리에는 우리를 동굴로 안내했다. 해초 더미, 해수(海獸)
의 형해(形骸)가 널려 있었다. 진짜인지 가짜인지 알아보기
어려웠지만 짐작컨대 석고나 돌로 빚은 것 같았다……. 꼬리
에, 성경에 나오는 거대한 괴어(怪魚)처럼 비늘이 난 황소와
그 황소를 껴안고 있는 해정(海精)의 모습이 눈에 들어왔다.
반인 반어(半人反魚)의 해신 트리톤이 항아리 안듯이 안고 있
는 거대한 뿔고둥에서는 물이 쏟아져 나오고 있었는데, 해정
의 조상(彫像)은 바로 그 물에 잠겨 있었다.
　「수력을 이용한 진부한 장난감으로 오해할 것 같아서 이
구조물의 의미는 설명해 드리는 편이 좋겠군요. 살로몽 드 코
는, 용기에 넘치도록 물을 채우고 이것을 뚜껑으로 밀봉하면,
설사 바닥에 구멍을 뚫어도 물이 한 방울도 안 나온다는 걸
알고 있었어요. 물론 뚜껑에도 구멍을 하나 뚫으면 물은 아래
로 쏟아지지만요.」
　「당연하지요. 뚜껑에 뚫린 구멍으로 공기가 들어가 그 기
압으로 물을 아래로 내리 누르니까요.」 내가 그의 말에 참견
했다.
　「과학적인 설명의 전형이군요. 원인을 결과로, 혹은 결과
를 원인으로 오해한 설명이라는 말이오. 문제는 두 번째 경우
에는 왜 물이 쏟아지느냐가 아니라 첫 번째 경우에 왜 쏟아
지지 않느냐, 입니다.」

「그러면 첫 번째 경우에는 왜 물이 쏟아지지 않는 겁니까?」 가라몬드 사장이 열심히 물었다.

「왜냐? 첫 번째 경우에 물이 쏟아져 나오면 용기 안에 진공이 생기거든요. 자연은 진공 상태를 싫어한답니다. *Nequaquam vacum*[공(空)은 존재하지 않는다]이야말로 현대 과학이 망실한 장미 십자단의 근본 원리였던 것입니다.」

「대단합니다. 카소봉. 이걸 우리가 만들고 있는 〈금속의 경이로운 모험〉에다 넣읍시다. 이런 것들을 강조해 줘야 해요. 유념하세요. 물은 금속이 아니라는 말은 하지 마세요. 상상력을 동원해야 할 때니까요.」

가라몬드 사장의 이 말이 끝나기가 무섭게 벨보가 알리에에게 대들었다. 「죄송합니다만, 그 논법은 *post hoc ergo ante hoc*(뒤에 오는 것이 앞에 있는 것의 원인이라는 주장, 다시 말해서 선후를 뒤바꾼 논법)가 아니냐는 겁니다.」

「선형적 사고방식은 곤란하지요. 이 분수의 물도 그렇지 않고, 자연도 그렇지 않습니다. 자연은 시간을 모릅니다. 시간은 서구의 발명품일 뿐입니다.」

올라가면서 다른 손님들과 마주쳤다. 「그래, 하나같이 *facies hermetica*[헤르메스 상(相)]이군.」 벨보가 디오탈레비의 옆구리를 쿡 찌르자 디오탈레비는 알겠다는 듯이 중얼거렸다.

헤르메스 상을 한 순례자들 중에는 길 한쪽으로 비켜선 채 입술에 생색을 내는 듯한, 딱딱한 미소를 띤 살론 씨도 있었다. 내가 고개를 끄덕이자 그 역시 고개를 끄덕였다.

「살론 씨를 아는가요?」 알리에가 나에게 물었다.

「살론 씨를 아시는 모양이군요? 저도, 물론 압니다. 같은 건물에 살았거든요. 살론 씨를 어떻게 생각하십니까?」

「잘은 몰라요. 믿을 만한 친구 하나는 경찰의 끄나풀이라고 하더군.」

그래서 살론이 가라몬드 출판사와 아르덴티 일을 그처럼 소상하게 알고 있었던 것일까? 그렇다면 살론과 데 안젤리스의 정확한 관계는? 그러나 나는 그런 의문은 내색도 않고 알리에에게 이렇게만 물어보았다. 「아니, 이런 잔치에 경찰의 끄나풀에게 무슨 볼일이 있어서요?」

「경찰의 끄나풀이 안 가는 데도 있나요? 경찰 끄나풀의 기밀 보고서 작성에는 온갖 경험이 다 동원되는 법이랍니다. 이들이 경찰 업무에 관한 한, 많이 알면 많이 알수록, 혹은 많이 아는 체하면 많이 아는 체할수록 권력은 그만큼 더 막강해지는 법이오. 그 앎의 대상이 참이냐 아니냐 하는 건 문제도 안 돼요. 중요한 것은 기밀을 갖고 있다는 데 있어요.」

「그렇다면 주최 측에서는 왜 살론 씨를 초대했을까요?」 내가 물었다.

「이 집 주인이 구약 〈지혜서〉의 황금률을 존중하기 때문일 테지요. 오류도, 우리가 알아보지 못할 뿐 어쩌면 진리인지도 모를지니. 그래서 진정한 밀교는 모순을 두려워하지 않아요.」

「그러니까, 모든 모순은 결국 서로 만난다, 이런 말씀이시군요.」

「*Quod ubique, quod ab omnibus et quod semper*(만인이 늘 도달하는 곳)가 바로 거깁니다. 오의(奧義)라는 것은 곧 불후의 철학을 찾아내는 일이지요.」

이런 식으로 만나는 사물을 철학화시키면서 오르다 보니 마지막 테라스이자, 성 또는 저택의 입구까지 펼쳐지는 널따란 뜰 한중간의 오솔길이었다. 산을 오르면서 본 것보다는 조금 큰, 열주(列柱)의 횃불 사이로 보니, 금빛 별이 무수히 찍힌, 푸른 옷차림의 처녀가 서 있었다. 처녀는 손에 나팔을 들고 있었다. 오페라에서 왕의 사자(使者)들이 불곤 하는 그런 나팔이었다. 주일 학교 연극에 등장하는, 화장지 날개를 달고 나온 천사처럼 처녀의 등에도 크고 허연 날개가 달려 있었다. 날개에는 아몬드 모양 그림 한가운데 점이 찍혀서 흡사 사람의 눈 같은 무늬가 무수히 수놓여 있었다.

가라몬드 출판사로 찾아온 적이 있는, 우리 최초의 〈악마 연구가들〉 중 한 명이자 자칭 〈동방 성전 기사단의 반대 세력〉인 카메스트레스 교수도 거기에 와 있었다. 옷차림이 하도 희한해서 우리는 한참 본 뒤에야 어렵사리 그를 알아볼 수 있었다. 카메스트레스 교수는 삼베 토가 차림이었다. 토가 위로 빨간 띠를 앞뒤로 십자로 돌려 허벅지 안쪽으로 감고, 머리에는 장미 네 송이가 달린 17세기풍 모자를 쓰고 있었다. 알리에는, 모임의 성격에 잘 어울리는 차림이라고 했다. 교수는 나팔을 들고 서 있는 처녀 앞에 무릎을 꿇고 무언가 중얼거리고 있었다.

「하늘 땅 사이에 우리가 모르는 일이 아직도 많다더니 참말이었구나.」 가라몬드 사장이 중얼거렸다.

우리는, 제네바 공동묘지를 연상시키는, 층계로 되어 있는 문간을 지났다. 문의 상인방에는 정교한 신고전주의 양식의 우의화와 함께 CONDELEO ET CONGRATULATOR [조의(弔意)와 경하(慶賀)]라는 글귀가 새겨져 있었다.

안에는 꽤 많은 사람들이 생기 있게 움직이고 있었다. 꽤 넓은 홀 한가운데엔 뷔페가 차려져 있었는데 사람들은 주로 그 상을 중심으로 모여 있었다. 홀에는 위층으로 통하는 두 개의 계단이 솟아 있었다. 낯익은 얼굴들이 눈에 띄었다. 그 중에는 브라만티와, 놀랍게도 가라몬드 사장 손에 한차례 농락당한 바 있는 자비 출판 필자 데 구베르나티스도 끼어 있었다. 데 구베르나티스가 사장에게 농락당했다고는 하나 아직 그의 걸작이 펄프가 되는 단계까지 가지는 않아서인지, 가라몬드 사장을 보고는 아부를 아끼지 않았다. 알리에에게 차례로 인사를 건네는 사람 중에는, 눈빛이 형형하고 체수가 작은 사람이 유난히 눈에 띄었다. 강한 프랑스 억양을 쓰는 것으로 보아, 알리에의 집 가죽 커튼 뒤에서 마술을 쓴다고 브라만티를 비난하던 피에르임에 분명했다.

나도 뷔페 상으로 다가갔다. 생긴 것만으로는 정체를 알 수 없는, 색색의 음료가 담긴 주전자가 나란히 놓여 있었다. 나는 포도주 비슷한, 노란 음료를 컵에다 따라 마셨다. 오래된 레시피에 따라 만든 코디얼 맛이 도는, 과히 나쁘지 않은 음료였고 무엇보다도 알코올 성분이 섞여 있는 것만은 분명했다. 어쩌면 마약 비슷한 게 섞여 있었는지도 모르겠다. 마신 직후부터 머리가 어지러웠다. 내 주위로 무수한 헤르메스 상, 은퇴한 지방 관리들의 근엄한 얼굴이 우글거렸다. 이들이 나누는 대화도 간간이 내 귀에 들려왔다.

「첫 단계에 들어가면 먼저 나와 남들의 마음 사이를 오가던 일체의 대화를 단절시켜야 한다. 두 번째 단계에 이르면 생각과 이미지를 인간 이외의 존재에게 투사할 수 있게 되고,

처해 있는 장소에 정서적 영기(靈氣)를 이입시킬 수 있게 되며, 동물계를 제어하는 힘을 획득하게 된다. 세 번째 단계에서는 자신과 동일한 존재를 다른 곳에 출몰시킬 수 있는데 이것은 요가 행자들의 이른바 이중 현현(二重顯現)이라고 하는 것이다. 말하자면 각기 다른 두 곳에 각기 다른 모습으로 동시에 나타날 수 있게 되는 것이다. 그다음으로 식물의 뜻까지 짐작할 수 있는 초감각을 체득하는 단계를 지나면 지령(地靈)의 힘을 빌려 한곳에서 사라져 다른 곳에, 온전한 모습으로, 원래의 모습과 하나도 다를 것이 없는 모습으로 나타나는 것도 가능해진다. 마지막 단계는 수명 연장술인데…….」

「영생 불사술은 아니고?」

「단번에 그럴 순 없지.」

「당신의 수준은?」

「정신의 수양과 집중을 요하는 것이라 힘들어. 이 사람아, 내가 어디 혈기방장한 20대 청년이던가?」

일행을 다시 찾았다. 모서리가 둥그렇고 벽이 하얀 방으로 들어가는 참이었다. 방 안에는 두 개의 밀랍상이 서 있었다. 파리에 있는 그레뱅 밀랍 인형관을 연상시켰지만 내 뇌리에 언뜻 떠오르는 것은 리우의 〈텐다 지 움반다〉에서 본 제단이었다. 세퀸처럼 반짝이는 의상을 입힌 등신대 밀랍 인형이었다. 유치한 장식 때문인지 중고품 할인 판매장에서나 볼 법한 인형 같았다. 옥좌에 앉은 한 밀랍 인형은, 모조 다이아몬드가 박힌 티 하나 없는, 혹은 거의 없는 옷을 입고 있었다. 여인상 머리 위로는 철사에 매달린 채, 30년대에 유행하던 렌치사(社)의 펠트 제품으로 만든 듯한 정체불명의 장식이 출렁거리고 있었다. 한 구석에는 확성기가 있었다. 가브리엘리의 음악인 듯한 양질의 트럼펫 연주가 아득하게 들려왔다. 음향 효과 쪽이 시각 디자인보다 질적으로 다소 나아 보였다. 오른쪽에 있는 또 하나의 밀랍 인형은 진홍 공단 옷 위로 하얀 띠를 매고 있었다. 머리에는 월계관이 올려져 있었다. 두 번째 밀랍 인형이 손에 들고 있는 것은 금박을 입힌 천칭이었다. 알리에는 상징의 다양한 의미를 설명해 주고 있었지만 나는 그의 말에 주의를 집중시킬 수 없었다. 감탄과 감동이 복잡하게 어린 표정을 하고 이미지와 이미지 사이를 돌아다니며 나누는 손님들의 표정이 나에게는 훨씬 인상적이었다.

나는 벨보에게 말을 건넸다. 「여기에 와 있는 손님들, 은빛 심장 무늬에 뒤덮인 색술 옷차림의 흑성모(黑聖母)를 구경하러 가는 순례자와 뭐가 다릅니까? 순례자들은 그 흑성모를 살과 피로 육화한 그리스도의 어머니라고 생각할까요? 그렇지는 않아요. 하지만 그 반대로도 생각하지 않을 겁니다. 순례자들은 구경거리에서 환상을 보고, 환상에서 현실을 보면서 그것이 서로 유사한 것을 즐기는 것일 테지요.」

「하긴 그래. 하지만 중요한 것은, 이들이 성지를 순례하는 기독교인들보다 나은가 못한가를 심판하는 것이 아니라는 점이네. 나도 자문자답을 하고 있는 중이야. 과연 우리에게 잘난 척할 자격이 있는 걸까? 햄릿을 청소부보다도 더 현실적인 인물로 인식하는 우리에게? 만나면 멋진 장면을 연출하고 싶은 마음에 줄창 보바리 부인이나 찾아다니는 나 같은 것에게 과연 남을 심판할 권리가 있기는 있는 것이냐?」

디오탈레비는 고개를 가로젓더니 나지막한 소리로 중얼거렸다. 「신들의 형상은 빚는 것이 아니야. 따라서 이런 것들은 모두 아론이 만든 금송아지의 현현과 다를 바 없는 것이야.」
그러나 디오탈레비는, 말을 그렇게 했을 뿐, 실제로는 그날
밤의 잔치를 흠뻑 즐기는 눈치였다.

58

그러나 연금술은 현숙한 창녀다. 이 창녀는 애인은 많아도 어느 누구에게도 마음의 문을 열지 않음으로써 결국 실망만을 안기고 만다. 이 창녀는 거만한 자는 바보로, 부자는 거지로, 철학자는 멍청이로, 속은 자는 사기꾼으로 바꾼다.
— 트리테미우스, 『히르사우겐시스 연대기』, II, S. 갈로, 1690, 141

별안간 방 안이 칠흑 어둠에 잠기면서 벽이 눈부시도록 환해졌다. 둘러보니 벽의 4분의 3은 반원꼴로 된 영사막이었다. 거기에 영상을 투사할 모양이었다. 영상이 나타나기 시작한 뒤에야 나는 천장과 바닥의 일부까지도 반사성 재질로 이루어져 있다는 것을 알았다. 번쩍거리는 금속 쪼가리, 천칭, 방패, 구리 화병 같은 것들이 그렇게 싸구려로 보였던 것도 바로 빛을 반사하고 있었기 때문이었다. 영사막에는 영상이 비치고 반사성 재질에서는 영상이 반사되기 시작하자 우리는 물밑 세계로 잠겨 든 기분이었다. 영상은 중첩되기도 하고, 조각조각 나뉘기도 하는가 하면, 참석자들의 그림자에 겹쳐 들기도 했다. 바닥은 천장을, 천장은 바닥을 비추었다. 영사막에 나타난 영상은 천장과 바닥에도 고루 비쳤다. 음악과 함께 이상한 향기가 방 안을 채웠다. 처음에는 인도 향불 냄새가 나더니 잠시 뒤에는 분간하기 힘든 향내로 바뀌었는데 둘 다 그렇게 기분 좋은 향내는 못 되었다.

영사막에 남아 있던 희붐하던 빛줄기가 칠흑 어둠 속으로 사라졌다. 이어서 부글부글 끓는 소리와 함께 시뻘건 용암이 나타났다. 우리는 분화구로 들어온 형국이었다. 분화구 안에서는 시커먼 점액질 물체가 노랗고 파란 화염 속에서 끓어오르고 있었다.

끈적끈적한 증기가 솟아올랐다가는 가라앉으면서 이슬방울이나 빗방울 같은 것으로 액화했다. 구린 흙냄새가 났다. 무엇인가가 썩어 가는 냄새였다. 무덤, 명부(冥府), 암흑을 들숨으로 빨아들이는 기분이었다. 내 주위에서 유독한 액체가 스며 나와 똥, 부식토, 석탄재, 진흙, 연기, 납, 더껑이, 나프타 사이로 스며들었다. 그러자 주위는 검은색보다 훨씬 더 검게 변색하다가 이윽고 뿌옇게 바뀌면서 두 마리의 파충류(한 마리는 밝은 청색, 또 한 마리는 붉은색)가 서로의 꼬리를 물어 동그라미 꼴을 그리며 나타났다.

만취한 기분이었다. 일행도 보이지 않았다. 모두 어둠 속으로 사라진 것이었다. 내 옆을 스쳐 지나가는, 윤곽이 흐릿하고 흐느적거리는 영상을 식별하는 것도 불가능했다……. 그때 누군가가 내 손을 잡았다. 나는, 기대에 어긋날까 봐 내 손을 잡은 사람을 돌아다보지 않았다. 별안간 로렌차가 자주 쓰는 향수 냄새가 났기 때문이었다. 그제야 로렌차에 대한 내 욕망이 얼마나 강렬한지를 깨달았다. 로렌차임에 분명했다. 로렌차는 손톱으로 내 방문을 긁으면서 못다 전한 메시지를 전하기 위해, 전날 밤 미완성으로 남겨 두었던 것을 완성시키기 위해 거기에 와서 내 손을 잡은 것임에 분명했다. 유황과 수은이 눅진눅진하게 엉겨 붙는다는 느낌이 내 아랫도리를 설레게 했다. 그러나 급할 것은 없었다.

나는 〈백술(白術)〉이 성취될 때 생겨난다는 철인(哲人)의 소금인, 양성(兩性)을 구유(具有)한 청년 레비스를 기다렸다. 무불통달하게 된 기분이었다. 지난 몇 달간 읽어서 얻은 모든 지식이 내 의식의 표면으로 떠오르는 것 같았다. 어쩌면 로렌차가 내 손을 잡음으로써 그런 지식을 나에게 전했던 것인지도 모르겠다. 로렌차의 손바닥은 땀에 축축하게 젖어 있었다.

놀랍게도 나는, 나도 모르는 사이에 연금술의 철인들이 〈백술〉에 붙였던 이름을 중얼거리고 있었다. 그 이름과 함께 로렌차를 부르고 있었는지도 모르겠고, 마음속으로 진혼의 기도문을 읊조리고 있었는지도 모르겠다. 백동(白銅), 흠이 없는 양(羊), 아이바테스트, 알보라크, 성수(聖水), 정제 수은, 웅황(雄黃), 아조크, 대지의 지정(地精), 붕산, 캄바르, 카스파, 버찌, 밀랍, 카이아, 코메리손, 전자, 유프라테스, 이브, 파다, 파보니우스, 백술의 기초, 시비니스의 보석, 금강석, 지바크, 지바, 너울, 수선, 백합, 어지자지[兩性具有者], 하에, 소태, 힐레, 처녀의 젖, 단일석(單一石), 만월, 어머니, 생유(生油), 콩, 알, 점액, 점(点), 뿌리, 천연염(天然鹽), 부엽토, 테보스, 틴카르, 증기, 금성, 바람, 처녀좌, 파라오의 거울, 아기 오줌, 독수리, 태반, 경혈, 도망친 노예, 왼손잡이, 금속의 정액, 정기, 주석, 수액, 유황유…….

검은 역청 속에서 거무튀튀한 바위와 고목의 윤곽이 나타나면서 검은 태양이 지고 있었다. 이어서 눈을 찌를 듯한 섬광이 비치고 도처에 번쩍거리는 물체가 난무하면서 만화경 효과를 지어내고 있었다. 이때의 냄새는 교회에서 벌어지는 의식을 연상시켰다. 골치가 아팠다. 무엇인가가 내 이마를 짓누르고 있는 것 같았다. 화면에는 금빛 벽걸이가 걸린 넓은

방이 나타났다. 결혼 피로연인지, 왕자 같은 신랑과 흰옷으로
성장한 신부, 왕관을 쓴 왕과 왕비가 보였다. 그 옆으로는 전
사(戰士)와 다른 흑인 왕이 보였다. 흑인 왕 앞에는 제단이 있
고, 제단 위에는 검은 공단으로 장정된 책이 한 권 펼쳐져 있
고, 그 옆으로는 불이 밝혀진 초가 상아 촉대에 꽂혀 있었다.
촉대 옆에는 회전하는 지구본과, 시뻘건 액체를 뿜는 조그만
수정 분수대가 달린 시계가 있었다. 분수대 위에는, 한쪽 동
공에서 뱀이 기어 나오는 해골이 놓여 있었다.

　　로렌차가 내 귀에 입술을 대고 무슨 말인가를 속삭였다.
그러나 나는 로렌차의 말을 알아들을 수 없었다.

　　뱀은 느릿느릿하고 구슬픈 음악의 율동에 따라 움직였다.
왕과 왕비는 어느새 상복 차림이었다. 두 사람 앞에는 뚜껑이
닫힌, 여섯 개의 관이 놓여 있었다. 음산한 튜바 소리가 한동
안 울리더니 검은 두건을 쓴 사람이 나타났다. 처음에 왕은
지극히 느린 동작으로 사제 같은 몸짓을 하면서, 환희에 젖은
듯한 비장한 표정을 짓더니 고개를 숙이고 목을 내밀었다. 두
건을 쓴 사내는 도끼를 들더니 진자(振子)와 비슷한 원호(圓
弧)를 그리면서 내리찍었다. 그 순간 도끼날은 수많은 반사
성 표면에 반사되면서 여러 개로 불어났고 참수된 머리 역시
무수히 불어나 바닥에 나뒹굴었다. 이어서 다른 화면들로 이
어졌으나 나는 도저히 그 이미지가 지어내는 줄거리를 따라
잡기가 어려웠다. 모르기는 하지만 흑인 왕을 포함해서, 화면
에 나타났던 인물 모두가 참수당하면서 입관당했던 것 같다.
벽걸이가 걸려 있던 그 방은 곧 해변, 혹은 호안(湖岸)으로 바
뀌었다. 여섯 척의 배가 접안(接岸)하자 관이 모두 배에 실렸
다. 배는 해변 혹은 호안을 떠나 어둠 속으로 사라졌다. 이 영

229

상이 비칠 동안은 손에 만져질 듯이 진한 향내가 방 안을 채웠다. 순간적이지만 나 역시 참수된 사람들 중 하나라는 기분이 들었다. 내 옆에 있던 많은 사람들이, 〈결혼식, 결혼식〉 하고 중얼거렸다.

로렌차는 사라지고 없었다. 나는 로렌차를 찾으려고 어둠 속으로 고개를 돌렸다.

화면에 호화스러운 납골당 혹은 지하 묘지가 나타났다. 천장에 달려 있는 어마어마하게 큰 석류석으로 주위가 휜했다.

구석구석에서 처녀 차림을 한 여자들이 나타났다. 여자들은 2층 높이의 거대한 요(窯)를 둘러쌌다. 바닥이 석재인 이 요는 입구가 화덕처럼 되어 있어서 흡사 홍예문으로 지붕을 받친 조그만 성채 같았다. 두 개의 탑에서 증류기 같은 것이 나와 계란꼴 그릇에 뭔가를 쏟아 내고 있었다. 맨 가운데 있는 탑 꼭대기는 분수꼴로 되어 있었다.

요의 바닥에 놓인, 참수된 시체가 보였다. 여자들 중 하나가 들고 있던 상자에서 둥그런 것을 꺼내어 가운데 탑의 감실(龕室)에다 넣자 꼭대기에서 분수가 끓어오르기 시작했다. 나는 다행히 그 둥그런 물체의 정체를 확인할 수 있었는데, 그것은 무어인 같던 그 흑인 왕의 머리였다. 그 머리가 감실에서 타면서 분수의 물을 끓게 한 것이었다. 분수대 꼭대기에서 연기와 김이 솟아올랐다.

그때 로렌차가, 자동차 안에서 벨보를 그렇게 했듯이 이번에는 내 목덜미를 쓰다듬었다.

영상 속의 여자가 황금빛 구체(球體)를 들고 나오더니 요문(窯門)을 열고는 새빨간 점액질 액체를 구체 속으로 흘러

들어가게 했다. 그러자 구체가 열렸다. 새빨간 점액질 액체가 들어 있을 줄 알았는데 뜻밖에도 굵고, 눈처럼 하얀 알이 나타났다. 여자는 알을 꺼내어 가만히 바닥의 노란 모래 위에다 내려놓았다. 곧 알이 깨어지면서 새 한 마리가 기어 나왔다. 아직 모양이 잘 갖추어지지 않은 피투성이 새였다. 그러나 참수된 자들의 피 덕분인지 새는 우리 눈앞에서 무서운 속도로 자라더니 곧 모양이 반듯해지면서 빛이 났다.

여자들은 이 새의 목을 친 뒤 조그만 제단에 놓고는 불에 태웠다. 여자들 중 몇몇은 그 재를 반죽해서 두 개의 틀에다 붓고는 틀을 요 속으로 밀어 넣었고, 다른 몇몇은 요에다 바람을 불어넣느라고 풀무질을 했다. 그로부터 오래지 않아 틀이 열리면서 사람이 둘 걸어 나왔다. 투명할 정도로 창백한 선남선녀였다. 키는 네 뼘이 채 안 되어 보였다. 선남선녀는 산 사람처럼 살갗이 부드럽고 통통해 보였지만 눈만큼은 어쩐지 금속으로 만들어진 것 같았다. 여자들이 이들을 방석에 앉히자 한 노인이 이들의 입에다 핏방울을 떨어뜨렸다.

이번에는 다른 여자들이 나타났다. 초록색 꽃줄이 달린, 금빛 나팔을 든 여자들이었다. 여자들 중 하나가 나팔을 노인에게 건네주자, 노인은, 식물인간이거나 동면 중인 동물 같은 두 선남선녀의 입에 나팔의 한 끝을 물리고는 혼을 불어넣었다. 이어서 방이 눈부시게 밝아지더니 곧 암전되면서 주황색 불빛만 번쩍거리기 시작했다. 확성기에서 나팔 소리가 크고 우렁차게 울리는 동안 방 안은 다시 호박색으로 밝아졌다. 돌아다보니 로렌차가 없었다. 문득, 로렌차를 영영 찾지 못할 것이라는 생각이 들었다.

온 방 안이 불붙은 듯이 붉어지다가 천천히 쪽빛으로, 보

랏빛으로 바뀌면서 화면에서 영상이 사라졌다. 이마가 견딜
수 없이 아파 왔다.

　내 옆에서 알리에가 조용히 속삭였다. 「*Mysterium Magnum*
(참으로 신비스럽지요). 죽음과 수난을 통한 새 인류의 탄생.
상징에 대한 집착 때문에 국면 국면의 구분이 모호해진 감은
없지 않지만 그래도 멋진 영상이었어요. 우리가 본 것은 일종
의 행위 예술에 지나지 않지만 그래도 〈뭔가〉를 말해 주는 굉
장한 예술입니다. 이 집 주인이 〈뭔가〉를 만들었다더니 과장
이 아니었군요. 갑시다. 가서 이 집 주인이 일으킨 기적이나
좀 구경합시다.」

59

만일에 그런 괴물이 생겨난다면, 비록 사람과는 다르다고 할지언정 우리는 그게
자연의 소산이라고 보아야 한다.
— 파라켈수스, 『호문쿨루스에 대하여』, 제2권에서 발췌, 주네브, 드 투르네, 1658, p.
465

알리에는 우리를 뜰로 안내했다. 밖으로 나오니 한결 견딜
만했다. 감히, 로렌차가 왔느냐고 물어볼 용기는 나지 않았
다. 내가 꿈을 꾸고 있었는지도 모르는 일이기 때문이었다.
우리는 출입구에서 몇 발짝을 더 걸어 온실 안으로 들어갔다.
이번에는 온실 안의 숨 막힐 듯한 더위 때문에 정신을 차릴
수 없었다. 열대 식물 사이에는 여섯 개의 유리 단지가 놓여
있었다. 유리 단지는 어찌 보면 배[梨] 같기도 하고 어찌 보
면 눈물방울 같기도 했다. 푸르스름한 액체가 든 단지는 모두
단단히 밀봉되어 있었다. 놀랍게도 단지 안에는 키가 20센티
미터쯤 되는 사람 형상을 한 물건이 떠 있었는데, 자세히 보
니 다른 사람이 아니라 늙은 왕과 왕비, 흑인 왕, 전사, 그리
고 각각 푸른 월계관과 분홍색 월계관을 쓴 예의 그 선남선
녀였다. 이들은 우아하게 수영하는 모습으로 전후좌우로 떠
다니고 있었다. 말하자면 땅 위에 사는 사람들이 아니라 물속
에서 사는 사람들 같았다.
　이들이, 플라스틱이나 밀랍으로 만들어진 인형인지, 실제
로 살아 있는 사람인지 확인하기는 어려웠다. 이들이 잠겨 있

는 액체도 탁한 편이라서, 이들을 살아 있는 사람으로 돋보이게 하는 맥박의 동계(動悸)도 시각적인 착각으로 비롯된 것인지, 실제로 뛰고 있는 맥박인지 확인이 불가능했다.

알리에가 이런 소리를 했다. 「하루가 다르게 자라고 있는 것 같군요. 아침마다 말이 갓 싼 뜨끈뜨끈한 말똥에 저 단지를 파묻어 주어야 합니다. 저들이 자라자면 말똥의 온기가 필요한 것이지요. 파라켈수스의 책에도, 저런 정자 미인은 말의 체온과 똑같은 조건에서 길러야 한다고 나와 있지요. 이 집 주인 말에 따르면 저것들이 주인에게 말도 걸고, 비법도 전수해 주고, 예언도 합니다. 솔로몬 신전의 치수를 일러 준 것도 저것들이고, 축귀술(逐鬼術)을 가르쳐 준 것도 저것들이라니 놀랍지요? 하지만 고백하거니와, 나는 저것들이 말하는 걸 본 적이 없어요.」

정자 미인들은 표정이 다양했다. 여왕을 보는 왕의 눈길은 그지없이 부드러웠다.

「이 집 주인은, 어느 날 아침에 와서 보니까 푸른 월계관을 쓴 젊은이가 단지에서 빠져 나와 처녀가 들어 있는 단지의 봉인을 깨뜨리려 하고 있는 걸 보고 기절초풍…… 물에 사는 것들이라서 공기 중에서는 숨을 못 쉬니까, 주인이 조금만 늦게 나왔더라도 젊은이는 죽었을 거 아니겠어요?」

「끔찍하군요. 나 같으면 저런 고생 못하겠다. 어딜 가든지 저놈의 단지를 들고 다녀야 하고, 어딜 가든지 말똥을 푸러 다녀야 하고. 여름에 휴가 떠날 때는 어떻게 한다지? 경비원에게 맡기고 가?」 디오탈레비가 고개를 절레절레 흔들며 중얼거렸다.

「데카르트의 이른바 꼬마 도깨비, 혹은 자동인형에 지나지

234

않는지도 모르지요.」알리에가 아퀴 지으려는 듯이 말했다.

「맙소사! 알리에 박사께서는 내 앞에다 새 우주의 문을 열고 있어요. 여러분, 우리 겸손해집시다. 하늘 땅 사이에 우리가 모르는 게 얼마나 많은가요? *A la guerre comme à la guerre*(우리 모두 최선을 다하기로 한 만큼, 잘 해봅시다)…….」가라몬드 사장의 말이었다.

사장은 완전히 위압당하고 만 눈치였다. 디오탈레비의 얼굴에는 호기심과 냉소가 착잡하게 교차된 표정이 떠올라 있었다. 벨보는 전혀 감정적인 반응을 보이지 않았다.

나는 한시 바삐 로렌차에 대한 의혹을 떨쳐 버리고 싶어서 미끼를 던져 보았다. 「로렌차가 못 온 게 유감이군요. 와서 봤다면 틀림없이 좋아했을 텐데…….」

「음, 글쎄 말이야.」벨보는 건성으로 대꾸했다.

결국 로렌차는 그 자리에 합류하지 않았던 셈이었다.

나는 괴상한 환상에 시달렸으니까 결국 리우에서 본 암파루 꼴이 된 셈이었다. 몸과 마음이 아팠다. 사기당했다는 느낌을 지울 수 없었다. 나에게 타악기 〈아고구〉를 가져다 준 사람도 없었다.

나는 일행에서 떨어져 사람들 틈을 비집고 집 안으로 다시 들어갔다. 뷔페 음식 옆을 지나면서, 미약(媚藥)이 들어 있으면 어쩌나 하면서도 시원한 음료를 한 잔 마셨다. 화장실을 찾아 들어가 관자놀이와 목을 찬물로 씻고 나니 한결 기분이 상쾌했다. 밖으로 나오려는데 소용돌이꼴 계단이 보였다. 호기심이 동했다. 새로운 모험에의 유혹을 억누를 길이 없었다. 나는 어쩌면, 환각 상태에서 깨어났다고 생각하면서도 계속해서 로렌차를 찾고 있었는지도 모르겠다.

60

한심한 것들 같으니라고! 얼마나 멍청하면, 우리가 비밀 중에서도 가장 큰 비밀, 가장 중요한 비밀을 노출시킬 것이라고 생각할 수 있을까? 내 단언하거니와, 헤르메스적 사상가들의 글을 문자 그대로, 보이는 그대로 공부하려는 자들은 오래지 않아, 아리아드네[1]의 실꾸리가 없어서, 그 미궁에서는 탈출이 도저히 불가능하다는 걸 깨닫게 될 것이다.
— 아르테피우스

계단을 내려갔다. 내려가 보니 조명이 희미한 지하의 방이었다. 벽은 공원의 분수대처럼 로카이유식이었다. 방 한구석에는 나팔의 주둥이 같은 구멍이 나 있었다. 거기에서 무슨 소리인가가 들려오고 있었다. 가까이 다가갈수록 소리가 분명해졌다. 그 앞에 서 있으려니, 누가 내 옆에서 지껄이고 있는 듯이, 선명하고 정확하게 들렸다. 언필칭 참주(僭主) 디오니시우스의 귀였다.

전성관(傳聲管)은 분명히 위층으로 연결되어 있는 것 같았다. 그러니까 이 전성관은, 이 장치 옆에서 진행되고 있는 사람들의 이야기를 고스란히 지하로 전하고 있는 것이었다.

「부인, 지금까지 아무한테도 안 한 얘기를 들려드리리다. 나도 이제 이 짓이라면 신물이 나요. 지금까지 진사(辰砂)도

---

1 그리스 신화에 나오는 테세우스의 연인. 미궁으로 들어가 괴물 미노타우로스를 죽인 영웅 테세우스는, 함께 들어간 애인 아리아드네가 미궁의 입구에서부터 실꾸리를 풀어 둔 덕분에 미궁에서 길을 잃지 않고 탈출할 수 있게 된다.

써보았고, 수은도 써보았어요. 주정(酒精)도 순화시켜 보았고, 주철(鑄鐵)의 산화물과 효소를 가지고 건류(乾溜)시켜 보기도 했지만 〈철인의 돌[化金石]〉은 찾아내지 못했어요. 침식성이 있는 강산(强酸) 용액을 비등(沸騰)시켜도 보았지만 모두 헛수고. 내가 써본 걸 일일이 열거하자면 끝이 없어요. 알껍질, 유황, 황산염, 유산염, 비소, 염화암모니아, 석영, 알칼리, 식염, 암염, 초석(硝石), 나트륨 화합물, 붕산염, 주석산염(酒石酸鹽), 염화칼륨 등등, 한이 없어요. 내 말을 믿으세요. 그런 걸 믿으면 안 됩니다. 불완전한 금속은 피해야 합니다. 내 말 안 들으시면 나처럼 허송세월하고 맙니다. 나는 안 써본 게 없습니다. 혈액, 모발, 초산염(酢酸鹽), 백철광, 철단(鐵丹), 화성(火星)의 사프란, 철의 정기(丁幾), 산화연(酸化鉛), 심지어는 안티몬까지 써봤습니다. 소용없어요. 나는 은에서 물을 추출하기도 하고, 소금을 넣기도 하고 빼기도 하면서 은을 석회화시키기도 해봤어요. 화주(火酒)를 이용해서 부식성 기름도 만들어 봤습니다. 이러면서 우유, 포도주, 응유 효소(凝油酵素), 땅 위로 떨어지는 운석의 정자(精子), 태반, 재, 그리고 심지어는…….」

「심지어는……?」

「부인, 이 세상에 진실만큼 말하기가 조심스러운 것은 없습니다. 진실을 말한다는 것은 제 심장에다 거머리를 붙여 사혈(瀉血)하는 것과 다름이 없지요.」

「됐어요, 그만하면 됐어요. 충분히 배웠네요…….」

「이 비밀은 당신에게만 귀띔해 드리지요. 나는 곳과 때를 초월한 사람이에요. 시간과 공간을 초월해서 내 영생을 누리고 있는 거지요. 수호천사를 더 이상 필요로 하지 않는 사람들이 있답니다. 나도 그런 사람 중의 하나인 것이지요…….」

「그렇다면 날 여기에 왜 데려왔어요?」

「이것 보라고, 발사모 씨, 영생 불사의 신화로 장난치는 게 아니야.」 다른 목소리.

「멍청하기는! 영생 불사는 신화가 아니야. 사실이라고.」

이런 대화에 싫증이 나서 그 자리를 물러나려는 참이었다. 그런데 문득 살론 씨의 음성이 들려왔다. 그는, 누군가의 어깨라도 그러쥔 듯이, 조용조용 말하고 있는데도 음성이 팽팽하게 긴장되어 있었다. 프랑스 억양을 쓰는 피에르의 목소리도 알아들을 수 있었다.

먼저 살론의 음성. 「이러지 말라고. 설마 당신까지도 연금술의 잠꼬대를 들으려고 여기에 와 있는 것은 아닐 테지. 설마 가공원의 시원한 바람이라도 쐬러 왔다고 할 생각은 아닐 테지. 당신, 선거후 하이델베르크의 공원을 완성한 직후 살로몽 드 코가 프랑스 국왕으로부터 파리 정화 사업을 감독해 달라는 부탁을 받았다는 건 모르시겠지?」

「*Les façades*[외관 정화(外觀淨化) 말이오]?」

「살로몽 드 코가 무슨 앙드레 말로랍디까? 외관 정화나 하게? 하수구 정화였을 거예요. 재미있잖소? 살로몽 드 코 하면, 황제를 위해 상징적인 오렌지 숲이나 사과 과수원을 설계하던 사람 아니오? 그런데 이런 사람이 정작 관심을 가졌던 것은 파리의 지하 하수망이었으니. 당시 파리에는 하수망이라는 게 없었어. 당시의 하수망이라고 하는 건 지상 하수로와 지하 암거(暗渠)를 절충한 수로에 지나지 않았어요. 지하 암거가 어떻게 뻗어 있는지, 당시에는 그걸 아는 사람도 없었고. 로마인들은 공화정 때부터 오물 처리 시설에 정통해 있었는데 그로부터 1500년 뒤의 파리 사람들은 자기 발밑에 뭐가 있는지 몰랐으니, 한심한 일 아니오? 살로몽 드 코는 도대체 파리의 배 속에 뭐가 들어 있는지 궁금했던 나머지 국왕의 부름에 응하지요. 거기에서 뭘 찾아냈는지 아시오?

살로몽 드 코가 세상을 떠난 뒤, 콜베르 장관이 암거를 청소한답시고 죄수들을 내려 보냈어요. 하지만 청소는 핑계에 지나지 않았어요. 이 시대가 〈철가면〉의 시대라는 걸 잊지 말아야 하오. 그런데 죄수들은 똥물 사이를 지나서 센강 줄기를 따라 도주해 버렸어요. 이유야 뻔하지. 당시에 죄수들을 따라 지하 암거로 들어갈 만큼 배짱 좋은 사람들이 없었거든. 말하자면 악취가 풍기는 진창과 파리 떼와 맞서 보겠다는 관리가 없었던 거요……. 일이 이렇게 되자 콜베르는 죄수를 투입하되 암거의 출입구라는 출입구에는 모두 군관을 배치했어요. 그러니 죄수들이 어떻게 되었겠어요? 거기에서 나올 수 없으니까 모두 그 안에서 죽었지. 그로부터 무려 3백 년 동안 파리 시의 토목 기사들이 측량한 지하 암거는 3킬로미터에 지나지 않아요. 하지만 18세기, 프랑스 대혁명 직전까지 건설된 지하 암거만도 26킬로미터나 되었답니다. 이게 뭘 뜻하는지 알기나 알아요?」

「글쎄, 뭐라고 할까 ─」

「신정권이 수립될 무렵, 이 신정권 참여자들은 구정권 인사들이 모르던 걸 알고 있었어요. 나폴레옹은, 지하의 어둠 속으로, 말하자면 이 수도의 암설(暗屑) 속으로 부하들을 내려 보냈어요. 지하에서 견딜 수 있을 정도로 용기 있고 배짱

239

이 좋은 사람들은 지하에서 금붙이, 목걸이, 보석, 반지 같은 걸 건질 수 있었어요. 요컨대 지하 암거에는 없는 것이 없었던 거요. 개중에는 지하에서 줍는 대로 일단 삼켰다가 밖으로 나와서 이걸 배설해서 부자가 되기도 했지요. 나중에 알려졌지만, 지하실에 지하 암거로 직통하는 뚜껑문 있는 집이 당시에는 굉장히 많았대요.」

「Ça alors(그래서요……?)」

「사람들이 요강을 길에다 비우던 시절 아니오? 그런 시절에 양쪽으로 보도가 나 있고, 벽에 손잡이 고리를 박은 지하 암거가 왜 있었겠느냐는 거요. 그러니까 이 지하 통로는 당시에는, 〈페그르〉라고 불리던 범죄자들의 *tapis franc*(선술집) 대용이었던 거요. 경찰이 들어오면, 지하로 도망쳐 다니다가 도처에 산재해 있는 출입구를 통해 지상으로 올라오면 되는 거지요.」

「Légendes(설마. 전설이겠지)…….」

「전설이라고 생각하오? 당신, 도대체 누구를 비호해 주고 싶은 거요? 나폴레옹 3세 때, 오스망 남작은 지하 수로법을 입법하고, 파리의 모든 주택에 독립된 오물통을 만들게 하고 암거로 통하는 지하 회랑을 짓게 했소. 높이 2.3미터, 넓이 1미터 반인 터널 말이오. 무슨 말인지 알겠소? 파리의 모든 주택은 지하 회랑을 통해 지하 암거와 연결되어 있었다는 뜻이오. 당신, 오늘날의 파리 지하 암거의 총연장이 얼마나 되는지 알기나 하오? 지하 몇 층에 걸쳐 자그마치 2천 킬로미터에 이르오. 이 모든 일이, 하이델베르크에서 정원을 설계하던 사람 손에서 시작되었소…….」

「그래요?」

「말하고 싶지 않은 모양이군. 당신은 뭔가를 알고 있으면서도 말하고 싶지 않은 거지.」

「가겠소. 늦었으니까. 또 모임이 있거든.」 발걸음 소리.

나는 살론이 그런 소리를 한 이유를 이해할 수 없었다. 로카이유 양식의 벽에다 귀를 댄 채 주위를 둘러보면서 나 역시 지하에 있는 것처럼 느껴졌다. 문득 전성 장치의 집음관은 암흑의 터널로, 니벨룽족이 살고 있는 지구 중심으로 이어지는 통로 입구라는 생각이 들었다. 한기가 돌았다. 마악 계단으로 올라서려는데 또 다른 목소리가 들려왔다. 「가세. 시작해야 하니까. 밀실에서 열릴 예정이니까 사람들 빨리 소집하게.」

61

금양모피는, 삼두용이 지키고 있는데, 이 세 개의 머리는 각각 바다에서, 땅에서,
하늘에서 생성된 것이다. 이 세 개의 머리는 마땅히 다른 모든 용을 잡아먹을 터
인 이 한 마리의 막강한 용에게 귀속될 필요가 있다.
— 장 데스파뉴, 『연금 은비 철학 집성』, 1623, 138

일행과 합류했다. 나는 알리에에게, 무슨 모임이 있다는
소리를 들었는데 무슨 모임이냐고 물어보았다.

「아, 그거요? 정말 호기심이 대단한 분이로군. 하지만 이
해하겠어요. 일단 연금 비학(鍊金秘學)의 세계에 발을 들여
놓은 김에 뿌리를 뽑겠다, 이거로군. 내가 알기로, 오늘 밤에
고제 공인(古制公認) 장미 십자단 신입 회원의 입회식이 있다
나 보오.」 알리에가 대답했다.

「구경할 수 있을까요?」 가라몬드 사장이 물었다.

「안 됩니다. 구경해서는 안 됩니다. 구경할 수도 없고요.
금단의 신자(神姿)를 훔쳐본, 그리스 신화의 등장인물 시늉
을 살짝은 할 수 있겠지요. 잠깐만 들여다보게 해드리지.」

우리는 알리에를 따라갔다. 비좁은 계단을 오르고 컴컴한
복도를 지난 알리에는 한곳에 이르러 휘장을 한쪽으로 걷었
다. 밀폐된 유리창을 통해 아래쪽의 방이 보였다. 타오르는
불꽃이 조명 노릇을 하고 있는 방이었다. 벽에 걸린 능직 벽
걸이에는 백합이 무수히 수놓여 있었다. 방 한쪽에는 금빛 천
개(天蓋)가 달린 옥좌가 놓여 있었다. 옥좌 양쪽에는 각각 해

와 달이 삼각대 위에 올려져 있었다. 마분지나 플라스틱 같은 것을 잘라 모양을 만들고 위에다 은박지나 금박지를 씌운 것일 테지만, 빙글빙글 도는 데다 불빛을 받아 되비치고 있어서 모양만은 꽤 괜찮았다. 천개 위로는 보석 아니면 유리 조각이 무수히 박힌 굉장히 큰 별이 천장에 매달려 있었다. 천장은 거대한 은빛 별이 달린 파란색 다마스크 천으로 덮여 있었다.

옥좌 앞에 놓인 것은 월계수 장식이 된 긴 탁자였다. 탁자 위에는 칼 한 자루, 옥좌와 탁자 사이에는 입을 떠억 벌린 박제 사자가 놓여 있었다. 사자의 머리에다 전구를 장치했는지 눈에서 불이 흐르고 목구멍에서도 불빛이 새어 나왔다. 살론 씨의 작품이기가 쉬웠다. 문득 뮌헨의 지하 갱도에서 살론 씨로부터 들은, 괴팍한 손님들 이야기가 떠올랐다.

탁자 뒤에 앉은 사람은 브라만티였다. 브라만티는 심홍색 윗도리 위에다 수가 놓인 녹색 두루마기를 입고 그 위에 금사(金絲) 장식이 든 흰 망토를 걸치고 있었다. 목에는 반짝이는 십자 목걸이가 걸려 있었고 머리에는 붉은 깃털과 흰 깃털로 장식이 된 주교관(主敎冠) 비슷한 모자를 쓰고 있었다. 그 앞에, 위계(位階)에 맞추어 앉은 듯한 스무남은 명 가까운 사람들은 심홍색 윗도리만 입고 있었다. 녹색 두루마기와 망토까지 갖추어 입은 사람은 브라만티뿐이었다. 사람들은 모두 목에 금빛 메달을 걸고 있었다. 당시 내가 생각하기로는 르네상스 시대의 초상화를 새긴 것 같은 메달이었다. 합스부르크가(家) 초상화 특유의 코가 큰 인물의 초상화와, 허리를 잡힌 채 다리를 늘어뜨리고 있는 불가사의한 양(羊)의 모습이 그려진 메달. 금양모피 기사단 기장(旗章)의 장식을 흉내 낸 것임에 분명했다.

브라만티는 두 팔을 벌리고, 통성 기도를 하듯이 무슨 말인가를 하고 있었고 앞에 앉은 사람들은 이따금씩 그 말에 화답했다. 이윽고 브라만티가 탁자에 놓여 있던 칼을 잡아 쳐들자 다른 사람들도 품에서 단검이나 종이 절단용 칼 같은 것을 꺼내 들었다. 바로 그 순간 알리에가 휘장을 닫았다. 너무 많이 보았다는 것이었다.

우리는, 대중문화 정보통인 디오탈레비가 뒤에 정확하게 표현했듯이, 〈핑크 팬더〉[1]처럼 걸어 복도를 지나고 계단을 올라 숨을 헐떡거리며 가공원으로 올라섰다.

「저 사람들…… 프리메이슨 단원들인가요?」 집회에 압도되고 만 듯한 가라몬드 사장의 질문이었다.

「프리메이슨이라는 게 뭐겠습니까? 저들은, 직접적으로는 장미 십자단, 간접적으로는 성전 기사단으로부터 영감을 받고 모여든 기사단의 열광적인 신봉자들입니다.」 알리에가 대답했다.

「프리메이슨과는 무슨 관계가 있습니까?」 가라몬드 사장이 다시 물었다.

「우리가 방금 본 저 의식이 프리메이슨의 의식과 공통점이 있다면 그건 브라만티가 주재(主宰)한 이 의식 역시 지방 유지들과 전문 직업인의 기분 전환용 의식이라는 겁니다. 프리메이슨도 처음부터 그랬어요. 프리메이슨은 성전 기사단 전설을 희미하게 흉내 낸 것에 지나지 않습니다. 그러니까 오늘 저녁의 저 모임은 흉내의 흉내인 것이지요. 그럼에도 저들은

---

1 피터 셀러스가 주연한 희극 영화 시리즈. 실수를 연발하는 형사 이야기를 다룬 이 영화가 시작되기 전에 화면에는 형사를 상징하는 분홍색 표범이 등장하는데, 음악에 맞추어 걷는 이 표범의 걸음걸이는 우스꽝스럽기 짝이 없다.

이 의식을 아주 진지하게 생각합니다. 유감스럽게도 이 세상에는, 여러분이 오늘 본 부류와 비슷한 장미 십자단과 성전 기사단이 우글거리고 있다는 겁니다. 이런 동패들에게서 무슨 계시 같은 것을 기대해서는 안 됩니다. 간혹 믿을 만한 입회식을 치르는 동아리들을 만나는 것도 가능하기는 하지만.」

「하지만 알리에 박사도 종종 저들과 교우하고 있는 것 아닌가요? 박사께서는 어느 쪽을 믿습니까? 또는 믿으셨습니까?」 벨보가 물었다. 비아냥이 아니었다. 개인적인 관심을 표명한 데 지나지 않았다.

「물론 어느 쪽도 안 믿지요. 내가 아무거나 잘 믿는 사람으로 보였나요? 나는 냉정한 객관성과 이해와 관심으로 저들을 대합니다. 말하자면 성 제나로의 기적을 구경하러 몰려든 나폴리의 군중을 보는 신학자의 시각이라고나 할까요? 군중이라는 것은, 사람에게 지극히 요긴한, 믿음의 증인과 같은 존재입니다. 신학자가, 땀내를 풍기고 침을 튀기는 군중 속을 비집고 다니는 것은, 그들 가운데서 더욱 고매한 진리를 깨친 사람, 삼위일체의 비의에 새 빛을 던져 줄 그런 무명의 성인을 만날 수 있을까 해서지요. 삼위일체와 성 제나로는 별개이기는 합니다만.」

도무지 알 수 없는 사람이었다. 나는, 자기가 경멸하여 마지않는 이 모든 초자연성의 권위를 용인하게 만드는 이 지극히 고차원적인 불신을 어떻게 정의해야 할지 막연했다. 그것은 신비주의적 회의주의도 종교적 냉소주의도 아니었다.

알리에는 벨보를 상대로 말을 계속했다. 「지극히 간단합니다. 만일에 성전 기사단, 진짜 성전 기사단이 밀지(密旨)라는 것을 남긴 것이 사실이고, 이 비밀 결사의 추밀단원들이 그것을 계승한 것이 사실이라면 마땅히 그것을 찾아내어야 할 터인데, 그렇다면 어디에 있을까요? 그들이 쉽게 은신할 수 있는 곳, 갖가지 의식과 신화를 창출함으로써 그 속에다, 물속의 물고기처럼 제 모습을 감출 수 있는 곳이 아니겠어요? 경찰관이 악당의 괴수, 말하자면 그 악당 무리의 뿌리를 찾을 때 어디를 뒤지는지 아시오? 시시한 곳, 악당의 괴수가 저지르는 거창한 범죄는 꿈도 못 꾸는 시시한 잡범이 우글거리는 술집 같은 곳을 뒤진답니다. 테러리스트 두목이 새 하수인을 찾을 때 어디로 가는지 아시오? 가짜 테러리스트들이 우글거리는 곳, 진짜 테러리스트가 될 배짱이 없는 가짜들, 그러나 저희들의 우상인 진짜 테러리스트의 위업을 공개적으로 흉내나 내는 무리들의 소굴로 간답니다. 눈에 드러나지 않는 불씨는 어디에 있는지 아시오? 불속에 있거나, 떨기나무에 붙었던 큰 불이 잠잠해진 뒤, 잔가지 사이에서, 짓밟힌 오물 속에서도 계속 타오르는 불길 속에 있답니다. 진짜 성전 기사단원을 찾는 데 가짜 성전 기사단보다 더 나은 곳은 없는 법이지요.(이제 내가 이들과 교우하는 까닭을 아시겠소?)」

62

어떤 동아리의 이름이나 목표나 그 입회식이 드루이드적이라면, 그 단체를 드루이드 단체라고 불러도 무방하다.
— M. 라울, 『드루이드교, 현대 켈트족의 비밀 결사 입문 의례』, 파리, 로셰, 1983, p. 18

자정이 가까워지고 있었다. 알리에에 따르면, 우리를 놀라게 할 두 번째 순서가 기다리고 있었다. 우리는 가공원을 떠나 산속으로 차를 몰았다.

45분 정도 갔을까? 알리에가 숲 가장자리에 우리가 탄 자동차 두 대를 세우게 했다. 그의 말에 따르면 우리는 관목 숲을 헤치고 공터로 올라가야 했다. 거기서부터는 도로도 산책로도 없었다.

우리는 관목과 덩굴을 헤치며 올라갔다. 썩은 낙엽과 미끄러운 나무뿌리 때문에 구두가 미끄러지고는 했다. 가끔씩 알리에는 길을 찾기 위해 손전등을 켰다가도 곧 꺼버리고는 했다. 우리가 올라가고 있는 걸 비의(秘儀) 참가자들에게 들켜서는 안 된다는 것이었다. 디오탈레비가 볼멘소리를 했다. 정확하게는 기억나지 않지만 〈빨간 두건〉[1] 이야기를 했던 것 같다. 그러자 알리에가 잔뜩 긴장된 목소리로 조용히 하라고 했다.

---

1 늑대의 밥이 된, 『그림 동화』의 여주인공.

관목 숲을 거의 벗어났을 즈음 사람들이 웅얼거리는 소리가 들렸다. 공터 가장자리에 이르러 보니 멀리 공터를 비추고 있는 불빛이 보였다. 횃불 같기도 하고, 제등(祭燈) 같기도 했다. 지면 가까이에서 비치는 가냘픈 은색 불빛이었는데, 마치 풀밭 위에 떠다니는 가스가 방울을 이루어 싸늘하게 화학적으로 연소되고 있는 듯했다. 알리에는 우리에게 그 자리에서 꼼짝도 하지 말고 관목 숲을 은폐물 삼아 숨어서 기다리라고 했다.

「조금 있으면 제니(祭尼)들이 올 겁니다. 드루이드교의 여사제들이지요. 오늘 밤의 제사는, 위대한 우주의 성처녀신 미킬을 초혼하는 제삽니다. 이 미킬을 기독교도들 구미에 맞도록 각색한 게 바로 성 미카엘입니다. 성 미카엘이 천사인 것은 결코 우연이 아닙니다. 성 미카엘은 양성구유(兩性具有)가 됨으로써 여신의 지위를 겸할 수 있는 것이지요.」

「도대체 어디에서 온 사람들입니까?」 디오탈레비가 목소리를 죽이고 물었다.

「방방곡곡에서요. 노르망디, 노르웨이, 아일랜드…… 매우 특별한 행삽니다. 그리고 이 공터야말로 이 특별한 행사에 딱 어울리는 곳이고요.」

「그건 왜 그렇습니까?」 가라몬드 사장이 물었다.

「곳에 따라 주력(呪力)도 다르답니다. 이곳은 주력이 드센 곳이지요.」

「뭘 하는 사람들입니까? 무슨 일을 하는 사람들인지 궁금하군요.」

「오합지중이지요. 비서, 보험 외판원, 시인. 저 사람들, 내일 다시 만난다고 해도 여러분은 알아보지 못할 겁니다.」

공터로 들어갈 준비를 하고 있는 사람 몇몇이 우리 시야에 들어왔다. 나는 그제야 그 푸르스름한 불빛이, 제니들이 들고 있는 작은 등잔불 빛이라는 걸 알았다. 불빛이 지면 가까이 있는 것으로 보였던 것은 그 공터가 언덕 위에 위치해 있기 때문이었다. 아래쪽에서 올라온 듯한 제니들은 이윽고 정상의 작은 고원 같은 공터로 접근하고 있었다. 제니들은 산들바람에도 살랑거리는 하얀 두루마기를 입고 있었다. 제니들이 원을 그리며 걸음을 멈추었다. 원 안에는 의식의 집전을 맡은 세 제니가 서 있었다.

「저들이 바로 리시외, 클롱마크누아즈 그리고 피노 토리네제에서 온 제니들입니다.」알리에가 설명했다. 「왜 하필 저들이지요?」벨보가 물었다. 「더 이상은 묻지 마세요. 우리는 쥐 죽은 듯이 하고 기다려야 합니다. 북구 주술의 제의와 그 위계는 몇 마디로 요약할 수 있는 게 아닙니다. 내가 말해 줄 수 있는, 이 정도로 만족하세요. 내가 더 이상 말할 수 없는 것은 여기까지밖에는 알지 못하기 때문에, 혹은 말해서는 안 되기 때문입니다. 특정한 비밀을 비공개한다는 맹세는 존중해 주어야 합니다.」

공터 한가운데엔 선돌을 연상시키는 거대한 바위 덩어리가 모여 있었다. 바로 그 일군의 바위 덩어리 때문에 그 공터가 제장으로 선택되었을 가능성이 있어 보였다. 참례자 중 하나가 선돌로 올라가 나팔을 불었다. 몇 시간 전 영상으로 본 나팔에 견주면 훨씬 더 트럼펫다워서 흡사 오페라 「아이다」에서 개선 행진곡을 연주하는 트럼펫 같았다. 그러나 거기에서 울려 나오는 소리는 소음기에 가려진 듯한 야상곡조여서, 우리와 트럼펫까지의 거리가 먼 것이 아닌데도 아득히 먼 데서 들려오는 것 같았다. 벨보가 팔꿈치로 내 옆구리를 쿡 찌르며 속삭였다. 「저거 램싱일세. 〈투그 단원〉[2]들이 신성한 반얀 보리수 아래서 불던 각적(角笛)이라고……」

「신통력이라면 봄바르돈이 더했으면 더했지 덜하지는 않았을 텐데요.」 아뿔싸. 내 응수는 그에게 잔혹하게 들렸을 가능성이 컸다. 나는, 벨보가 그 나팔로 인한 다른 개인적인 연상을 억누르려고 그런 농담을 했다는 걸 까맣게 몰랐던 것이었다. 따라서 나는 그의 상처에다 칼을 박고 휘저어 놓은 셈이었다.

「저 사람들도 어쩌면 봄바르돈이 싫어서 여기에 와 있는지도 모르지.」 벨보는 이렇게 중얼거리며 고개를 끄덕였다.

벨보가, 자기의 개인적인 꿈과, 그즈음에 그에게 일어났던 일련의 사건 사이에 무슨 연관성이 있다고 보기 시작한 것은 바로 그날 밤이었을까?

알리에가 우리의 속삭임을 알아들었을 리 만무했다. 그러나 우리가 속삭이고 있다는 건 알았던지 우리의 말허리를 잘랐다. 「경고의 나팔 소리도 신호의 나팔 소리도 아니고 지중음파(地中音波)와의 접촉을 시도하는 초음파와 같은 겁니다. 보세요. 둥그렇게 둘러선 드루이드 제니들이 손을 맞잡잖아요? 저들은 지구의 진동을 모으고 집중시키는 일종의 살아 있는 집음기(集音器) 노릇을 하고 있는 겁니다. 곧 구름이 나타나겠군요……」

「무슨 구름요?」 내가 가만히 물었다.

---

2 인도의 옛 종교 비밀 결사에 소속된 암살자들로서, 사람을 죽일 때 반드시 목을 졸라 죽였다.

「전승에 따르면 초록 구름이지요. 기다려 봅시다⋯⋯.」

설마 녹색 구름이랴 싶었다. 그러나 이렇게 생각하는 순간 땅에서 부드러운 김이 솟아올랐다. 좀 더 진하고, 균일했더라면 안개라고 생각했을 것이다. 그러나, 짙은 데도 있고 옅은 데도 있어서 마치 켜로 이루어진 것 같았다. 바람이 불자 켜를 이루고 있던 김이 솜사탕처럼 덩어리가 되어 떠올라 옆으로 이동하는가 싶더니 그 순간 이동한 자리에서 덩어리가 되었다. 기이한 광경이었다. 그 덩어리 때문에 뒤에 있는 나무들이 사라졌다가 나타나는가 하면 나타났다가 사라지고는 했다. 그동안 공터 중앙으로 솟아오른 김의 덩어리는 시시각각으로 커지고 짙어지면서 제니들의 모습은 우리 시야에서 사라졌다. 달빛만 김의 너울에 가린 공터 가장자리를 비출 뿐이었다. 김의 덩어리, 혹은 구름의 덩어리는, 변덕스러운 바람의 희롱에 복종하여 종잡을 수 없이 일렁거렸다.

문득 화학 약품이 일으킨 조화라는 생각이 들기도 했지만 그 공터가 해발 6백 미터나 되는 곳에 있었던 만큼 진짜 구름이었을 가능성도 있다. 그렇다면 제니들은 그런 구름이 산꼭대기 공터에 생길 것을 미리 알고 있었던 것일까? 아니면 실제로 구름을 일으켰던 것일까? 제니들은, 때에 따라 김이 그 산꼭대기의 지표 가까운데서 생성된다는 것을 알고 있었던 것일까?

나는 그 기이한 광경에서 눈을 뗄 수가 없었다. 제니들이 걸친 두루마리와 구름의 하얀 빛이 섞이고, 그 희뿌연 연기 속으로 제니들의 모습이 사라졌다가 다시 나타나고는 하는 것이, 마치 구름으로부터 제니들이 비롯된 것 같았다.

한순간 구름은 그리 넓지 않은 풀밭 한가운데를 모두 가렸다. 솟고, 오르고, 나뉘는 구름은 달까지 가릴 기세였다. 그러나 공터 가장자리는 여전히 밝았다. 한 드루이드 제니가 구름 속에서 나와 팔을 쳐든 채 소리를 지르며 숲 쪽으로 달려갔다. 우리를 보고, 저주를 퍼붓고 있는 것 같아서 가슴이 철렁 내려앉았다. 그러나 제니는 우리의 몇 미터 전방에서 걸음을 멈추고는 돌아서서 구름 주위를 빙글빙글 돌더니 구름의 왼쪽으로 들어갔다가 잠시 후 오른쪽으로 나왔다. 그리 멀지 않은 거리에 있었으므로 가까이서 그 제니의 얼굴을 볼 수 있었다.

단테의 코를 연상시킬 정도로 큰 코, 흉터를 연상시킬 정도로 얇은 입술. 입은 해저에서 핀 꽃처럼 활짝 열려 있었다. 두 개의 앞니와 양쪽의 송곳니를 제외하면 이빨이 없었다. 날카롭게 번쩍거리는 눈의 안광은 어둠을 찌를 듯했다. 제니가 주문을 외기 시작했다. 게일어인 듯한 일련의 언어에 섞인 라틴어 주문이었다. 내 기억이 어쩌면 정확하지 않은지도 모른다. 나는 어쩌면, 그때의 기억에 다른 기억을 보태고 있는지도 모른다. 그러나 나는 다음과 같은 주문을 들었던 것 같다. 「오 페니아(오, 에 오!) 에트 에에에 울루마!!!」 바로 그 순간 안개가 걷히고 공터가 훤하게 드러났다. 놀랍게도, 언제 왔는지 공터에는 돼지 떼가 몰려와 있었다. 돼지의 목에는 풋사과를 잘라 만든 목걸이가 걸려 있었다. 나팔을 들고 있던 제니는 여전히 선돌 위에 서 있었다. 제니는 언제 빼들었는지 칼을 휘둘렀다.

「이제 가시지요. 끝났습니다.」 알리에가 단호한 어조로 말했다.

공터를 가리던 안개는 어느새 우리를 둘러싸고 있었다. 일행이 잘 보이지 않을 정도로 짙었다.

「아니, 끝난다니요? 내가 보기에는 진짜 구경거리는 이제부터인 것 같은데요?」 가라몬드 사장이 볼멘소리를 했다.

「끝났다는 것은, 여기까지밖에는 볼 수 없다는 뜻입니다. 지금부터는 구경이 허용되어 있지 않습니다. 우리는 마땅히 이 의식을 존중해 주어야 합니다. 가시지요.」

알리에는 다시 관목 숲 속으로 들어가더니, 우리를 둘러싸고 있던 안개 속으로 모습을 감추었다. 우리는 덜덜 떨면서 관목 숲 속으로 들어가 낙엽에 미끄러지면서 진동한동 산을 내려갔다. 주차한 곳에 이르렀을 때는 흡사 패잔병 꼴이었다. 두 시간만 달리면 밀라노에 도착할 수 있을 터였다. 가라몬드 사장의 자동차에 오르기 직전에 알리에는 우리에게 작별 인사 삼아 이렇게 말했다. 「구경을 중도에 이렇게 막아서 미안합니다. 양해해 주세요. 나는 여러분이 오늘 본 것을 통해 뭔가를 배울 수 있었으면 했습니다. 우리가 지금 하고 있는 일은 이런 사람들의 믿음을 다루는 일입니다. 그래서 이런 사람들의 의식을 잠깐이나마 구경시켜 드린 것입니다. 그러나 더이상은 안 됩니다. 이런 의식이 있다는 소식을 들었을 때 나는 이 의식의 관계자와, 절대로 의식을 방해하지는 않겠다고 약속했습니다. 우리가 거기에 더 있었으면 의식에 별로 좋지 않은 영향을 미쳤을 겁니다.」

「돼지들은 어떻게 되는 겁니까?」 벨보가 물었다.

「할 수 있는 대답은 다 했습니다.」

63

「물고기를 보면 무엇을 연상하게 되나?」
「다른 물고기를 연상하게 되지.」
「그럼 다른 물고기를 보면 무엇을 연상하게 되나?」
「또 다른 물고기를 연상하게 되지.」
— 조지프 헬러, 『캐치 22』, 뉴욕, 사이먼 앤드 슈스터, 1961, 제27장

나는, 심한 죄의식을 느끼면서 피에몬테에서 돌아왔다. 그러나 리아를 보는 순간, 그동안 나를 괴롭혀 오던, 로렌차에 대한 욕망이 눈 녹듯이 사라졌다.

이 여행은 나에게 흉터 하나를 남겼다. 그런데도 나는 당시에는 이 문제에 대한 고민을 전혀 할 수 없었는데, 고민할 수 없었다는 바로 그 사실이 지금 나를 착잡하게 한다. 피에몬테에서 돌아온 직후부터 나는 〈금속의 경이로운 모험〉에 들어갈 도판을 장별(章別)로 최종 정리를 하고 있었는데, 문득 리우에서 경험했던, 사물과 사물이 유사하다는 기이한 느낌이 고개를 들었다. 리우에서 경험했던 것 이상으로 나는 이런 느낌에 시달렸다. 가령, 1750년에 레오뮈르가 발명한 원통형 난로는 계란 부화실, 혹은 정체불명의 금속을 연금하는 태반이자 암흑의 자궁인 이 17세기의 아타노르[鍊金爐]와 똑같아 보여서 나는 이들이 어떻게 서로 다른지 설명해 낼 수가 없었다. 내가 보기에는 일주일 전에 방문했던 피에몬테의 저택은 도이치 박물관과 조금도 다를 것이 없어 보였다.

나는 마술의 세계와, 오늘날 우리가 말하는 정교한 사실의

세계를 구별하기가 날이 갈수록 어려워졌다. 학교에서, 수학적·물리학적 계몽주의의 선구자들로 배웠던 인물들이 미신의 어둠 속에서 불쑥불쑥 나타나고는 했다. 그들은 한 발은 카발라에 담근 채 실험실에서 과학의 연구에 몰두하고 있었던 것이었다. 내가 가라몬드 출판사를 중심으로 배회하는 〈악마 연구가들〉의 눈으로 역사를 다시 읽고 있었기 때문에 그랬던 것일까? 그러나 반드시 그랬다고는 볼 수 없다. 실증주의 시대의 과학자들도 대학 문을 나서기가 바쁘게 세앙스[巫儀]나 점성학회 같은 곳을 드나들었고, 뉴턴이 중력의 법칙을 발견하게 된 것은 은비주의적인 권능을 믿고 장미 십자단의 우주관을 연구했기 때문이라는 사실은 꽤 권위 있는 책도 인정하고 있었다.

나는 늘 의심이야말로 과학자의 의무라고 생각했는데 바야흐로 의심할 것을 가르친 대가들을 의심하게 된 것이었다.

나는 어쩌면 암파루와 이렇게 똑같은가. 암파루가 그랬듯이 나는 믿지 않는 것에도 굴복한다. 그렇다. 나는 믿지 않으면서도 대피라미드의 높이가, 지구 태양 간 거리의 10억분의 1이며, 켈트 신화와 아메리카 인디언 신화가 유사하다는 사실에 적지 않게 놀라고 있었다. 동시에 내 주변에 있는 모든 것, 집, 가게의 간판, 하늘의 구름, 도서관에서 찾아낸 판화, 이런 것들에 대해 의혹을 제기했다. 나는 이런 사물에 대해 피상적이고 표면적인 의미가 아니라, 이들이 숨기고 있을 터인 궁극적인 의미를 요구했다. 나는 이런 사물들이 신비주의적인 유사성의 원리를 통해 보다 깊은 의미를 드러낼 것이라고 생각했다.

일시적이기는 하나, 리아가 나를 구해 주었다.

나는 리아에게, 피에몬테에서 있었던 일을 빠짐없이(혹은 거의 빠짐없이) 들려주었다. 당시 나는 거의 매일 밤 〈금속의 경이로운 모험〉에 들어갈 상호 참조 자료를 모아 귀가하고는 했다. 「먹어야 해. 당신은 바지랑대처럼 말랐어.」 귀가할 때마다 리아로부터 듣던 소리였다. 그러던 어느 날 밤, 리아는, 책상 앞에 앉아 있는 내 옆에 자리를 잡고 앉았다. 모처럼 가운데 가르마를 탄 덕분에 리아는 머리카락의 방해를 받지 않고 나를 바라볼 수 있었다. 두 손을 무릎에 올려 놓고 앉아 있는 품이 제법 가정주부다웠다. 나는 리아가, 치마가 팽팽하게 당길 정도로 무릎을 벌리고 앉은 모습을 본 적이 없었다. 우아하지 않은 자세라고 나는 생각했다. 그러나 리아의 상기된 표정은 내 눈이 다 부실 지경이었다. 그날 밤, 나는 리아의 말을, 당시에는 그 이유를 몰랐지만, 내심 존경스럽다는 생각까지 하면서 경청했다.

「핌, 마누치오 일 때문에 당신이 이러고 다니는 거, 나 안 좋아. 처음에는 애들이 조개껍질 모으듯이 이런저런 역사적 사실을 수집했었는데 요즘에는 꼭 복권 번호라도 확인하려는 사람 같아.」

「이번에는 나 자신이 즐기게 된 것뿐이야. 〈악마 연구가들〉이 하는 생각이나 하는 짓거리를.」

「즐기는 게 아니야, 사로잡힌 거지. 즐기는 것과 사로잡히는 것은 달라. 조심해. 조심하지 않으면 조만간 〈악마 연구가들〉 때문에 돌아 버릴지도 모를 테니까.」

「과장하지 마. 돌아 버리는 건 내가 아니라 놈들이야. 정신 병원에서 일한다는 이유만으로 도는 사람 봤나?」

「두고 볼 일이네.」

「리아, 당신도 알겠지만 나는 사물과 사물 사이의 유사성에 대해 늘 회의적이었어. 그런데 요즘은 꼭 유사 연상의 잔치라도 벌어진 느낌이야. 유사 연상의 코니아일랜드, 유사 연상의 모스크바 메이데이, 바야흐로 추론(推論)의 희년 축제(禧年祝祭)라고나 할까. 이런 일이 벌어진 데는 나름의 이유가 있지 않을까, 그런 생각이 들기 시작했어.」

「정리할 필요가 있어서 당신의 파일을 봤어. 당신의 그 〈악마 연구가들〉이 발견했다는 게 뭔지 몰라도 그거 다 우리 주위에 있다고. 어디 나 좀 잘 봐.」

리아는 이러면서 자기 배와 허벅지와 이마를 토닥거리더니, 치마가 팽팽하게 당길 정도로 다리를 벌리고는 앉음새를 고쳐, 젖이 잘 나오는 믿음직스럽고 건강한 유모처럼 앉았다. 날씬하고 나긋나긋한 리아가 젖 잘 나오는 유모처럼 보이는 것도 별일이었다. 리아의 화창한 지성은 리아 자신을 빛나게 하는 동시에 리아가 지닌 모성에 어떤 권위를 부여하는 것 같았다.

「픾, 원형이라는 것은 존재하지 않아. 존재하는 것은 육체뿐이야. 이 아랫배 속은 아름다워. 왜냐? 아기가 여기에서 자라고, 당신의 귀여운 꼭지가 영광과 환희에 떨면서 찾아 들어가고, 기름지고 맛나는 음식물이 내려가기 때문에 아름다운 거야. 바로 이런 이유에서 석굴이, 갱도가 아름답고 소중해 보이는 거야. 미로가 아름답고 소중한 것도, 미로라는 것이 원래 우리 내장과 닮았기 때문에 그런 거라고. 누구든지 아름답고 소중한 걸 발명하려면 거기에서 시작하는 수밖에 없어. 왜냐? 당신도 거기에서 나왔으니까. 생육이라는 것은 늘 공동(空洞)에서 시작되는 거야. 태초에는 혼돈과 부패가 자리 하던 곳. 아, 그런데 봐, 여기에서 인간이 태어나고 대추야자 나무가 자라고, 여기에서 바오바브나무가 자란다고.

높은 건 낮은 것보다 낫지. 왜냐? 사람이 머리를 아래로 하면 피가 머리로 몰려서 못 쓰거든. 머리에서는 냄새가 별로 안 나지만 발은 냄새가 너무 나거든. 땅속으로 들어가 구더기의 먹이가 되기보다는 나무에 올라가서 과일을 따는 게 낫거든. 다락방에 올라가지 않는 이상 위에 있는 것에 다치는 일은 별로 없지만 떨어져서 다치는 일은 잦아. 바로 이 때문에 높은 건 천사 같고 낮은 건 악마다운 거야.

하지만, 조금 전에 내가 아랫배에 대해서 한 말도 옳기 때문에, 결국은 아래 안쪽에 있는 것도 아름답고, 위 바깥쪽에 있는 것도 아름답기 때문에 둘 다 참이야. 〈메르쿠리우스〉[1]니 마니교[2]니 하는 것과는 아무 관계도 없다고요. 불은 우리 몸을 따뜻하게 해주지만 추위는 기관지염이나 폐렴의 원인이 되기도 하죠. 더구나 4천 년 전 사람에게 불의 존재가 얼마나 신비스러워 보였겠어요? 그래서 불은 닭을 요리하는 데 요긴할 뿐만 아니라 갖가지 신비스러운 힘을 가진 존재로 보였던 거죠. 하지만 추위는 닭을 보존하는 데 여간 요긴하지 않은 반면에 불은 잘못 만지면 이만한 물집이 생기는 수도 있죠. 알겠어요? 그래서 뭔가를, 지혜 같은 것을 보존하는 데는

---

1 메르쿠리우스의 그리스 이름인 〈헤르메스〉는 〈연금술〉이라는 말의 어원이 된다. 따라서 여기에서는 〈연금술〉.
2 마니가 제창한 종교로, 그노시스파 기독교, 불교, 조로아스터교의 사상이 망라되어 있다. 삶을 광명(선, 신, 정신)과 암흑(악, 악마, 육체)의 이원적인 대립으로 파악한다.

산이나 높은 데(높은 건 좋으니까), 요컨대 석굴(좋고말고)이나 티벳의 만년설(금상첨화죠)이 필요했던 거예요. 지혜가 스위스의 알프스에서 오지 않고 동방에서 오는 까닭은 우리 조상들이 아침에 깨어나 비가 오지 말고 해가 제대로 솟아 주었으면 하고 바라면서 바라보는 방위가 동쪽이었기 때문이라고요.」

「잘 알겠어요, 엄마.」

「아이고 착하지 우리 아기. 그러니까 잘 들어. 해가 왜 좋아? 햇빛이 우리 몸에 좋은 데다 날마다 떠오르기 때문이지. 그래서 한번 없어진다고 해서 사라져 버리는 게 아니라 되돌아오는 건 좋은 거야. 간 길을 되밟지 않고 처음 있던 자리로 되돌아오는 방법 중 제일 좋은 방법은 둥그렇게 원을 그리면서 걷는 거 아니겠어? 둥글게 몸을 꾸부릴 수 있는 동물이 뭐? 뱀이지? 뱀에 대한 신화나 미신이 많은 이유가 여기에 있다고. 하마를 가지고, 몸을 꼬부린 형상을 만들어 태양의 재생을 상징하는 도형으로 삼을 수는 없으니까. 태양제를 지내면서 의례적으로 태양의 운행을 체현한다고 쳐. 제일 좋은 방법은 원을 그리면서 도는 방법밖에 없어. 왜냐? 직선으로 걸으면 제장(祭場)에서 점점 멀어질 수밖에 없으니까, 의식을 오래 계속할 수 없거든. 원이라는 게 어떤 의식에도 잘 어울리는 까닭이 여기에 있어. 심지어는 장거리에서 불 먹는 마술을 부리는 사람도 원이 얼마나 유용한가를 잘 알아. 원형으로 구경꾼을 배치해야 많은 사람들 눈에 띌 수가 있거든. 군인들처럼 오(伍)와 열(列)을 지어 일렬로 서버리면 맨 뒤에 있는 사람에게는 아무것도 안 보이지. 원과 원운동, 또는 주기적인 회귀가 비의나 일반적 의례의 기본이 되는 이유가 바로 여기에 있다고.」

「알았어요, 엄마.」

「당신네 필자들이 그토록 좋아하는 수비학(數秘學) 쪽으로 옮겨 가 볼까? 당신은 둘이 아니라 하나야. 당신에게도 나에게도 성기는 하나밖에 없고, 코와 심장도 각각 하나씩이지. 중요한 것일수록 하나씩 있는 경우가 그만큼 많은 거야. 그런데 우리의 눈, 귀, 콧구멍, 내 젖가슴, 당신의 고환, 다리, 팔, 엉덩이는 둘씩이지. 그러니까 둘도 소중한 거야. 〈3〉이 신비로운 까닭은, 〈3〉이 비로소 우리 몸을 떠나기 때문이야. 우리 몸에는 세 개 있는 게 없으니까. 그래서 〈3〉에서 모든 민족은 신을 연상한답니다. 따져 볼까? 당신의 꼭지와 내 것이 결합하면 — 저리 못 가? 장난꾸러기 같으니 — 제3의 개체가 생겨나고, 그래서 우리는 셋이 되지. 그러니까 지상의 모든 민족이 지닌 삼중 구조, 삼위일체의 신화를 알기 위해 대학 교수가 되거나 컴퓨터를 두드릴 필요는 없는 거야.

그런데 두 다리와 두 팔을 합치면 넷이 되지? 넷도 아름다운 숫자랍니다. 짐승은 네 다리로 기어다니고, 스핑크스의 수수께끼에도 나오듯이 아기도 네 발로 기어다니지. 다섯이 신성한 이유는 말 안 해도 알겠지? 손을 보세요. 손가락이 다섯 개, 두 손의 손가락을 합치면 또 하나의 신성한 숫자 〈10〉이 돼. 모세의 십계명이 12계명 아니고 십계명인 이유도 목사에게 손가락이 열 개밖에 없기 때문이야. 12계명이 되었더라면 목사들이 얼마나 불편했겠어? 11계명, 12계명을 셀 때는 부목사의 손을 빌어야 했을 테니까.

이제 당신 몸을 가지고 생각해 봐. 몸에서 튀어나오면서 자라는 걸 한번 세어 보라고. 양팔, 양다리, 머리, 성기, 이렇게 해서 여섯 개지? 그런데 여자의 경우는 일곱 개가 된답니다. 그래서 당신네 필자들은 이 〈6〉이라는 걸 〈3〉의 배수라는 정도로 홀대하는 거야. 남성에게 〈6〉이라는 숫자는 지극히 친근한 숫자라서 별로 주의를 안 기울여. 그러나 〈7〉은 신성한 숫자로 취급된답니다. 왜냐? 여자들에게는 이 〈7〉이라는 수 역시 친근한 숫자라는 걸 남자들은 모르거든요. 여자의 젖가슴을 고려하지 않은 탓이지.

8…… 8……. 잠깐만 기다려 봐. 8의 정체는 뭘까? 발과 다리를 각각 하나로 세지 말고, 팔꿈치와 무릎의 관절 부분을 각각 둘로 세면, 우리 몸통에는 밖으로 뻗은 뼈가 모두 여덟 개가 있는 셈이군. 여기에 머리를 더하면 아홉이 되고, 몸통까지 덧붙이면 열이 되네. 사람의 몸만 가지고 헤아려 봐도 모든 숫자가 다 있다고. 구멍도 있고.」

「구멍?」

「그래요. 사람의 몸에 구멍이 몇 개나 뚫려 있는지 알기나 해?」

「눈구멍, 콧구멍, 입구멍, 항문…… 모두 여덟 개군.」

「그렇지? 그래서 〈8〉이라는 숫자가 또 한 번 아름답고 소중한 거라고. 하지만 내게는 구멍이 아홉 개 있어. 당신은 자기가 태어난 구멍은 세지 않았으니까. 그러니까 〈8〉보다는 〈9〉가 훨씬 신성한 거라고. 당신이 애독하는 필자들, 걸핏하면 선돌의 해부 어쩌고 하지? 당신에게도 선돌처럼 일어서는 게 있잖아? 사람은 낮에는 서 있다가도 밤이 되면 눕지. 당신에게도 섰다가 누웠다가 하는 게 있군. 아니, 그게 밤에 무슨 짓을 하는지 꼭 말해야겠어? 중요한 것은 일할 때는 서 있다가 쉴 때는 눕는다는 거야. 그래서 직립은 곧 생명을 뜻해. 태양을 향하고 있으니까. 오벨리스크를 봐. 나무처럼 꼿꼿하게 서 있지. 반면에 누운 자세와 밤은 수면과 죽음을 상징해. 모든 문화가 선돌, 고인돌, 피라미드, 기둥 같은 걸 숭배하는 까닭이 여기에 있어. 발코니나 계단 손잡이에다 대고 절하는 사람 봤어? 또 하나 재미있는 건, 직립해 있는 것이 사람들 눈에 골고루 잘 띈다는 거야. 생각해 봐. 직립해 있는 구조물을 숭배할 경우, 숭배객이 아무리 많아도 상관없잖아? 하지만 수평으로 누워 있는 돌을 숭배하는 경우를 상상해 봐. 맨 앞줄 사람들 눈에만 보일 테니, 얼마나 불편하겠어? 뒤에 있는 사람들은 너도나도 앞으로 나오려고 아우성을 칠 테지. 의례가 이 꼴이 되어서야 말이 아니지.」

「그럼 강은?」

「강이 숭배의 대상이 된 것은 그게 수평으로 흐르기 때문이 아니라 물이 있기 때문이야. 물과 사람 몸의 관계야 더 말할 나위도 없겠지? 요컨대, 민족은 달라도 숭배의 대상은 비슷한 까닭, 서로 수만 킬로미터 떨어져 있어도 만들어 낸 상징은 서로 비슷한 까닭은 여기에 있어. 어차피 몸에서 시작되는 것이니 비슷한 건 당연한 일 아니겠어? 그래서 유식한 사람에게 뜨뜻한 연금로(鍊金爐)를 보여 주면 대뜸 태아가 든 모태를 생각하는데, 당신네 〈악마 연구가들〉만 유독, 예수를 잉태한 성모를 보면서 이걸 연금로의 상징이라고 생각하는 거라고. 당신네 〈악마 연구가들〉이 수천 년 동안 무슨 계시를 고대해 왔다고? 그건 그 사람들 코앞에 있어. 거울만 보면 금방 알 수 있는 걸 가지고 왜들 그런대?」

「당신은 늘 진리만 얘기하는군. 그래. 당신은 나의 〈거울에 비친 나〉, 〈당신에게 비친 나〉를 모두 볼 줄 알아. 자, 그러면 우리 몸이 감추고 있는 그 은밀한 원형을 한번 샅샅이 탐험해 볼까나.」 우리가 〈원형 탐험〉이라는 말을 발명한 것은 그날 밤이었다. 우리는 친밀한 정교(情交)를 〈원형 탐험〉이라고 부르기로 한 것이다.

마악 잠이 드는데 리아가 내 어깨를 건드리면서 속삭였다. 「깜빡 잊을 뻔했네. 나 아기 가졌어.」

리아의 말을 들을 것을. 리아는 나에게 그날 생명과 탄생의 지혜를 송두리째 들려주었다. 우리는 아가르타의 지하도를 찾아 들어가면서, 〈너울 벗은 이시스〉의 피라미드를 찾아 들어가면서 사실은, 공포의 세피라인 〈게부라〉로 들어간 셈이었다. 〈게부라〉는, 악의 공포가 이 세상에 현현하는 세피라에 속한다. 나는 소피아에 대한 생각에 기꺼이 유혹받았던 것이다. 코르도베로 사람 모세는, 여성은 속성상 좌익이어서 〈게부라〉를 지향하게 되어 있다고 쓴 적이 있다. 말하자면 남성이 바로 이러한 속성을 이용해서 자기 〈신부〉를 사랑하고, 우익, 즉 선을 지향하게 해주지 않는 한 그렇게 되어 있다는 것이다. 모든 욕망은 한계를 벗어나지 못하도록 고삐에 묶여야 한다. 그렇지 않으면 게부라가 최후의 심판을 주장한다. 그러면 암흑의 세상, 악마의 우주가 된다.

욕망을 다스린다……. 움반다 제장에서는 나도 욕망을 다스렸다. 나는 아고구를 쳤고, 적극적으로 의식에 참여함으로써 탈혼 망아의 지경을 피할 수 있었다. 나는 리아와도 그랬다. 나는 〈신부〉에게 경의를 표하기 위해 내 욕망을 조절했다. 이로써 나는 내 아랫배로 축복을 받은 것이다. 내 씨앗에 강복(降福)한 것이다.

그러나 나는 거기에 엄격하지 못했다. 오래지 않아 나는 〈티페렛〉의 아름다움에 마음을 빼앗기고 말았으므로.

티페렛

64

전혀 새로운, 미지의 도시에 사는 꿈은 임종을 의미한다. 사실 사자(死者)들도 어디엔가 살고 있기는 한데 그것이 어디인지는 아무도 모르기 때문이다.
— 제롤라모 카르다노, 『아귀가 맞지 않는 꿈』, 바젤, 1562, 1, 58

〈게부라〉가 악과 공포의 세피라인 데 견주어 〈티페렛〉은 아름다움과 조화의 세피라이다. 디오탈레비의 말마따나 〈티페렛〉은 이해의 빛이고 생명의 나무다. 그것은 기쁨이며 정정한 외양이며, 율법과 자유의 화합이다.

우리 세 사람에게 그해는 환희가 넘치는 한 해, 진반 농반(眞半弄半)으로 우주의 위대한 텍스트를 역전시키고 〈전통〉과 〈전자 기기〉의 결혼식을 축하한 해이기도 하다. 우리는 창조했고, 우리가 창조한 것을 보고 기뻐했다. 그해는 우리가 〈계획〉이라는 것을 발명해 낸 해이기도 하다.

벨보와 디오탈레비 역시 나와 같은 양감(量感)의 행복을 느꼈는지 그것은 모르겠지만 적어도 나에게만은 참으로 행복한 한 해였다. 리아의 배 속에 있는 아기는 정상적으로 자라고 있었고, 가라몬드 출판사와 나의 개인 사무실에서 들어오는 수입으로 사는 것도 여유로웠다. 그때까지도 공장 건물을 개조한 아파트의 내 사무실은 건재했다. 그러나 우리는 리아의 아파트를 수리하고 대부분의 시간은 거기에서 보냈다.

〈금속의 경이로운 모험〉은 식자(植字)와 교정 단계에 있었다. 가라몬드 사장의 머릿속에 태풍이 분 것은 그즈음이었다.
「도판 마술사(魔術史)와 도판 연금술사(鍊金術史)를 만듭시
다. 〈악마 연구가들〉이 대고 있는 자료, 당신네 세 사람이 가
진 지식, 여기에 알리에의 놀라운 박학을 동원하면 1년 이내
에 천연색 도판이 든 4백 쪽짜리 대형 기획물을 펴낼 수 있을
겁니다. 금속사에서 쓴 도판도 재탕해 가면서 말이오.」

「주제가 다르지 않습니까? 사이클로트론[原子加速機] 사
진 가지고 마술사나 연금술사라면.」 내가 말했다.

「그 사진으로 뭘 할 수 있을지 생각해 봐야죠. 카소봉, 상
상력, 상상력을 동원하세요. 그 원자력 장비, 메가트론의 양
전자(陽電子)니 뭐니 하는 기계 속에서 어떤 일이 일어나고
있는 거지요? 물질이 융해된다는 것 아니오? 스위스 치즈를
집어넣고 돌리면 하트론 구성 입자인 쿼크, 블랙홀, 교반(攪
拌)된 우라늄이 나온다지 않소! 마술이 별건가요? 〈헤르메
스〉와 〈알케르메스〉는 남남이 아니잖아요? 왼쪽 면에는 파
라켈수스, 금빛 벽면을 배경으로 연금술의 시험관을 들고 서
있는 이 케케묵은 연금학자의 동판 초상을 넣고, 오른쪽 면에
는 행성상(行星狀) 천체, 중수(重水)를 교반하는 에너지 원,
은하 속에서 중력 렌즈 효과의 원인이 되는 물질 등등의 사
진을 싣는 거요. 무슨 말인지 모르겠어요? 진짜 마술사는 아
무것도 모르면서도 눈을 벌겋게 까뒤집고 설치는 늙은이가
아니라, 무한한 우주의 비밀을 캐내는 과학자란 말이오. 우리
주위에 있는, 신기한 것은 모두 찾아 모읍시다. 팔로마 산 천
문대는, 지금까지 공개한 것 이상의 훨씬 많은 정보를 감추고
있다는 걸 암시하는 겁니다……」

나를 격려하느라고 그는 내 월급도 미묘한 수준으로 인상

시켰다. 나는 트리스모진의 『유일(唯一)의 서(書)』와 가짜 룰루스의 『무(無)의 서』의 세밀화에 온 정신을 집중했다. 중세에는 부적으로 쓰이던 오망성(五芒星), 세피로트의 나무, 황도 12궁의 36 행성주(行星主)의 도판을 모아 파일을 만드는 한편, 도서관의 제일 외진 구석을 쑤시고 다니기도 하고, 왕년에는 문화 대혁명을 팔던 책장수로부터 자료도 여남은 권 사들였다.

〈악마 연구가들〉에 관한 한 나는, 자기 병원의 쾌적한 뜰에서 불어오는 미풍을 즐기면서 차츰 환자들에게 애착을 갖게 된 정신과 의사였다. 나는 그들과의 교우를 즐겼다. 정신과 의사 같으면, 환자들이 자기를 그렇게 만들었다는 사실도 알지 못하는 채, 처음에는 착란 상태에 대해서 글을 쓰다가 이윽고 착란 상태에 빠진다. 이런 착란 상태에 빠진 순간 정신과 의사는 자기야말로 예술가가 되었다고 생각한다. 〈계획〉의 아이디어도 이런 수순을 밟으면서 생겨난 것이다.

디오탈레비도 여기에 가담했다. 〈계획〉이 디오탈레비에게는 기도의 한 형식이었기 때문이었다. 나는 야코포 벨보도 나못지않게 이런 일을 즐기는 줄 알았지만, 지금 생각해 보면 즐긴 것 같지는 않다. 그가 손톱 여물을 썰고 있던 것으로 보아, 늘 초조한 가운데 여기에 참가했기가 쉽다. 어쩌면 그가 이 〈계획〉에 참가한 것은, 수많은 미지의 주소 중 하나, 각광(脚光)이 없는 무대를 찾기 위해서였는지도 모르겠다. 〈꿈〉이라는 제목이 붙은 그의 파일에는 이런 것에 대한 그의 언급이 나온다. 강림할 가능성이 전혀 없는 천사를 위한 대용 신학이었을까?

한 꿈속에서 다른 꿈을 꾸었는지, 두 꿈을 연달아 가면서 꾸었는지, 아니면 오늘은 이 꿈, 내일은 저 꿈 하는 식으로 교대로 꾸었는지 기억해 낼 수 없다.

나는 한 여자, 내가 아는 한 여자를 찾고 있다. 나와는 뜨겁고 깊은 관계를 맺고 있던 여자다. 이런 관계가 왜 소원해졌는지는 나도 모르겠다. 어쨌든 여자에게 계속 연락을 취하지 않았던 것은 나의 잘못이다. 그렇게 오랜 세월을 그대로 흘려보냈다니, 정말 이해가 안 간다. 나는 그 여자를 찾고 있다. 아니다. 그 여자들인지도 모르겠다. 한 여자가 아니라 여러 여자다. 여럿이었다. 나는 여자들을 모두 같은 이유로 잃었다. 내가 무심했던 탓이다. 지금 나는 어찌 할 바를 모르고 있다. 하나만이라도 있으면 좋을 텐데. 나는, 여자들을 잃음으로써 많은 것을 잃었다는 것을 알고 있다. 꿈속에서는 여자의 전화번호가 쓰인 수첩을 찾을 수가 없거나, 내 수중에서 사라지거나, 있는데도 펼 수 없게 되고는 한다. 심지어는 펴기는 펴는데, 원시(遠視)가 되는 바람에 이름을 읽을 수 없게 되는 꿈을 꾸기도 한다.

나는 그 여자가 어디에 있는지 안다. 정확하게 말하자면 정확한 장소를 모를 뿐, 그곳이 어떤 곳인지는 안다. 계단, 로비, 혹은 층계참에 대한 내 기억은 선명하다. 그런데도 나는 그곳을 찾기 위해 온 도시를 쑤시고 다니지 않는다. 그저 고민에 빠진 채 얼어붙은 듯이 죽치고 있다. 나는 여자와의 관계가 소원해지리라는 것을 알면서도 (일부러) 그 자리에 나가지 않았던 이유, 마지막이 되어 버린 그 자리에 나가지 못했던 이유를 생각하면서 내 머리를 쥐어뜯는다. 그 여자는 내 전화를 기다리고 있을 것임에 분명하다. 아, 이름이라도 알았으면. 나는 그 여자가 누군지 잘 안다. 단지 그 모습을 머릿속으로도 그릴 수 없을 뿐이다.

때로는 꿈꾼 뒤의 비몽사몽간에 꿈과 싸우기도 한다. 너는 모든 것을 샅샅이 기억하고 있다. 너는 감정적 찌꺼기까지 말끔히 청산했다. 남아 있는 것은 아무것도 없다. 네가 모르는 곳은 존재하지 않는다. 꿈속의 그런 곳은 존재하지 않는 곳이므로. 꿈은 꿈일 뿐이다.

그런데 의혹이 인다. 아무래도 나는 무엇인가를 잊은 것 같다. 무엇인가를, 다른 것에 정신이 팔려 어딘가에 처박아 둔 것은 아닐까 하는 생각이 든다. 그것이 얼마나 소중하고 얼마나 중요하고 얼마나 귀한 것인지도 모르는 채 수표나 중요한 메모를 바지 주머니나 헌 윗도리 주머니에 넣어 두고 있다가 세월이 지난 다음에야 문득 깨닫게 되듯이.

꿈에 본 도시의 이미지는 선명하게 기억한다. 파리다. 나는 센강 서안(西岸)에 있다. 강을 건너면 보주 광장 같이 생긴 광장에 이른다……. 아니 보주 광장보다 훨씬 트인 곳이다. 광장 끝에 마들렌 성당 같은 거대한 건물이 보이기 때문에 그렇다. 광장을 지나 성당 뒤로 돌아 나가면 구석에 고서점가가 나온다. 거리는 오른쪽으로 꼬부라지는데, 따라가면 좌우로 분명히 스페인의 바르셀로나의 바리오 고티코 같은 골목이 있다. 끝에는, 가로등이 밝은 가로수 길이 나올 것이고, 이 가로수 길 오른편의 막다른 골목에는 극장이 있다(이 장면은 사진 보듯이 선명하게 기억한다).

이 극장에서 무슨 일이 벌어지는지는 잘 모르겠다. 분명히 재미있으면서도 조금은 남세스러운, 가령 나체 쇼 같은 것이 공연되고 있을 거다. 아무래도 나체 쇼일 것 같아서 나는 누군가에게 선뜻 물어볼 수도 없다. 하지만 짐작하는 바가 있기에, 나는 어떻게든 그곳으로 가려고 한다. 그러나 부질없다. 채텀로 쪽으로 가면서 나는 길을 잃고 만다.

낭패감과 함께 깨어난다. 만남은 실패로 돌아간다. 무엇을 잃기는 잃었는데 그게 무엇인지조차 모른다는 사실을 받아들일 수가 없다.

시골집에 가는 꿈도 꾼다. 집이 크다. 내가 알기로 그 집에는 분명히 옆채가 있다. 그런데도 어떻게 해야 옆채에 이르는지 그걸 잊고 말았다. 흡사 길이 벽 속으로 말려 들어가 버린 것 같다. 그 옆채에는 방이 무수하다. 언젠가 그 방을 모두 둘러본 적이 있다(다른 꿈에서 그 방 꿈을 꾸었을 리는 없다). 고가구, 퇴색한 판화, 구멍 뚫린 마분지로 만들어진 19세기의 장난감 극장을 떠받치는 선반, 수놓인 덮개에 덮인 안락의자, 책이 가득 꽂힌 서가. 책 중에는 삽화가 든 『도판 여행기』도 있고, 『육지 여행과 바다 여행』 전집도 있다. 하도 읽어서 닳아 없어졌을 리도 없고 어머니가 고물 장수에게 넘겼을 리도 없다. 대체 누가 복도와 계단을 엉망으로 만들었을까. 내가 고서의 향기 속에다 *buen retiro*(꿈의 성)를 만들기로 한 곳인데.

....

　차라리 다른 사람들처럼 대학 입학 시험에 합격하는
꿈을 꾸었으면 좋겠다.

_____

65

가로세로가 각각 20피트 되는 그 틀은 방 한가운데 있었다. 표면에는, 주사위만
한 나뭇조각이 여러 개 가느다란 철사에 이어진 채 붙어 있었다. 나뭇조각 중에는
굵은 것도 더러 섞여 있었다. 각각의 정방형 나뭇조각 위에는 종이가 붙어 있고,
종이 위에는 그들 언어의 낱말이 문법, 시제, 격 변화에 따라 붙어 있었다. 특별한
순서가 있는 것은 아니었다……. 그의 지시가 떨어지고 제자들이 틀 가장자리에
달려 있는 40개의 쇠 손잡이를 하나씩 잡고 돌리자 단어의 배열이 바뀌었다. 그
는 36명의 제자들에게 틀 위에 나타난 단어를 읽으라고 했다. 그리고 거기에 나
타난 서너 단어가 문장을 이룰 때는 남은 네 학생에게 받아쓰게 했다.
— 조너선 스위프트, 『걸리버 여행기』, 제3편, 제5장

나는, 꿈을 미화함으로써 벨보가 예전부터 자신이 놓쳐 왔
던 기회들에 대한 생각과, 그 때문에 단념해야겠다고 마음먹
은 일을 다시 상기하게 되었을 거라 생각한다. 그는 늘 기회
또는 〈순간〉(만일에 그런 것이 있었다면)을 붙잡는 데 실패
했다는 생각에 시달리고 있었음에 분명하다. 그즈음의 벨보
는 자기의 사적(私的), 허구적 순간의 재구(再構)를 재개하고
있었는데, 우리의 〈계획〉이라는 것도 사실은 여기에서 시작
되었다고 할 수 있다.

내가 이런저런 자료가 있느냐고 묻자 벨보는 책상 위에 쌓
인 원고 더미를 뒤적거렸다. 그의 책상은 부피와 크기에 상관
없이 마구잡이로 쌓아 올린 아슬아슬한 원고 더미에 묻혀 있
었다. 벨보는 자기가 찾던 자료가 눈에 띄자 원고 더미에서
그것을 뽑아내려고 했다. 그 바람에 원고 무더기가 바닥으로
무너져 내렸다. 허름한 자료철에서 자료가 쪽쪽이 튀어나와
사방으로 날렸다.

「위에 있던 원고 더미를 내려놓고 뽑았으면 이런 일이 없죠.」 내가 싫은 소리를 했다. 벨보는 일을 늘 그런 식으로 하는 사람이니 만큼 하나 마나 한 소리였다.

「오늘 저녁에 구드룬이 정리할 건데 뭐. 어차피 구드룬에게도 할 일이 있어야 하지 않겠어? 안 그러면 존재 가치를 못 느낄 테니까.」 여느 때와 다를 바 없는 벨보의 대답이었다.

회사의 일원이 된 이상 원고의 안전 관리는 나에게도 이해 관계가 있게 된 셈이었다. 그래서 한마디 하지 않을 수 없었다. 「구드룬이 정리하면, 처음 그대로 정리할 수 있겠어요? 이 자료철에 저 자료를 끼우는 등등, 엉망으로 해놓을 텐데요.」

「디오탈레비가 당신 말 들었으면 좋아하겠다. 이 자료철에다 저 자료를 끼우고, 저 자료철에다 이 자료를 끼운다. 이거야말로 책을 만드는 또 하나의 방법이 되겠어. 이름하여 두루뭉수리 서(書), 무작위 서(書). 〈악마 연구가들〉이 지닌 논리가 바로 이거 아닌가?」

「그러다가는, 정확한 조합을 찾는답시고 천 년 세월을 허비한 카발리스트 짝이 날걸요. 구드룬에게 그런 일을 맡기는 건 원숭이를 타자기 앞에 앉혀 놓는 것과 다를 바 없어요. 결국 진전이 전혀 없잖아요. 그런 면에서 우리는 원숭이 이상으로 진화하지 못한 셈이죠. 이 일을 대신해 줄 프로그램이 아불라피아에 들어 있다면 또 모르지만요.」

이런 대화를 나누고 있는데 디오탈레비가 들어왔다.

벨보가 내 말에 대답했다. 「그런 프로그램? 물론 내 아불라피아에 들어 있네. 그리고 이론상, 이 프로그램에는 2천 항목까지 입력시킬 수가 있어. 필요한 것은 데이터와 우리의 의도뿐이라네. 자, 시를 예로 들어 볼까? 프로그램은, 몇 행을 원하느냐고 물을 걸세. 그럼 10행이면 10행, 20행이면 20행, 1백 행이면 1백 행, 결정만 하면 되네. 그러면 프로그램은 행 번호를 무작위로 뒤섞어 버리네. 매번 새로운 조합의 행이 나온다는 거지. 그러니까 10행만 갖고도 수천 개의 시를 지을 수 있는 걸세. 어제 나는, 〈보리수 잎이 바람에 나부낀다〉, 〈너, 재수 없는 알바트로스[信天翁]여〉, 〈고무나무는 자유롭다〉, 〈내 그대에게 나의 목숨을 바친다〉, 이런 등등의 시구를 입력시켰네. 그 결과 나온 시 중 괜찮은 것들을 몇 개 보여 주지.」

나는 밤을 센다. 〈시스트럼〉[1]은 울리고…….
죽음이여, 네가 이겼다,
죽음이여, 네가 이겼다…….
고무나무는 자유롭다.

꼭두새벽에 나타난
너, 재수 없는 알바트로스여.
(고무나무는 자유롭다……)
죽음이여, 네가 이겼다.

보리수 잎이 바람에 나부낀다.

1 고대 이집트 이시스 여신에게 제사 지낼 때 쓰던 타악기.

나는 밤을 센다.
시스트럼은 울리고,
후투티 새는 나를 기다린다
보리수 잎이 바람에 나부낀다.

「반복 어구가 많기는 하지만, 반복 어법이야말로 시적이지 않은가?」

「고거 재미있네.」 디오탈레비가 반색을 하면서 말을 이었다. 「이제 보니 자네 이 쇠뭉치도 괜찮은 물건이군, 그래. 우리가 『토라』를 통째로 입력시키고, 전문 용어로 거 무엇이냐, 응, 무작위로 섞어 버리라고 하면, 프로그램이 『토라』의 구절을 재결합시켜서 진짜 〈테무라〉를 만들어 낸다는 얘기가 아니냐고?」

「암. 문제는 시간이야. 몇 세기가 좋이 걸릴 테니까.」

내가 끼어들었다. 「만일에 말이죠, 〈악마 연구가들〉의 작품에서 추출한 몇 가지 아이디어, 가령, 성전 기사단은 스코틀랜드로 도망쳤다거나, 『연금술 대전』은 1460년 피렌체에 도착했다는 등등의 아이디어에, 〈분명한 사실은……〉, 〈……임을 입증한다〉, 이런 연결 어구를 입력시키면요? 뭔가 눈에 번쩍 띄는 게 나오는 게 아닐까요? 뭐가 나오면, 공백은 적당하게 메우고, 반복된 부분은 예언이라 명명한다면 적어도, 일찍이 출판된 적이 없는 미증유의 마술사 한 장(章)은 되지 않겠느냐고요.」

「당신은 천재야. 당장 시작하세.」 벨보가 소리쳤다.

「안 돼요. 7시나 된걸요. 내일 하죠.」

「나는 오늘 밤에 당장 시작하겠어. 잠깐만. 몇 분간만 날 좀 도와주게. 자, 사무실 바닥에 떨어진 자료를 무작위로 집어 올려, 첫 문장만 읽어 주게. 내가 입력시킬 테니까.」

나는 자료를 집어 들고 읽었다. 「아리마태아의 요셉은 성배를 프랑스로 가지고 갔다.」

「훌륭해…… 다 쳤네. 계속하게.」

「성전 기사단 전승에 따르면, 고드프루아 드 부이용은 예루살렘에다 시온 대신전을 건설했다.」

나는 계속해서 자료 쪼가리를 주워 첫 문장을 읽어 나갔다. 「드뷔시는 장미 십자단원이었다.」

디오탈레비가 끼어들었다. 「잠깐만 실례하네. 여기에 가치 중립적인 자료도 좀 넣어야 하지 않을까? 가령, 코알라는 오스트레일리아에 산다거나, 파팽이 압력솥을 발명했다거나.」

「미니 마우스는 미키 마우스의 애인이다.」

「지나치는 것은 모자라는 것만 못하답디다.」

「아니야. 좀 지나칠 필요가 있네. 전 우주를 통틀어, 아무리 사소한 사실이라 하더라도 그 안에 우주의 신비가 내재되어 있지 않다고 해버리면, 우리 헤르메스적 사상의 기본을 무시하는 게 되니까.」

「맞습니다. 미니 마우스도 넣는 게 좋겠어요. 지극히 기본적인 공리(公理)를 한마디 집어넣을까요? 성전 기사단은 모든 것과 관련이 있다.」

「당연지사.」 디오탈레비가 고개를 끄덕였다.

셋이서 말장난을 하다 보니 밤중이었다. 벨보는, 자기 혼자서 작업을 계속할 테니 걱정하지 말고 퇴근하라고 했다. 구드룬이 들어와, 사무실을 잠가야 한다고 말했다. 벨보는, 일을 더 해야 할 것 같으니까 바닥에 떨어진 서류나 서류철을 찾아 정리해 달라고 말했다. 구드룬은 어미 굴절이 없는 라틴어 같기도 하고, 우랄계 볼가어군에 속하는 체르미시어 같기도 한 기묘한 언어로 무슨 소리인가를 냄으로써 불만과 낭패감 같은 것을 표명하는 것 같았다. 구드룬은 이로써 아담 시대의 언어에서 갈라져 나온 세계의 모든 언어에 보편적인 친족 관계가 있다는 것을 입증한 셈이었다. 구드룬은 바닥에 떨어져 있던 서류를 모아, 어떤 컴퓨터보다 더 잘 섞어 놓았다.

이튿날 아침에 만난 벨보는 의기양양했다. 「됐네. 기대 이상이야.」 벨보는 이러면서 우리에게 컴퓨터 자료의 인쇄물을 내밀었다.

성전 기사단은 모든 것과 관련이 있다.

다음 내용은 사실이 아니다.

예수는 본디오 빌라도의 명에 따라 십자가에 못박혔다.

현자 오무스가 이집트에서 장미 십자단을 창설했다.

프로방스에도 카발리스트가 있다.

가나의 혼인 잔치는 누구의 결혼식이었나?

미니 마우스는 미키 마우스의 애인이다.

논리적으로 보아 다음과 같다.

만약

드루이드교 신자들이 흑성모를 섬겼다면

그렇다면

마술사 시몬은 소피아를 티루스의 창녀로 본다.

가나의 혼인 잔치는 누구의 결혼식이었나?

메로빙거 왕조는 왕권신수설을 선언했다.

성전 기사단은 모든 것과 관련이 있다.

「좀 모호한데.」디오탈레비가 고개를 갸웃거렸다.

벨보가 그 말에 대답했다. 「행간의 상호 관련성을 읽지 못하니까 그렇게 보일 수밖에. 게다가 자네는 두 번씩이나 되풀이되는, 〈가나의 혼인 잔치는 누구의 결혼식이었나〉의 중요성을 눈치채지 못하고 있네. 이 반복 어구야말로 수수께끼의 열쇠가 된다네. 이 자료에다 다른 자료는 물론 내가 보충했네. 진실에다 또 다른 진리를 보충하는 것이야말로 비법 전수자의 특권이니까. 내 해석은 이러하네. 예수는 십자가에 못 박히지 않았다, 바로 이런 이유에서 성전 기사단에서는 십자가를 부정한다, 아리마태아의 전설은 보다 심원한 진실을 감추고 있다, 프로방스의 카발리스트들 손에 들어간 것은 성배가 아니라 예수 그리스도라는 것이다, 따라서 예수는 〈세계의 제왕〉을 나타내는 메타포, 진정한 장미 십자단의 창설자이다. 예수는 혼자 왔는가? 아니다. 아내가 동행했다. 복음서에 가나 혼인 잔치의 혼인 당사자에 대해서는 일언반구도 없는 까닭은 무엇인가? 그것은 바로 예수 자신의 결혼식이었

280

기 때문이다. 예수 자신의 결혼식인데 왜 혼인 당사자에 대한 언급이 누락되어야 하는가? 그것은 신부가 죄인이기 때문이다. 창녀 막달라 마리아가 바로 신부였으므로. 마술사 시몬으로부터 기욤 포스텔에 이르기까지 예지라면 내로라하는 현자들이 창가(娼家)에서 심원한 여성의 진리를 찾으려 했던 것은 바로 이 때문이다. 이렇게 해서 예수는 프랑스 왕가의 시조가 된다.」

66

만일에 우리의 가설이 옳다면, 성배는…… 그리스도의 피를 받은 후예였고, 이 〈왕통〉의 수호자가 바로 성전 기사단이었다……. 동시에 성배는 글자 그대로 예수의 피를 받아 담은 그릇이었을 것이다. 다른 말로 하자면 막달라 마리아의 자궁이었다는 것이다.
— M. 베이전트, R. 리, H. 링컨, 『성혈과 성배』, 1982, 런던, 케이프, xiv

「그런 얘기에, 사람들이 귀를 기울일 것 같지 않은데.」 디오탈레비의 반응이었다.

「그 반대일걸요? 수십만 권 팔릴 겁니다.」 내가 단호하게 말했다. 「이 이야기는 성배의 신비와, 렌르샤토의 비밀을 다룬 책에, 내용에는 조금 차이가 있지만, 벌써 공개되어 있습니다. 원고만 읽고 앉아 계실 것이 아니라 다른 출판사에서 나온 책도 좀 읽으셔야겠어요.」

「이런 빌어먹을! 그럼 이 쇳덩어리는 겨우 우리가 다 아는 소리나 지껄이고 있는 거잖아?」 디오탈레비는 맥이 풀리는지 밖으로 나가 버렸다.

벨보는 그런 디오탈레비의 말을 언짢아했다. 「저 친구 뭐라고 하는 거야? 내 아이디어가 결국은 남의 아이디어라는 말인데. 그래서 어쨌다는 거야? 그거야말로 언필칭 문학의 다원 발생성이란 거 아닌가? 가라몬드 사장이 이 소리를 들으면, 디오탈레비 저 친구의 핀잔이야말로 내 말이 옳은 증거라고 할 걸세. 다른 사람들은 거기에 이르는 데 수십 년이 좋이 걸렸을 테지만 나와 이 기계는 그걸 하룻밤에 해치웠으니까.」

「옳은 말씀입니다. 기계, 좋고말고요. 하지만 내가 보기에는, 〈악마 연구가들〉의 원고에 나오지 않는 자료도 넉넉하게 넣어야 할 것 같은데요? 문제는 드뷔시와 성전 기사단 사이의 은비학적 고리를 찾는 게 아니라, 가령, 카발라와 자동차의 스파크 플러그 사이의 은비학적 고리를 찾는 것일 테니까요.」

나는 그저 나오는 대로 지껄였을 뿐인데도 벨보는 여기에서 또 하나의 아이디어를 얻어 내는 눈치였다. 며칠 뒤에 그는 나에게 이런 말을 했다.

「당신 말이 옳아. 어떤 사상(事象)이든, 다른 것과 관련을 맺을 때 비로소 중요성을 획득하는 법일세. 관련성이야말로 우리의 시각을 바꾸거든. 관련성이라는 것 때문에 세계의 드러나는 모든 사상, 우리가 보거나 들은 것, 쓰이거나 언표된 사상은 표면상의 의미 이상의 어떤 의미를 지니게 되고 그 의미를 통해 우리에게 궁극적인 비밀을 드러내는 것이라고 생각하게 되는 거니깐. 규칙은 간단하다네. 의심하라, 오로지 의심하라. 의심하면 〈쓰레기를 버리지 마시오〉라는 교통 표지판에서도 언외언(言外言)을 읽을 수 있는 것이네.」

「그렇고말고요. 〈쓰레기를 버리지 마시오〉[1]야말로 카타리파의 도덕률이었지요. 종족 번식에 대한 지독한 혐오.」

「어젯밤에 우연히 운전자를 위한 자동차 교범을 들여다보게 되었네. 주위가 어두컴컴해서 그랬는지, 당신이 나에게 한

---

[1] 이 말은 〈새끼를 치지 말 것〉이라는 뜻을 지니고 있기도 하다. 기독교의 일파인 카타리파는 육체적 순결을 강조한다.

말 때문에 그랬는지, 교범이 나에게 〈전혀 다른〉 메시지를 던지고 있는 것 같더라고. 자동차가 창조 행위를 메타포로 설명하기 위해 생긴 물건이라고 가정해 보게. 외장(外裝)이나 계기판의 표면적인 현실뿐만이 아니라 그 안에 든 것까지 봐야 할 필요가 있네. 창조주의 눈에만 보이는 것, 즉 표면 아래에 있는 것을 봐야 하는 것이지. 이거야말로 〈세피로트 나무〉가 아니겠느냐고.」

「설마.」

「이 말은 내가 하는 게 아니야. 기계 자체가 이런 말을 하고 있는 거라고. 구동축은 〈세피로트 나무〉의 둥치에 해당하지? 각 부분을 한번 세어 보자고. 엔진, 앞 바퀴 두 개, 클러치, 트랜스미션, 차축 두 개, 차동 장치, 뒷바퀴 두 개, 모두 몇 개야? 열 개지. 〈세피로트 나무〉의 열 개의 세피라가 아닌가.」

「배열은 다르잖아요?」

「배열이 다르다니? 디오탈레비에 따르면 어떤 세피로트 판본에서는, 〈티페렛〉은 제6의 세피라가 아니래. 〈네차흐〉와 〈호드〉 다음의 제8세피라라는 것이지. 〈세피로트 나무〉가 아니라면 차축을 나무로 삼는 이 나무는 이 벨보의 나무, 즉 〈벨보트 나무〉라고 하면 되겠군.」

「말 되네요.」

「나무의 변증법을 논법으로 삼고 진행시켜 보세. 정점에는 엔진이 있네. *Omnia Movens*[원동주(原動主)]가 아닌가. 엔진에 대해서는 나중에 따로 이야기하세만, 엔진이야말로 창조적인 힘의 근원일세. 바로 이 엔진에서 나온 창조적인 힘이 두 개의 앞바퀴, 즉 비교 우위론적인 앞바퀴에 전달되는데 이 앞바퀴야말로 〈지성의 바퀴〉와 〈지식의 바퀴〉가 아닐 것인가?」

「전륜 구동차라면 그런 논법도 일단은 가능하겠네요.」

「이 〈벨보트 나무〉의 장점은 형이상학적인 대안도 제시한다는 걸세. 전륜 구동이라는 것은 일종의 유심론적 우주 같은 것이네. 엔진의 의지가 비교 우위적인 앞바퀴로 직결되거든. 유물론적으로 해석하자면, 엔진이라는 것은 두 개의 비교 열세에 놓인 바퀴에도 에너지를 분배하는 타락한 우주인 셈이네. 심층으로부터 우주적인 발산을 통하여 사물의 비천한 힘을 방사하거든.」

「엔진이 뒤에 달린 후륜 구동차라면요?」

「악마주의적이지. 천상계와 지상계의 결탁. 이 경우 하느님은 조악한 물질의 운동과 동일시되네. 하느님은 신성에 대한 영원한 좌절의 열망과 동일시되네. 그 결과가 〈용기(容器)의 폭발〉일 테지.」

「머플러의 폭발은 아니고요?」

「그건 우주가 낙태되었을 경우에 해당되네. 이렇게 되면 아르콘[長老]님네들의 독기 어린 숨결이 에테르를 채우게 될 테지. 하지만 본론을 이탈하지 말자고. 엔진과 두 바퀴 다음에는 클러치가 있네. 이 클러치는 나무의 나머지 세피라로 통하는 사랑의 통로로 〈숭고한 에너지〉를 끊기도 하고 잇기도 하는 일종의 〈은총의 세피라〉라고도 할 수 있네. 클러치가 원반으로 되어 있으니까, 다른 만다라를 애무하는 또 하나의 만다라라고 할 수도 있네. 이번에는 변속을 주도하는 상자를 한번 보세. 실증주의자들은 이것을 〈기어 박스〉 혹은 〈트랜스미션〉이라고 부르네만, 이건 악의 원리라네. 왜냐? 일정하게 방사되는 전달 속도의 에너지의 완급을 인간의 의지에다 맡기는 셈이거든. 자동 변속기가 달린 자동차가 더 비싼 이유가 여기에 있네. 〈지상 평형(至上平衡)〉의 원칙에 맞추어 속도를 결정하는 〈나무〉 자체가 내장되어 있으니까……. 이번에는 유니버설 조인트[自在連動機], 차축, 구동축, 그리고 차동 장치를 보세. 엔진의 실린더가 4행정(行程)²을 통하여 반목과 반복을 계속하고 있는 것에 주목해야 하네. 이렇게 반목과 반복을 되풀이하는 것은 차동 장치[소(小)케테르]는 이 운동을 지상의 바퀴에 전해 주어야 하기 때문이네. 이로써 차동 장치가 지닌, 차등(差等)을 드러내는 세피라적 기능이 확연해지네. 결국 차동 장치는, 웅대한 미적 감각으로 우주적인 에너지를 〈영광의 바퀴〉와 〈승리의 바퀴〉로 배분하고, 이러한 과정을 통해 타락하지 않은 우주(전륜 구동)는, 비교 우위에 있는 바퀴가 배분한 운동의 지배를 받게 되는 것이네.」

「조리 있는 해석이기는 합니다. 그러면 엔진의 중심에는 절대 불가분한 〈일자(一者)〉의 자리, 즉 왕관이 자리하고 있겠군요?」

「오의 전수자(奧義傳授者)의 눈으로 보아야 하네. 최고 권위를 지닌 기관인 엔진은 흡입과 배기라는 일련의 운동을 통하여 그 생명이 유지되네. 이 복잡하고도 신성한 호흡은, 실린더(기하학적 원형임에 분명한)라는 것에 의해 기본적으로 주도되는 주기적인 운동이네. 자동차에는 이 실린더가 원래 두 개밖에 없었는데, 이 주기적인 운동이 제3실린더의 수요를 자극하게 되고, 이 세 개의 실린더가 서로 바라보면서 서로 사랑하다 보니 제4실린더의 영광이 창조되는 것일세. 이 호흡은, 제1실린더(제1실린더라고 해서 다른 실린더보다 비

---

2 실린더 내부에서 일어나는 흡입, 압축, 폭발, 배기의 네 행정.

교 우위에 있는 것은 아니고 단지 피스톤의 놀라운 교호 작용이 제일 먼저 일어나기 때문에 붙은 이름에 지나지 않아) 안에 있는 피스톤[어원은 *Pistis Sophia*(지혜에 대한 믿음)]이 상사점(上死點)에서 하사점(下死點)으로 내려오면서 실린더에 순수한 에너지를 가득 채우게 되면서 시작되네. 나는 여기에 문득 천사의 위계가 개입하기 때문에 이 과정을 단순화하고 있네. 내가 이런 말을 하고 있는 것은 운전자를 위한 자동차 교범이, 〈배전기(配電機) 조절판이 개폐함에 따라 혼합 가스가 기화기로부터 흡입관을 통하여 실린더 내부로 들어가게 되어 있다〉고 하기 때문이네. 요컨대 엔진의 중추는 이러한 중개 장치에 의해 처음으로 자동차라는 우주의 나머지 부분과 상호 작용을 하게 된다는 것이지. 참람(僭濫)을 떨고 싶지 않네만, 내가 보기에는 이거야말로 〈일자(一者)〉가 지닌 원초적인 한계를 드러내는 이치가 아닌가 싶더군. 왜냐, 〈일자〉가 창조에 임하자면 상궤 이탈에 의존하지 않으면 안 되었거든. 여기에서부터는 교범을 좀 더 주의해서 읽을 필요가 있네. 실린더에 에너지가 가득 차고 피스톤이 하사점에 내려가면 에너지는 더할 나위 없이 압축되네. 한계 상황. 그런데 보라, 꽝! 영광의 빅뱅! 연소와 팽창! 스파크가 튀고, 혼합 가스에 불이 붙으면서 터진다. 교범은 이것을 피스톤 왕복 운동의 한 활성 단계라고 하더군. 슬픈 일이 아닌가. 만일에 혼합 가스에 〈켈리포트〉라고 하는 예의 조개껍질, 간단하게 말해서 물이나 코카콜라 같은 불순물이 혼입되었더라면 팽창은 불가능하지 않겠는가? 발육 부전의 노킹[爆燃]밖에 더 있겠는가 말일세…….」

「그렇다면 쉘Shell 석유의 진짜 의미도 〈켈리포트〉인 걸까요? 앞으로 쉘 석유는 쓰지 말아야겠군요. 〈성처녀의 젖〉만 쓰도록 하죠.」

「어디 검토해 보세. 세븐 시스터스의 음모라고 볼 수도 있을 것이네. 이 세븐 시스터스는, 창조의 진행 과정을 통제할 목적에서 지상으로 내린 존재거든. 하여튼 폭발 뒤에는, 신성 (神性)의 방출 과정이라고 할 수 있는 배기 행정이 오네. 말하자면 피스톤이 다시 상사점으로 오르면서 연소가 끝난, 무형의 물질을 내보내는 것이지. 이 정화의 과정이 성공적으로 이루어져야만 다음 활성 단계가 시작될 수 있네. 생각해 보면, 이것은 〈추방〉과 〈귀환〉이라는 신플라톤주의의 메커니즘과 상통한다는 걸 알 수 있지. 신플라톤주의 〈상승의 길〉과 〈하강의 길〉의 변증법 말일세.」

「*Quantum mortalia pectora ceacae noctis habent*(등도 제 마음의 어둠은 비춰 내지 못한다)가 빈말이 아니었군요. 난 다 긴다 하는 사람들도 물신(物神) 섬기느라고 한 번도 이런 생각을 해보지 못했을 테니까요.」

「연금술에 나오는 〈철인의 돌〉과 타이어 상표인 〈파이어스톤〉의 관계도 몰랐을 테지.」

「내일은 전화번호부를 신비주의적인 관점에서 분석해 오도록 할게요.」

「우리의 카소봉 씨는 언제 보아도 야심만만하다니까. 전화번호부를 분석하자면 〈일자〉와 〈다자(多者)〉라고 하는 불가해한 문제에 먼저 도전해야 할걸. 그보다 세탁기 분석으로 시작하지 그래?」

「그건 너무 쉬워요. 흑에서 백보다 더 흰 백을 향한 연금술적 전환.」

67

장미를 보아도, 이제는 아무 말도 하지 않는다……
— 삼파요 브루노, 『사랑의 기사들』, 리스본, 기마랑이스, 1960, p. 155

의혹에 찬 시선으로 세상을 보기 시작하면 사소한 단서도 놓치지 않게 된다. 자동차 동력 기관과 〈세피로트의 나무〉에 대한 벨보의 환상적인 추론을 들은 뒤부터 나는 모든 사물에서 상징적인 의미를 읽어 내려는 태도를 갖게 되었다.

브라질에서 사귄 친구들과는 귀국한 뒤에도 계속 연락이 있었는데 바로 그즈음 브라질 친구들로부터 초청장이 날아왔다. 포르투갈의 코임브라에서 고대 로마의 속령이던 루지타니아 지방 문화학회가 열릴 것인즉 합류하자는 것이었다. 나의 전문 지식에 경의를 표하고자 하는 초청이 아니라 단지나를 다시 만나고 싶다는 욕심에서 나를 부른 것이었기가 쉬웠다. 리아는 같이 가고 싶어 하지 않았다. 임신 7개월째라고 해도 체중이 많이 분 것은 아니라 플랑드르파의 그림에 나오는 성모 같아 보일 정도였지만 그래도 집에 남아 있겠다고 했다.

나는 옛 친구들과 코임브라에서 사흘 밤을 신나게 보냈다. 코임브라에서 버스 편으로 리스본으로 돌아오는 길에, 파티마를 들를 것인가, 토마르를 들를 것인가 하는 문제를 두고 논쟁이 벌어졌다. 토마르에는 성전 기사단이 박해를 피해 은거하던 성이 있었다. 포르투갈의 성전 기사단은, 왕과 교황이 〈그리스도 기사단〉으로 개명시킨 덕분에 온전할 수 있었던 것이다. 나로서는 성전 기사단이 은거하던 성을 지나칠 수 없었다. 다행히도 친구들 역시 파티마를 경유하는 데 그다지 열성을 보이지 않아 토마르를 경유하는 것으로 일단락이 지어졌다.

내가 성전 기사단의 은성(隱城)을 하나 발명했다면 토마르에 지었을 것이라는 생각이 들 정도로 토마르 성은 이상적인 성이었다. 성 입구에는 성 외곽의 능보(稜堡)를 둘러싼 요새화한 도로가 있었다. 능보는 십자형으로 배열되어 있었다. 성문을 들어서자 벌써 십자군의 분위기가 느껴졌다. 그리스도 기사단이 수세기 동안이나 융성했던 성다웠다. 전승에 따르면 항해왕 엔히크와 콜럼버스도 그 교단에 소속되어 있었다. 실제로 이 그리스도 기사단이 바다를 정복함으로써 포르투갈을 융성시켰다는 것은 역사적 사실에 속한다. 기사단이 오래 한자리에서 번영을 누렸으니 당연한 일이겠지만, 성은 그동안 여러 차례 증개축(增改築)을 되풀이해 왔던 것 같았다. 중세식 성에 여러 개의 르네상스식, 바로크식 익성(翼城)이 덧붙은 것은 전문가가 아니라도 쉽게 알아볼 수 있을 정도였다. 나는 성전 기사단 교회에 들어서고는 감격하고 말았다. 저 예루살렘의 성묘를 복원한 팔각형 신전 형태였기 때문이다. 특히 나의 관심을 끈 것은, 교회 내부에서 본 성전 기사단 십자가가 장소에 따라 조금씩 모양이 달라지고 있다는 점이었다. 이것은, 그전에 성전 기사단의 복잡한 도상학을 연구하면서 부딪친 문제이기도 했다. 몰타 십자단의 십자가는 대동

소이한데 성전 기사단의 십자가는 때와 장소의 전통에 쉽게 동화되었던 것이다. 성전 기사단 사냥꾼들이, 장소와 십자가의 생김새를 불문하고 이것이 성전 기사단의 십자가 또는 그들이 남긴 흔적이라고 굳게 믿는 이유도 그 때문이다.

안내인은 우리에게 마누엘 대왕 시대에 융성하던 양식으로 꾸며진 창문을 보여 주었다. 이것은 〈자넬라〉라고 불리던 것에 상응하는 일종의 선조 세공(線條細工)으로, 창에 아로새겨진 것은 당시 해상이나 해저에서 흔히 발견되던 해초, 조개껍질, 닻, 그물, 쇠사슬 등, 당시의 대해원을 누비던 기사단의 활약상을 상상하게 하는 것들의 콜라주였다. 유리창 양쪽의 두 설주는 두 개의 탑으로 만들어져 있었는데 놀랍게도 이 탑에는 가터 문장이 새겨져 있었다. 나는 영국의 훈장 문양이 포르투갈 교단의 성채에 새겨진 경위가 궁금해서 견딜 수 없었다. 안내인에게 물어보았지만 그 역시 모르겠다고 했다. 그런데 잠시 후 탑의 동북쪽을 보았더니 거기에는 또 금양모피 기사단의 문장으로 보이는 무늬도 새겨져 있었다. 나는 가터와 금양모피, 금양모피와 아르고 선(船), 아르고 선과 성배, 성배와 성전 기사단을 잇는 일련의 맥락을 떠올리지 않을 수 없었다. 아르덴티 대령이 하던 말과, 〈악마 연구가들〉의 원고를 생각하면서 안내자를 따라 옆방으로 들어선 순간 나는 또 한 번 놀라고 말았다. 궁륭 꼴 천장에 쐐기돌이 여러 개 박혀 있었는데, 거의가 장미꽃 모양으로 되어 있는 쐐기돌 사이에 털보 염소 얼굴이 섞여 있었기 때문이었다. 바포메트였다!

이어서 우리는 지하 납골당으로 내려갔다. 일곱 계단을 내려가니 후진(後陣)으로 통하는 맨돌 바닥이 나왔다. 후진에는 제단이나, 기사단 사령관의 보좌가 놓였던 것으로 보이는 자리가 있었다. 입구에서 후진에 이르기까지 천장에는 모두 일곱 개의 쐐기돌이 박혀 있었다. 모두 장미 문양이었다. 그런데 이 장미 문양은 첫 번째 쐐기돌에서 차례로 커지다가 일곱 번째 쐐기돌은 어찌나 큰지 커지다 못해 천장과 벽에 걸칠 정도였다. 장미 십자단이 생기기 전에 지어진 성전 기사단의 은성에 십자가와 장미가 공존한다……. 나는 안내인에게 연유를 물어보았다. 안내인이 웃으면서 대답했다. 「도대체 이곳을 순례하는 은비학 연구자가 얼마나 되는지 아십니까……. 이 방은 입단 의례실(入團儀禮室)이라고 불릴 정도랍니다.」

우연히, 먼지 앉은 가구 몇 점이 정리되지 않은 채로 놓인 방으로 들어가게 되었다. 방바닥에는 커다란 판지 상자들이 놓여 있었다. 판지 상자 속을 뒤적거리다 보니, 히브리어 책에서 떨어져 나온 쪽지가 있었다. 17세기에 출판된 책의 한 페이지 같았다. 토마르에 유대인이라니. 안내인은 당시의 기사단은 그 지역의 유대인 지역 사회와 친분 관계가 있었다고 설명했다. 그는 나에게 창 밖을 내다보라고 했다. 창밖으로 프랑스식 미로를 본뜬 조그만 정원이 펼쳐져 있었다. 안내인은, 18세기의 유대인 건축가 사무엘 슈바르츠의 작품이라고 말했다.

예루살렘에서의 두 번째 약속……. 그렇다면 첫 번째 약속 장소는 토마르 성이었던 것일까? 프로뱅의 밀지에 그렇게 적혀 있지 않나? 그렇다면 앵골프가 발견한 밀지에 기록된 성이라는 것은, 기사담(騎士譚)에 등장하는 전설상의 극북(極北)의 땅 아발론의 몬살바트가 아니었단 말인가? 아니

292

었을지도 모른다. 원탁의 기사 이야기를 다룬 소설을 읽는 것보다는 영지 다스리는 데 더 힘을 쏟았던 프로뱅의 성전 기사들에게 첫 번째 약속 장소로 적합한 것은 전설상의 몬살바트가 아니라 실존하는 성이었을 가능성이 농후하다. 그렇다면 그리스도 기사단의 토마르 성이었을 것이다. 토마르 성이야말로 그 교단의 잔당들이 완벽한 자유를 구가하던 곳, 지속적인 안전을 보장받은 곳, 따라서 두 번째 추밀단원들과 합류하기로는 이상적인 곳이 아니었겠는가!

나는 들뜬 기분으로 토마르를, 그리고 포르투갈을 떠나 밀라노로 돌아왔다. 아르덴티가 우리에게 보여 준 밀지를 더 이상 비웃을 수가 없었다. 밀지에 따르면 성전 기사단은, 비밀 결사로 전락하여 지하로 들어가, 향후 600년간 지속되다가 우리 세기에 끝날 어떤 계획을 수립한 셈이었다. 성전 기사단원들은 진중한 사람들이어서 그들이 성이라고 했다면 그것은 성일 수밖에 없을 터였다. 그렇다면 그 계획은 토마르에서 발진한 것임에 분명했다. 다섯 차례에 걸치게 될 일련의 나머지 회합의 장소들은 과연 어디일까? 성전 기사단이 믿을 수 있고, 보호받을 수 있고, 그의 동아리들이 있을 만한 곳. 아르덴티 대령은 스톤헨지와 아발론과 아가르타 운운했지만 그것은 헛소리였다. 처음부터 다시 밀지를 해독해 볼 필요가 있을 것 같았다.

포르투갈에서 돌아오면서 나는 나 자신에게 끊임없이 다짐을 주었다. 〈이것은 성전 기사단 비밀을 캐기 위한 작업이 아니라 만들어 내기 위한 작업이다.〉

벨보는, 아르덴티 대령이 남긴 문서로 되돌아가자는 나의 아이디어에 당황하는 눈치를 보였다. 그는 마지못해 하면서 미적미적 서랍을 뒤져 문제의 쪽지를 꺼냈다. 어쨌든 그는 그 쪽지를 깊이 간수하고 있었던 것이었다. 덕분에 우리는 실로 수년 만에 프로뱅 밀지를 다시 읽을 수 있었다.

밀지는 트리테미우스의 암호 체계에 따른 〈여섯 무리로 나뉜, 서른여섯 명의 보이지 않는 자들〉이라는 암호문으로 시작되고 있었다. 본문은 아래와 같다.

a la... Saint Jean
36 p charrete de fein
6... entiers avec saiel
p... les blancs mantiax
r... s... chevaliers de Pruins pour la... j. nc.
6 foiz 6 en 6 places
chascune foiz 20 a... 120 a...
iceste est l'ordonation
al donjon li premiers
it li secunz joste iceus qui... pans
it al refuge
it a Nostre Dame de l'altre part de l'iau
it a l'ostel des popelicans
it a la pierre
3 foiz 6 avant la feste... la Grant Pute.

성 요한의 (밤)
건초 수레 사건으로부터 36(년 되는 해)

294

봉인으로 밀봉된 6(가지 밀지)

흰 망토(를 두른 성전 기사들을 위하여)

(복)수하기 위한 프로뱅의 (공술 번복자들)

계획은 이러하다

6개소에 6 곱하기 6

각 회 20(년)씩 120(년)

제1진은 성으로

(120년 뒤) 제2진은 빵(가진 사람들과) 합류할 것

다시 은신처로

다시 강 건너 있는 노트르담으로

다시 포펠리칸이 묵는 곳으로

다시 돌이 있는 곳으로

위대한 창부(의) 잔치 전에 3 곱하기 6(666)

「건초 수레 사건으로부터 36년이 지난 해인 1344년의 성 요한의 밤에 조락(凋落)한 프로뱅의 공술 번복자 성전 기사들인 흰 망토를 두른 기사들은 밀봉된 6통의 밀지에 따라 복수전을 펼칩니다. 여섯 곳에서 6명이 6회에 걸쳐. 1회에 20년이니까 모두 해서 120년 간격으로 이것이 이들의 계획입니다. 처음에는 〈성〉에서, 다음에는 〈빵〉을 가진 사람들과 합류해서, 다음에는 〈은신처〉에서, 다음에는 〈강 건너 있는 노트르담〉에서, 그다음은 〈포펠리칸이 묵는 곳〉에서, 마지막으로 〈돌〉에서…… 박사께서도 보시다시피 이 기록에 따르면 제1진은 1344년에 성으로 가야 하는 것으로 되어 있습니다. 그리고 실제로 기사단은 1357년 토마르에서 조직되었지요. 그렇다면 두 번째 추밀단원들은 어디로 갔을까요? 박사 같으

면 제2진을 조직하기 위해 어디로 갈 것 같습니까?」

「글쎄……. 만일에 건초 수레를 타고 있던 자들이 스코틀랜드로 도주한 게 사실이라면……. 그런데 왜 하필이면 스코틀랜드에서 〈빵〉을 가진 사람들과 합류하는 것일까?」

그즈음 나는 연상(聯想)의 명수가 되어 있었다. 어디서 시작해도 상관없었다. 스코틀랜드…… 고지대…… 드루이드교 의식…… 성 요한의 밤…… 하지…… 성 요한의 날 베풀어지는 불의 제전…… 황금 가지……. 여기까지 연상이 가능했던 것은 물론 프레이저의 『황금 가지』에서 불의 제전에 대해 읽은 덕분이었다.

나는 리아에게 전화를 걸었다. 「부탁이 있어. 『황금 가지』를 뽑아, 성 요한의 날 베풀어지는 불의 제전에 대한 부분 좀 읽어 줄래?」

리아는, 이런 일에는 적격이었다. 시간이 걸릴 것도 없었다. 「뭘 알고 싶은 거지? 대부분의 유럽 국가에서 베풀어지던 굉장히 유서 깊은 의식이라는데? 태양이 황도대의 정점에 이르렀을 때 베풀어진대. 성 요한이라는 이름은, 이 의식을 기독교화하면서 붙여진 이름이고…….」

「스코틀랜드의 경우 이 의식 때 빵을 먹나?」

「잠깐만……. 아닌 것 같은데…… 아, 여기 있다! 성 요한 축제 때는 안 먹는데, 5월 1일, 원래 드루이드교에서 유래한 〈벨테인 축일〉 밤에 먹는대. 특히 스코틀랜드 고지대에서…….」

「좋았어! 그런데 어떤 빵인데?」

「밀가루와 귀리를 반죽해서 잿불에 구운 거라는데……. 이걸 먹고 난 뒤에는 고대의 인신 공회제(人身供犧祭) 비슷한 의식을 치르고……. 빵의 이름은 〈바녹〉이라는군.」

「뭐야? 철자는?」 리아가 철자를 불러 주었다. 「고마워, 나의 베아트리체, 나의 〈모건 르 페이〉.」[1] 나는 리아에게 이것 말고도 내가 아는 찬사라는 찬사는 다 붙여 주었다.

나는 가설을 세워 보려고 했다. 전설에 따르면 이 비밀 집 단은 로버트 더 브루스 왕이 다스리고 있던 스코틀랜드로 피신했다. 여기에서 성전 기사들은 왕을 도와 〈바녹번 전투〉를 승리로 이끄는 데 공을 세웠다. 그 공훈을 기려 왕은 그들에 의한 새로운 스코틀랜드의 성 앤드루 기사단 창설을 지원 한다.

나는 서가에서 두꺼운 영어 사전을 찾아 〈바녹〉을 찾아보 았다. 중세 영어로는 〈바녹〉, 앵글로색슨어로는 〈바넉〉, 게일 어로는 〈바나크〉. 보리나 귀리 같은 곡물로 만들고 석쇠나 석 판에 올려 놓고 굽는 일종의 과자. 〈번〉은 강이라는 뜻이다. 그렇다면, 스코틀랜드에 있던 프랑스의 성전 기사단원들이 프로뱅에 있는 동아리에게 소식을 전하면서 이 〈바녹번〉이 라는 말을 번역한다면 〈과자의 강〉, 〈빵 덩어리의 강〉 혹은 〈빵의 강〉 비슷한 역어(譯語)가 될 수밖에 없을 터이다. 결국 이 빵을 먹은 사람은 〈빵의 강〉에서 승리한 사람들이다. 따라 서 당시에는 브리튼 섬 곳곳에 퍼져 있던 스코틀랜드 주재 성전 기사단 무리일 수밖에 없다. 포르투갈에서 영국까지. 논 리적으로 깔끔한 설명이 된 셈이다. 아르덴티가 주장하던, 북 극에서 팔레스타인에 이르는 경로에 견주면 훨씬 가까운 지 름길이기도 했다.

[1] 『아서 왕 이야기』에 등장하는, 아서 왕과 피를 나눈 요녀.

68

옷은 흰 것으로 입어야 한다……. 어두워지면 여러 개의 불을 지펴 밝혀라……. 우선 몇 개의 문자를 조합하라. 자수가 많은 것과 적은 것을 번갈아 가면서 조합하되, 마음이 뜨거워질 때까지 조합하라. 글자의 움직임, 그 조합이 성취시킬 수 있는 결과를 예의 주시하라. 마음이 뜨거워지거든, 글자의 조합을 통해 혼자서든 전승의 도움을 빌어서든 스스로 깨칠 수 없던 것들이 마음에 와닿게 되거든, 가슴 속으로 흘러들 신의 권능을 받아들일 준비가 되거든, 그대의 풍부한 상상력으로 온 정성을 다해 그 〈귀하신 이름〉과 함께 대천사를 상상하라. 상상하되, 옆에 있는 사람을 생각하듯이 하라.

— 아불라피아, 『세페르 하이에 올람』

「말 된다! 이 경우, 그럼 은신처는 어디가 되는 건가?」 벨보가 물었다.

「6진(陣)이 6처(處)에 정착하는데 이 중에서 〈은신처〉라고 불리는 것은 한 곳뿐입니다. 이상하죠? 이것은 분명히 포르투갈이나 영국 같은 곳에서는 별다른 방해를 받지 않고 살 수 있었다는 의미일 거예요. 은신처에서는 완벽하게 숨어 살아야 하는 데 견주어 포르투갈이나 영국 같은 곳에서는 이름만 바꾸면 비록 달라진 이름이기는 해도 박해받지 않고 존속할 수 있거든요. 내가 보기에는 파리의 성전 기사단이 기사단 본부를 떠난 직후 이 은신처란 곳으로 갔을 가능성이 있습니다. 프랑스에서 영국으로 가는 것이 가까웠겠지만, 그보다 더 가까운 곳도 없지 않아요. 무슨 말이냐 하면 성전 기사단이 영국보다 훨씬 가까운 곳으로 갔을 가능성을 상정하면 왜 안 되느냐는 거죠. 파리를 떠나는 척하면서 바로 파리에다 은밀한 은신처를 마련하고 있었다면요? 정치적으로 머리가 상당히 깨어 있던 집단이니까, 한 2백 년쯤 지나면 정치 상황도 바뀔 것이고, 그렇게 되면 백주에도 활보할 수 있을 거라고 생각했을지도 모르는 일 아니냐는 겁니다.」

「파리라고 가정하고. 그러면 제4처는?」

「아르덴티 대령은 샤르트르를 생각하고 있었던 모양이나, 우리가 만일 파리를 제3처로 가정한다면 샤르트르를 제4처로 상정하는 데는 무리가 있어요. 왜냐? 이 계획이라고 하는 것은 유럽의 심장부를 겨냥하고 있었으니까. 게다가 우리 작업은 어디까지나 정치적인 궤적을 더듬어야 하는 것이지 신비주의적인 궤적을 더듬어야 하는 것은 아니에요. 지금까지의 결과로 미루어 보아 이들의 동선은 사인 곡선을 그립니다. 따라서 독일의 북부를 고려에 넣어야 합니다. 〈강 건너 있는〉, 이건 라인 강 건너편일 가능성이 있어요. 강 건너 있는 〈노트르담〉 교회가 아니라 〈노트르담〉 도시…… . 〈노트르담〉은 〈성모〉 아닙니까? 단치히 부근에 성모의 도시가 있어요. 이름하여 〈마리엔부르크〉[1]가 그곳입니다.」

「왜 하필이면 마리엔부르크에서 회동했을까?」

「튜턴 기사단의 본거지였거든요. 성전 기사단과 자선 기사단 사이는 견원지간이었지만 성전 기사단과 튜턴 기사단 사이는 좋은 편이었다는 걸 염두에 두어야 합니다. 자선 기사단은 성전 기사단이 박해받을 때를 호시탐탐 노린 기사단입니다. 성전 기사단의 재산을 차지하려고요. 튜턴 기사단은 성전 기사단을 경계할 목적으로 독일의 황제가 조직한 기사단입니다. 원래 조직된 곳은 팔레스타인이었습니다만 당시 프로

---

1 성모 마리아의 마을.

이젠 야만인의 침략을 저지한답시고 유럽에 와 있었죠. 이 튜 턴 기사단의 세력은 그로부터 두 세기에 걸쳐 크게 융성, 발 트 해 연안의 전 지역을 손에 넣는 국가로 발돋움한 뒤로는 폴란드, 리투아니아, 그리고 리보니아를 안방 넘나들 듯합니 다. 쾨니히스베르크를 세운 것도 이들입니다. 이들의 패전 기 록은, 에스토니아에서 알렉산드르 네프스키와의 전투, 딱 한 번뿐입니다. 성전 기사단이 파리에서 박해를 받고 있을 즈음 튜턴 기사단은 마리엔부르크를 수도로 삼고 있었어요. 따라 서 당시 기사도 정신에 입각해서 세계를 지배하려는 집단이 있었다면, 그것은 당연히 성전 기사단과 튜턴 기사단이었 지요.」

「당신 말이 옳은데 내가 무슨 말을 보태겠어? 그러면 제 5진은? 포펠리칸들은 어디에 있는 거지?」

「그건 나도 모르겠어요.」

「에이, 카소봉, 이거 낙심천만이잖아? 아불라피아에게 물 어볼까?」

「안 됩니다. 아불라피아는 자료를 연결시킬 수 있을 뿐, 만 들어 내지는 못합니다. 포펠리칸은 실제로 존재하던 엄연한 하나의 〈사실〉이지 〈관계〉가 아닙니다. 〈사실〉이라면 여기에 있는 이 샘 스페이드의 장기 아닙니까? 며칠만 여유를 주 세요.」

「좋아. 2주를 주지. 2주 안에 포펠리칸에 대한 설명을 마련 하지 못하면 12년짜리 발렌타인 한 병 사야 하네.」

내 주머니 사정으로는 무리였다. 일주일 뒤, 나는 술욕심 꾸러기 벨보에게 포펠리칸에 대한 설명을 시도했다.

「모든 게 명확해요. 내 논지를 잘 따라와야 합니다. 우리는 4세기의 비잔티움으로 돌아가야 하니까요. 4세기라면 마니교로부터 영감을 받은 교파들이 지중해 전역으로 퍼지고 있던 때입니다. 우선 카파르바루하의 페트로(이름 한번 거창하지요)라는 사람이 아르메니아에 설립한 아르콘파에서 시작합시다. 아르콘파는 그노시스 계열인 동시에 반(反)셈족 계열입니다. 아르콘파에서는 악마를 사바오트와 동일시합니다. 사바오트가 누굽니까? 유대인들의 이른바 제7천(天)에 사는 신입니다. 아르콘파에서는, 제8천에 있는 〈광명의 태모 여신〉에 이르자면 마땅히 사바오트와 세례를 거부해야 한다고 믿습니다. 여기까지 이해했습니까?」

「거부해야 한다고 믿었다.」

「하지만 이 아르콘파는 사실 본질적으로 나쁜 교파가 아니에요. 그런데 5세기에 이르자 〈마살리우스파〉[2]가 나타납니다. 이 마살리우스파는 실제로 11세기까지도 트라키아 지방에서 명맥을 유지하고 있었어요. 이 마살리우스파는 이원론자가 아닌 단일신론자들이면서도, 지옥의 권세를 부렸다고 합니다. 실제로 어떤 문헌은 이들을 〈보르보로스〉, 즉 〈부정한 자들〉이라고 부르고 있는데, 이건 이들이 차마 입에 담기조차 민망한 짓들을 했기 때문이랍니다.」

「가령?」

「입에 담기조차 민망한 짓이라면 뭐겠어요? 남녀가 손에다 정액이나 생리혈을 묻히고는 하늘을 향해 이걸 그리스도

2 〈마살리아노이파〉, 혹은 〈에우키타이파〉라고도 불린다. 〈마살리우스〉라는 말이 〈기도하다〉라는 뜻을 지닌 시리아어에서 나온 말이라고 해서 〈탐도파(耽禱派)〉라고도 불린다.

의 성체라면서 빨아먹었답니다. 뿐인가요? 여자가 애를 배면 손을 넣어 태아를 꺼내고, 이걸 꿀, 후추와 함께 절구에 찧어 먹었다고도 하더군요.」

「꿀과 후추, 생각만 해도 비위가 상하는군.」 디오탈레비가 고개를 절래절래 흔들었다.

「사실이 그랬다니 기가 막히는 일이지요. 이들을 〈스트라티오스파〉, 〈피비오스파〉라고 부르는 사람들도 있는가 하면, 〈나하쉬파〉와 〈페미오스파〉가 습합된 〈바르벨로파〉로 정의하는 사람들도 있지요. 그러나 초대 교회의 교부들 입장에서 보면, 바르벨로파는 후기 그노시스파에 속합니다. 따라서 이원론자들, 〈태모 베르벨로〉를 숭배하던 무리에 지나지 않습니다. 실제로 〈바르벨로파〉의 신도들은 〈보르보르스〉를 〈휠리크〉라고 불렀는데 이것은 〈물질인(物質人)〉이라는 뜻입니다. 곧 물질의 자식이라는 것이죠. 그런데 이 〈물질인〉은 그 상위 개념인 〈프쉬코스〉, 즉 〈심령인〉과도 구분되고, 홀로서기를 완성시킨 〈프네우마〉, 즉 〈영령인(英靈人)〉과도 엄격하게 구분됩니다. 말하자면 얼치기와 로타리 클럽 회원이 될 만한 사람을 구별하는 겁니다. 하지만 〈스트라티오스파〉도 미트라교에서 말하는 〈물질인〉에 불과했을지 모릅니다.」

「이거 정신없이 헷갈리는군.」 벨보의 말이었다.

「당연하지요. 이들은 자료를 일절 남기지 않았어요. 지금 우리가 알고 있는 자료는 모두 이들을 원수 삼던 자들에 의한 험구의 기록이랍니다. 하지만 상관없어요. 내가 두 분에게 보여 드리고 싶은 것은 이 시절의 중동 아시아가 얼마나 엉망진창이었나 하는 것이니까요. 가령 파울로키아누스파가 등장하는 단계를 좀 볼까요? 원래 이 파울로키아누스파는,

알바니아에서 쫓겨난 우상 파괴자들로 구성된, 파울이라는 자의 추종 세력이었어요. 8세기부터 이 파울로키아누스파는 급속히 세력을 확장하면서 교파에서 공동체, 공동체에서 군대, 군대에서 어느 한 국가를 좌지우지할 수 있는 정치 세력으로 커나갑니다. 어느 정도였느냐 하면 세력을 심상찮게 여긴 비잔티움의 황제들이 군대를 파견하여 이들을 공격하게 했을 정돕니다. 파울로키아누스파는 아랍 세계로 퍼져 나가면서 유프라테스 연안까지 세력을 확장하는가 하면, 북으로는 비잔티움 제국의 영토였던 흑해에 이르기까지 식민지를 확보하는 등 17세기까지도 건재했지요. 결국 예수회로 개종하게 되었지만 발칸 반도 근방에는 지금까지도 파울로키아누스파 지역 사회가 잔존한답니다. 자, 이제 파울로키아누스파의 교리가 궁금하겠지요? 하느님을 믿기는 했지요. 삼위일체로서의 하느님을요. 단, 세상을 창조한 것은 하느님이 아니라 〈데미우르고스(조물주)〉라는 겁니다. 그것도, 하느님에게 반항하느라고요. 말하자면 잘못 만들었다는 거지요. 그래서 파울로키아누스파는 구약 성서를 거부하고, 성찬을 거절하며, 십자가를 혐오하고, 성모를 홀대합니다. 왜? 그리스도는 천상에서 바로 인간으로 화신한 존재라는 겁니다. 마리아의 몸을 거치기는 거쳤으되, 파이프 속을 지나듯이 그렇게 거친 데 지나지 않는다는 겁니다. 이들의 영향을 받은 보고밀파의 주장에 따르면 그리스도는 마리아도 모르는 사이에 한쪽 귀로 들어갔다가 반대쪽 귀를 통해 나왔다는 겁니다. 〈파울리키아니〉, 즉 파울로키아누스파는 태양과 악마를 숭배하고, 성찬에 쓰이는 빵과 포도주에 어린아이의 피를 섞었다는 비난을 받고 있기도 하지요.」

「당시에야 그런 이단 교파들이 많았지.」

「당시의 이단자들에게 미사의 참례는 고문과 같았을 테죠. 미사에 참례하느니 이슬람교로 개종하겠다는 무리가 많았다니까요. 어쨌든, 그런 무리가 있었던 모양입니다. 내가 두 분에게 이 말씀을 드리는 것은요, 이원론적인 이단이 이탈리아와 프로방스로 퍼져 나갈 당시 이 무리가 〈포펠리카노〉, 〈푸블리카노〉, 〈포풀리카노〉라는 이름으로 불렸다는 겁니다. 아마 〈파울리키아니〉, 즉 파울로키아누스파와의 연고권을 주장하고 싶었던 모양이지요? *Gallice etiam dicuntur ab aliquis popelicant*(하여튼 그중에는 포펠리칸트라고 불리는 무리가 있었다는 겁니다).」

「드디어 등장하는군.」

「네, 드디어요. 파울로키아누스파는 9세기에 이르기까지 비잔틴 황제의 속을 썩입니다. 결국 바실리우스 황제는, 에페소스에 있는 하느님의 성 요한 교회를 능멸하고, 성수반(聖水盤)의 물을 말에게 먹인 파울로키아누스파의 괴수 크리소케이르를 잡겠다는 서원을 세우기에 이릅니다.」

「어디서 많이 본 버르장머리구먼.」 벨보의 말이었다.

「서원의 내용이라는 게, 크리소케이르의 대가리에 화살 세 대를 쏘겠다는 것이었어요. 어쨌든 바실리우스 황제는 황군을 풀어 크리소케이르를 뒤쫓게 됩니다. 이윽고 황군이 크리스케이르를 잡아 목을 잘라 오자 황제는 그 머리를 탁자[창틀이나 반암(斑岩) 기둥이었는지도 모르죠] 위에 올려 놓고는 슉, 슉, 슉…… 화살 세 대를 날립니다. 두 개는 양쪽 눈에 꽂히고 하나는 입에 꽂혔다던가.」

「대단한 사람들이군.」 디오탈레비의 반응이었다.

「그러고 싶어서 그랬던 건 아닐 거라. 신앙의 문제니까 그 랬을 테지. 계속하게, 카소봉. 우리 디오탈레비 씨께서는 신 학적으로 미묘한 문제에는 이해가 깊지 못하시니까 괘념 마 시고.」

「결론은, 십자군이 이 파울로키아누스파를 조우하게 된다 는 겁니다. 제1차 십자군 원정 때 십자군은 안티오키아 근방 에서 이들을 만납니다. 당시 파울로키아누스파는 아랍인들 과 나란히 싸우고 있었다지요. 십자군은 콘스탄티노플 포위 공격 때도 파울로키아누스파를 만납니다. 파울로키아누스파 가 콘스탄티노플을 점령한 적도 있다니 놀랍지요. 빌라르두 앙의 저서에 따르면, 필리포폴리스의 파울로키아누스파는 프랑스의 약을 올리기 위해 콘스탄티노플을 불가리아의 차 르(황제) 요안니차에게 넘겨주려고 했다는군요. 자, 바로 이 대목이, 이들과 성전 기사단, 그리고 우리가 풀고자 하는 수 수께끼가 연결되는 부분입니다. 전설에 따르면 성전 기사단 은 카타리파의 영향을 받은 것으로 되어 있습니다만 실제로 는 그 반대였어요. 성전 기사단은 십자군 원정 때 파울로키아 누스파를 만나 일종의 신비주의적인 영향을 받게 됩니다. 성 전 기사단은 이미 그 이전에 밀교나 이슬람교 종파들로부터 도 그런 영향을 받은 전력이 있지요. 성전 기사단의 족적만 짚어 봐도 자명해집니다. 성전 기사단은 발칸 반도를 거쳐야 했거든요.」

「왜?」

「왜냐, 제6의 약속 장소는 예루살렘이었으니까요. 제6의 약속 장소는 〈돌이 있는 곳〉이라고 하지 않았어요? 이슬람교 도들이 섬기는 돌 혹은 바위가 있는 곳, 신발을 벗어 놓고 보아야 하는 신성한 돌이 어디에 있어요? 예루살렘에 있는 오마르 사원 중심에 있지요. 이 자리는 한때 성전 기사단의 성전이 서 있던 자리이기도 하죠. 예루살렘에서 이들을 기다리는 사람들이 누군지, 그건 아직 모르겠어요. 위장한 채로 존속하고 있던 성전 기사단 잔당의 핵심 세력인지, 포르투갈과 관련을 맺고 있던 카발리스트들이었는지. 하지만 이 점 하나만은 분명합니다. 독일에서 예루살렘에 이르는 가장 논리적인 경로는 발칸 반도를 지나는 것인데 바로 이곳에 제5진, 즉 파울로키아누스파가 기다리고 있었던 것입니다. 이제 이 〈계획〉이 얼마나 간단하고 합리 정연한지 아시겠지요?」

「당신 말이 옳다고 할 수밖에. 그렇다면 포펠리카노는 발칸 반도 어디에서 이들을 기다리고 있었나?」

「제가 생각하기에, 파울로키아누스파의 당연한 계승 세력은 불가리아의 보고밀파였습니다. 그러나 프로뱅의 성전 기사단은, 그로부터 불과 몇 년 뒤 불가리아가 터키의 침략을 받고 향후 5세기 동안 그 지배를 받게 되리라는 것을 알 길이 없었겠죠.」

「그렇다면 〈계획〉은 독일에서 불가리아에 이르는 도중에 중단되고 말았다는 말 같은데. 그게 언제 일이지?」

「1824년.」 디오탈레비가 불쑥 대답했다.

「어째서?」

벨보의 물음에 디오탈레비는 재빨리 다음과 같은 도표를 펼쳤다.

포르투갈	영국	프랑스	독일	불가리아	예루살렘
1344	1464	1584	1704	1824	1944

「1344년 여섯 집단의 제1진 대표들은 미리 정해진 여섯 곳으로 향한다. 그로부터 120년 동안 각 집단은 6인의 대표에게 차례로 승계되고 1464년 토마르의 6대 대표는 영국의 6대 대표와 합류한다. 1584년 영국의 12대 대표가 프랑스의 12대 대표와 합류한다. 이렇게 120년 주기로 연쇄적으로 전해지던 밀지가 파울로키아누스파와의 회동 불발로 전해지지 못했다면, 보라고, 1824년일 수밖에 없잖아?」

「그렇다고 치고요. 내가 이상스럽게 생각하는 건, 그렇게 용의주도한 집단이 밀지의 6분의 4가 확보된 상태인데도 어떻게 그 〈계획〉이라고 하는 걸 복원할 수 없었느냐는 겁니다. 불가리아인들과의 약속이 수포로 돌아갔다면 왜 그다음 집단을 접촉하지 않았을까 하는 겁니다.」

벨보가 내 말에 대답했다. 「카소봉, 당신은 프로뱅의 계획 입안자들을 과소평가하고 있는 것 같군. 계획 입안자들은 이 계획을 600년 동안은 숨기고 싶었을 테니, 그에 상응하는 조치를 취하지 않았겠나? 한 집단의 대표는 후계 대표를 만날 장소만 알고 있었을 뿐, 차후계(次後繼) 대표를 만나는 장소에 대한 정보는 전혀 없었기가 쉬워. 따라서 독일 대표는, 만일에 불가리아 대표를 만나지 못하면 그다음 장소가 예루살렘이라는 걸 알 도리가 없지 않나? 예루살렘 대표는, 자기네들에게 밀지를 전해 줄 전 대표가 어디에 있는지도 알 도리가 없는 것이고. 당신은 정보의 일부만 있어도 나머지는 추론하면 되는 줄 아는데, 그건 밀지가 어떻게 나뉘어져 있는가에 따라 형편이 달라지네. 논리적으로 아귀가 맞게 되어 있지는 않았을 거라 그 말이지. 따라서 밀지의 한 조각이라도 없어지면 밀지 전체의 내용은 해독이 불가능해지네. 물론 한 조각만 가진 사람은 그게 무슨 뜻인지 알 도리가 없게 되어 있을 테지.」

디오탈레비가 보충 설명을 했다. 「생각해 보라고. 불가리아 회동이 이루어지지 않았다면 오늘날의 유럽은 암흑의 무도회장이 되어 있을 거야. 한 무리가 다른 무리를 찾을 수 없는 캄캄한 무도장. 이러니 정보 한 조각씩 가진 무리들은 저마다 세계의 주인 노릇을 하는 데 충분하다고 날뛸 게 아니겠나. 카소봉, 지난번에 얘기한 그 박제사 이름이 뭐랬지? 어쩌면 〈음모〉는 지금도 물밑에서 진행되고 있는지도 몰라. 우리 역사라고 하는 것은 잃어버린 밀지 복원을 위한 전쟁으로 이루어진 것인지도 모른다는 거야. 우리가 보지 못할 뿐, 보이지 않게 놈들은 우리 주위에서 암약하고 있는지도 몰라.」

바로 그 순간, 벨보와 나는 똑같은 생각을 했던 것임에 분명하다. 서로 말을 꺼내는 순간 같은 이야기를 하고 있다는 걸 알았으니까. 게다가 우리는 적어도 프로뱅의 밀지 중 두 마디 표현, 즉 〈여섯 무리로 나누어진, 36명의 보이지 않는 자들〉과 〈120년의 주기〉라는 표현은 장미 십자단에 관한 논쟁에서도 등장했다는 사실을 알고 있었다.

「결국, 독일인입니다. 장미 십자단 선언문을 다시 읽어 봐야겠어요.」

「하지만 당신은, 그 선언문은 가짜라고 하지 않았나?」

「그래서요? 우리가 만들어 내려고 하는 것도 가짭니다.」

「하긴 그렇군. 그걸 잊고 있었네.」 벨보가 중얼거렸다.

69

Elles deviennent le Diable: débiles, timorées, vaillantes à des heures exceptionnelles, sanglantes sans cesse, lacrymantes, caressantes, avec des bras qui ignorent les lois... Fi! Fi! Elles ne valent rien, elles sont faites d'un côté, d'un os courbe, d'une dissimulation rentrée... Elles baisent le serpent...[1]
— 쥘 부아, 『악마 신앙과 마술』, 파리, 샤이에, 1895, p. 12

벨보는 그것을 잊고 있었다. 짧은데도 종잡기 어려운 다음의 파일은 그 시기에 쓰인 것인 듯하다.

***

파일명: 엔노이아[2]

당신은 마리화나를 들고 갑자기 나타났다. 나는 피우고 싶지 않았다. 나는 그까짓 풀잎 같은 것으로 내 두뇌의 기능을 어지럽히고 싶지 않다(나는 담배도 피우고 곡

---

1 〈그 여자들은 악마로 변신한다. 의지박약한 겁쟁이인가 하면 용감하게 나서기도 하고, 피에 굶주린 듯이 설치는가 하면 눈물을 떨구기도 하고, 어리광을 부리는가 하면 무법자의 하수인 노릇도 한다. 어처구니없구나! 아무짝에도 쓸모없는 것들. 구부러진 갈비뼈와 고양이 대가리로 숨어서 헛짓이나 하지. 뱀과도 정을 통한다.〉
2 알리에가, 〈신의 여성적인 부분〉, 〈신의 좋은 부분〉이라면서 로렌차 펠레그리니에게 붙인 별명. 〈엔노이아〉는 그리스어로 〈사고〉, 〈이성〉, 〈양식〉을 의미한다. 벨보는 이 파일을 쓸 무렵, 엔노이아를 상실한 채 심한 착란 증세를 보인다. 그는 카소봉, 디오탈레비와 함께 장난삼아 재구하고 있는 성전 기사단의 역사를 실제로 믿기 시작한다.

물로 만든 술도 마시고 있으므로 이것은 새빨간 거짓말이다). 60년대 초, 몇 차롄가, 돌려 피우기 파티에서 강요를 당하다시피 하다가, 그 침으로 미끈거리는 종이에 닿는 것이 싫어서 집게로 집어서 마지막 한 모금을 빨았을 뿐이다. 한마디로 웃고 싶었다.

그런데 어제는 당신이 권했다. 나는 그걸 당신이 자신을 나에게 바치는 한 방법으로 여기고 믿는 마음에서 받아 피웠다. 우리는 껴안고 춤을 추었다. 요즘은 그렇게 꽉 끌어안고 춤추는 사람은 없다. 부끄럽게도 말러의 교향곡 제4번이 흐르고 있었다. 내 품 안에 든 것은 흡사 늙은 암양의 번지르르하고 주름진 얼굴을 하고 시시각각으로 부풀어 오르는 태초의 원형질 같다는 느낌을 받았다. 내 사타구니 깊은 곳에서 뱀이 오르는 것 같았다. 나는 당신을 연로하신 우리 백모 모시듯이 모셨다. 나는 당신의 몸에 내 몸을 밀착시키고 있었던 것 같지만 당신은 자꾸만 달아나려고 하는 것 같았다. 상승하기도 하고, 금으로 변하기도 하고, 잠긴 방문을 열기도 하고 물건을 공중에 떠다니게 하기도 했다. 그렇다. 〈메갈레 아포파시스〉[3]여, 천사들의 수인(囚人)이여, 내가 당신의 캄캄한 배 속으로 파고들었을 때 당신은 분명히 그랬다.

내가 그토록 애타게 찾고 있던 사람이야말로 당신이 아니던가. 나는 여기에 있다. 언제나 당신을 기다리며 여기에 있다. 당신을 알아보지 못해서 나는 번번이 당신을 잃은 것일까? 당신을 알아보고도 두려워서 번번이

---

3 그리스어로 〈위대한 부정〉, 혹은 〈위대한 계시〉.

당신을 잃은 걸까? 당신을 알아보았기에, 당신을 잃어버려야 한다는 것을 알고 번번이 잃었던 것일까?

　어젯밤에는 어디로 가버렸지? 오늘 아침 자리에서 일어나려니 머리가 아프더라.

70

그러나 우리는 이 밀지가, D의 후계자이자, 제2진의 마지막 주자이며 우리와는
동시대를 산 A형제가, 제3진에 속하는 우리에게 120년이라는 기간을 언급하고
있다는 사실을 분명히 기억해야 한다.
— 『보편적 총체적 세계 개혁』 중 〈우애단의 명성〉, 카셀, 베셀, 1614

나는 먼저 장미 십자단의 두 선언서인 『우애단의 명성』과
『신조』[1]를 읽었다. 이 두 선언서를 기초한 장본인으로 알려
진 요한 발렌틴 안드레아이의 『크리스티안 로젠크로이츠의
화학적 결혼』도 읽었다.

이 두 선언서가 독일에 나타난 것은 1614년에서 1615년이
다. 이때는 프랑스의 성전 기사단과 영국의 성전 기사단이 만
나고 나서 30년이 지난 시점이고, 프랑스 성전 기사단과 독일
의 성전 기사단이 만나기 1백여 년 전에 해당하는 시점이다.

나는 선언서가 밝히고 있는 것을 믿고자 해서가 아니라,
그 배후의 숨은 뜻을 파악하기 위해 선언서를 읽었다. 배후의
의미를 읽기 위해서는 어떤 대목은 그냥 지나치고 어떤 대목
은 다른 대목 이상의 주의를 기울일 필요가 있었다. 그러나
이러한 독법이야말로 〈악마 연구가들〉이 쓰는 방법이자, 그
들의 지도자들이 우리에게 강요하는 독법이기도 했다. 그들
이 주장하는 바가 무엇이었던가? 정교한 계시의 시대를 읽

---

1 『유럽의 지성인들에게 보내는 장미 십자 우애단의 신조』.

기 위해서는 속된 논리적 추론이나 단조로운 논리 전개를 좇을 필요도 없다는 것 아니던가.

축자적(逐字的)으로 받아들일 경우 이 두 문서는 실로 어거지와 수수께끼와 모순의 덩어리였다. 따라서 피상적인 의미만을 좇아서는 안 될 것 같았다. 그렇다고 해서 이 두 선언서는 심오한 정신적 개혁을 부르짖고 있는 것도 아니고, 가엾은 크리스티안 로젠크로이츠의 일대기를 전하고 있는 것도 아니었다. 두 선언서는, 어떤 부분은 가리되 어떤 부분은 드러내게 되어 있는 어떤 틀을 덮고 읽어야 할, 말하자면 두 문자만 읽어야 하는 프로뱅의 밀서와 유사한 암호 메시지 같은 것이었다. 하지만 나에게는 그런 밀서를 해석할 어떤 실마리도 없었다. 따라서 있다고 가정하는 도리밖에 없었다. 나는 오로지 의심하는 자세로 그 문서를 읽어 나갔다.

문서가, 〈프로뱅의 계획〉을 의논하고 있다는 것은 의심할 여지가 없었다. 서두는 이렇게 된다. C. R.의 무덤(프로뱅의 〈그랑조딩〉, 즉 〈십일조 창고〉 우화에 따르면 1344년 6월 23일 밤 이후)에는 120년 뒤의 후세 사람들을 위한 보물이 〈감추어져〉 있었다. 그 보물이라는 것이 돈이 아닌 것만은 분명하다. 문서에는 연금학자들의 끝없는 탐욕을 경계하는 대목이 있을 뿐만 아니라, 이 문서는 약속된 내용이 장차 역사의 물길을 바꿀 것임을 공개적으로 선언하고 있다. 그리고 독자들이 혹 이것을 알아차리지 못할까 봐, 제2선언문은 〈미란다 섹스타이 아이타티스〉, 즉 여섯 번째의 기적이자 마지막 회동의 기적을 무시하면 안 된다고 경고하고 있다. 선언문은 이 경고를 이렇게 되풀이하고 있다. 〈하느님의 여섯 번째 촉대의 불빛이 우리에게 내림으로서 하느님을 영광되게 할 수 있다면……. 우리가 한 책을 제대로 읽을 수 있다면, 읽어서 이해하고 기억할 수 있다면……. 노래(밀지의 낭독!)를 통하여 우리가 돌(철인의 돌[化金石!])을 진주와 보석으로 변용시킬 수 있다면 좀 좋으리…….〉 이 밖에도 선언문에는 난해한 비밀에 관한 언급, 유럽에 세워질 정부, 장차 성취되어야할 〈큰 사업〉에 관한 언급이 있었다.

전해지는 바로, C. R.는 스페인(포르투갈?)으로 내려가 〈미래 세기의 참 징후를 어디에서 읽을 것인가〉 하는 문제를 두고 식자들을 설득하려고 했으나 헛수고였다고 한다. 왜 그는 헛수고를 했던 것일까? 혹시 밀지 승계 과정에서 걸림돌에 부딪힌 17세기 초 독일의 성전 기사들이 어쩔 수 없이 자신들의 정체를 드러내게 되고 그동안 지켜 오던 극비를 만천하에 공개할 수밖에 없었기 때문이 아니었을까?

두 선언문은 〈계획〉의 각 단계를 재구성하려 하고 있었는데 그 순서는 디오탈레비가 요약했던 과정과 일치했다. 선언서에 그 죽음이 언급된 최초의 계승자는 〈I. O. 형제〉였다. 그는 영국에서 〈종말을 맞은〉 것으로 되어 있다. 그렇다면 누군가가 첫 번째 회동 장소로 의기양양하게 나갔다는 이야기가 된다. 두 번째 계승, 세 번째 계승도 언급되어 있다. 여기까지는 모든 것이 순조롭다. 제2진인 영국의 계승자들은 제3진인 프랑스 계승자를 1584년에 만난 것으로 되어 있다. 그런데 17세기 초두에 쓰인 이 기록은 1, 2, 3진까지의 이야기를 소상하게 전하고 있을 뿐이다. 안드레아이가 젊은 시절에 쓴, 다시 말해서 선언서(이것이 일찍이 1614년에 나왔다고 하더라도)보다 먼저 쓰인 『크리스티안 로젠크로이츠의 화학적 결혼』에는, 세 개의 웅장한 교회 이야기가 나오는 것으로 보아, 이 세 곳은 이미 항간에 익히 알려져 있었음에 분명하다.

그러나 문서를 꼼꼼히 읽는 과정에서 나는, 두 선언서가 『……화학적 결혼』에서 주장한 바를 후에 똑같은 어휘로 되풀이하고 있기는 하나 어쩐지 이 양자가 쓰일 동안에 뭔가 심상치 않은 일이 일어났던 것처럼 보인다는 것을 깨달았다.

가령, 원수가 수단과 방법을 가리지 않고 계획의 실현을 저지함에도 불구하고 때는 왔다, 그 순간이 왔다는 점을 왜 그렇게 여러 차례 강조하고 있느냐는 것이다. 무슨 계획이 실현된다는 것인가? 전해지는 바에 따르면 C. R.의 최종 목적지는 예루살렘이었다. 그러나 그는 예루살렘에는 이르지 못한 것으로 알려져 있다. 왜 이르지 못했던 것일까? 아랍인들은 정보를 교환하는데 독일의 식자들은 상부상조를 모른다는 점도 선언서에서는 강조된다. 이게 무슨 뜻일까? 〈풀밭을 독차지하려는 규모가 큰 무리〉에 대한 언급도 있다. 이것은 사리사욕을 좇느라고 〈계획〉 전체를 뒤엎으려는 무리가 있다는 암시, 이 때문에 계획이 차질을 빚고 있다는 암시가 아니라면 대체 무엇일 수 있는가?

『명성』에는, 일찍이 누군가가 난해한 서법(물론 프로뱅의 밀지)을 고안했다는 말과 함께, 〈하느님의 시계는 분(分)까지 치는데도 우리의 시계는 시(時)조차 치지 못한다〉는 말이 나온다. 하느님의 시계 소리를 놓친 것은 누구일까? 제때에 특정한 제 장소에 이르지 못한 것은 누구인가? 이 문서에는 또, 한 무리의 추밀 요원 형제들이 비밀을 공개하려다가 대신 세계 도처로 뿔뿔이 흩어지기로 했다는 말도 있다.

선언문은 불안과 의혹과 당혹감으로 가득 차 있다. 제1진에 해당하는 계승자 형제들은 각각 〈그럴 자격이 있는 계승자들〉에게 밀지를 전하기로 되어 있었는데, 〈이들이 서로 짜고 저희 무덤이 있는 곳조차 비밀에 붙이는 바람에 오늘날 우리는 그들이 어디에 묻혀 있는지도 알지 못한다〉는 대목도 있다.

이것은 무슨 뜻인가? 소재 불명의 무덤이란 무슨 뜻일까? 내가 보기에, 선언서가 쓰인 것은 중요한 정보가 유실되었기 때문인 듯했다. 선언서는, 이 정보를 아는 자가 있으면 나오라고 호소하고 있는 셈이었다.

『명성』의 끝 부분을 읽으면서 내 짐작은 현실이 된다. 〈다시 한번 유럽의 식자들에게 호소하거니와…… 우리의 제안을 면밀히 가늠하시고…… 그들의 의향을 알게 하시라……. 지금으로서는 우리의 이름을 드러내기 어렵지만…… 우리에게 이름을 드러내는 분은 개인적으로 우리와 접촉할 수 있을 것이며, 그것이 불가능할 시에는 서면으로도 가(可)할 것이라…….〉

이것이야말로 아르덴티 대령이 노리던 것임에 분명했다. 대령은 자기 이야기를 출판함으로써 그들에게 자기 이름을 알리고, 이로써 그들의 침묵을 깨뜨리려고 했음에 분명했다.

계획에 차질이, 혹은 문제가 생겼거나 무엇인가 누락된 게 분명했다. C. R.의 무덤에는, 회동의 간격을 연상시키는 *post 120 annos patebo*(120년 뒤에 소생하리니)라는 명문뿐만 아니라, *Nequaquam vacuum*이라는 명문도 있었다. 〈공허는 존재하지 않는다〉가 아니라 〈공허는 존재해서는 안 된다〉로 해석되어야 할 것 같았다. 공허, 즉 빈 자리가 생기고 말았으니, 마땅히 채워져야 했던 것이었다.

나는 다시 한번 자문하면서 따져 보았다. 왜 이런 일들이 독일에서 논의되었을까? 독일 성전 기사단 제4진은 그저 가만히 차례가 오기를 기다리면 되는 것이 아니었던가? 독일의 성전 기사들은 1614년에 마리엔부르크에서 그 약속이 이루어지지 않았다고 불평할 수가 없었다. 마리엔부르크에서의 회동은 1704년에야 이루어지게 되어 있었으므로.

　가능한 결론은 한 가지뿐이었다. 독일의 성전 기사들이 불평하는 것은 그 전의 회동 약속이 이루어지지 않았기 때문이었다.

　열쇠는 바로 이것이었다! 독일 성전 기사들(제4진)은 영국 성전 기사들(제2진)이 프랑스 성전 기사들(제3진)들과 회동하지 못한 것을 한탄하고 있었던 것이었다. 그렇고말고, 선언서에는 유치할 정도로 그 의미가 빤한 알레고리가 있었다. 즉, C. R.의 무덤이 개봉되고 보니, 제1진과 제2진 형제들의 서명은 들어 있는데 제3진의 서명은 들어 있지 않다는 것이었다. 포르투갈 성전 기사들과 영국 성전 기사들은 거기에 있는데 프랑스 성전 기사는 거기에 없다는 것이었다.

　다른 말로 하자면 영국 성전 기사들은 프랑스 성전 기사들을 놓친 것이었다. 그런데, 지금까지 우리가 확보한 자료에 따르면, 프랑스 성전 기사들의 소재를 알고 있는 것은 영국 성전 기사들뿐이었다. 이것은 독일 성전 기사들의 소재를 알고 있는 것도 프랑스 성전 기사들뿐이라는 것과 같은 이치다. 영국 기사들이 프랑스 기사들을 놓쳤기 때문에, 설사 프랑스 기사들이 1704년에 독일 기사들을 만날 수 있다고 하더라도 전할 수 있는 밀지는 전해야 하는 밀지의 3분의 2에 지나지 않을 터였다.

그래서 〈계획〉을 복원시키려면 그 방법밖에 없으니까, 위험을 무릅쓰고 장미 십자단이 자신들의 정체를 공개적으로 밝히기 시작한 것이었다.

71

우리는 성전 기사단 제2진 형제들이, 제1진 형제들이 알고 있던 것을 고스란히 알고 있었는지, 다시 말해서 밀지를 고스란히 물려받았는지 그것조차 분명하게 알지 못한다.

— 『보편적 총체적 세계 개혁』 중 〈우애단의 명성〉, 카셀, 베셀, 1614

나는 벨보와 디오탈레비에게, 내가 그동안 알아낸 것들을 보고했다. 두 사람은 선언서의 숨은 의미가, 〈악마 연구가들〉에 의해서도 명백히 이해될 수 있을 것이라고 말했다.

디오탈레비가 말했다. 「좋아, 이제 모든 게 분명하군. 〈계획〉이 독일 기사들에게서 파울리키아누스파에 전해지는 과정에서 단절되었다는 생각 때문에 진전이 없었는데 사실상 단절된 것은 1584년 영국에서 프랑스에 이르면서 단절되었다는 걸 알게 됐으니까.」

「그렇다면 1584년에 영국 기사들이 프랑스 기사들과의 약속을 지키지 못했던 까닭은 무엇일까? 영국 기사들은 〈은신처〉가 어디인지 알고 있었는데 왜 약속을 못 지킨 거지?」 벨보가 물었다.

벨보는 그 답을 찾는답시고 아불라피아 앞으로 돌아앉았다. 그러고는 시험 삼아 두 가지 임의 자료를 불러 오게끔 했다. 아불라피아가 던져 준 자료는 다음과 같다.

미니 마우스는 미키 마우스의 약혼녀이다
9월, 4월, 6월, 11월은 각각 30일씩이다

「어디 보세. 미니 마우스는 미키 마우스와 만날 약속을 했는데, 실수로 미니 마우스는 9월 31일로 약속을 잡았고 그 결과 미키 마우스는……」

「잠깐만요! 미키 마우스와 1582년 10월 5일에 약속을 했기 때문에 만나지 못했던 거예요!」

「무슨 소린가?」

「교황 그레고리우스의 월력 개혁! 야, 이제 알았다! 1582년은 그레고리우스력이 발효한 해입니다. 율리우스력의 단점을 보완한 그레고리우스력! 율리우스력의 오차를 조정하기 위해 10월 5일부터 14일까지, 10일간을 없애 버린 해가 1582년이에요. 그러니까 1582년의 10월 4일 다음 날은 10월 15일이 되었던 거죠.」

「하지만 프랑스에서의 약속은 1584년의 성 요한의 날 전야, 그러니까 6월 23일인걸.」

「맞아요. 하지만, 이제 생각났어요, 이 개혁은 유럽의 모든 국가가 바로 채택했던 건 아닙니다.」 나는 서가에 꽂혀 있던 만세력(萬歲曆)을 뽑아 펴보았다. 「여기 있군요. 그레고리우스력이 선포된 것은 1582년 맞습니다. 이때 10월 5일과 14일 사이, 즉 10일간을 없애 버린 것은 교황청뿐입니다. 프랑스가 이 월력을 채택한 것은 1583년의 일입니다. 그때 프랑스는 12월 10일부터 19일 사이, 즉 10일간을 없애 버린 겁니다.

다시 말해서 12월 9일 다음 날 12월 20일이 온 거지요. 독일의 경우는 다소 복잡하군요. 가톨릭 지역에서는 보헤미아와 함께 1584년에 이 월력을 채택합니다. 그러나 신교 지역에서는 근 200년 뒤인 1775년에야 이걸 채택하게 됩니다. 불가리아가 1917년에 이르러서야 이 월력을 채택하고요. 이거, 유념해 둘 필요가 있는 대목입니다. 그러면 영국은 어떻게 되었나……. 영국은 1752년에 채택합니다. 짐작이 가는군요. 가톨릭이 싫었을 테니. 요컨대 성공회도 200년을 버텼던 겁니다. 이제 아시겠지요? 프랑스가 달력에서 10일을 없앤 것이 1583년이니까 1584년 6월쯤에는 전국민이 새 달력에 꽤 익숙해져 있었을 테죠? 그러나 프랑스 달력의 1584년 6월 23일이 영국에서는 여전히 6월 13일이었던 겁니다. 두 분이 만일에 영국인이라면, 성전 기사라고 해도 이걸 알았을 것 같아요? 어림도 없어요. 지금도 자동차를 길 왼쪽으로 몰고 있는 사람들, 수백 년 동안이나 십진법을 무시하고도 태연한 사람들이 영국인들입니다. 하여튼 영국의 성전 기사들은 저희 달력에 맞추어 1584년 6월 23일에 약속 장소인 〈은신처〉로 갑니다. 그날은, 프랑스 달력으로는 벌써 7월 3일이죠. 성격상, 이 모임이 팡파르가 울리는 가운데 성대하게 거행되지 않을 터임에 분명합니다. 은밀한 모처(某處)에서 모시(某時)에 열리는 듯, 마는 듯, 그렇게 가만히 열리게 되어 있었을 테죠. 자, 프랑스 기사들은 6월 23일 약속 장소로 나갑니다. 그러고는 하루를 기다리고 이틀을 기다리고 사흘을 기다리고 일주일을 기다리다가, 이윽고 무슨 변이 생긴 모양이구나, 하고는 그곳을 떠나 버립니다. 어쩌면 7월 3일 전야에 포기하고 돌아갔을지도 모르는 일이지요. 그런데 영국 기사들이 옵니다.

아무도 없지요. 영국인들 역시 한 일주일 기다리다가 지쳐 돌아갔을지도 모르는 일입니다. 요컨대 두 사령관은 서로를 놓치고 만 겁니다.」

「끝내 준다! 그랬겠어. 그런데 왜 독일의 장미 십자단이 정체를 밝히고 나선 걸까? 영국의 장미 십자단이 아니고?」 벨보가 물었다.

나는 하루 더 시간을 달라고 했다. 그날 오후부터 카드 색인을 뒤져 자료를 찾아낸 나는 다음 날 의기양양하게 사무실로 달려갔다. 나에게는 실마리가, 여느 사람의 눈에는 보이지 않을 터인 실마리가 있었다. 내가 누구던가? 샘 스페이드가 아니던가. 샘 스페이드의 독수리 눈에 하찮은 자료, 무의미한 자료는 있을 수 없는 법. 1584년을 전후해서 마술사이자 카발리스트이며 영국 여왕의 점성술 자문관인 존 디[1]는 율리우스력을 그레고리우스력으로 개혁하는 문제를 검토하라는 지시를 받는다.

---

1 1968년에 출판된 안젤로 마리아 릴리의 저서 『불가사의한 프라하』에는 존 디와, 제74장의, 벨보의 파일에 등장할 그의 조수 에드워드 켈리의 이력이 자세하게 나와 있다. 1527년 런던 태생인 존 디는 여왕 엘리자베스 1세의 친구이자, 당대 최고의 마법사, 연금술사였다. 일찍이 폴란드 왕자 라스키에게 장차 폴란드 왕위를 물려받을 것이라고 예언한 바 있다. 실제로 라스키는 왕위에 오르자 존 디와 에드워드 켈리를 폴란드로 초청한다. 1584년 디와 켈리는 크라쿠프에서 프라하로 가는데, 디는 여기에서도 체코슬로바키아왕 루돌프 2세에게, 폴란드 왕위를 이을 것이라고 예언하고, 예언이 실현되면 철인의 돌[化金石]을 넘겨주겠다고 약속한다. 루돌프 왕이 가톨릭 성직자들의 참소에 못 이겨 디에게 강령술사 및 악마주의자의 혐의를 씌워 보헤미아에서 추방하자 디와 켈리는 영국으로 돌아온다. 디는 1608년 모틀레이크에서 세상을 떠났다.

「영국의 성전 기사들은 1464년 포르투갈의 성전 기사들을 만납니다. 그 이후로 브리튼 섬은 카발리즘의 열기로 시끌시끌해집니다. 어쨌든, 영국의 성전 기사들은 프랑스 기사들과의 회동을 준비하면서, 포르투갈에서 배워 온 카발리즘을 공부합니다. 존 디는 바로 이런 마술과 신비주의 르네상스를 선도한 장본인입니다. 그의 개인 장서만도 4천 권으로, 프로뱅 성전 기사단 정신에 어울리는 개인 도서관이라 할 수 있죠. 디의 『우의화(寓意畵)의 세계』는 연금술의 경전(經典)이라고 할 수 있는 『에메랄드 총서』에서 직접 영감을 받고 쓰인 책입니다. 1584년부터 디는 트리테미우스의 『암호학』을 읽습니다. 물론 원고 상태에서 읽었을 겁니다. 이 책이 활자화된 것은 17세기 전반의 일이니까요. 당시 디는 불발로 끝난 회동의 영국 측 대표로서, 회동이 이루어지지 못한 까닭을 연구하고 있었지요. 천문학에도 밝았던 그는 어느 날 활연히 깨닫고 이마를 칩니다. 아이고, 이런 머저리 같으니, 내가 왜 진작 그 생각을 못 했던고……! 엘리자베스 여왕한테서 영지를 받은 디는 자기 실수를 만회하기 위해 그레고리우스력을 연구합니다. 물론 때가 늦었던 거지요. 디로서는 프랑스 쪽 기사를 만나기는 만나야 하는데 어떻게 만나야 할지 알 도리가 없었어요. 그런데 *Mitteleuropäische*(중부 유럽)에는 디가 접촉할 만한 인사가 있습니다. 당시 루돌프 2세 치하의 프라하는 거대한 연금술 실험실을 방불케 하고 있었어요. 디는 프라하로 가서 쿤라트를 만납니다. 바로 저 유명한 『영원한 예지의 원형 극장』의 저자입니다. 쿤라트의 우의적인 판화는 안드레아이와 장미 십자단 선언문에도 영향을 미치게 되죠. 하지만 디가 프라하 사람들과 어떤 관계를 맺었는지 그것은 나도 모릅니다. 하여튼 디는 회동 불발로 인한 실의에 빠져 있다가 1608년에 사망했어요. 그러나 걱정할 것은 없습니다. 런던에는, 성전 기사단의 중흥을 위해 노력하는 또 하나의 디가 있었으니까요. 그 자신도 장미 십자단원이었고 저서『새 아틀란티스』에서 장미 십자단을 언급한 사람. 바로 프랜시스 베이컨입니다.」

「아니, 베이컨이 정말 장미 십자단을 언급하고 있나?」벨보가 물었다.

「엄격하게 말하면 베이컨이 언급하고 있는 건 아니고요. 존 헤이든이라는 사람이『성지(聖地)』라는 제목으로『새 아틀란티스』를 개작하는데 거기에 장미 십자단이 언급됩니다. 하지만 우리한테는 별문제 될 게 아닙니다. 베이컨은, 우리가 익히 아는 어떤 이유 때문에 조심하느라고 부러 언급하지 않은 것에 불과합니다. 하지만 언급한 거나 사실은 다를 것이 없죠.」

「안 믿는 자에 복이 없나니.」

「그렇습니다. 영국 기사단과 독일 기사단의 관계를 돈독하게 하는 노력은 베이컨에서 시작됩니다. 1613년, 제임스 1세의 딸 엘리자베스는 라인 지역의 선거후인 프리드리히 5세와 혼인합니다. 그런데 루돌프 2세의 사후, 프라하는 이상적인 연금술의 도시가 못 되었어요. 반면에 하이델베르크가 부상하게 됩니다. 선거후와 공주의 결혼은 성전 기사단에게는 상징적인 사건입니다. 런던에서 결혼 축하 행사가 있었을 때 이 행사를 주관한 사람이 바로 베이컨입니다. 베이컨은, 언덕 위로 기사들이 나타나는, 신비스러운 기사도의 알레고리를 공연합니다. 이로써 베이컨이 디의 후계자가 된 것은 명백해집니다. 영국 성전 기사단의 사령관이 된 것이죠…….」

「하기야 베이컨이 셰익스피어 희곡의 진짜 필자니까. 셰익스피어의 전 작품을 다시 읽어 봐야겠네. 〈계획〉이라는 측면에서 말일세. 성 요한의 밤 전야라는 건, 〈한여름 밤의 꿈〉일 테지.」 벨보의 말이었다.

「6월 23일이 한여름인가요, 뭐?」

「시인의 특권이라는 걸세. 사람들이 왜 이 명백한 단서를 간과하고 있었는지 알다가도 모를 일이네. 이렇게 명명백백한 것을.」

「밤낮 하는 말이지만, 합리주의적인 사고 때문에 인류는 길을 잃은 거라고.」 디오탈레비의 말이었다.

「카소봉에게 이야기를 계속하게 하려면 김 좀 빼지 마. 이 친구, 굉장한데, 놀랐어.」

「계속할 게 있어야 계속하죠. 런던에서 축하 행사가 있은 뒤에 하이델베르크에서도 비슷한 행사가 있게 됩니다. 피에몬테에서 본 가공원 기억하고 있겠지요? 살로몽 드 코가 선거후를 위해서, 우리가 피에몬테에서 본 것과 비슷한 가공원을 설계해 준 것도 그땝니다. 이 행사에는 상징적인 내용이 담긴 무대 마차가 등장합니다. 신랑인 선거후를, 아르고 원정 대장 이아손에 견주기 위해서지요. 무대 마차에 실린 두 척의 모형 원정선 마스트에는 금양모피와 가터의 상징이 각각 내걸립니다. 두 분은, 내가 포르투갈의 토마르에서 본 기둥에도 금양모피와 가터가 새겨져 있었다는 걸 잊으시면 안 됩니다. 아귀가 척척 맞아 들어가지요? 그로부터 1년이 채 안 지나 장미 십자단 선언문이 나옵니다. 독일의 성전 기사단 도움을 받아 영국의 성전 기사단이 유럽 전체에 호소를 한 것이죠,

중도하차한 〈계획〉을 다시 이어나가자고요.」

　「그렇다면 독일인들이든 영국인들이든, 이들이 노린 것은 정확하게 무엇이었을까?」

72

Nos inuisibles pretendus sont (à ce que l'on dit) au nombre de 36,
separez en six bandes.[1]
→ 『불가시를 자칭하는 족속과 악마 사이에 맺어진 무서운 계약』, 파리, 1623, p. 6

「선언문을 공표한 데는 두 가지 목적이 있는지도 몰라요.
프랑스 성전 기사단에 협조를 호소하는 동시에 마르틴 루터
의 종교 개혁 이후 지리멸렬해 있던 독일의 성전 기사단을 재
결집시키는 것이지요. 사실 당시 유럽에서 가장 엉망진창인
곳이 독일이었거든요. 그런데 선언문이 공표되고부터 1621년
까지 무수한 답신이 장미 십자단으로 밀려듭니다……」

나는 장미 십자단 선언과 관련해서 그 뒤로 출판된 무수한
소책자들을 예로 들었다. 암파루와 함께 살바도르로 여행했
을 때 내가 읽은 것도 그런 소책자 중의 하나였다. 「그 많은
책자 중에는 밀지의 요체를 아는 사람의 작품도 있을 수 있
고, 선언서를 글자 그대로 믿는 바람에 광신과 환상의 바다를
허우적거리는 미치광이의 작품도 있겠지요. 장미 십자단의
작전을 봉쇄하려는 앞잡이나 사기꾼의 책도 물론 있을 수 있
고요. 하여튼 영국의 성전 기사들도 이 논쟁에 가세하여 물꼬

1 〈전해지는 바에 따르면, 불가시적인 존재라는 우리 동지들은 모두 36명
으로, 여섯 무리로 나뉘어 있다.〉

를 트려고 합니다. 영국의 성전 기사였던 로버트 플러드가 한 해에 무려 세 권에 달하는 책을 써서 선언서 해석의 오류를 바로잡으려 했던 것도 우연이 아닌 것이죠. 하지만 선언서에 대한 반응은 통제 불가능한 상태에 빠집니다. 30년 전쟁이 발발한 거죠. 팔라틴 선거후는 스페인에 대패하고, 선거후의 영토와 하이델베르크는 약탈당합니다. 보헤미아는 화염에 휩싸이고요. 영국의 성전 기사들은 프랑스로 돌아가 프랑스에서의 사업 추진을 꾀합니다. 1623년에 장미 십자단이 파리에 나타나 과거에 독일인들에게 그랬듯이 이번에는 프랑스인들을 회유한 것은 바로 이 때문입니다. 파리의 장미 십자단을 중상하는 자들의 글 기억하시죠? 장미 십자단을 불신하는 자들, 장미 십자단의 계획을 사전 봉쇄하려던 자들의 글 말입니다. 중상모략하려는 세력에서는 장미 십자단원들을 악마 숭배자들이라고 했어요. 그러나 중상 모략이기는 하지만 전혀 근거 없는 이야기도 아니었어요. 장미 십자단이 마레 지구에서 회동한다는 암시가 있었으니까.」

「무슨 말인가?」

「파리의 지리 잘 아시잖아요? 마레 지구는, 성당이 밀집해 있는 지역이자 우연찮게도 유대인 게토 지역이기도 합니다. 설상가상으로, 중상 모략하는 세력은 장미 십자단이 이베리아의 카발리스트 교파인 〈광명파〉와 접촉한다고 주장합니다. 장미 십자단을 중상 모략하는 세력은 명목상으로는 36명의 보이지 않는 추밀단원들을 공격합니다. 그러나 실제로 이들이 노리는 것은 이들(그 36명)을 가려내는 것입니다. 추기경 리슐리외의 사서를 지낸 가브리엘 노데는 『프랑스 독자들을 위한 장미 십자단사(薔薇十字團史) 지침』을 쓰지요. 이 지침

이 뭐라고 했지요? 노데는 성전 기사단 제3진의 대변인이었을까요? 아니면 장미 십자단과는 상관없는 일에 끼어든 모험가였을까요? 노데는 장미 십자단을 미치광이 악마 숭배자들의 집단으로 매도하는 한편, 다른 한편으로는 장미 십자단원들의 무리가 아직 세 개나 실재한다는 암시를 독자들에게 던집니다. 그럴 수밖에요? 제3진을 제외하고도 3개 진이 더 있었으니까요. 노데는, 장미 십자단의 한 진영은 바다 위로 떠오른 인도의 어느 섬에 있다는 둥, 동화 같은 소리도 더러 하고 있지만, 그중의 한 진영은 파리의 지하에 있다는 놀라운 소리를 하고 있습니다.」

「그게 30년 전쟁과 관련이 있다는 것이군?」 벨보가 물었다.

「물론이죠. 리슐리외는 노데한테서 독점 정보를 입수합니다. 리슐리외가 여기에 한몫 끼고 싶어서 손을 쓴 것은 좋았는데 그만 악수를 두고 맙니다. 군대를 동원함으로써 일을 그르친 겁니다. 그런데 우리가 간과해서는 안 되는 일이 두 가지 더 있습니다. 하나는 1619년에 그리스도 기사단이 포르투갈의 토마르에서 46년간의 침묵을 깨고 회동했다는 점입니다. 이전의 회동이 이루어진 것은 1573년인데, 이것은 1584년이 오기 11년 전입니다. 1573년의 회동은 영국의 성전 기사들과 함께 파리 회동을 준비하기 위한 예비 회합이었을 테죠. 그런데 장미 십자단 선언이 나온 뒤에 오랜 침묵을 깨고 다시 회동합니다. 왜? 영국 기사단에 합류할 것인지, 독자적인 노선을 택할 것인지를 결정하기 위한 회합이었을 겁니다.」

「있을 수 있는 일이지. 미궁에 빠진 사람들 같군. 한 무리는 이리 가자고 하고 또 한 무리는 저리 가자고 하고. 귀에 들리는 구원 요청의 화답이 엉뚱하게도 적의 음성이거나, 저희들 목소리의 메아리거나 할 경우 대책이 없지. 암중모색할 도리밖에……. 그동안 파울리키아누스파와 예루살렘 기사단에서는 뭘 하고 있었을까?」

디오탈레비가 대답했다. 「그거야 모르지. 하지만 이 시대가, 이츠하크 루리아의 카발라가 유럽 전역으로 퍼져 나가면서 〈용기의 폭발〉 이론이 유행했고, 『토라』가 불완전하다는 소문이 나돌던 시대라는 것도 고려하지 않으면 안 될 거라. 폴란드의 하시디즘 문서 중에는, 다른 사건이 터지면 새 문자 조합이 탄생할 거라고 주장하는 문서도 있었다는군. 하지만 우리가 유념해야 하는 것은 카발리스트들의 태도라고. 독일인들이 날뛰는 걸 카발리스트들이 좋아할 리 없지. 토라 조합의 적법한 계승은 극비 중의 극비라고. 거룩한 그분밖에는 모르는 일이니, 하느님을 찬양할진저. 이 친구 때문에 내가 객쩍은 소리를 하고 있지 않나. 내 말은 이 〈계획〉에 카발라가 개입했더라면…….」

「〈계획〉이 실재하는 이상 뭔들 개입하지 않았겠나? 〈계획〉은 전부를 설명하거나 아무것도 설명하지 못하거나, 둘 중 하나라고. 그런데 카소봉이 방금 힌트를 하나 언급했지.」 벨보가 말했다.

「맞습니다. 일련의 정황 증거가 있지요. 1584년의 회동이 실패로 돌아가기 전에 벌써 존 디는, 지도 연구와 해양 탐험 지원에 전력을 기울입니다. 누구와 손잡고 일했는지 아십니까? 포르투갈 왕실의 우주 형태학자 페드루 누느스……. 바로 그 사람입니다. 디는 중국에 이르는 서북 항로 개척에도 관여한 바 있는가 하면, 프로비셔라는 사람의 탐험에 경비를 대기도 합니다. 프로비셔는 북극 근처까지 가서 에스키모를 하나 데리고 온 사람입니다. 당시 사람들은 에스키모를 몽골인이라고 했지요. 디는 프랜시스 드레이크를 부추겨 세계 일주 항해를 감행하게 한 장본인이기도 합니다. 어쨌든 디는 탐험대를 동쪽으로 보내는 데 전력을 기울입니다. 왜? 동방이야말로 모든 은비학 지식의 원천이었거든요. 무슨 탐험대였는지는 잊었습니다만, 디는 탐험대의 출발에 즈음해서 항해의 안전을 기원하느라고 천사를 부르는, 초혼식 비슷한 의식도 거행한 모양입니다.」

「그건 왜 그랬지?」

「내 생각입니다만 디가 탐험에 그토록 관심을 기울인 까닭은 미지의 세계에 대한 탐험 때문이 아니라는 겁니다. 디의 진짜 목적은 지도 제작에 있었던 것 같아요. 실제로 디는 당시의 위대한 지도 제작자들이었던 메르카토르나 오르텔리우스 같은 사람들과 공동 연구도 한 모양이니까요. 디는 자기 손에 들어온 밀지 쪼가리를 접하고는 나름대로, 밀지 문제는 어차피 최종 단계에서는 지도의 완성이 불가결하다고 보고 지도를 통해 밀지를 해명하려고 했던 거죠. 이런 의미에서 디는 우리 가라몬드 사장과 흡사한 데가 있어요. 디 같은 당대의 학자가 율리우스력과 그레고리우스력 사이의 오차를 모르고 있었을 리 없어요. 어쩌면 디는 다른 진영을 배제한 상태에서 밀지를 복원하려고 했던 것인지도 모릅니다. 〈계획〉이 마무리되기를 기다리는 대신 마술적인 혹은 과학적인 수단을 통하여 밀지를 복원할 수 있다고 믿었는지도 모르는 일이지요. 성질이 급하고 욕심이 많은 사람이었다고나 할까요.

디의 출현은 부르주아 정복자의 탄생과 같은 겁니다. 바야흐로 기사도를 지탱하던 연대의 원리가 와해되고 있었던 거지요. 디의 생각이 여기에 이르러 있었다면 베이컨의 생각은 능히 상상할 수 있겠지요? 요컨대 디를 시발점으로 해서, 영국인들은 신학문의 비밀을 이용해서 단독으로 그 밀지를 찾으려고 한 겁니다.」

「그럼 독일인은?」

「독일인들은……. 독일인들은 전통에 붙잡혀 있었다고 가정하는 게 좋겠어요. 그렇게 함으로써 독일인들의 지난 두 세기 동안의 철학사를 설명할 수 있으니까요. 앵글로색슨의 경험주의 철학 대 독일의 낭만주의적 관념 철학…….」

「한 장(章) 한 장, 우리는 세계 역사를 복원하는 셈이군. 하느님의 책을 다시 쓴다. 좋지, 좋고말고.」 디오탈레비가 중얼거렸다.

73

또 하나의 흥미로운 암호 서기법(暗號書記法)의 실례가, 탁월한 프랜시스 베이컨 연구가 중 한 사람인 빈의 알프레트 폰 베버 에벤호프 박사에 의해 1917년에 소개된다. 그는 셰익스피어 연구에 썼던 방법을 응용하여 세르반테스의 작품을 분석했다……. 연구가 진행되던 도중에 그는 놀라운 물적 증거를 확보했다. 영역 『돈키호테』의 초판에서 베이컨이 교열한 흔적을 발견한 것이다. 이로써 그는 영어판 『돈키호테』야말로 이 소설의 원전이며, 세르반테스는 스페인어판 번역본을 낸 데 지나지 않는다는 결론을 내렸다.
— J. 뒤쇼수아, 『베이컨인가, 셰익스피어인가, 생제르맹인가?』, 파리, 라 콜롱브, 1962, p. 122

야코포 벨보는 이날 이후로 장미 십자단 관계 서적에 파묻혀 있었던 것임에 분명하다. 그러나 그동안 확보한 자료를 놓고 토론할 때마다 그는 지극히 피상적인 개요만을 공개했다. 그런데도 우리는 그의 피상적인 개요에서 귀중한 시사를 얻어 내고는 했다. 이제 와서야 알게 된 사실이지만, 그는 아불라피아에다 그보다 훨씬 풍부한 이야기를 창작하고 있었다. 그 이야기에는 그의 사적인 신화와 이 책 저 책에서 끌어들인 인용문이 복잡하게 얽혀 있었다. 다른 이야기들을 짜깁기할 기회가 생기자 그는 용기를 내 자기만의 이야기를 쓰기 시작했던 것이다. 그러나 자신이 이야기를 꾸미고 있다는 사실을 벨보가 우리에게 귀띔한 일은 한 번도 없다. 그는 허구의 영역에 대한 자기 재능을 용감하게 시험하고 있었음에 분명하다. 그게 아니라면 그는 〈악마 연구가들〉처럼 자기가 왜곡시킨 대하소설 속에서 자기 자신을 정의하고 있었던 것인지도 모른다.

파일명: 디 박사의 밀실

오랫동안 나는 나 자신이 탤벗Talbot이라는 것을 잊고 있었다. 자신을 켈리[1]라고 부르기로 작정한 순간부터 잊고 있었던 것 같다. 내가 한 짓이라고는, 흔히들 그러듯이 몇 건의 서류를 위조한 것뿐이다. 그런데도 여왕의 부하들은 무자비했다. 그루터기만 남은 귀를 가리려면 나는 정수리가 뾰족한 이 검은 모자를 쓰지 않으면 안 된다. 그런 나를 손가락질하면서 사람들은 마법사라고 욕한다. 하라지. 마법사로 소문난 디 박사도 멀쩡하게 사는데 어떠랴.

나는 그를 만나러 모틀레이크로 갔다. 그는 지도를 읽고 있었다. 교활하고 어딘가 악마 냄새가 풍기는 늙은이였다. 교활한 눈가로 심술기가 번뜩거렸다. 그는 앙상한 손으로 염소수염을 쓰다듬고 있었다.

1 켈리는 1555년 영국 태생의 강신술사. 1580년 증서 위조 혐의로 유죄 판결을 받고 랭커스터의 사형 집행인에 의해 양쪽 귀가 잘린다. 켈리는 탤벗으로 이름을 바꾸고, 귀가 있던 자리를 덮을 수 있도록 머리를 기르고는 랭커스터에서 도망친다. 방랑 중 웨일스에서 필사본 고서를 한 권 입수하게 된다. 연금술의 이상이라고 할 수 있는 〈철인의 돌〉과 무슨 관계가 있는 책임을 알아본 켈리는 이것을 가지고 당시 모틀레이크에 있던 존 디를 찾아가 조수가 된다. 뒷날 존 디와 함께 프라하로 간 켈리는 루돌프 2세에게 마술과 연금술을 시범하고 기사 칭호를 받음으로써 부와 명예를 누린다. 그러나 1591년 결투하다가 왕의 신하를 죽이게 되고 이 때문에 옥탑에 유폐된다. 탑에 유폐되어 있을 동안 이 탑을 탈출하다 한쪽 다리를 잃고 의족을 쓰게 된다. 우여곡절 끝에 자유의 몸이 되나, 오래지 않아 다시 빚 때문에 모스트 성에 유폐된다. 여기에서 다시 도주를 시도하다 성한 다리까지 잃은 켈리는 1597년 음독자살한다. 벨보의 파일에서는 윌리엄 셰익스피어의 고스트라이터[代筆作家]로 등장한다.

그는 내게 말했다. 「이건 로저 베이컨의 원고인데, 루돌프 황제가 나에게 빌려 준 것일세. 자네, 프라하를 아나? 당부하거니와 프라하에 한번 가보게. 자네 삶을 송두리째 바꾸어 놓을 게 거기에 있네. *Tabula locorum rerum et thesaurorum absconditorum Menabani*[『연금술 대전』 있는 곳이 표시된 지도와 소몰이의 비보(秘寶)].」

그의 모습을 곁눈질하고 있는데 문득 암호문으로 쓰인 글이 눈에 띄었다. 그러나 내가 훔쳐보는 순간 박사는 노랗게 바랜 종이 더미 아래로 그 원고를 감추었다. 종이가 노랗게 바래는 시대를 산다는 것은 얼마나 아름다운 일인가. 설사 종이가 제지공의 손을 떠나는 순간에 노랗게 바래 버린다고 하더라도.

나는 디 박사에게 내 작품을 보여 주었다. 어린 시절의 추억이어서 찬연하고, 세월의 그늘이 진 데다 나에게서 아득히 멀어져서 검게 퇴색한 암흑의 여왕에 대해 쓴 시, 비극의 초고, 소설 『칠해의 정복자 짐』. 소설 『칠해의 정복자 짐』에서, 짐은 월터 롤리 경과 함께 영국으로 귀환한 다음에야 근친상간을 범한 형 헨베인에 의해 아버지가 살해당했다는 것을 알게 된다.

디 박사의 독후 소감. 「켈리, 자네 재능이 있군 그래. 게다가 자네는 돈이 필요하지? 자네는 감히 상상도 하지 못할 사람의 젊은 사생아가 하나 있는데 마침 나는 이 젊은이를 돕고 싶던 참일세. 이 젊은이를 도와 명예와 영광의 사다리를 오르게 하고 싶은 것이네. 그런데 이 젊은이에게는 별로 재능이 없어. 그러니까 자네는 은밀하게 이 젊은이의 영혼이 되어 주게. 쓰게. 쓰면서 이 젊은이의 영광의 그늘에 살아라, 그 말이야. 그러나 그 영광이 자네 것이라는 것을 아는 사람은 나와 켈리 자네 뿐일 것이네.」

이렇게 해서 나는 여러 해에 걸쳐, 여왕과 잉글랜드의 모든 독자들을 위해서, 그 창백한 젊은이의 이름으로 쓰고 또 썼다. *If I have seen further, it is by standing on ye shoulders of a Dwarfe*(내가 다른 사람에 견주어 세상을 좀 더 볼 수 있었다면 그것은 난쟁이의 어깨 위에 올라서 있었기 때문이다).[2] 내 나이 서른, 어느 개자식이 나이 서른이 인생에서 가장 아름다운 시절이라고 했던가.

나는 그 창백한 젊은이에게 말했다. 「윌리엄, 자네 머리카락을 길러 보게. 귀가 덮일 때까지. 잘 어울릴 거야.」 나에게는 한 가지 계획이 있었다(나와 그의 입장을 바꾸어 버리는 계획).

내가 어떻게 이 〈창을 휘두르는 자〉[3]를 미워하면서 살수 있겠는가? 실제로 이자가 바로 나인데. 〈나를 이용해서 살고 있는 이 나약한 도적놈을.〉 디 박사가 나에게 이른다. 「진정하게 켈리, 그늘에서 자라는 거…… 그거 세계 정복을 준비하는 사람의 특권일세. 정체를 드러내서는 안 되네. 윌리엄이 우리 얼굴을 가려 주는 방패 노릇을 할 테니까.」 그는 나에게 〈우주적인 음모〉를 (일부나마) 들려주었다. 성전 기사단의 비밀에 대해서. 「성전 기

---

2 시인 루키아누스, 샤르트르의 베르나르, 아이작 뉴턴, 조지 허버트 등이 인용한 바 있는 명구(名句). 원래는 〈난쟁이〉가 아니라 〈거인〉이다.

3 영어로 하면 〈스피어 셰이커*spear shaker*〉……. 두 단어의 순서를 바꾸어 읽으면 발음이 〈셰익스피어〉와 비슷해진다.

사단을 태워 죽일 화형대는요?」 내가 물었다.

「글로브 극장.」[4]

오랫동안 나는 일찍 잠자리에 들고는 했는데, 어느 날 한밤중에 나는 디 박사의 개인 금고를 뒤져 무슨 주문 같은 것을 찾아냈다. 나는 디 박사가 보름달 밤에 그러 듯이 그 주문으로 천사를 불러 보려고 했다. 나는 대우 주의 한가운데 채찍을 맞고 쓰러진 모습으로 디 박사에 게 발각되고 말았다. 그때 내 이마에는 솔로몬의 오망성 (五芒聖)이 찍혀 있었다. 그래서 모자를 당겨 눈이 가려 질 때까지 내리지 않으면 안 되었다.

「자네에게는 아직 무리야. 조심하게. 조심하지 않으 면 코까지 잘라 버릴 테니까. 〈나는 자네에게 한 줌의 먼 지 안에 깃든 공포의 실체를 보여 줄 수도 있네.〉」[5]

그는 앙상한 손을 쳐들고는 무시무시한 주문을 외 웠다.

「가라몬드!」 순간 온몸이 내연(內燃)하는 불길에 타 는 것 같았다. 나는 도망쳤다(밤 속으로).

디 박사는 한 해 뒤에야 나를 용서하고 자신의 『신비의 서(書)』 제4권에다 *post reconciliationem kellianam*(켈리 와 화해한 뒤에), 이렇게 써서 (그 책을) 나에게 바쳤다.

그해 여름 나는 정체 모를 격정에 사로잡힌 채로 지냈 다.[6] 디 박사는 나를 모틀레이크로 불렀다. 모틀레이크

---

4 셰익스피어의 극이 전문적으로 상연되던 극장.

5 T. S. 엘리엇의 「황무지」의 한 구절.

6 에리오 비톨리니의 소설 『시칠리아의 대화』의 첫 줄에 나오는 문장이기 도 하다.

에서는 윌리엄과 나, 스펜서, 헬금거리기를 잘하는 젊은 귀족 하나가 자리를 같이했다. 이 귀족의 이름은 프랜시스 베이컨이었다. 〈그의 눈은 가늘고, 초롱초롱했고, 색깔은 연갈색이었다. 디 박사는 나에게, 꼭 독사의 눈 같다고 말했다.〉 디 박사는 〈우주적인 음모〉에 대한 나머지 이야기를 들려주었다. 〈우주적 음모〉의 성사 여부는, 파리에서 프랑스 쪽 성전 기사단을 만나, 두 쪽으로 나뉜 지도를 맞추어 보느냐 마느냐에 달려 있다고 말했다. 디 박사와 스펜서[7]는 페드루 누느스와 동행하기로 되어 있었다. 그는 나와 베이컨에게 서류 몇 장을 넘겨주었다. 우리는 그의 지시에 따라, 일행이 귀환에 실패할 경우에만 개봉하겠다고 선서했다.

두 사람은 돌아왔다. 서로 상대에게 욕지거리를 해대면서. 디 박사가 말했다. 「어림도 없었어. 〈계획〉은 수학적이야. 나의 『우의화(寓意畵)의 세계』만큼이나 천문학적으로 정교하더라고. 성 요한의 날 전야에 프랑스 친구들을 만나기로 되어 있었는데 말이야.」

순진하게 내가 물었다. 「성 요한의 전야라면, 우리 계산으로 말인가요, 아니면 저들의 계산대로 말인가요?」

디 박사는 제 이마를 철썩 때리면서 상욕지거리를 했다. 그러고는 나에게 말했다. 「그대는 무슨 능력에 의지하기에 이러한 권능을 부리느뇨?」 창백한 윌리엄은 이 문장을 받아 적었다. 머저리 표절자 같으니라고. 디 박

---

7 에드먼드 스펜서. 영국 시인. 대표작은 12권으로 이루어진 우의 시집(寓意詩集) 『선녀왕(仙女王)』. 엘리자베스 여왕에게 바쳐졌다.

사는 월력과 연감을 살피느라고 정신이 없었다. 「이런 빌어먹을! 이런 썩을 놈의! 내가 이런 병신 짓거리를 하고 있었다니. 명색이 우주 형상학자라는 자가.」 이어서 디는 누느스와 스펜서에게도 욕을 퍼붓고는 이런 저주를 덧붙였다. 「아마나시엘 조로바벨!」 그러자 누느스는 염소 뿔에 받히기라도 한 듯이 배를 움켜쥐더니 낯색을 잃고 비틀거리다 땅바닥에 꼬꾸라졌다.

「병신.」 디는 꼬꾸라진 누느스를 보고 중얼거렸다.

스펜서의 얼굴도 창백했다. 그는 몹시 힘겹게 디를 달랬다. 「미끼를 한번 던져 봅시다. 내 시가 완성 단계입니다. 동화 속에 나오는 선녀왕(仙女王)에 대한 알레고리예요. 여기에 적십자 기사를 하나 비벼 넣으면 어떨까요? 진짜 성전 기사들은 이것이 자신들을 상징한다는 것을 알아보고는, 우리가 비밀을 알고 있다는 걸 알고 우리와 접촉하려고 할 겁니다.」

「내 자네를 모르는 줄 아나? 자네가 시를 탈고하고 사람들이 자네 시를 읽으려면 5년 세월이 후딱 지나갈 텐데. 하지만 미끼를 던지자는 생각은 나쁘지 않군.」

「박사님, 왜 박사님의 천사님들을 통해 대화를 시도해 보지 않으시고요?」 내가 물었다.

「멍청한 사람 같으니라고. 자네는 트리테미우스의 책도 안 읽었어? 수신인의 수호천사는, 수신인이 편지를 받았을 때만 나타나 그 뜻을 풀어 준다. 내 천사들은 말 타고 다니는 우체부가 아니라고. 프랑스 놈들과의 소식은 끊어진 거야. 하지만 나에게도 계획이 있다. 독일 쪽과 연락하는 길을 알고 있으니까. 나 아무래도 프라하로 가야 할까 보다.」

그때 무슨 소린가가 들려 왔다. 무거운 능직 휘장이 걷히는 소리였다. 먼저 하얀 손이 나타나더니 이어서 그분이 보였다. 〈오만한 처녀왕〉이었다.

「폐하!」 우리는 모두 무릎을 꿇었다.

여왕이 디에게 일렀다. 「디는 듣거라. 나는 무소부지(無所不知)한 사람이다. 우리 조상들이, 전 세계의 영지나 내려 주려고 저 기사들을 살려 둔 줄 아느냐? 잘 듣거라. 내 이르거니와, 비밀은 왕자(王者)만의 것인 즉 시행에 착오가 없도록 하여라.」

「폐하. 저는 어떤 희생을 치르더라도 그 비밀을 손에 넣고자 합니다. 폐하를 위해 그렇게 하고자 합니다. 그러자면 이 비밀을 공유하고 있는 자들을 찾아야 합니다. 그것이 지름길입니다. 저들이 어리석게도 저희 아는 것을 저에게 털어놓는다면, 저들을 없애는 것은 어려운 일이 아닙니다. 단검으로도 없앨 수 있고 청산가리로도 없앨 수 있습니다.」

여왕의 얼굴 위로 무서운 미소가 스치고 지나갔다. 「현신(賢臣) 디여, 그만하면 되었다. 나는 많은 것을 요구하지 않는다. 절대 권력을 요구할 뿐. 이 일을 잘 마무리하면 가터 훈장을 내리마. 그리고 윌리엄.」 여왕은 요염하게 웃으면서, 기생충 같은 윌리엄을 향해 말을 이었다. 「너에게도 가터 훈장을 내리마. 금양모피 훈장을 내리마. 나를 따르라.」

나는 윌리엄의 귀에다 입술을 대고 속삭여 주었다. 「나는 네 것이다, 그리고 내 안의 모든 것 역시.」 윌리엄은 고맙다는 듯이 매끌매끌한 얼굴에 웃음을 개어 바르면서 나를 보더니, 곧 여왕을 따라 휘장 뒤로 사라졌다. *Je tiens la reine*(여왕은 내 거야)!

....

〈황금의 도시〉로 나는 디 박사와 동행했다. 우리는 유대인 전용 묘지 옆의 비좁고 냄새가 고약한 골목을 지났다. 디 박사는 조심하라면서 나에게 이런 말을 했다. 「회동이 불발로 끝났다는 소식이 알려지면, 다른 진영은 각기 독자 노선을 걸으려고 할 거라. 유대인을 조심해야 해. 이 프라하에는 예루살렘 진영의 정탐꾼들이 좌악 깔려 있거든…….」

밤이었다. 눈이 푸르스름하게 빛났다. 유대인 거주 지역의 입구에는 크리스마스 시장의 조그만 좌판이 다닥다닥 붙어 있었다. 좌판 한가운데에는 붉은 천으로 천박하게 꾸민, 인형 극장의 무대가 횃불의 조명을 받고 있었다. 우리는 돌로 쌓은 홍예문을 지났다. 홍예문 가까이 있는 청동 분수대는 창살과 흡사한, 길다란 고드름을 늘어뜨리고 있었다. 분수를 지나니 또 골목길이 있었다. 골목가의 낡은 대문에는 도금한 사자 머리 상이 달려 있고, 사자의 이빨에는 청동 고리가 걸려 있었다. 건물 벽이 가볍게 떨리는 듯하더니, 나지막한 처마 밑에서 나는, 무엇인가가 부르르 떨리는 소리가 내 귀에 들릴락 말락 했다. 하수관으로 물이 지나가는 소리 같았다. 집들은 원리의 생명을 은폐시키고 유령의 삶을 살고 있는 것 같았다. 낡은 외투 차림의 늙은 고리 대금업자가 우리를 스쳐 지나갔다. 지나가면서 우리에게 이렇게 속삭였던 것 같다. 「아타나시우스 페르나트를 조심하시오.」 디 박사가 응수했다. 「안 무서운 아타나시우스가 어디에 있나.」 우리는 어느새 금세공소 골목에 들어서 있었다.

또 다른 골목의 어두운 어귀에 들어섰을 때, (지금도 그때 생각을 하면 낡은 모자 속의 내 잘려 나간 귀가 다 떨릴 정도이다) 골목 어귀에 거인이 하나 나타나 우리 앞을 막았다. 무시무시하게 생긴, 표정이 없는 잿빛 거한. 옹이가 많은 백단향 지팡이를 짚고 선 이 거한은 녹청색 옷을 입고 있었다. 허깨비 같은 그의 몸에서 백단향 냄새가 풍겨 나왔다. 우리 앞을 막고 선 그 거한을 보는 순간 전율이 온몸으로 퍼져 나갔다. 그렇게 무서웠는데도 나는 그 괴물의 어깨에 올라앉아 있는 구름처럼 흐릿한 공 모양의 형체에서 눈을 뗄 수 없었다. 어찌 보면 그 얼굴은 탐욕스럽기로 이름난 이집트 〈이비스〉[8]의 얼굴 같아 보이기도 했다. 그 뒤로도 무수한 얼굴이 보였다. 내 상상과 내 기억에 등장하던 무수한 인쿠비[9]의 얼굴이었다. 그 골목 어귀의 어둠 속에서, 허깨비 같은 거인의 몸은 느릿하고 활기 없는 일호 일흡(一呼一吸)에 따라 늘어나기도 하고 줄어들기도 하는 것 같았다. 무서웠다. 더군다나 눈을 딛고 선 것은 발이 아니었다. 그것

8 고대 이집트의 영조(靈鳥)였던 따오기.
9 몽마(夢魔). 〈인쿠부스〉는 잠자는 여자를 범하는 것으로 믿어지는 남몽마(男夢魔). 〈수쿠부스〉는 잠자는 남자를 범하는 것으로 믿어지는 여몽마(女夢魔). 복수는 각각 〈인쿠비〉, 〈수쿠비〉.

은 핏기 없는 회색빛 무형의 살덩어리 두 개로 붙어났다. 고깃덩어리가 제풀에 오그라들고 있었던지 끝은 뭉툭하게 뭉쳐 있었다.

아, 그것까지도 선명하게 기억하는 나의 탐욕스러운 기억력이여.

「골렘이다.」디 박사가 두 팔을 들면서 외쳤다. 소매가 넓은 그의 검은 외투가 바닥으로 흘러내렸다. 흡사 하늘로 들어올린 손과 지표면 혹은 명부(冥府) 혹은 대지를 대상(帶狀)의 탯줄로 이으려는 듯이 두 손을 든 채로 그가 외쳤다. 「이세벨이여, 말쿠트여, 〈너희 눈에 연기가 들어가기를〉[10]…….」그 순간, 골렘은 돌풍 맞은 모래성처럼 무너져 내리더니 자욱한 먼지가 되어 우리의 시야를 가렸다. 먼지는 원자처럼 대기 속으로 퍼져 나갔다. 오래지 않아 우리 발치에는 한 줌의 재밖에 남지 않았다. 디 박사는 허리를 구부리고 그 앙상한 손가락으로 재를 휘저어 조그만 두루마리 하나를 수습하고는 이것을 품 안에 넣었다.

어둠 속에서 이번에는, 내 모자와 유사한 개기름에 전모자를 쓴 늙은 랍비 하나가 걸어 나왔다. 랍비가 말했다. 「제 추측이 맞다면, 디 박사시군요?」[11]

「여기서 만나게 될 줄이야! 랍비 알레비 아니오? 이거 반갑소이다.」

「혹시 이 근방에서 요상한 물건 못 보셨소?」랍비가

10 「Smoke Gets in Your Eyes」, 재즈 스탠더드 곡명.
11 헨리 모턴 스탠리가 리빙스턴 박사를 처음 만나 건넨 말에서 이름만 바꾼 것.

343

물었다.

「요상하게 생긴 물건이라니? 그게 무슨 물건이오?」

「시치밀 떼실 요량이군요, 디 박사. 나의 골렘이오.」

「선생의 골렘? 골렘이라니 금시초문이오.」

「조심하시오, 디 박사. 박사는 지금 위험한 도박을 하고 있어요. 그것도 혼자 몸으로 적진에서.」

「랍비 알레비, 대체 무슨 소리를 하는 거요? 내가 여기에 온 것은 황제를 위해 금이나 몇 근 연금할까 해서랍니다. 우리는 이래봬도 싸구려 마법사는 아니랍니다.」

「좌우지간에 그 두루마리나 돌려주시오.」 랍비는 애원하다시피 했다.

「무슨 두루마리?」 디 박사는, 무서울 정도로 능청스럽게 반문했다.

「디 박사. 그대에게 저주 있으라. 진실로 진실로 그대에게 말하노니, 그대는 새 세기의 새벽을 보지 못하리로다.」 랍비 알레비는 구투(舊套)로 박사를 저주하고는 알아들을 수도 없는 말을 중얼거리며 어둠 속으로 사라졌다. 자음이 하나도 들리지 않는 기이한 언어였다. 성자와 악마의 언어였다!

디 박사는 골목길 옆의, 축축한 벽에 몸을 기대면서 웅크렸다. 얼굴이 창백하고, 머리카락이 곤두섰다. 그가 중얼거렸다. 「나는 랍비 알레비가 어떤 인간인지 잘 알고 있다. 나는 그레고리우스력으로 1608년 8월 5일에 죽을 거다. 그러니까 켈리 자네가 나를 도와주어야 이 계획을 완결시킬 수 있다. 자네가 이 계획을 완성시킬 사람이다. 〈창백한 시대를 거룩한 연금학으로 꾸미거라.〉[12] 이것을 명심해.」 그의 말이 아니었다 해도 나는 기억했을 것이다. 나와 동시에 윌리엄도. 그리고 그는 그것으로 나를 파괴할 터였다.

．．．．．．．．．．．．．．．．．．．．．．．．．．．．．

디 박사의 말은 그것뿐이었다. 〈유리창에 등을 문지르고 있던 희뿌연 안개와, 유리창에 등을 문지르고 있던 누런 연기가 혀끝으로 가각(街角)을 핥고 있었다.〉[13] 우리는 어느새 다른 골목길을 지나고 있었다. 희끄무레한 수증기가 창살 사이로 새어 나오고 있었다. 창살 사이로, 벽이 기우뚱한 궁상스러운 골방이, 회색조 일색의 방 안이 언뜻언뜻 들여다보였다. 노인 하나가 낡은 프록코트 차림에 중절모를 쓰고 묘하게 기울어진 계단을 조심조심 내려오고 있었다. 디 박사는 그를 보더니, 〈칼리가리!〉[14] 하고 소리쳤다. 「저자 역시, 저 유명한 천리안의 소유자 소소스트리스 부인 댁에 와 있구나!」[15] 어서 가세.」

우리는 걸음을 재촉하여, 조명이 빈약해서 어두컴컴하고 어쩐지 음산하고 어쩐지 유대적[猶太的]인 골목의 한 오두막집 앞에 이르렀다.

12 셰익스피어의 〈소네트 33〉에 나오는 구절.
13 T. S. 엘리엇의 시 「프루프록 연가」에 나오는 한 구절.
14 독일의 영화감독 로베르트 비네가 1919년에 만든 영화 「칼리가리 박사의 밀실」의 주인공. 벨보가 쓴 이 파일의 제목도 바로 이 영화 제목에서 취한 것이다.
15 T. S. 엘리엇의 「황무지」에 나오는 한 구절.

문을 두드리기가 바쁘게, 흡사 안에서 마술이라도 부린 듯이 문이 열렸다. 우리는 넓은 방으로 들어갔다. 방 안에는 칠지 촉대(七枝燭臺), 돋을새김한 십계명판(十誡命板), 성체 안치기(聖體安置器) 같은 다윗의 별도 있었다. 장방형 탁자 위에는 오래된 그림에 붙이는 합판과 색깔이 유사한 바이올린 몇 대가 아무렇게나 놓여 있었다. 천장에는 박제된 악어가 매달린 채, 희끄무레한 빛을 받으면서 흔들리고 있었다. 등이 한 개 매달려 있는지 여럿 매달려 있는지, 아니면 아예 없는지 알 수 없었다. 방 안쪽에는 휘장 혹은 천개(天蓋) 아래의 성소(聖所)에서 한 노인이 무릎을 꿇은 채 기도하고 있었다. 기도를 하고 있는지 독신(篤信)을 하고 있는지는 모르지만 노인은 끊임없이 하느님의 이름 72가지를 되뇌고 있었다. 문득 예지의 문이 열린 덕분에 나는 그 노인이 바로 하인리히 쿤라트라는 걸 알았다.

기도를 끊고 돌아앉으면서 그가 말했다. 「디, 요점만 말하게. 바라는 게 뭔가?」 그는 어찌 보면 박제된 아르마딜로 같고 어찌 보면 태곳적부터 살아온 이구아나 같았다.

「쿤라트, 세 번째 회동이 이루어지지 못했소.」

디 박사의 말에, 쿤라트가 지독한 욕지거리를 퍼붓더니 물었다. 「*Lapis exillis*(유랑하는 돌)!」[16] 그럼 이제 어쩐다?」

---

16 〈하늘에서 떨어진 성석(聖石)〉이라는 뜻으로 연금술에서는 〈하찮은 돌〉이란 의미로 쓰임.

「쿤라트, 당신 같으면 미끼를 좀 던져 줄 수 있어요. 독일 진영과의 접선을 좀 주선해 주시오.」

「어디 봅시다. 마이어에게 부탁해 볼 수도 있지요. 마이어는 궁중에 발이 넓으니까. 대신 나에게 〈처녀의 젖〉의 비밀, 〈철인들의 극비전 연금로(極秘傳鍊金爐)〉의 비밀을 일러 주어야 하오.」

디 박사는 웃었다. 〈소포스〉[17]의 거룩한 미소. 디 박사는 순간, 기도라도 하듯이 정신을 집중시키고는 나직하게 말했다. 「승화 수은을 물이나 〈처녀의 젖〉으로 변화시키고 싶으면 승화 수은을 얇은 금속판 위에 올려, 술잔 위에 올리고, 거기에다 잘게 빻은 〈그 물건〉을 넣으시오. 덮으면 안 됩니다. 덮지 말고, 〈그 물건〉이 열풍에 충분히 중탕(重湯)이 되게 하면 되니 석탄 세 개면 될 것이오. 그 상태로 여드레를 둔 뒤에, 꺼내어 대리석판에 올려놓고 끈적끈적해질 때까지 빻아야 하오. 다음에는 이걸 유리 용기에 넣고, 용기는 물을 채운 가마솥에 넣어 〈발네움 마리아이(마리아의 목욕)〉 처방법에 따라 증류하시되 용기가 직접 물에 닿아서는 안 되니, 용기와 물 사이는 손가락 두 개 들어갈 정도가 되어야 하오. 그러니까 공중에 매단 채로 가마솥 밑에 불을 은은하게 지펴 증류해야 하는 것이오. 이래야 불에 직접 닿지 않은 〈은(銀)〉이, 이 따뜻하고 축축한 자궁 속에서 액화하는 것이오.」

쿤라트는 무릎을 꿇고, 핏줄이 환히 드러난 디 박사의 앙상한 손에다 입을 맞추면서 중얼거렸다. 「스승이여,

---

17 〈소피아(예지)〉의 남성형.

오, 스승이여, 그리하리다. 스승께서도 바라시는 바를 이루실 것이오. 장미와 십자가. 이 두 마디에 유념하세요. 장미와 십자가가 스스로 입을 열 것입니다.」

디 박사는 망토 같은 외투로 몸을 감쌌다. 내 눈에 보이는 것은 악의로 번뜩거리는 그의 두 눈뿐이었다. 「켈리, 가세. 이 양반은 이제 우리 사람이 되었네. 그리고 쿤라트. 우리가 런던으로 돌아갈 때까지 그 골렘은 우리에게 범접하지 못하게 해주시오. 연후에 프라하에다 불을 놓아 화장터로 만드시오.」

디 박사가 돌아섰다. 무릎걸음으로 다가온 쿤라트가 디 박사의 외투 자락을 잡고 말했다. 「언제 그대를 찾아가는 사람이 있을 것이오. 찾아가서는 그대에 관한 책을 쓰고 싶다고 할 것이오. 그 사람을 벗해 주어야 하오.」

「내게 〈권능〉만 안겨 주시오. 벗해 주는 것은 문제가 아니니.」 디 박사는 앙상한 얼굴에다 기묘한 표정을 떠올리면서 대답했다.

우리는 밖으로 나왔다. 대서양 위로 저기압이 모스크바를 향하여 동쪽으로 흐르고 있었다.[18]

「모스크바로 갑시다.」 내가 박사에게 권했다.

「안 되네. 런던으로 돌아가야 하네.」

「모스크바로, 모스크바로.」[19] 나는 미친 사람처럼 중얼거렸다. 켈리. 못 간다는 걸 알면서도 그래? 런던탑이 너를 기다리고 있어.

---

18 로베르트 무질의 소설 『특성 없는 사나이』의 첫 문장.
19 안톤 체호프의 희곡 「세 자매」에 나오는 대사.

런던으로 돌아오자 디 박사가 이런 말을 했다. 「저들은 우리를 앞질러 밀지를 복원해 낼 심산이다. 켈리, 자네는 윌리엄을 대신해서 글을 좀 써야겠다. 악마가 되어 저들을 음해하지 않으면 안 되겠다.」

마귀의 뱃심으로, 나는 그런 글을 썼다. 그런데 윌리엄이 무대를 프라하에서 베니스로 바꿈으로써 원전(原典)을 망쳐 놓고 말았다. 디 박사는 걷잡을 수없이 화를 냈다. 그러나 약삭빠른 윌리엄은, 여왕의 기둥서방이라서 그랬는지 태연했다. 윌리엄은 내가 쓰는 글에 만족할 줄을 몰랐다. 걸작 소네트를 한 편씩 넘겨줄 때마다 윌리엄은, 후안무치도 유분수지, 나에게 〈그 여자〉는 누구냐, 〈그대〉는 누구냐, 〈암흑의 여왕〉은 누구냐는 식으로 꼬치꼬치 캐묻고는 했다. 아, 끔찍하여라. 광대의 입에 그대의 이름을 오르게 하다니. (내가 모르는 사이에 윌리엄, 저주를 받아 어차피 남의 영혼을 대신 살게 되어 있는 이 윌리엄은 베이컨을 위해 그녀를 찾고 있었던 것이다.) 「이제 그만 쓰겠네. 음지에서 자네의 영광을 쌓는 일에 이제 지쳤네. 그러니까 이제부터는 자네가 직접 쓰게.」

「그럴 수가 없네. 그 양반이 내가 직접 쓰게 할 것 같나?」 윌리엄이 원귀(怨鬼) 보고 온 사람의 눈으로 나를 바라보면서 대답했다.

「그 양반이라니? 디 박사 말인가?」

「아니, 〈베룰람〉[20] 말이야……. 당신은 이 양반이 지금

실세라는 것도 모르나? 이 양반은 지금 나를 윽박질러 글을 쓰게 하고는 나중에 그걸 자기 작품이라고 주장할 참이야. 무슨 말인지 알겠어, 켈리? 나는 진짜 베이컨이 야. 후세 사람들은 죽어도 모르지. 오, 기생충 신세여. 당신은 모를 걸세. 내가 저 지옥의 전갈 같은 자를 얼마나 혐오하는지를!」

「베이컨은, 돼지나 다름없는 인간이지만, 그래도 재능은 있네. 왜 자기가 직접 쓰지 않는다나?」

시간이 없다는 것이었다. 우리는 이런 것들을 몇 년 뒤, 독일이 장미 십자단의 광기에 휘말린 뒤에야 알게 되었다. 나는, 산재하는 참고 자료를 조각조각 모으고, 선언서의 문장을 이리 끌어다 붙이고 저리 끌어다 붙여 본 뒤에야 장미 십자단 선언서가 베이컨의 작품이라는 걸 깨달았다. 그는 〈요한 발렌틴 안드레아이〉라는 가명으로 글을 쓰고 있었던 것이었다.

이제 이 감방의 어둠에 갇히고 보니, 돈 이시드로 파로디[21]보다 머리가 더 맑아진 것 같다. 이제야 안드레아이가 누구를 위해 글을 썼는지 알 것 같다. 나는 감방 동기이자 전(前) 포르투갈 성전 기사인 소아페스로부터 들은 말이 있다. 안드레아이는, 다른 감옥에 갇혀 있는 한 스페인인을 위해 기사 소설을 쓰고 있었다. 그런데 이유는 모르겠지만 이 프로젝트가 저 악명 높은 베이컨의 입맛에 맞았던 것이다. 베이컨은 라만차 기사 모험담의 대

20 프랜시스 베이컨의 별칭. 베이컨은 영국 국왕 제임스 1세로부터 〈베룰람 남작〉과 〈세인트올번스 자작〉의 작위를 받은 바 있다.
21 보르헤스와 비오이카사레스가 창조한 탐정 이름.

필자(代筆者)로 역사에 이름을 남기는 게 소원이었다. 그래서 베이컨은 안드레아이에게 은밀히 자기를 대신해서 소설을 쓰는 흉내를 내어 달라고 부탁한 것이었다. 그러니까 베이컨은 신비에 가려진 진짜 작가인 척, 말하자면 다른 사람이 거둔 성공의 그늘에서 은근히 즐기는 척한답시고 그런 짓을 한 셈이었다. 나로서는 이해할 수 없었다. 다른 사람이 거둔 승리의 그늘에는 즐거움 같은 게 있을 리 없다는 것을 나만큼 잘 아는 사람이 어디 있을까.

지하 감방이 추워서 엄지손가락이 곱는다. 나는 지금 이 지하 감방의, 사위어 가는 희미한 등불 밑에서 필경은 윌리엄의 손으로 넘어갈 마지막 작품을 쓰고 있다.

．．

「빛을, 더 많은 빛을.」[22] 디 박사는 죽어 가면서 이렇게 말하고, 이쑤시개를 달라고 했다. 그가 마지막으로 남긴 말은 이것이다. 「*Qualis Artifex Pereo*[재주가 승(勝)해서 나는 죽는다]!」 그를 죽인 것은 베이컨이었다는 것이다. 여왕이 죽기 전, 그러니까 정신이 오락가락하고 있던 몇 년 사이에 베룰람은 기어이 여왕을 유혹하고 말았다. 여왕의 풍채는, 베룰람과의 이 일이 있은 다음 급격히 변했다. 해골처럼 뼈만 남게 된 것이다. 여왕은 흰 빵 한 조각과 치커리 수프 한 그릇으로 연명했다.

22 임종 때 괴테가 한 것으로 알려진 말.

극도로 신경이 날카로워진 여왕은 옆에 칼 한 자루를 두고 있다가 격노할 때면 휘장이든 아라스 벽걸이든 마구 찌르고는 했다. (그 뒤에서 누가 엿듣고 있기라도 했으면 어쩌려고? 쥐가 엿들어? 좋아, 켈리. 이거 아주 상황이 재미있으니까 비망록에 적어 두었다가 써먹으라고.)[23] 여왕이 이 모양이었으니 베이컨이 여왕의 기둥서방인 윌리엄 행세하기는 식은 죽 먹기였다. 베이컨은 장님이나 다름없는 여왕 앞에 양가죽을 쓰고 나타나고는 했다.[24] 베이컨이 썼으니 여느 양가죽이 아니라 금양모피였을 터이다. 베이컨이 왕관을 노린다는 소문이 나돌았다. 그러나 내가 아는 한 그가 노린 것은 왕관이 아니다. 그는 〈계획〉을 장악하려고 했던 것이다. 그래서 그는 세인트올번스 자작이 되었다. 그렇게 그의 위치가 강화되자 그는 디 박사를 제거했다.

....

여왕은 죽었으니, 국왕 만세……. 그런데 나는 참으로 어처구니없는 일을 목격하게 됐다. 어느 날 밤, 〈암흑의 여왕〉을 기어이 내 것으로 만들 수도 있을 거라 생각하고 있는데 베이컨이 나를 함정으로 이끌었다. 여왕은,

23 셰익스피어의 『햄릿』에 실제로 이런 장면이 있다. 햄릿은 여왕의 방 아라스 벽걸이 뒤에서 자기 말을 엿듣고 있던 오필리아의 아버지를 이렇게 찔러 죽인다.
24 손에 염소 새끼 가죽을 두르고, 장님이 된 이삭을 속여 에서의 복을 가로챈 야곱을 연상시킨다.

내 품에서 미친 듯이 춤을 추었다. 헛것이 보이게 하는 약초 때문에 여왕은 제정신이 아니었다. 쪼글쪼글한 얼굴이 흡사 늙은 암양 같은 나의 소피아는…… 그런데 베이컨이 무장한 경호병들을 데리고 들어오더니 검은 띠로 내 눈을 가리라고 명했다. 그제야 나는 깨달았다. 황산염이구나! 베이컨은 웃었다. 그리고 여왕도! 아니, 웃다니……. 〈암흑의 여왕〉이 아니라 핀볼을 하던 여자가 아닌가(〈허울뿐인 영광을 차지하더니 처녀의 순결이 매춘부로 타락하는구나.〉) 탐욕스러운 베이컨이 몸을 더듬자 여왕은 베이컨을 〈시몬〉이라고 부르면서 그의 흉측한 흉터에 입을 맞추었다……

「탑으로 데려가라, 탑으로 데려가라.」 베룰람은 웃었다. 그때 이후로 나는 여기에 갇혀 있다. 이름이 소아페스라고 하는 깡마른 인간 작대기와 함께. 죄수들은 나를 〈칠해의 정복자 짐〉으로밖에는 알지 못한다. 나는 감옥에서 철학, 법학, 의학, 불행히도 신학까지, 미친 듯이 공부했다. 나 지금 여기에 가련한 미치광이로 갇혀 있어도, 내 머리에 든 것은 여전하다.

....

창틈으로 왕실의 성혼 대례(成婚大禮)를 구경했다. 붉은 십자가가 그려진 제복 차림의 기사들이 트럼펫 소리에 맞추어 구보(驅步)로 말을 몰고 있었다. 체칠리아를 위해 내가 거기에서 트럼펫을 불었어야 했는데. 역시 트럼펫은 내 차례까지 돌아오지는 않았다. 트럼펫을 불고 있는 것은 윌리엄이었다. 나는 음지에서, 그를 위해 쓰고 또 썼다.

「복수할 방법, 가르쳐 드릴까?」 소아페스가 속삭였다. 그날 그는 정체를 밝혔다. 몇 세기 동안 바로 그 지하 감옥에 파묻혀 있던 보나파르트파 수도원장이라는 것이었다.

「여기에서 나갈 수 있을 것 같소?」 내가 물었다.

「글쎄요, 만일에…….」 그는 대답할 듯하더니 입을 다물고는 숟가락으로 벽을 툭툭 쳤다. 그러면서 트리테미우스한테 암호 전하는 법을 배워, 자기는 소리를 통해서도 알파벳을 전할 수 있다고 했다. 벽을 두드림으로써 옆방에 있는 죄수에게 암호 연락을 한다는 것이었다. 옆방에는 몬살바트 백작이 있다고 했다.

....

몇 년이 흘렀다. 그동안 소아페스는 계속해서 숟가락으로 벽을 두드렸다. 나는 이제 와서야 그가 누구를 위해서 무슨 목적으로 벽을 두드렸는지 알게 되었다. 그의 이름은 노포 데이. (〈데이〉와 〈디〉가 울림이 비슷한 것은 대체 무슨 조화인가!) 이 데이가 소아페스의 사주를 받고 베이컨을 탄핵한 것이다. 그가 정확히 뭐라고 했는지는 모르지만 며칠 전에 베룰람이 투옥되었다. 혐의는 비역질이라고 했다. 그 말이 사실일까 봐서 내 몸이 와들와들 떨렸다. 소문에 따르면, 바로 당신, 〈암흑의 여왕〉, 드루이드교의 〈흑성모〉, 성전 기사단의 〈흑성모〉는 다른 것이 아니라, 다른 것이 아니라, 거 누구더라, 거 누구더라. 하여튼 그자의 손재주가 만들어 낸 영원한 어지자지[兩性人]라는 것이다. 그게 누구인지 이제 알겠다. 당신의 애인 생제르맹 백작이다. 하지만 생제르맹이 베이컨이 아니라면 도대체 누구일 수 있단 말인가? (소아페스는 별걸 다 안다. 환생을 거듭하는 이 기분 나쁜 성전 기사는…….)

....

베룰람은 감옥에서 풀려나 마법을 이용하여 왕의 총애를 되찾았다. 윌리엄이 전해 주는 이야기에 따르면, 베룰람 남작은 템스 강변의 술집 필라드에서, 놀라 출신의 이탈리아인이 발명한 요상한 기계에 흠뻑 빠져 있다고 한다. 남작은 이 사나이를 런던으로 불러 이 기계에 대한 비밀을 송두리째 캐고는 로마로 보내어 화형주에 매달아 버렸다고 한다. 이 사나이가 발명한 기계는, 휘황찬란하게 빛나면서 무한한 우주 속을 미친 듯이 가로지르는 조그만 구체(球體)를 잡아먹는, 일종의 천문학적인 장치[25]라고 할 수 있다. 베룰람은 이 기계의 틀에 사타구니를 붙이고 음탕하게 기계를 공략한다. 흡사 자신만만한 태도로 기계를 수간(獸姦)하는 듯하다. 그는 이로써 36장로들의 고유 영역인 하늘의 세력권에서 벌어지는 일을 흉내 내고, 이 흉내를 통하여 이 장치의 궁극

25 실제로는 핀볼 기계.

적 비밀과 『새 아틀란티스』의 비밀을 이해하려는 듯하
다. 베룰람은 이 기계를, 안드레아이가 쓴 선언문의 신
성한 언어를 풍자하는 〈고틀리프[26]의 기계〉라고 부른다.
아, 이제 깨달아 한탄하나 때가 늦어 부질없다. 내 가슴
은, 코르셋 레이스 아래서 쿵쾅거린다. 베룰람은 그래서
내 트럼펫과 호부(護符)와 부적과, 마귀도 능히 부릴 수
있는 나의 우주적인 권능을 앗아 간 것이다. 베이컨은
솔로몬의 전당에서 무슨 음모를 꾸미고 있는 것일까?
아, 너무 늦은 것이다. 베이컨의 세력은 지나치게 팽창
해 있다.

....

　　베이컨이 죽었다는 소문이 나돈다. 소아페스는, 사실
이 아닐 것이라고 단언한다. 그의 시신을 본 사람이 없
다는 것이다. 그는 가명으로 헤세 백작의 영지에서 살고
있다고 한다. 이미 극비의(極秘儀)의 전수를 끝내고 불
멸을 얻은 그는 〈계획〉과의 최후 결전을 준비하고 있다
는 것이다. 제 이름으로 그 계획을 송두리째 좌지우지할
준비를 하고 있다는 것이다.
　　베이컨이 죽었다는 소문이 돌기 시작한 뒤, 윌리엄이
나를 찾아왔다. 철창도 그의 위선적인 웃음을 가리지 못
했다. 그는 「소네트 111」에다 왜 날염장이 이야기를 썼

---

26 〈하느님의 은총을 받은 자〉라는 뜻을 지닌 독일어. 라틴어로는 〈아마데
우스〉, 그리스어로는 〈테오필로스〉.

느냐면서 내가 쓴 구절을 인용했다. 「〈날염장이 손에 들어간 옷감이 그렇듯이, 그 손에 들어가기만 하면…….〉」

나는, 그런 것을 쓴 적이 없다고 했다. 사실이었다. 이 구절은 베이컨이 사라지기 전에 삽입한 구절임에 분명했다. 왕가의 사람들에게 소식을 전한 것이다. 그들이 날염 전문가인 생제르맹 백작을 환대하도록 나는 베이컨이 머지않은 장래에 사람들에게, 자기야말로 윌리엄이 쓴 작품의 진짜 필자라고 주장할 것이라고 굳게 믿게 됐다. 아, 지하 감옥의 어둠 속에 앉아 있으면 세상사가 훤히 보이는 법이다.

....

〈예신(藝神)들이시여, 어디에 가셔서 이리 더디 오시는가요?〉 나는 늙고 병들었다. 윌리엄은 나에게서, 글로브 극장의 무대에 올릴 어릿광대 극의 대본이 나오기를 기다린다.

소아페스는 쓰고 있다. 어깨 너머로 본다. 해독이 불가능한 메시지이다. 「이브와 아담의 땅으로 강물이 흐르고.」 소아페스는 쓰던 것을 감추고, 유령의 얼굴보다 더 창백해진 내 얼굴을 보면서 내 눈 속에서 죽음을 읽는다. 그러고는 속삭인다. 「영면하시라. 두려워 마시라. 내가 그대를 대신해서 쓸 터인즉.」

그래서 그는 쓰고 있는 것이다. 가면에 가려진 나를 가면 삼아 쓰고는 내가 써야 할 것을 쓰고 있다. 나는 스러져 간다. 그는 나에게 남은 마지막 빛인, 무명(無名)의 빛까지도 앗아 내어 글로 쓰고 있다.

74

벨보는 침착한 어조로, 자기가 꾸며 낸 이야기를 우리에게
들려주었다. 그러나 자기가 쓴 것을 직접 우리에게 읽어 준
적은 없다. 그는 자기 개인 신상과 관계된 이야기는 늘 무질
러 버리고는 했다. 그는 요컨대, 아불라피아가, 입력시키기
전까지만 해도 전혀 무관해 보이던 여러 가지 자료에 상호
관련성을 부여하더라고 주장하고 싶어 했다. 베이컨이 장미
십자단 선언문의 필자라는 아이디어는 그가 어디에서 읽은
것임에 분명했다. 그러나 그의 말 중에 내 귀에 쏙 들어오는
대목이 하나 있었다. 베이컨이 세인트올번스 자작이라는 대
목이었다.

이 한 대목은 내 뇌리에서 사라지지 않았다. 그것은 내가
오래전에 세운 가설을 설명하는 중요한 단서가 될 수 있었다.
나는 그날 밤새도록 내 카드 파일을 뒤졌다.

다음 날 아침에는 내 연상의 공모자들에게 다음과 같이 엄
숙하게 선언할 수 있었다. 「두 분, 내 말씀 잘 들으셔야 합니
다. 이제 상호 연관성을 발명해 내려고 애쓸 필요는 없습니
다. 분명히 존재하니까요. 1164년 세인트 버나드가 트루아에

서 성전 기사단을 합법화시킬 공의회를 출범시킬 무렵, 이 공의회의 조직 업무를 맡은 사람이 누구냐 하면, 세인트올번스 수도원장이었어요. 〈세인트올번스〉가 누구인지 아시겠지요? 브리튼 섬을 복음화시킨 영국 최초의 순교잡니다. 이분은 생전에 베룰라미움에서 살았지요. 그런데 베룰라미움이 후일 베이컨의 영지가 됩니다. 베이컨이 베룰람 자작이 되니까요. 그는 켈트인이었으니까, 틀림없이 드루이드교도였을 겁니다. 세인트 버나드가 드루이드교도였듯이 말이지요.」

「그게 그렇게 중요할까?」 벨보가 미심쩍어했다.

「내가 드리는 말씀, 더 들어 보세요. 이 세인트올번스 수도원장은 바로 생마르탱데샹 수도원장입니다. 후일 프랑스 국립 공예원이 들어서는 바로 그 수도원입니다.」

「세상에!」 벨보의 반응이 그제야 달라졌다.

「뿐만이 아닙니다. 국립 공예원 아이디어는 베이컨에게 경의를 표하기 위해 구상된 겁니다. 프랑스 혁명력 제3년, 브뤼메르[안개의 달][1] 25일, 국민공회는 공교육 연구 위원회에 베이컨 전집 출판의 권한을 위임합니다. 그리고 같은 해의 방데미에르[포도의 달][2] 18일, 국민공회는, 베이컨이 『새 아틀란티스』에 묘사한 〈솔로몬의 전당〉을 그대로 본뜬 국립 공예원 설립에 필요한 법안을 가결시킵니다. 국민공회의 아이디어에 따르면, 인류가 이룩한 발명의 산물은 모조리 거기에다 전시하자는 것이었지요.」

「그래서?」 디오탈레비가 물었다.

---

1 프랑스 공화력의 제2월. 10월 22일에서 11월 21일까지를 가리킨다.
2 프랑스 공화력의 제1월. 9월 22일에서 10월 21일까지를 가리킨다.

「푸코의 진자가 바로 이 공예원에 있지.」벨보의 말이었다. 이 말에 대한 디오탈레비의 반응으로 보아, 벨보는 디오탈레비에게 일찍이 푸코의 진자 이야기를 한 적이 있는 모양이었다.

「성급하시기는. 푸코의 진자는 19세기에 이르러서야 발명되어 거기에 전시됩니다. 그러니까 이건 건너뛰자고요.」

「건너뛰다니? 당신은 존 디의 〈모나드 상형문자〉, 우주의 모든 지혜가 함축되어 있다는 그 부적[3]도 못 봤어? 그게 꼭 진자같이 생기지 않았더냐고.」

「좋아요. 연관성이 있다고 칩시다. 그렇다면 세인트올번스에서 진자까지의 관계는 어떻게 논증할까요?」나는 벨보에게 물어보았으나 그는 뾰족한 대답을 내놓지 못했다.

나는 며칠을 여기에 더 매달려 있다가, 그전의 설명에다 새로운 설명을 덧붙였다.

「그렇다면 세인트올번스의 수도원장이 곧 생마르탱데샹 수도원장이 되고, 바로 이 수도원이 성전 기사단의 중심이 됩니다. 그리고 베이컨은 자기 영지가 세인트올번스라는 것을

---

3 실제로 이 그림이 나오는 책은 요한 발렌틴 안드레아이의 『크리스티안 로젠크로이츠의 화학적 결혼』이다.

이용해서 바로 이 세인트올번스의 드루이드교도들과 접촉하고요. 이 대목에 주의를 기울여야 합니다. 베이컨이 영국에서 두각을 나타내기 시작하는 것과 때를 같이해서 기용 포스텔은 프랑스에서 찬밥 신세가 됩니다.」

순간 벨보의 얼굴에 경련이 일었다. 지극히 짧은 순간의, 지극히 미세한 경련이었다. 나는 리카르도의 전람회에서 벨보와 로렌차 사이에서 오가던 대화를 생각했다. 기용 포스텔이라는 이름을 들을 때마다 벨보는 자기에게서 로렌차를 빼앗아 간 사람을 떠올리는 것이었다. 하지만 벨보의 얼굴에 경련이 인 것은 지극히 짧은 순간의 일이었다.

「포스텔은 히브리어를 공부하면서 히브리어야말로 모든 언어의 모체라는 것을 증명하려고 무던히도 애를 썼고, 『조하르[光輝의 書]』와 『바히르』를 번역했고, 카발리스트들과 교우했고, 독일의 장미 십자단원들과 비슷한 취지에서 총체적인 평화의 계획 수립을 주창했고, 프랑스 국왕을 설득해서 이슬람교국의 국왕과도 손을 잡을 필요가 있다는 것을 역설했고, 그리스, 시리아, 소아시아를 여행했고, 아랍어를 공부했습니다. 요컨대, 크리스티안 로젠크로이츠가 걸은 길을 그대로 답습한 것입니다. 이런 포스텔이 몇몇 문서에다 〈로시 스페르기우스〉, 즉 〈이슬을 뿌리는 자〉라는 이름으로 서명한 일이 있다는 것은 우연이 아닙니다. 피에르 가상디는 『플러드 철학의 검증』에서, 〈로젠크로이츠〉라는 말은 〈로사〉, 즉 〈장미〉라는 말에서 온 것이 아니고 〈로스〉, 즉 〈이슬〉에서 온 말이라고 주장하고 있습니다. 어떤 원고에서는, 때가 되어 익기 전까지는 비밀이 공개되어서는 안 된다면서, 〈돼지에게 진주를 던져 주어서는 안 된다〉고 쓰고 있어요. 그런데, 이 성

구(聖句)가 또 어디에서 인용되고 있는지 아십니까? 놀랍게
도『……화학적 결혼』의 속표지랍니다. 마랭 메르센 신부는,
장미 십자단원인 로버트 플러드를 고발하면서, 플러드를, 포
스텔에 못지않은 *atheus magnus*(거물급 무신론자)라고 매도
하고 있습니다. 뿐입니까? 존 디와 기욤 포스텔은 1550년에
만났을 가능성이 있어요. 단지 그때는 두 사람 모두 자신과
상대방이 그로부터 30년 뒤인 1584년에 서로 만나기로 되어
있는 이〈계획〉의 두 기둥이라는 것은 몰랐던 모양입니다.

포스텔은, 잘 들으셔야 합니다, 이런 주장을 하지요. 프랑
스 왕은, 노아의 장자(長子)의 직계 후손이라는 겁니다. 노아
가, 켈트족의 선조이자, 드루이드 문화의 개조(開祖)인 만큼
프랑스 왕이야말로 세계의 제왕의 자리를 합법적으로 요구
할 수 있는 유일한 인물이라는 겁니다. 바로 이겁니다. 포스
텔은 감히〈세계의 제왕〉이라는 말을 입에 올립니다. 그것도
생티브 달베드르가 태어나기 300년 전에요. 포스텔이〈조안
나〉라는 할마시와 사랑에 빠져, 조안나야말로 하느님의 한쪽
부분인〈소피아〉라고 했다는 이야기는 접어 두기로 합시다.
그때는 정신이 온전하지 못했던 것 같으니까. 하지만 그에게
는 강적이 많았어요. 강적들은 포스텔을, 개라느니 더러운 괴
물이라느니, 이단의 괴수라느니, 악마 군단에 들린 자라느니,
별의별 비방을 다 했지요. 하지만 신기하게도, 그리고 조안나
사건이 있은 뒤에도 종교 재판은 포스텔을 이단으로 모는 대
신 괴짜 늙은이 정도로 치부하고 맙니다. 이유가 뭐겠어요?
교회는 포스텔의 배후에 막강한 조직이 있다는 것을 알고 감
히 손을 대지 못한 겁니다. 디오탈레비 선생이 흥미를 느낄
만한 대목도 있어요. 포스텔은 동방 여행을 한 적도 있고, 이

363

츠하크 루리아와 동시대인이었다는 대목입니다. 결론을 한 번 내려 보세요, 마음대로. 재미있는 결론이 나올 만하지 않아요? 하여튼, 1564년, 존 디가 『우의화(寓意畵)의 세계』를 쓴 그해에 포스텔은 이단적인 신학관을 철회하고 은거합니다……. 어디로 은거했을까요? 바로 생마르탱데샹 수도원입니다! 포스텔은 이 수도원에서 무엇을 기다렸을까요? 그것은 물론 1584년의 회동입니다.」

「당연히 그랬겠지.」 디오탈레비가 말했다.

나는 설명을 계속했다. 「그럼 여기까지는 모두 인정하시는 거죠? 기욤 포스텔은, 영국과의 회동 약속을 기다리는 프랑스 쪽 대표였던 겁니다. 하지만 포스텔은 1581년, 회동을 3년 앞두고 세상을 떠납니다. 결론. 하나, 1584년의 회동이 불발로 끝난 것은 포스텔 같은 당대의 걸물이 그 중차대한 시점에 세상을 떠났기 때문이다. 왜냐? 포스텔 같은 인물이 그레고리우스력과 율리우스력의 차이를 모르고 있을 턱이 없기 때문이다. 둘, 생마르탱 수도원은, 제3의 회동을 좌지우지할 인물이 버티고 있는 곳, 따라서 성전 기사단이 안전하게, 편안하게 은거해도 좋은 곳이었다. 요컨대, 생마르탱데샹은 성전 기사단의 은거지였던 겁니다.」

「모자이크처럼 척척 들어맞는구나.」

「더 들으셔야 합니다. 자, 회동이 실패로 돌아간 해, 베이컨은 겨우 스물세 살입니다. 하지만 1621년에는 세인트올번스 자작이 됩니다. 베이컨이 이 새로운 영지 세인트올번스에서 선대 유물을 발견했을 것 같지 않습니까? 그건 아무도 모르지요. 그러나, 바로 그해에 베이컨이 독직(瀆職) 사건으로 기소되어 한동안 옥살이를 한 일이 있다는 데 주목해야 합니다. 베이컨은 누군가를 공포의 도가니로 몰아넣을 만한 뭔가를 찾아냈던 겁니다. 누구를 공포의 도가니로 몰아넣을 수 있는 자료였을까요? 이즈음은 베이컨이 이미, 생마르탱이 요주의 수도원이라는 걸 충분히 인식할 수 있게 된 시점입니다. 섬광처럼 그의 머리에, 생마르탱에다 솔로몬의 전당을 세우고, 실험실이라는 명목으로 연구소를 만들고 〈계획〉의 비밀을 캐내겠다는 생각이 떠오른 것입니다.」

「그렇다면 베이컨의 추종자들과, 18세기 혁명 세력의 연관성은 어떻게 설명해야 하나?」 디오탈레비가 물었다.

「프리메이슨이 대답이 안 될까?」 벨보가 물었다.

「탁견입니다. 실제로 알리에가 그 괴상한 저택에서 암시한 바도 있지요.」

「그렇다면 그것도 재구(再構)해 내도록 하세. 당시 이 프리메이슨 동아리에 무슨 일이 있었는지.」

75

영면(永眠)……이라는 것을 면할 수 있는 사람이 있다면 그 사람은 벌써 일상생활에서 자기의식을 보다 높은 곳으로 한 단계 고양시킨 사람이라고 하지 않을 수 없다. 오의(奧儀)의 전수자, 깨달은 자가 선 자리가 바로 그 자리의 언저리이다. 그들은 〈아남네시스〉, 즉 기재 기억(旣在記憶)을 획득했다는 의미에서 플루타르코스의 표현을 빌면, 자유인인 것이다. 이런 사람들은 자기 길을 가는 데 거침이 없다. 승리의 왕관을 쓰고, 〈비의(祕儀)〉를 집전하는 이들은, 도처에서, 깨닫지도 못하고 정화되지도 못한 채 어둠 속에서 이전투구하는 인간의 무리를 내려다본다.
— 율리우스 에볼라, 『신비주의의 전통』, 로마, 에디치오니 메디테라네에, 1971, p. 111

나는 무모하게도 그에 대해 조사해 보겠노라고 자진하고 나섰다. 그러나 시작하는 순간 바로 후회했다. 시작하고 보니 책의 수렁에 빠진 형국이었다. 무수한 자료 중에서 역사적인 사실과 헤르메스적 가설을 구분해 내는 작업, 믿을 만한 자료를 신비주의자들의 잠꼬대에서 갈라놓는 작업부터가 지난(至難)했다. 일주일을 기계처럼 일한 뒤에야 나는 여러 교파, 지부, 밀회소 등에 대한 어지럽기 짝이 없는 자료를 대충 정리할 수 있었다. 전혀 예기치 못한 이름이 비밀 결사에 들어 있는 것을 보고 놀란 일도 한두 번이 아니었다. 물론 메모해 둘 가치가 있는, 연대기적 우연의 일치도 숱했다. 나는 이 자료를 나와는 공범인 두 사람에게 보여 주었다.

1645 런던: 애슈몰이 장미 십자단 운동의 영향을 받고, 〈보이지 않는 학원〉을 설립.
1660 〈보이지 않는 학원〉에서 〈영국 학사원〉이, 그리

고 이 학사원에서 저 유명한 〈프리메이슨〉이
탄생.

1666　파리: 〈왕립 과학 아카데미〉가 설립됨.

1707　클로드루이 드 생제르맹(실존 인물이라면) 탄생.

1717　런던에 〈그레이트 로지[大支部]〉 발족.

1721　앤더슨이 〈영국 프리메이슨 헌장〉을 기초. 같은
해 표트르 대제가 런던에서 가입하고 러시아 지
부를 설립.

1730　런던을 여행 중이던 몽테스키외가 가입함.

1737　램지가 프리메이슨은 성전 기사단에 그 뿌리를
둔다고 주장. 이로써 〈스코틀랜드 의례〉가 갈라
지면서 런던의 대지부와 대립하게 됨.

1738　프로이센 황태자 프리드리히가 가입하면서 백과
전서파를 후원함.

1740　프랑스에 지부가 속속 설립됨. 〈스코틀랜드 신앙
회〉(툴루즈), 〈최고 평의회〉, 〈프랑스 그랑 로지
의 스코틀랜드 로지 대본산(大本山)〉, 〈국립 제왕
원(帝王院) 비밀 결사〉(보르도), 〈성전 기사 대법
원〉(카르카손), 〈나르본 우애회〉, 〈장미 십자단
참사회〉(몽펠리에), 〈지고 선민회(至高選民會)〉
등.

1743　생제르맹 백작이 공석에 모습을 나타냄. 리옹에
서는 성전 기사단의 복수를 담당하게 될 〈슈발리
에 카도슈(복수의 기사)〉의 위계가 확립됨.

1753　빌레르모즈가 로지 〈완전한 우애단〉을 설립.

1754　마르티네스 파스콸리스가 〈선택받은 사제회의

신전〉을 설립(1760년이라는 설도 있음).

1756 폰 훈트 남작이 〈성전 기사 감독회〉를 창설(혹자
      의 주장에 따르면 프로이센 왕 프리드리히 2세
      의 명에 따라). 〈미지의 초인들〉이라는 개념이
      처음으로 논의됨. 이 〈미지의 초인들〉은 프리드
      리히 왕과 볼테르를 지칭한다는 주장이 대두됨.

1758 생제르맹 파리에 출현. 연금술사로, 날염 전문가
      로 왕에게 봉사할 뜻을 비침. 마담 퐁파두르와
      친교를 맺음.

1759 〈동서 제왕 평의회(東西帝王評議會)〉라는 결사가
      조직된 것으로 추정됨. 이 결사는 3년 뒤 〈보르도
      법규〉라고 불리는 의례집을 기초하는데 이것이
      〈고제 공인(古制公認) 스코틀랜드 의례〉의 원형
      이 됨(단 〈스코틀랜드 의례〉가 공식 발표된 것은
      1801년).

1760 생제르맹, 목적 불명의 외교 사절의 일원으로 네
      덜란드로 파견됨. 모종의 문제를 일으키고 수배
      당한 끝에 런던에서 체포되었다가 석방됨. 돔 J.
      페르네티가 〈아비뇽 계명결사〉를 설립. 마르티
      네스 파스콸리스가 〈전 세계 선발 기사 메이슨〉
      을 설립.

1762 생제르맹, 러시아로.

1763 카사노바가 벨기에에서 생제르맹을 만남. 〈쉬르
      몽〉이라고 이름을 바꾼 생제르맹은 동전으로 금
      을 연금해 보임. 빌레르모즈, 〈장미 십자 검은 독
      수리의 기사 최고 참사회〉를 설립.

1768 빌레르모즈, 파스콸리스의 〈엘뤼 코엔〉에 합류
함. 예루살렘에서 위서(僞書), 『가면을 벗은 프리
메이슨, 혹은 장미 십자단 고위층으로만 전해지
는 최고 기밀』이 출판됨. 이 출판물은, 장미 십자
단의 지부가 에든버러에서 60마일 떨어진 헤레
돈 산정에 있다고 주장. 파스콸리스가 루이클로
드 드 생마르탱을 만남. 생마르탱은 후일 〈은현
자(隱賢者)〉라는 명성을 얻음. 돔 페르네티, 프로
이센의 왕립 도서관장이 됨.

1771 샤르트르 공작(후일 평등공 필리프로 유명해짐)
이 당시 〈프랑스 대동방회〉로 불리던 〈대동방회
(大東方會)〉의 사령관이 되어 프랑스 국내 지부
의 통합을 꾀하나 〈스코틀랜드 의례〉를 준수하
는 지부가 여기에 저항함.

1772 파스콸리스, 산토도밍고로 향함. 빌레르모즈와
생마르탱이 〈최고 의결 기관〉을 설립함으로써
〈스코틀랜드 대지부〉의 모체를 마련함.

1774 생마르탱이 〈은현자〉로 물러나, 〈성전 기사 감독
회〉의 대표로 빌레르모즈와 협상함. 오베르뉴에
〈스코틀랜드 간부회(幹部會)〉가 탄생하고 이 간
부회에서 〈수정(修正) 스코틀랜드 의례〉가 태
동함.

1776 생제르맹, 〈웰던 백작〉이라는 이름으로 프리드
리히 2세에게 화학과 관련된 계획을 제안함. 연
금학자들을 규합하기 위한 〈필라테트 협회〉가
탄생함. 〈9 자매회〉 지부가 설립되고, 기요틴, 카

바니스, 볼테르, 프랭클린이 입회함. 아담 바이스하우프트가 〈바이에른 계명 결사〉를 창설. 일설에 따르면 바이스하우프트는 이집트에서 돌아오는 도중 〈콜머〉라고 하는 덴마크 상인으로부터 비의를 전수받았다고 함. 콜머는 수수께끼에 쌓인, 칼리오스트로의 스승 알토타스인 것으로 추정됨.

1778 생제르맹, 베를린에서 돔 페르네티를 만남. 빌레르모즈, 〈성도 자선 기사단(聖都慈善騎士團)〉을 창설. 〈성전 기사단 감독회〉와 〈대동방회〉가 〈수정 스코틀랜드 의례〉를 공인할 것을 합의함.

1782 빌헬름스바트에서 지부 총궐기 집회.

1783 토메 후작이 〈스베덴보리 의례〉를 설립.

1784 생제르맹이 헤세 백작의 영지에다 염료 공장을 건설하다 사망한 것으로 추정됨.

1785 칼리오스트로가 〈멤피스 의례〉를 설립. 이것이 후일 〈멤피스 미스라이움 고대 원시 의례〉가 되면서 90 고위계제(高位階制)를 확립하게 됨. 칼리오스트로가 주동이 된 이른바 〈여왕의 목걸이 사건〉이 발발. 뒤마가 소설에 이 사건을, 왕권 군주제를 와해시키려는 프리메이슨의 음모로 그림. 〈바이에른 계명 결사〉가 혁명 기도 혐의로 박해를 받음.

1786 미라보가 베를린에서 〈바이에른 계명 결사〉에 가입함. 칼리오스트로가 쓴 것으로 추정되는 장미 십자단 선언서가 런던에서 발표됨. 미라보가

칼리오스트로와 라바터에게 서한을 보냄.

1787 프랑스 지부만 7백 개에 이름. 바이스하우프트가 『부록』을 발표. 단원들은 오직 차상급자(次上級者)밖에는 알 수 없게 되어 있는 비밀 결사의 조직 구조를 해명한 책.

1789 프랑스 혁명 발발. 프랑스 지부 위기에 처함.

1794 방데미에르[포도의 달] 8일, 그레구아르 의원이 국민공회에 공예원 건설 기획서를 제출. 1799년 5백 인 회의의 의결을 거쳐 생마르탱데샹 수도원 부지 내에 세워지게 됨. 브라운슈바이크 공작, 지부 해산을 촉구함. 지부가 일부 과격파 위험분자에 의해 완전히 오염되어 있다는 것이 그 이유.

1798 로마에서 칼리오스트로가 체포됨.

1804 찰스턴에서 33위계의 〈고제 공인 스코틀랜드 의례〉 설립이 정식으로 선포됨.

1824 빈 궁전에서 프랑스 정부로 문서를 보내어 〈절대당〉, 〈독립당〉, 〈알타 벤디타 카르보나라 당〉 등의 비밀 결사를 비난함.

1835 카발리스트 외팅거가 파리에서 생제르맹을 만났다고 주장함.

1846 빈의 작가 프란츠 그라퍼가, 자기 아우가 1788년과 1790년 사이에 생제르맹을 만났다는 내용의 책을 출판함. 생제르맹은 파라켈수스의 책을 읽으면서 내객(來客)을 맞았다고 함.

1865 〈영국 장미 십자 결사〉가 발족(1860년, 1866년,

1867년에 발족했다는 주장도 있음). 장미 십자
단 소설『자노니』의 저자 불위 리튼이 가입함.

1868 바쿠닌이 〈국제 사회 민주 동맹〉을 결성함. 〈바
이에른 계명 결사〉의 영향을 받고 결성했다는 주
장이 있음.

1875 엘레나 페트로브나 블라바츠키, 헨리 스틸 올콧
과 합작으로 〈신지학회(神智學會)〉를 설립. 블라
바츠키의『너울 벗은 이시스』가 등장함. 스페달
리에리 남작, 자신이 〈고독한 산(山) 형제회〉,
〈고제 복원(古制復原) 마니교 계명 우애단〉, 〈마
르탱주의 계명 우애단〉 대지부의 단원이라고 공
언함.

1877 마담 블라바츠키, 생제르맹의 신지학적 역할을
밝힘. 생제르맹은, 로저 베이컨, 프랜시스 베이
컨, 로젠크로이츠, 프로클로스, 세인트 올번으
로 환생했다고 주장함. 프랑스의 〈대동방회〉, 우
주의 위대한 건설자에 대한 기원을 폐지하고 완
전한 양심의 자유를 선언함. 이로써 영국의 대
지부와 결별하고, 세속적이고 급진적인 비밀 결
사의 길을 걷게 됨.

1879 미합중국에 〈장미 십자 결사〉가 창설됨.

1880 생티브 달베드르가 활동을 개시함. 레오폴트 엥
글러가 〈바이에른 계몽 결사〉를 재편성함.

1884 교황 레오 13세, 회칙 「인류의 기원 *Humanum
Genus*」을 통해 프리메이슨을 비난함. 가톨릭교도
는 탈퇴하고 합리주의자들이 입회하는 새로운 풍

조가 생김.

1888   스타니슬라스 데 과이타가 〈장미 십자 카발라 교
        단〉을 설립함. 영국에서는 〈황금의 새벽 은비교
        단〉이 결성됨. 위계는 신참자에서 〈입시시무스
        [超自我]〉에 이르기까지 11단계. 최고 사령관은,
        후일 베르그송의 처남이 되는 맥그리거 매더스.

1890   조제프 펠라당, 과이타의 결사를 탈퇴하고 〈성전
        과 성배의 가톨릭 장미 십자단〉을 설립한 후 스
        스로를 〈사르 메로다크〉[1]로 임명함. 이로써 〈두
        장미 간의 전쟁〉이라 이름 붙여진 과이타파와 펠
        라당파의 분쟁을 야기함.

1891   파퓌스, 『은비학 계보』를 발표. 신비주의에 심대
        한 영향을 끼침.

1898   알레이스터 크롤리, 〈황금의 새벽〉에 입회. 후일
        〈텔레마 교단〉을 설립하게 됨.

1907   〈황금의 새벽〉에서 후일 예이츠가 입단하게 되
        는 〈새벽별 교단〉이 탄생함.

1909   미합중국에서는 스펜서 루이스가, 고대의 신비
        장미 십자단〉을 〈되살림〉. 1916년 호텔에서 아연
        조각을 금으로 연금하는 데 성공함. 막스 하인델,
        〈장미 십자 우애단〉 설립. 이어 〈장미 십자 연구
        회〉, 〈장미 십자 형제회〉, 〈은비학 형제회〉, 〈장미
        십자 신전〉이 창설되나 연대는 불명.

---

1 Sar는 고대 이집트 태양신인 Ra의 아들이라는 뜻으로, 펠랑당 분파의 최
고위 회원들에게만 주어지는 칭호이다.

1912 마담 블라바츠키의 제자 애니 베선트가 런던에서 〈장미 십자 신전 교단〉을 설립.

1918 독일에서 〈툴레 협회〉가 결성됨.

1936 프랑스에서 〈골 대신전〉이 결성됨. 『북극성 우애단 회지』를 통해, 엔리코 콘타르디로디오는 생제르맹 백작의 방문을 받았다고 주장함.

「도대체 이게 다 뭔가?」 디오탈레비가 기가 막힌다는 듯이 물었다.

「난들 알겠어요? 자료가 더 필요하다고 하지 않았습니까? 내가 아는 건 이게 전붑니다.」

「알리에와 상의해 봐야 할 것 같군. 아무리 알리에지만, 이 많은 조직을 다 알고 있으려고?」

「내기할래요? 이 정도는 알리에가 일용하는 양식일걸요. 이 기회에 어쩌는가 한번 보는 것도 좋겠지요. 여기에다, 엉뚱한 조직 하나 끼워 넣읍시다. 존재하지도 않는 걸로. 혹은 극히 최근에 이르러 조직된 것으로.」

순간, 데 안젤리스가 내게 던졌던 기묘한 질문이 생각났다. 데 안젤리스는 나에게, 〈트레스〉가 무엇인지 알고 있느냐고 물었던 것이었다. 그래서 내가 제안했다. 「〈트레스〉를 끼워 넣어 봅시다.」

「그게 뭔데?」 벨보가 물었다.

「〈트레스〉가 두문자(頭文字)만 모은 단어라면, 뜻이 통하도록 해야지.」 디오탈레비가 말했다. 「의미 없는 말 가지고는 아무리 랍비들이라도 〈노타리콘〉을 이용할 수 없으니까. 어디 보자…… *Templi Resurgentes Equites Synarchici*(부활한 성전 기사단에 의한 시나키 정부). 어때, 자네 마음에 들어?」

셋 다 마음에 들어 했다. 우리는 이 이름을 표 맨 끝에다 덧붙였다.

「수도 없이 많은 단체에다 하나 더 붙이는 것도 쉬운 일은 아니라고.」 디오탈레비가 갑자기 허영심을 드러내며 중얼거렸다.

〈하권에 계속〉

열린책들 세계문학 268 푸코의 진자 중

옮긴이 이윤기(1947~2010) 경북 군위에서 태어나 성결교신학대 기독교학과를 수료했다. 1977년 단편소설 「하얀 헬리콥터」가 중앙일보 신춘문예에 당선되었으며, 1991년부터 1996년까지 미국 미시간 주립대학교 종교학 초빙 연구원으로 재직했다. 1998년 중편소설 「숨은 그림 찾기」로 동인문학상을, 2000년 소설집 『두물머리』로 대산문학상을 수상했다. 소설집으로 『하얀 헬리콥터』, 『외길보기 두길보기』, 『나비 넥타이』가 있으며 장편소설로 『하늘의 문』, 『사랑의 종자』, 『나무가 기도하는 집』이 있다. 그 밖에 『어른의 학교』, 『무지개와 프리즘』, 『이윤기의 그리스 로마 신화』, 『꽃아 꽃아 문 열어라』 등의 저서가 있으며, 보리슬라프 페키치의 『기적의 시대』, 움베르토 에코의 『장미의 이름』, 『전날의 섬』을 비롯해 카를 구스타프 융의 『인간과 상징』, 니코스 카잔차키스의 『그리스인 조르바』, 『미할리스 대장』 등 다수의 책을 번역했다.

지은이 움베르토 에코 **옮긴이** 이윤기 **발행인** 홍예빈·홍유진
발행처 주식회사 열린책들 **주소** 경기도 파주시 문발로 253 파주출판도시
전화 031-955-4000 **팩스** 031-955-4004 **홈페이지** www.openbooks.co.kr
Copyright (C) 주식회사 열린책들, 1990, 2021, *Printed in Korea.*
ISBN 978-89-329-1268-4 04880 **ISBN** 978-89-329-1499-2 (세트)
발행일 1990년 7월 20일 초판 1쇄 1994년 12월 15일 초판 29쇄 1995년 7월 15일 2판 1쇄 1999년 10월 5일 2판 10쇄 2000년 9월 25일 3판 1쇄 2006년 8월 20일 3판 19쇄 2007년 1월 10일 4판 1쇄 2019년 11월 25일 4판 19쇄 2018년 12월 15일 특별판 1쇄 2021년 2월 20일 세계문학판 1쇄 2024년 8월 25일 세계문학판 3쇄